GOTTSELIG

GERNOT GOTTWALS

IM EIFER DEINES DIENERS

Frankfurter Ikonen-Krimi

Gewidmet allen Kunst- und Kulturschaffenden,
Geistlichen – den echten ebenso wie den fiktiven
an der Friedrich-Ebert-Anlage –,
allen Frankfurt-Kennern und Krimifreunden,
die in die dunklen Tiefen der Mainmetropole
hinabsteigen wollen.

2. Auflage Mai 2012

Besuchen Sie uns im Internet:
www.GOTTSELIG.net

Umschlaggestaltung und Satz aus der Caecilia:
Andreas Gottselig unter Verwendung
eines Fotos von iStockphoto

Hergestellt in Hessen
von Fissler & Schröder

ISBN 978-3-9815025-0-3

Prolog

Oblast Swerdlowsk, 14. Juli 1921

Freiheit, Gleichheit, Brüderlichkeit. Die klassischen Ideale der Mutter aller Revolutionen hatten ihre Gültigkeit längst verloren. Und was mit der Bastille in Frankreich begann, setzte sich nun mit den Kirchen und Klöstern im einstigen Zarenreich fort. Denn wo neue Unterdrücker die Massen ausbeuten und in den Hunger treiben, da schafft ihr Eifer auch neue Diener. Diener, die das Plansoll durch Plünderung und Brandschatzung erfüllen und unter den wahren Brüdern, den leiblichen wie den geistlichen, das Misstrauen und die nackte Angst schüren. Gefühle, die in der faktischen Geschichtsschreibung unberücksichtigt bleiben, und die doch zur Nährquelle von Geschichten und Legenden werden, die bis in unsere Tage fortwirken.

Heiß und erbarmungslos brannte die späte Nachmittagssonne auf die trockenen Felder nieder, drohte die letzten Stoppeln zu versengen. Die nackte Angst um die Ernte und das Überleben trieb die Bauern über die Felder, ließ sie in Scharen zur Abendmesse ins nahe Prophet-Elias-Kloster strömen, etwa 120 Kilometer nordwestlich von Jekaterinburg, das später Swerdlowsk heißen sollte. „Gospodi! Poschli doschd na naschu zemlju!“ (Herr, gib unserem Land Regen!) Verzweifelte Bet- und Hilferufe drangen zum Himmel, während die Mönche drinnen die Liturgie vorbereiteten. Es war das dritte Jahr des Russischen Bürgerkrieges, der seinen gnadenlosen Tribut forderte. So kurz vor dem dritten Jahrestag der Ermordung der Zarenfamilie war die Gier nach Orden unersättlich, ließ der Wodka- und Blutrausch Menschen zu Raubtieren werden.

Denn nahe der Stadt, in der die Zarenfamilie den Tod gefunden hatte, gab es noch Rückzugsgebiete gläubiger Christen, die hinter der Mutter Kirche standen und sich den neuen Machthabern verweigerten. Die Mission des Patriarchen Tichon, Kirchengut vor dem Zugriff der Kommunisten zu schützen, war gescheitert. Als sei die Dürre nicht schon schlimm genug, quälten die Ordensgemeinschaft nun weitere Sorgen: Schon seit Wochen gingen Gerüchte um, die marodierende Soldateska der Rotgardisten habe es auf die ländliche Region mit ihren sibirischen Holzklöstern abgesehen. Verzweifelt versuchten die Mönche nun, die Ikonen und vor allem die Vorräte an Lebensmitteln im Kloster des Propheten Elias zu sichern. Denn im einstigen Zarenreich plagte eine erbarmungslose Hungersnot die Menschen. Der Teufelskreis aus Dürre, Krieg und Misswirtschaft

zog Millionen von Menschen in seinen grausamen Bann, der geradewegs in den tödlichen Abgrund führte.
Gegen 18 Uhr beschwor Abt Simeon ein letztes Mal die Gottesmutter, während die Gläubigen bereits ungeduldig in die Kirche drängten, wo sie die dargebotenen Heiligenbilder der Nothelferinnen mit ihren huldvollen Küssen überschütteten. Maria, Katharina und Barbara sollten wenigstens den lange ersehnten Regen bringen! Der Goldgrund der mächtigen Ikonostase funkelte im Schein der Kerzen, die die geschnitzten Holzwände des Klosters erleuchteten. Der Duft des Weihrauchs und die schweren erhabenen Klänge der orthodoxen Gesänge lagen in der Luft, als plötzlich die Türen der Kapelle aufgestoßen wurden. „Stojte! Eto swjatoje mesto. Wchod wospreschtschjon!" (Halt! Das ist ein heiliger Ort! Zutritt verboten!) Die abwehrenden Rufe des Abtes verhallten ohne Wirkung. Erschreckte Schreie und Stoßgebete vermischten sich mit lautstarkem Männerjohlen, der Pulvergestank erster Salven überdeckte den süßlichen Weihrauchduft. Major Jurij Bocharin führte die Garde des Terrors an, die scheinbar wahllos in die Menge schoss, während einzelne Soldaten die Ausgänge abriegelten und die Mönche Richtung Schatz- und Vorratskammern trieben. Bocharin selbst befahl dem Abt, ihm die wertvollsten Ikonen herauszugeben. Doch der gewitzte Gottesmann gedachte keineswegs, zu kapitulieren und die Schätze des Klosters widerstandslos den Gottlosen zu überlassen. Was in dem erbarmungslosen Kampf zwischen ihm und dem Major wirklich geschah, bewegt sich bis heute zwischen Wahrheit und Legende. Am Ende ging das Kloster in einem Meer von Flammen auf, bevor die Bolschewiki in das nahegelegene Dorf stürmten. Das trockene Holz der russischen Blockhäuser brannte wie Zunder, verwandelte sich in eine alles verzehrende Todesfalle. Der Terroreinsatz geriet zum Himmelfahrtskommando – eine Himmelfahrt unter der feurigen Regie des Propheten Elias.
Die menschlichen Schicksale, die sich hinter diesem grausigen Massaker verbergen, blieben im geduldigen Papier der KGB-Akten unerwähnt. In den Dokumenten der Geheimpolizei Tscheka (die später in den KGB überging) fand sich nur ein kurzer Vermerk über die Ereignisse im Prophet-Elias-Kloster: 20 orthodoxe Mönche liquidiert, zahlreiche Lebensmittel und Kirchengüter konfisziert. Geschätzter Wert: mehrere Tausend Rubel. Widerstand gegen eine Sympathisantengruppe der Dorfreaktionäre gebrochen. Ende der Aktennotiz. Kein Wort von dem Zwischenfall mit der strahlenden Jungfrau Barbara, die bei der Operation Elias verlorenging. Oder mit der jemand

durch irgendwelche dunklen Kanäle abtauchte. Und kein Wort von den Menschenleben, die diese einmalige Ikone forderte – und noch fordern sollte.
Dabei kursierten im benachbarten Dorf recht bald erste Gerüchte. Besagter Major Bocharin habe nach einer Eingebung aus dem Himmel den für die Menschen wertvollsten Schatz, nämlich das Bildnis der Heiligen Barbara, in letzter Sekunde aus den Flammen gerettet. Die Jungfrau blieb verschollen – um mehr als 80 Jahre später ihre Auferstehung am Main zu feiern, ausgerechnet zwischen jenen Wolkenkratzern, für die Spekulanten und Investoren am liebsten die Heimatkirche vieler Frankfurter Russen mit dem goldenen Kreuz opfern wollten.

Kapitel 1

Frankfurt am Main, 3. bis 18. Dezember 2005

„Der klassische Ikonenmaler versteht sich vor allem als ein Diener, dem Gott beim Malen die Hand führt.“ Oberkommissar Waldemar Pokroff rätselte immer wieder über die tiefere Bedeutung dieses Satzes, den er in einem Fachbuch für osteuropäische Kirchenkunst gefunden hatte. Als der 46-jährige Kommissar an seinem letzten freien Tag die Friedrich-Ebert-Anlage entlangfuhr, blendete ihn die Sonne fast. Ihr warmes Licht schien den Heiligenschein der Barbara auf dem großen Werbebanner des Museums für Osteuropäische Sakralkunst ebenso zu erleuchten wie das goldglänzende Kreuz der evangelischen Matthäuskirche. Tatsächlich lag das Museum, einst Pokroffs Arbeitsplatz, nun wie ein ruhiger monolithischer Block im Frankfurter Alleenring, auch wenn drinnen die Vorbereitungen für die Ausstellungseröffnung bereits auf Hochtouren liefen. Die Kirchenglocke schlug gerade Mittag, als Pokroff rechts heranfuhr, um sich das rege Treiben aus der Nähe anzusehen. Mit routiniertem Blick auf die Fliegeruhr, die kurz darauf an seinem Handgelenk summte, sprach er dem Küster ein aufrechtes Lob aus: „Gut gewartet, die geht heute ja nur 5,5 Sekunden vor.“ Schnell und routiniert zog Pokroff die Funkarmbanduhr aus der Manteltasche, die just in diesem Moment auf 12 Uhr sprang. Um diese Tageszeit sprach der Kommissar sonst sein stilles Mittagsgebet – vor allem, wenn die überlangen Teambesprechungen oder Präsidiumssitzungen die praktische Ermittlungsarbeit zu sabotieren drohten.

Pokroff strich sich über seine graublonden Schläfen. Der stämmige russlanddeutsche Polizeichefanwärter interessierte sich sonst nicht besonders für religiöse und kunsthistorische Themen. Er ging in seinem Arbeitsalltag logisch und analytisch vor, die Hingabe für kunstvolle Werke hatte darin nur wenig Platz – sieht man einmal von den schicken russischen Militäruhren ab, die an Gagarin erinnerten und ein seltsames Gefühl von Sowjetnostalgie verströmten. Allzu gerne wäre Pokroff in die Fußstapfen seines Vater getreten, der es immerhin bis zum Oberst gebracht hatte. Nach der Übersiedlung und dem nüchternen deutschen Geschichtsunterricht, der die dunklen Kapitel der Wehrmacht und Roten Armee ans Licht brachte, entschied er sich doch lieber für eine Polizeikarriere – auch wenn er zuweilen gerne den rauen Charme eines Generalmajors verströmte.
Die Ausstellung zur Eröffnung des osteuropäischen Sakralmuseums interessierte Pokroff schon deshalb, weil sie die Heimat seiner russischen Vorfahren betraf und sich im imposanten neobarocken Hauptbau des alten Polizeipräsidiums abspielte. „Die prachtvolle Fassade des Präsidiums stellen sie unter Schutz, aber die Kirche würden sie am liebsten verschachern und für ein lukratives Hochhaus abreißen“, grübelte der Kommissar vor sich hin. „Aber was will man machen? Die Russen und die Rumänen zahlen wohl nicht genug Miete, und für die paar Protestanten rund um den Bahnhof lohnt es sich nicht.“ Für den realitätsbewussten Ermittler keine Frage: „Das sind Sachzwänge. Gerade dann, wenn unsere Stadt als Wirtschaftsstandort im Rennen bleiben will.“
Zum vertrauten Bild zwischen Museum und Kirche gehörte inzwischen auch der Porträtmaler Klaus Teschke: Der dunkelhaarige Mittfünfziger mit schwarzgrauem Vollbart war mit seinem mobilen Stand extra aus der Innenstadt in die Friedrich-Ebert-Anlage umgezogen. Hier malte er nun jedem sein Ebenbild, verkaufte aber auch Stadtansichten vom Römer und der Skyline – und seit neuestem auch wahlweise vom Roten Platz in Moskau oder dem Kloster am Ladogasee, einem der ersten Klöster, die Lenin zu einem Gulag, einem Zwangslager, hatte umbauen lassen.
„Schöne Bilder, die Sie da verkaufen“, rief Pokroff dem Maler zu. „Da bekommt man ja richtig Lust auf eine romantische Winterreise zu Mütterchen Russland.“
Teschke lächelte verschmitzt. „Klar doch, man muss den Leuten immer wat bieten. Auch die Ikonen brauchen dat richtije Umfeld. Ick hab hier all die sehnsüchtijen Erinnerungen im Programm, die man drinne so nicht koofen kann.“

„Erinnerungen an Klöster, die zu Internierungslagern umfunktioniert wurden. Na ja. Und woher kennen Sie sich so gut mit russischen Ikonen aus? Sprechen tun sie eher wie ein eigeplackter Berliner, wenn Sie mir die Bemerkung gestatten."
Teschke musterte sein Gegenüber: Wie ein waschechter Frankfurter sah der prüfende Herr Inspektor mit graublonder Sturmfrisur auch nicht gerade aus. „Aber klar kenn ick mir da aus. Dat mit den Ikonen is allet ordentlich auf Studienreisen jeschult worden. Ick bin nämlich Ost-Berliner, müssen Sie wissen. Da durfte man immer mal rüber zum großen Bruder, um wat auszukundschaften. Und dat Beste kommt noch. Die schönen Kuppelkirchen hier auf meinen Bildern, die ham se damals im Innern abjefackelt, um die Ikonen zu plündern, die sie nun den wissbejierigen Besuchern im Musentempel zeigen."
Pokroff nickte. Wenn dem wirklich so war, musste der pflichtgetreue Kommissar ein doppelt wachsames Auge und Ohr haben. Zumal die benachbarte evangelische Matthäuskirche schon seit längerer Zeit Gastgeberin für konservative russisch- und rumänisch-orthodoxe Gemeinden war. Die führenden Geistlichen hatten sich in den Tageszeitungen bereits sehr abfällig geäußert – allen voran der russische Priester gleich nebenan. Denn der größte Teil der angekauften Ikonen für das Museum stammte aus der Privatsammlung eines Georgiers, dem man eine verdächtige Nähe zum früheren KGB und zu jenen Archivaren nachsagte, die im Kreml konfiszierte Kirchengüter aus der Ära Lenin und Stalin hüteten. Vor allem die Hauptattraktion, eine Barbara-Ikone aus dem westlichen Sibirien, berührte ein dunkles Kapitel sowjetischer Militärgeschichte und bot Zündstoff für immer neue Medienschlachten. Und das in einer Zeit, da sich Russland und Georgien vor dem Hintergrund kriegerischer Auseinandersetzungen im Kaukasus im kulturellen Leben von Frankfurt zu etablieren suchten. So war Russland erst vor wenigen Jahren zu Gast bei der Buchmesse – und Georgien schickte sich ebenfalls an, in die Fußstapfen des großen Nachbarn zu treten. Diese Medienschlacht um ein paar verdächtige Ikonen konnte da wirklich niemand brauchen.
Kritische russische Medien hatten als Drahtzieher des Ikonenhandels sogar einen Moskauer Unterweltboss vermutet, den man unter dem Spitznamen boewoj kon (Schlachtross) kannte – bis die Zensur solcherlei Berichte untersagte. So oder so: Sein Gespür sagte dem Oberkommissar, dass ihm sein letzter freier Tag kurz vor der Ausstellungseröffnung noch einmal eine letzte Atempause gönnen

sollte. Sobald die Türen im Museum aufgingen, würden die Emotionen hochkochen. Ein ehrgeiziger Museumsdirektor und ein eifernder exilrussischer Priester, das konnte sich nicht vertragen. Pokroff selbst war bestenfalls noch an seinem markanten Gesichtsausdruck als Nachkomme eines russischen Vaters und einer russlanddeutschen Mutter zu erkennen. Dass sein in der Schreibung eingedeutschter Familienname auf die wolgadeutsche Stadt Pokrowsk zurückging, die seit der Revolution Engels hieß, war nur noch für osteuropäische Sprach- und Geschichtsexperten zu erschließen.
Auch wenn Pokroff stets bemüht war, wie ein nüchterner deutscher Kriminalbeamter zu agieren, der der Kultur seiner russischen Altvorderen wenig Beachtung schenkte, so ging ihm dieses Museum und seine skandalöse Vorgeschichte in seiner Freizeit nur schwer aus dem Kopf. Erst recht nicht, wenn das Handy angeschaltet war.
„Mist, schon wieder vergessen, das Ding auszumachen", fluchte Pokroff, als er die wohlvertraute Melodie von der dahinplätschernden Moldau hörte. Mit Smetanas romantischer Komposition war der ewige Mobilstress selbst nach Dienstschluss noch einigermaßen zu ertragen.
Wer konnte das nun wieder sein? Hoffentlich nicht der oberste Dienstherr im Präsidium, dachte Pokroff. Dann studierte er die Nummer genauer: Sie lautete zwar so ähnlich wie die von der Polizei, es handelte sich jedoch um seine eigene Festnetznummer.
„Schatz, denkst du bitte daran, dass du noch bei Decor Walther vorbeifahren wolltest, um die Farben für die neue Gardine auszusuchen", bat Ehefrau Carola Pokroff.
Doch der Kommissar hatte seine Gedanken gerade ganz woanders. Was mussten solche Anrufe auch immer zur falschen Zeit kommen? „Selbstverständlich, meine Liebe, das steht um 14.30 Uhr auf meiner Marschroute zwischen Hauptwache und Paulskirche auf dem Programm", antwortete er rasch.
„Ach, weißt du, die Silvia hat erzählt, sie war bei Freunden aus Weißrussland eingeladen, die sich eine Villa auf dem Lerchesberg gekauft haben. Schon der Gang zur Toilette war unvergesslich. Überall Wasserhähne und Mischbatterien in der Form goldener Delphine ...
„Oh, das hört sich ja interessant an", unterbrach Pokroff rasch. In Wirklichkeit dachte er natürlich: „Was interessiert mich die kitschige Kultur irgendwelcher Neureicher?" Doch Carola hatte das passende Stichwort geliefert, um galant zu einem anderen Thema überzuleiten.

„Wo du gerade von Russen sprichst. Habt ihr in euren kunsthistorischen Seminaren auch mal etwas über russische Ikonenmaler gelernt?“ Wozu hatte Pokroff schließlich eine kluge, universalgelehrte Ehefrau, die gerade ihren 35. Geburtstag gefeiert hatte und deren Wissen für mehrere Universitätsabschlüsse gereicht hätte? Carola verstand sich zwar als Germanistin und arbeitete als Lektorin, doch sie hatte auch ein paar Semester Kunstgeschichte, Romanistik und Anglistik studiert.

„Ist das eine dienstliche oder private Frage?“

„Selbstverständlich dienstlich“, kicherte Pokroff ins Telefon. „Soldaten und Polizisten nutzen ihre Ferien nämlich als Bildungsurlaub in Sachen Kunstgeschichte, um vor ihren schöngeistigen Ehefrauen nicht als Banausen dazustehen. Deshalb interessieren mich die Ikonen in diesem neuen Sakralmuseum in der Friedrich-Ebert-Anlage.“

„Die osteuropäische Kirchenkunst haben wir nur gestreift. Wieso?“

„Ach, weißt du, ich habe gerade so ein Einführungsbuch studiert. Nun beschäftigt mich eine Frage: Warum gibt es eigentlich so wenige bekannte Ikonenmaler?“

„Ein paar bekannte Größen wie Andrej Rubljow gibt es schon. Aber in den früheren Jahrhunderten waren Ikonenmaler oft einfache und sehr begabte Mönche.“

„Aber es ist doch auffällig, dass die meisten dieser Heiligenbilder gar keine Signaturen tragen. Du kennst doch mein Dürer-Bild mit dem Hasen und den auffälligen Initialen A und D. Auf einer Ikone habe ich bislang so etwas noch nicht gesehen.“

„Das hast du richtig beobachtet. Einzelne signierte Ikonen gibt es zwar, aber erst ab dem späten 18. Jahrhundert. Aber weißt du, die frühen Maler, das waren eben immer sehr bescheidene Menschen. Denen ging es um das Gotteslob. Berühmt werden wollten die nicht. Und so etwas wie Urheberrecht gab es damals auch noch nicht“, führte Carola Pokroff aus. „Genauer kann ich dir das jetzt auf die Schnelle auch nicht erklären. Und jetzt verzeih, das Nudelwasser kocht.“

„Das Nudelwasser“, murmelte Pokroff halblaut vor sich hin, während die Leitung klackte. „Immer wenn man was von den Menschen braucht, droht gerade irgendetwas anzubrennen oder überzukochen.“ Pokroff merkte mal wieder, wie wenig er mit Haus- und Küchenarbeit am Hut hatte. Dann blickte der Kommissar noch mal zu seinem früheren Arbeitsplatz, wo jetzt dieses Hochglanzplakat verloren gegangene Schätze anpries. Irgendwie war es schon eine seltsame Ironie der Geschichte. So manchen goldglitzernden Schatz hatte Pokroff im alten Polizeipalast vor dem Umzug in die Miquelallee ebenfalls sicherstellen und untersuchen müssen. Vieles davon wanderte in die Asservatenkammer, um der Öffentlichkeit als Kuriosität im Kriminalmuseum des neuen Hauptgebäudes gezeigt zu werden – was dann jedoch im abgelegenen Keller geschah. Nun aber präsentierte sich ausgerechnet sein gutes altes Präsidium mit der stattlichen Säulenhalle als Tempel für sakrale Kunstgegenstände, die ihrerseits aus fraglichen Asservatenkammern kamen – Kirchenschätze, die im Handgemenge zwischen Klerus und Klassenkampf selbst den Stoff für einen drehbuchreifen Krimi lieferten. „Irgendwie schon eine seltsame Ironie der Geschichte", dachte Pokroff. Und schaute noch einmal zur benachbarten Matthäuskirche und dem leuchtenden goldenen Kreuz. Dort öffnete sich gerade die Tür, und ein Geistlicher im Gehrock steuerte mit forschem und energischem Schritt das benachbarte Sakralmuseum an. Genau in diesem Moment verdeckte eine dicke Wolke die Sonne und nahm dem Kreuz seine Strahlkraft. Ein böses Omen? Wie schon gesagt, besonders gläubig und kircheninteressiert war der Kommissar eigentlich nicht. Und doch entfuhr ihm in dieser Situation so etwas wie ein Stoßgebet: „Mein Gott, wenn das mal alles gut geht."

Kapitel 2

Dumpfe Blechtöne flogen Klara Miersch um die Ohren, als sie am folgenden Sonntagmorgen, dem Namenstag der Heiligen Barbara, die pompöse Museumsvorhalle mit den granitgrauen Marmorsäulen betrat. Zwischen dem Hämmern und schrillen Fiepen der Soundanlage konnte sie nur mit Mühe so etwas wie Kirchenglocken heraushören. Ja, war denn schon Heiligabend? Nein, wie das Große Stadtgeläute zwischen Hauptwache und Römer klang dieses verzerrte Blechkonzert ganz bestimmt nicht. Dann fiel es ihr wieder ein: Direktor Werner Klotzhofer hatte zur feierlichen Eröffnung noch eine ganz besondere Überraschung angekündigt. Wie ein mystischer Klangteppich sollten die Glocken des altehrwürdigen Klosters von Sergijew Possad die Vorhalle und das lichte Treppenhaus durchziehen, den Musentempel mit den bernsteinfarbenen Glasmalereien in eine Kathedrale der Kunst verwandeln. Ein toller PR-Gag, vor allem weil das Stadtgeläute zum ersten Advent wegen der Streitigkeiten zwischen den Kirchen und den Geschäften um den verkaufsoffenen Sonntag ausgefallen war. Doch

die Aussteuerung der Glockentöne im Museum stimmte noch nicht, was auch den eiligen Soundcheck der eifrig umherwuselnden Haustechniker erklärt, die extra am Sonntag im Museum arbeiten mussten.
Klara Miersch hielt sich die Ohren zu und schaute irritiert auf die Museumsuhr in der Vorhalle, die erst 8.30 Uhr anzeigte. Auch wenn draußen einer alten Bauernregel folgend ein milder und grüner Sankt Barbaratag weiße Weihnachten versprach, so hatte die Sekretärin Klara Miersch aus lauter Angst vor den üblichen Verspätungen der Bahn lieber einen Zug früher genommen. Nun war sie zu früh im Museum für Osteuropäische Sakralkunst, suchte erst einmal die Toilette auf, wo sie den Spiegel aus ihrer Handtasche zog und die ergrauten Strähnen zurückkämmte. Erst seit wenigen Tagen arbeitete sie im neuen Museum, hatte zuvor in einer Galerie als Schreibkraft gedient und immer auch versucht, als die gute Seele der Künstler zu wirken. An sich selbst hatte sie dabei zuletzt gedacht, lange viel Arbeit für wenig Geld geleistet. Klara Miersch ging nach links durch den langen Korridor in ihr Büro, versuchte sich an den schmucken Blumenranken der sonst eher hellen Wände zu erfreuen. Jemand hatte ihr gesagt, das Blumenmuster sei durch die Halle einer berühmten Moskauer Kathedrale inspiriert. Was konnte sie das kümmern? Einen Flug dorthin würde sie sich vorerst eh nicht leisten können.
Klara Miersch setzte sich an ihren Schreibtisch und schaltete ihren Computer an. Während das System hochfuhr, versuchte sie, sich die Zeit mit eingängigen Liedchen aus ihrer Schulzeit zu vertreiben. „Ich brach drei dürre Reiselein vom harten Haselstrauch. Und tat sie in ein Tonkrüglein, warm war das Wasser auch ..."
Die Sekretärin wurde zum ersten Mal unterbrochen, als Kurator Georg Friedrich zur Tür hereinkam. Mit einem kurzen „Morgen" blickte er wohlwollend zu Frau Miersch, die sein Outfit – ein ordentliches graues Sakko – mit einem zustimmenden Lächeln quittierte. Dann ging Friedrich langsam weiter. Ob er das Lied wohl kannte?
„Das war am Tag Sankt Barbara, als ich die Reislein brach ...", trällerte Frau Miersch weiter. Als sie wieder aufsah, blickte sie erneut in zwei fragende Augen, die diesmal jedoch ganz und gar nicht wohlwollend blinzelten.
Denn nun stand Direktor Werner Klotzhofer vor ihr und riss die Sekretärin aus ihrem vertrauten Singsang. Es schien, als wollte er der Welt einmal mehr die Stirn seiner fast kahlen Platte bieten, auf der nur noch wenige Stoppeln zu erkennen waren. „Was für eine selt-

same Melodie singen sie denn da?“, fragte er mit harschem Ton. „Mit Verlaub, das Lied klingt ziemlich kindisch und albern.“
„Ach, das ist nur so ein Liedchen zum Namenstag der Heiligen Barbara. Das habe ich mal in der Schule gelernt. Ach übrigens, er hat gestern am späten Nachmittag noch mal angerufen.“
„Wer hat angerufen?“ Eine gewisse Vorahnung ließ die zornigen Augen Klotzhofers regelrecht aus ihren Höhlen heraustreten.
„Na, dieser russische Priester von der Matthäuskirche. Er sagte, er wollte Sie unbedingt sprechen. Es werde schlimme und ungeahnte Folgen haben, wenn Sie die Ausstellung heute Nachmittag trotz all seiner Mahnungen eröffnen. Dann nämlich ...“
„Dann nämlich was? Also, jetzt reicht es aber wirklich. Wann ich meine Ausstellungen eröffne und wann nicht, lasse ich mir bestimmt nicht von so einem fanatischen Pfaffen vorschreiben. Wenn er noch mal anruft, ich bin nicht zu sprechen. Und wenn er seine blöde Klappe noch mal aufreißt, werde ich mich persönlich beim Patriarchat Moskau über ihn beschweren!“ Klotzhofer ging hastig am Schreibtisch seiner Sekretärin vorbei und knallte wütend seine Bürotür ins Schloss.
Nach ein paar Minuten ging etwas zaghaft die Nebentür auf. „Was ist dann bei Ihnen los? Gibt es etwa schon wieder Schwierigkeiten mit den Gegnern unserer Ikonenausstellung?“, wollte Friedrich wissen. Der akkurat gescheitelte Kurator war genau das Gegenteil von seinem Direktor. Mit seinen 61 Jahren verfügte er auch über sehr viel mehr Erfahrung und Sachkenntnis in der Kunstgeschichte. Auch im Frankfurter Ikonenmuseum hatte er mehr geleistet, als man dort gemeinhin zugab. Klotzhofers forsches Auftreten fehlte dem Kurator ganz und gar. Er war es offenbar nicht gewohnt, sich offen durchzusetzen oder zu wehren. Deshalb brauchte es auch nicht sehr viel Anstrengung, um ihm im Ikonenmuseum im Zuge einer Einsparungswelle zu kündigen. Dass Klotzhofer ihn von dort kannte und auf seine Fachkenntnis nicht verzichten konnte, war sein großes Glück.

„Ach, dieser Geistliche nebenan aus der Matthäuskirche hat wieder angerufen und ziemlich lautstark gedroht. Ich weiß zwar auch nicht so recht, ob man das alles so ernst nehmen soll. Aber langsam wird mir der Kerl unheimlich“, gab Klara Miersch kleinlaut zu.
Nun dämpfte auch Friedrich seine Stimme. „Sicher sollte man sich von solchen Quertreibern nicht zu leicht einschüchtern lassen. Aber man kann auch nicht einfach so darüber hinweggehen. Ich hatte ja

auch schon mal mit Klotzhofer deshalb gesprochen. Wir können uns doch nicht halb Frankfurt zum Feind machen. Na ja, wird schon nicht so schlimm sein."

Klara Miersch nickte zustimmend, und Friedrich kehrte zu seiner Arbeit zurück. Klotzhofer hingegen ging nervös in seinem Büro auf und ab. Er hatte kaum die Tür hinter sich geschlossen, da hörte er auch schon das Rattern seines Faxgerätes. Klotzhofer nahm das Blatt aus der Papierausgabe und studierte den Absender. Das Fax kam aus Moskau. „Ministerium für Auswärtige Angelegenheiten der Russischen Föderation", las Klotzhofer halblaut vor sich hin. Dann studierte er den Inhalt des Briefes:

Sehr geehrter Herr Direktor Klotzhofer,

wir gratulieren Ihnen zu Ihrem neuen Museum für Osteuropäische Sakralkunst in Frankfurt am Main. Neben dem Ikonenmuseum ist unser Land somit mit einer weiteren Dauerausstellung in Ihrer Stadt vertreten. Das ist für Russland eine große Ehre. Möge Ihre Sammlung helfen, die lange Geschichte der Kunst und Kultur der russisch-orthodoxen Kirche in Ihrer Stadt und in Ihrem Land zum beidseitigen Wohl unserer beiden Nationen weiter zu vertiefen.

Hochachtungsvoll

Sergej Sarakow, leitender Sekretär für Kunst im Russischen Ministerium für Kultur.

„Was für ein geschwollenes Geschwätz", dachte Klotzhofer. „Und das ausgerechnet von Herrn Sarakow." Wie oft hatte er versucht, den Herrn Kultursekretär persönlich zu erreichen und ihn um Hilfe und Vermittlung für sein Vorhaben zu bitten. Doch der zeigte wenig Interesse, schob immer wieder seine Untergebenen vor, die ihrerseits um wochenlange Geduld baten, um eine einfache Anfrage per Mail zu beantworten. Dabei konnten sie alle genug Deutsch oder hatten zumindest geeignete Dolmetscher und Übersetzer. Nein, über dieses Fax konnte sich Klotzhofer nicht wirklich freuen. Dafür war es nicht adäquat geschrieben – zwar in gutem Deutsch, jedoch in einer amtlichen Sprache, die kaum ein Minimum an Lob und Anerkennung für Klotzhofers Arbeit erkennen ließ. Genauso geschwollen und genauso förmlich wie die Briefe und Mails von den führenden geistlichen Vertretern. Nirgendwo ein Wort von all den geretteten russischen und georgischen Ikonen oder gar von der Heiligen Barbara. Was war da nur falsch gelaufen? Die Gutachten ließen nun wirklich keine Zweifel über den außerordentlichen kunsthistorischen Wert all dieser Exponate. Es war zum Haareraufen.

Einige Minuten später kam Friedrich von seinem Rundgang aus dem Museum zurück. Pflichtbewusst hatte er alle Exponate noch einmal überprüft und wollte nun die nervöse und offensichtlich auch etwas eingeschüchterte Sekretärin trösten.

„Machen Sie sich einfach nichts daraus, Frau Miersch, ermutigte er sie mit behutsamer aber einigermaßen fester Stimme. „Natürlich ist Klotzhofer heute an diesem wichtigen Tag sehr angespannt. Zu mir ist er heute auch anders als sonst. Aber keine Angst, das gibt sich schon wieder. Was war das eigentlich vorhin für ein niedliches Liedchen, das Sie da vor sich hin gesungen haben?"

„Ach, kennen Sie das nicht?", entgegnete die Sekretärin und konnte nun auch wieder lächeln. „Das ist das Lied von den dürren Reiselein, die man am Namenstag der Heiligen Barbara in ein warmes Wasserkrüglein stellt. Wenn man das sehr gewissenhaft und behutsam tut und dazu seine Gebete verrichtet, dann werden die Reiselein pünktlich zu Heiligabend aufgehen. Ich dachte immer, Sie seien katholisch."

„Das bin ich zwar, aber deshalb kann und muss ich noch lange nicht sämtliche Heiligenliedchen kennen." Friedrich räusperte sich angestrengt. „Außerdem ist es selbst dann erlaubt, über die Dinge auch mal ein bisschen zu schmunzeln. Barbara, Bärbel und all diese Gebräuche darum, da muss ich immer an dieses Schwarzwaldmädel aus den 50er Jahren denken. Hieß die nicht auch Bärbele oder so ähnlich?"

„Ja, ich glaube schon. Aber nun wollen wir erst mal hoffen, dass dieser Tag heute gut ausgeht und die Eröffnung der Ausstellung doch noch ein voller Erfolg wird", sagte Frau Miersch und vergrub sich sorgenvoll in ihre geschäftliche Korrespondenz.

Am späten Nachmittag lud das Museum endlich zum Empfang. Klotzhofer war erleichtert, dass er vorher alle Journalisten überzeugen und sofern nötig auch beruhigen konnte. Nur ein Verfahren gegen ein Revolverblatt war noch anhängig, doch er konnte zumindest auf eine einstweilige Verfügung hoffen. Vielleicht musste der Herausgeber dieses Blattes sogar eine deftige Geldstrafe zahlen. Denn gegen die Beurteilungen, Fachgutachten und ehrenwörtlichen

Versicherungen namhafter Kuratoren, Kunsthistoriker und Russlandkenner konnte auf Dauer einfach niemand ankommen.
Schon vor dem Museum herrschte ordentlich viel Betrieb. Die ersten Gruppen von geladenen Gästen vermischten sich mit den Berufspendlern zwischen Messe und Messeturm, die neugierig und wie gebannt auf das übergroße Plakat mit dem Porträt der Barbara starrten. Viele der Ehrengäste und zufälligen Passanten blieben auch vor dem Porträtstand stehen, um eine der schönen Stadtansichten zu kaufen. Auch Friedrich schaute in der letzten Ruhe vor dem großen Sturm kurz vorbei. „Na so etwas, ist denn Ihr Mann heute gar nicht da?“, fragte er verwundert die ältere Matrone, die gerade das Wechselgeld zählte. „Nee nee, der is heute so'n bissken krank, na ja, wat willste machen, da muss ick eben ran“, entgegnete Bertha Teschke, die bessere Hälfte des Porträtkünstlers. Dann schmunzelte sie. „Ick krieg aber nur Karikaturen mit jestrichelten Änneken hin. Leider kann ick nich so wie mein Mann den Pinsel schwingen.“ Friedrich lächelte ermutigend zurück, klopfte Frau Teschke auf die Schultern. „Ach lassen Sie nur, das wird schon. Ihrem Mann geht es bestimmt bald besser. Außerdem, Sie wissen doch: Es ist noch kein Meister vom Himmel gefallen.“ Dann ging Friedrich zurück ins Museum.
Klotzhofer wähnte sich derweil schon in Feierlaune. Die Ikonen strahlten, und in den Gläsern perlte es. Die fleißigen Ameisen hatten ihr Werk vollendet – die Klosterglocken erklangen inzwischen, als müssten sie zum Gottesdienst rufen. Im Foyer, rechts neben der Eingangshalle, hatte der Direktor zum Empfang geladen. Krimsekt, nicht zu lieblich, dafür aber von edler Herkunft und zum entsprechenden Preis. Der Direktor hatte es schließlich nicht nötig zu sparen. Denn an diesem Tag war er der Gewinner. Wenigstens für ein paar Stunden. Fast fühlte er sich wie ein Zar. Deshalb gab es Kaviar, nur vom Feinsten, versteht sich. Und natürlich durfte auch der Auftritt eines weltberühmten Kosakenchors aus Sankt Petersburg nicht fehlen. „Kalinka, malinka, malinka meja!“ Zu dem beliebten russischen Volkslied, das die Kosaken anstimmten, versuchten wenigstens die engsten Getreuen Klotzhofers leidenschaftlich zu klatschen und das restliche Museum in Feierstimmung zu versetzen.
Kaum war das Volkslied verklungen, da bat der Direktor zum großen Festakt. Nein, mit einem langen Rundgang durch die Sammlung wollte er sich und seine Gäste nicht aufhalten. Ein paar Ausführungen zur Gottesmutter von Kasan und der Höllenfahrt

Christi, ein kurzer Blick in die georgische Abteilung mit funkelnden liturgischen Gefäßen, das musste reichen. Die Raumdekoration wechselte zwischen goldenen Zarenadlern und rot-weißen Georgskreuzen, so wie es gerade gebraucht wurde. Dann jedoch kam der große Höhepunkt, auf den Klotzhofer so lange gewartet, den er immer wieder geprobt und minutiös inszeniert hatte.
Mit den Worten „Wenn Sie mir nun bitte folgen möchten", bat der Direktor nun in den großen Ausstellungsraum im ersten Stock. Die ausgewählte Gruppe von zwanzig Journalisten und Ehrengästen folgte ihm willentlich, ließ sich an der schmiedeeisernen Brüstung durch den lichten Korridor mit Blick auf die bernsteinfarbenen Bleiglasfenster führen. Dazu der dumpfe, tiefe, aber doch melodische Stundenschlag des großen Glockenturms von Sergijew Possad – ja, jetzt stimmte die so mühsam einstudierte Choreographie endlich.
„Man, das sieht ja vielleicht barock aus!" Die Journalistin Lisa Naumann konnte sich ihren vorlauten Kommentar einfach nicht verkneifen. Der Blick auf den mit üppigen Ranken geschmückten Torbogen offenbarte ihr das ganze Ausmaß preußischer Machtdemonstration – ihren Kollegen verschlug es vor Faszination die Sprache.
„Ja, da haben Sie durchaus Recht", entgegnete Klotzhofer mit strahlenden Augen. „Das ist typisch Gründerzeit. Damals, als Frankfurt zu Preußen gehörte. Ein herrlicher und prachtvoller Stil, wie geschaffen für unsere Ikonenmalerei." Dabei wies der Direktor auf die Inschrift „Sitzungssaal", die in verschlungenen Lettern unter dem neubarocken Sandsteingiebel des Eingangs zu lesen war.
„Dann mal hinein in die gute Stube!" Mit großherziger Geste bat der Hausherr sein Gefolge in den weißen stuckverzierten Saal hinein. In der Mitte hatten die Raumdekoratoren die Kulisse einer imaginären Ikonostase aufbauen lassen. Links und rechts erzählten beschriftete biblische Szenen aus dem Leben Jesu, von Mariä Verkündigung bis zur Kreuzigung auf Golgatha. Dazu wurde die vielstimmige russisch-orthodoxe Liturgie des Heiligen Chrysostomos eingespielt – tiefe Bässe ergänzten sich mit engelsgleichen Frauenstimmen, die immer wieder die Macht des Herrn priesen: „Gospodin, gospodin, gospodin, Amen."
„Bitte hier entlang!" Klotzhofer versammelte die Gruppe in der Mitte der Ikonostase vor einem schweren purpurnen Samtvorhang, der den Blick ins Allerheiligste verschloss. Wie ein Magier schob er den Vorhang beiseite. Dann kam endlich der Höhepunkt: die Ikone der Heiligen Barbara, die vor einem goldfunkelnden Hintergrund

glänzte. Ein Abbild des Paradieses, das mit seinem lieblichen Lächeln und seiner funkelnden Krone aus der jenseitigen Welt herüberstrahlte. Das Meisterwerk eines unbekannten Künstlers, das jedoch in seinem kostbaren Kleid und der anmutigen sowie detailverliebten Ausführung für die unendlichen Weiten Sibiriens ein begehrtes Sammlerstück darstellte, zumal es viele Jahrzehnte lang als verschollen galt. „Schauen Sie sich nun das Kleinod unserer Sammlung an, die Heilige Barbara aus dem Oblast Jekaterinburg", forderte Klotzhofer seine Besucher auf.

„Herr Direktor Klotzhofer, wenn Sie mir eine Frage gestatten", meldete sich Lisa Naumann zu Wort, Journalistin beim Online-Journal „Art of Frankfurt". „Ist es nicht doch etwas schwierig, solche Ikonen zu zeigen? Ohne Ihnen zu nahe treten zu wollen, aber führende russische Geistliche fordern doch, solche Ikonen sollten besser Klöstern im Mutterland zur Verfügung gestellt werden, statt fern der Heimat für Aufsehen zu sorgen." Die hübsche Mittdreißigerin mit den rotblonden Haaren schrieb mit Ehrgeiz, wollte Kunst und Kommerz lebendig darstellen – all die Geschichten, die hinter dem Boom von Ausstellungen und ambitionierten Ausstellungsmachern steckten.

Doch Klotzhofer wiegelte sofort ab: „Für jedes der Exponate haben wir das Gutachten eines renommierten Kunsthistorikers. Ebenso für die Heilige Barbara. Hier sind wir sogar in der glücklichen Lage, das Kloster zu kennen und die Herkunft rekonstruieren zu können. Da ist nichts Schwieriges oder gar Problematisches dabei. Im Gegenteil: Diese Ikonen wurden vor ihrer Vernichtung gerettet und finden seitdem in Russland keinen Eigentümer mehr, der sie aufarbeiten und in einer der ursprünglichen Kirchen oder Klöster ausstellen könnte. Wissen Sie überhaupt, wie die Orthodoxe Kirche in den osteuropäischen Ländern aufgestellt ist? Da ist nichts mit Kirchensteuern oder sonstigen nennenswerten Zuwendungen, um all die Gotteshäuser mit ihren Ikonen in diesem riesigen Land zu unterhalten."

Ein Kollege von Lisa Naumann warf dem Direktor einen irritierten Blick zu, als könnte er dessen Ausführungen nicht recht folgen. Doch der ließ sich davon nicht irritieren: „Nun schauen Sie doch bitte noch einmal selbst, wie sorgfältig und liebevoll zugleich der namenlose Künstler hier gearbeitet hat. Man erkennt sofort, wie sehr er von der alten Schule beeinflusst wurde, die auch die Barbara-Ikone in Tver aus dem 15. Jahrhundert gemalt hat."

„Aber müssten die Gesichtszüge der Heiligen dann nicht um einiges strenger ausfallen?", hakte Lisa Naumann nach. „Das Gesicht der Barbara mutet so sanft und lieblich an, wie man es von einer orthodoxen Ikone eigentlich gar nicht kennt."

„Eben nicht", konterte Klotzhofer und setzte nun wieder seine triumphierende Miene auf. „Wir sind nämlich nicht im nordwestlichen Russland des 15. Jahrhunderts, sondern im westlichen Sibirien des 17. Jahrhunderts. Natürlich hat die alte Schule noch nachgewirkt und die wichtigen Vorlagen für die traditionelle und detailgetreue Ikonenkunst geliefert. Und doch konnte der namenlose Künstler seinen eigenen Stil und seine ganz eigene Ausdrucksweise entwickeln. Deshalb begegnet uns die Heilige in dieser Ikone mit einem sehr weichen und anmutigen Gesicht. Und die Farben des Gewandes leuchten etwas voller und kräftiger. Und wenn Sie mir nun in den Nebenraum folgen wollen. Dort können Sie noch einen Film sehen, der Ihnen die Geschichte der Ikone und die Ereignisse im Kloster des Propheten Elias erzählt."

Klotzhofer führte die Gruppe in den Nebenraum, wo der Techniker bereits die CD eingelegt hatte. Der feurige Abendhimmel in den Weiten Sibiriens und die Kuppelchen des Holzklosters entfalteten gerade ihren vollen Zauber, als plötzlich der Bildschirm flimmerte und der Techniker eine Störung des Gerätes vermelden musste. Klotzhofer hätte am liebsten laut geflucht. Verdammte Technik! Doch jetzt hieß es Contenance bewahren. „Nun, den Film können Sie sich ja später noch ansehen", versicherte er mit einem aufgesetzten Lächeln. „Dann gehen wir doch so lange runter ins Foyer und trinken noch ein Schlückchen."

Ja, es war seine eigene Sammlung, die Werner Klotzhofer in seinem herausgeputzten Kunst- und Musentempel der Öffentlichkeit präsentierte. Der untersetzte Glatzkopf mit der erhabenen Miene, die in gewissen Situationen in ein Pokerface wechseln konnte, hatte alles auf eine Karte gesetzt – und es schließlich bis weit in die oberste Liga gebracht. Mit den wohlbekannten Jokern, ein wenig Wagemut und der Hilfe eines Freundes hatte der ambitionierte Glücksritter in dem millionenschweren Fernsehquiz die Höchstfrage geknackt und den Geldsegen in einem Feuerwerk der Emotionen geerntet. Doch danach würde später niemand mehr fragen. Klotzhofer hoffte, das alte Polizeipräsidium dauerhaft als Museum anmieten und schließlich kaufen zu können. Und zwar spätestens dann, wenn die Investoren für neue Wolkenkratzer endgültig durch Wirtschaftskrisen und den zunehmend gesättigten Immobilienmarkt in die Knie gezwungen würden. So gesehen brauchte

Klotzhofer nur ruhig abzuwarten.
Zunächst ertönten die obligatorischen Grußworte der wichtigsten Referenten aus dem Frankfurter Magistrat und dem Hessischen Kultusministerium. „Lieber Herr Klotzhofer, dank Ihres Engagements zieht die Frankfurter Museumslandschaft bald mit Berlin gleich." Mit dieser kurzen Ermutigung gab sich der Kulturdezernent die Ehre, bevor er sich frühzeitig zum Empfang im Sachsenhäuser Ikonenmuseum verabschiedete. Die restlichen Promis ließen sich mit ergebenem Blick von Friedrich durch die Räume führen und die großartigen Ikonen erklären. Sie alle gaben wie eingeübt ihre versichernden Erklärungen ab: Dieses Museum mit seinen Heiligenbildern wäre eine ausgesprochene Bereicherung für Frankfurt. Dann lächelten sie professionell, betonten noch einmal den ausgesprochen hohen kunstgeschichtlichen Wert der Exponate, bevor sie sich für einen Moment entschuldigten und dem Büffet zuwandten. Kaviar und Krimsekt schienen sie weitaus mehr zu faszinieren. „Irgendwas läuft doch da gründlich schief", dachte Klotzhofer.
Das Patriarchat Moskau hatte ganz abgesagt, ein Sprecher aus dem Russischen Generalkonsulat traf verspätet ein, um die Glückwünsche seines Dienstherrn zu überbringen – unauffällig und diplomatisch. Klotzhofer streckte seine Hand etwas zögerlich aus, bekam erneut Zweifel: Warum mieden die führenden Köpfe fast alle seine Eröffnungsfeier, schickten bestenfalls ihre obersten Dienstboten vorbei? Etwas mehr Respekt hätte sich der Herr Direktor doch erbeten. Dann endlich drängte ein prominenter Herr aus dem Frankfurter Geschäftsleben nach vorne. Zunächst noch etwas vorsichtig, als wollte er mit seiner markanten Adlernase die Luft prüfen. Dann streckte er dem Direktor seine Rechte entgegen: „Herzlichen Glückwunsch zu Ihrem Museum, Herr Klotzhofer. Wir freuen uns auf eine lange und ertragreiche Zusammenarbeit." Es handelte sich um Tamas Temaschwili, den Inhaber einer bedeutenden kaukasischen Import- und Eventfirma in Frankfurt. „Hinter mir sind noch ein paar Geschäftsfreunde, die Ihnen gratulieren wollen."
Klotzhofer nahm die gratulierenden Hände dankbar entgegen. Darunter auch die von Gerhard Kayser, dem recht fülligen Präsidenten der Albinia-Kulturstiftung und Vorsitzenden der gleichnamigen Firma, die für die Versicherung der wertvollen Ikonen verantwortlich war. Endlich schienen es ein paar Besucher wirklich ernst mit ihrer Präsenz und ihren Komplimenten zu meinen. Frankfurt, die Stadt der Finanziers, der Stiftungen und Mäzene. Klotzhofer hatte immer gewusst, dass man ihn hier nicht im Stich lassen würde.

„Ach ja“, ergänzte Temaschwili, „viele Grüße soll ich Ihnen auch noch von unserem Freund Gudensberger bestellen. Er hat es leider nicht geschafft, ihm ist heute noch ein Termin in Chicago dazwischengekommen.“

Kaum hatte der Kosakenchor aus Sankt Petersburg seine letzte Einlage aus einem Kirchenlied und einem Volkslied zum Besten gegeben, als sich plötzlich eine dunkelhaarige Gestalt mit ergrautem Vollbart durch die Menschenmenge schob und den Weg Richtung Mikrofon bahnte. Zunächst fiel sie keinem auf. Dann ließ der untersetzte Mann seine volle Stimme ertönen: „Herr Klotzhofer, an diesen Ikonen klebt Blut. Zwanzig Mönche wurden alleine für die Heilige Barbara dahingemetzelt, ein wunderschönes Kloster brutal in Brand gesteckt. Diese Ikone hätte Russland niemals verlassen dürfen. Ein Skandal für dieses Museum, und Sie haben alle meine Warnungen voller Selbstherrlichkeit in den Wind geschlagen ...“

„Siiie, wagen Sie es nicht ...!“ Klotzhofer wollte sich gerade gehörig steigern, als Friedrich seinem Chef ein Handzeichen gab und nun selbst versuchte, den Störenfried beiseitezuschieben. „Was fällt Ihnen ein, verschwinden Sie gefälligst, wie konnten Sie überhaupt hereinkommen?“ Ein hilfesuchender Blick Richtung Pförtner. „Ja, ja, ich verstehe schon, einem orthodoxen Geistlichen kann man nicht so einfach den Zutritt verwehren. Aber Sie hatten keine Einladung. Und Sie sind hier absolut unerwünscht!“

Doch so einfach gab sich der Eindringling nicht geschlagen. „Für alle, die mich nicht kennen, ich bin Vater Gregoriew, Kranken- und Obdachlosenseelsorger der Russisch-Orthodoxen Kirche in Frankfurt. Herr Klotzhofer, Sie glauben, Sie sind mit ihren falschen und pseudoseriösen Zertifikaten von irgendwelchen gekauften Gutachtern auf der sicheren Seite. Wir aber glauben all diesen selbst ernannten Kunstexperten kein Wort mehr! Klotzhofer, die Sache ist noch nicht zu Ende. Wir werden uns sprechen, und das schon in wenigen Stunden. Dann wird abgerechnet. Ich komme wieder!“ Gregoriew ballte vor Wut seine Faust, so dass er eher einem Revolutionär als einem Geistlichen glich. Seine Augen glühten, er biss sich sichtlich auf die Lippen, um nicht noch Schlimmeres auszusprechen.

„Hören Sie gefälligst auf, den Direktor zu beschimpfen und zu bedrohen“, ergriff Friedrich wieder das Wort. Tatsächlich gelang es dem sonst eher schüchternen Mann, in Sprache und Gebärden über sich selbst hinauszuwachsen. Nach außen hin stellte er sich vor Klotzhofer. Doch in Wahrheit hegte er stille Absichten, die alles andere als solidarisch waren, wie sich später herausstellen sollte.

Endlich verließ Gregoriew das Museum, rannte wie vom Leibhaftigen getrieben über den Hof – und warf dabei fast zum zweiten Mal die Bilder am Porträtstand um. Die korpulente Bertha Teschke konnte sich gerade noch in Sicherheit bringen. „Könn' se nich uffpassen?", rief sie ihm zornig hinterher. Während einige Passanten den eigenartigen Tumult beobachteten, konnte Klotzhofer drinnen die Leute notdürftig beruhigen. „Ist schon in Ordnung, das war nur ein kleiner und kurzer Zwischenfall. Dieser Irre versucht mir schon die ganze Zeit, das Leben schwer zu machen", rief er sichtlich atemlos. Und fügte dann etwas ruhiger hinzu: „Entschuldigen Sie bitte nochmals, das ist mir alles furchtbar peinlich! Der Fall ist ja geklärt, selbst Juristen haben sich eingeschaltet. Ein Geistlicher, der sich von ein paar Schmierfinken und Paparazzi aufwiegeln lässt, das ist einfach lächerlich."

Klotzhofer verließ das Rednerpult und setzte sich wieder in die vorderste Reihe der Aula. Links und rechts klopfte man ihm auf die Schulter, auch von den angrenzenden hinteren Reihen kamen einigermaßen tröstende Worte. Dann aber meldete sich eine vorsichtige Stimme zu Wort.

„Entschuldigen Sie bitte, Herr Direktor, mein Name ist Kuhn. Ich gehöre dem evangelischen Freundeskreis der Matthäuskirche an. Ich würde Ihnen gerne helfen, mit Gregoriew ein sachliches und klärendes Gespräch zu führen. Die Russen sind wie unsere Nachbarn, wir kämpfen gemeinsam für unsere Kirche. Deshalb kenne ich die dortigen Priester recht gut. Es wäre doch in unser aller Interesse, diese unschöne Angelegenheit aus der Welt zu schaffen."

„Sicher, sicher, da haben Sie natürlich Recht", räumte Klotzhofer ein. „Aber seien Sie unbesorgt: Wenn Gregoriew später wirklich noch vorbeikommt, wird er sich wohl wieder beruhigt haben. Wenn er sich bei mir entschuldigt, finden wir bestimmt eine akzeptable Möglichkeit, um die Sache zu bereinigen." Das schien Klotzhofer wenigstens zu hoffen. Mühsam versuchte er, sein Lächeln wieder aufzusetzen und sich durch ein paar Small Talks Ablenkung zu verschaffen. Doch seine Stimmung war sichtlich dahin. Und auch bei einigen Gästen schien bestenfalls noch eine sehr gezwungene Freude aufzukommen. Das wollte sich der Direktor freilich nicht antun. Eine gute Dreiviertelstunde harrte Klotzhofer noch auf dem Empfang aus. Dann ließ er sich entschuldigen. Einen wichtigen Außentermin, wie er sagte. Und so musste schließlich Friedrich gegen 18.30 Uhr die letzten Gäste verabschieden.

Kapitel 3

Es war gegen 19 Uhr, als eine Straßenbahn Klotzhofer aus seinem Nickerchen emporschnellen ließ. Der monotone Rhythmus der Waggons, die über das Gleisbett und den vom Frost aufgeplatzten Asphalt holperten, hämmerte in seinem Schädel, da ihn schon seit Stunden heftige Kopfschmerzen quälten. Kein Wunder nach diesem anstrengenden Tag, der noch lange nicht vorbei war. Es hatte sich ja noch Vater Gregoriew angesagt, den der Direktor freilich mit sehr gemischten Gefühlen erwartete. Immerhin: Seinen lautstarken Auftritt im Museum hätte er ihm bei aller orthodoxer Verbohrtheit niemals zugetraut. Diesen Geistlichen musste man also tatsächlich ernst nehmen. Würde er den Priester wenigstens so weit beruhigen können, dass dieser künftig seine peinlichen Besuche unterlassen würde? Und könnte ihm dieser evangelische Kuhn dabei wirklich eine Hilfe sein? Auf diese Fragen hatte Klotzhofer derzeit keine Antworten parat.
Dann klingelte plötzlich das Telefon. Klotzhofer schaute verstört auf das Display: Der langen Nummer zufolge kam das Gespräch offenbar aus Sankt Petersburg. Wenigstens die wichtigen russischen Vorwahlnummern hatte sich Klotzhofer im Laufe seiner vielen Verhandlungen mit den dortigen Kunsthändlern gemerkt. Irritiert hob er den Hörer ab.
„Guten Abend, Herr Klotzhofer. Hier ist Karparow. Meine Gratulation zur Eröffnung. Wie ist es gelaufen?“ Der gewisse Unterton in der Stimme des Anrufers ließ nichts Gutes ahnen. Hilfesuchend blickte der Direktor aus dem Fenster seines Büros zum angestrahlten Turm der Matthäuskirche, der sich eher sanft vor der grellen Lichtpyramide des Messeturms abhob.
„Danke, wir hatten viele namhafte Honoratioren zu Gast, und der von Ihnen empfohlene Kosakenchor hat einfach wunderbar gesungen und alle mitgerissen“, log Klotzhofer angestrengt.
„Schön, schön, und dieser verrückte Priester aus der Nachbarschaft, gibt der endlich Ruhe?“
Klotzhofer suchte nach einer passenden Antwort. „So gut wie. Wir haben ihn praktisch mundtot gemacht. Nur manchmal versucht er es noch mit seinen lästigen Anrufen.“
„Dann bringen Sie ihn gefälligst endgültig zum Schweigen! Sonst wird es Sie und Ihr Museum nicht mehr lange geben. Und ich lasse mich von euch nicht übers Ohr hauen. Wir hatten genau ausgemacht, welche Ikone zu welchen Bedingungen eingeführt und im

Museum gezeigt wird. Diese Sauerei mit der Heiligen Barbara wird ein Nachspiel haben!“ Den letzten Satz konnte Klotzhofer kaum verstehen, da der Anrufer von lauter und dramatischer Orchestermusik fast völlig übertönt wurde.
„Wie bitte? Die Musik ist so laut. Was ist das für eine grausige Sinfonie?“, fragte Klotzhofer irritiert.
„Sie verstehen sehr gut, was ich meine. Ich höre gerade Modest Mussorgskijs Nacht auf dem Kahlen Berge. Dort, wo die Türken verloren haben. Das Leben ist eine einzige Schlacht, und glauben Sie ja nicht, Sie könnten gegen mich gewinnen.“ Dann machte es plötzlich Klack in der Leitung. Karparow hatte aufgelegt.
Der Direktor starrte ratlos auf die Wand und die Vitrine gegenüber. Dort hatte er einige Ikonen aus den Athos-Klöstern und Vortragekreuze der äthiopisch-koptischen Kirche vorübergehend untergebracht. Nun hieß es Nerven behalten. Klotzhofer musste erst mal mit dem ungebetenen Nachbarn vor Ort fertig werden, ehe er sich um die großen russischen Hintermänner kümmern konnte. Dann klingelte erneut das Telefon.
„Ja, hier Riestermann von der Pforte. Da ist Gregoriew für Sie vor dem Museum. Er will aber nicht reinkommen, sondern erwartet Sie lieber draußen, nahe beim Eingang.“
„Was soll denn der Quatsch?“, fuhr Klotzhofer den Pförtner mit echauffierter Stimme an. „Nun hat sich dieser Priester so unerhört laut angekündigt, dass ihn sogar die Sekretärin in meinem Terminkalender eingetragen hat. Und nun soll ich mich extra zu ihm herunterbemühen? Sagen Sie ihm, er soll gefälligst raufkommen.“
„Das geht nicht. Er hat mir nur kurz zugerufen und gesagt, er will Sie lieber draußen sprechen. Dann ist er um die Ecke gegangen.“
Klotzhofer überlegte hin und her. Nervös blickte er auf die Exponate schräg gegenüber. In Sekundenbruchteilen lief sein Gesicht feuerrot an, während er sich überlegte, wie weit es dieser Priester wohl noch mit ihm treiben wollte. Schließlich fasste er sich etwas, entgegnete jedoch immer noch mit hektischer Stimme: „Das ist doch unerhört. Nun gut, er will es offenbar nicht anders. Ich bin in wenigen Minuten unten. Dann kann der aber sein blaues Wunder erleben.“
Klotzhofer knallte den Hörer auf, sprang mit einem hastigen Satz auf und rannte an die Wand gegenüber, wo er in seiner Wut die Vortragekreuze auf der Vitrine unwirsch beiseiteschob. Dann eilte er zurück zum Schreibtisch, nahm den Mantel von der Stuhllehne und hastete die Treppenstufen hinunter.
„Schauen Sie, Ihr später Gast geht nun dort drüben auf und ab. Er

scheint es genauso eilig wie Sie zu haben", empfing ihn Eugen Riestermann an der Pforte. Dafür, dass der uniformierte Pförtner schon fast das Rentenalter erreicht und kaum eine wirkliche Gefahr zu melden hatte, funkelten seine stechenden Augen noch sehr aufmerksam.

Klotzhofer sah ihn unwillig an, dann schrie er zur anderen Seite: „He, Gregoriew, warten Sie, ich komme rüber. Und dann reden wir mal Tacheles." Er war jedoch noch nicht auf der anderen Seite der Friedrich-Ebert-Anlage angelangt, als schon ein lautstarker Wortschwall auf ihn einprasselte. „Nein, nein, doch nicht hier. Das müssen ja nun auch nicht alle Leute mitkriegen", versuchte Klotzhofer die wütende Stimme zu bändigen. „Gehen wir erst ein Stück und sprechen dann in einer ruhigen Seitenstraße."

Doch Klotzhofers Bemühungen brachten nur kurzzeitigen Erfolg. Die beiden Männer fuchtelten schon wieder laut schwadronierend mit den Händen, als sie seitlich in die Ludwigstraße einbogen. Dort ging wie so oft zu später Abendstunde Gisela Bachmann mit ihrem ausgewachsenen Dobermann spazieren.

Als der schlanke und drahtige Rüde die beiden Streithähne auf sich zukommen sah, knurrte und bellte er laut, zerrte unwillig an seiner Leine. Für einen Moment befürchtete sein Frauchen, ihn nicht mehr zurückhalten zu können.

„Ruisch, Mäxche, ganz ruisch", redete Frau Bachmann auf ihren Vierbeiner ein. Dann wagte sie einen Blick auf die beiden Passanten und runzelte zornig die faltige Stirn. „Sie sollte sisch was schäme, des arme Tier so uffzuresche."

„Kümmern Sie sich gefälligst um Ihren eigenen Kram", herrschte Klotzhofer sie an.

Gisela Bachmann nahm ihren Max und ging mit ihm weiter Richtung Mainzer Landstraße. Hinter ihr hörte sie das laute Brüllen, drehte sich noch einmal um und sah, wie Klotzhofer und sein lautstarker Begleiter hinter der Schranke der Einfahrt ins ehemalige Polizeirevier verschwanden. Sie band Max kurz an einen Laternenpfahl, ging vorsichtig ein paar Schritte zurück und hörte durch den Hinterhof Klotzhofers Stimme, die sich förmlich überschlug: „Sie veeerdammtes Arschloch, daas wiird Iihnen noch leeidtun, Sieeee ..." Kurze Zeit später hörte sie das Klirren von Flaschenglas, das auf dem Straßenpflaster zersprang, und danach noch lautere Schreie.

„Um Gottes Wille, des gibt da drinne ja Mord un Todschlaach", dachte Gisela Bachmann und rannte in Panik Richtung Mainzer

Landstraße. Immer wieder drehte sie sich ängstlich herum: Wenn der zweite Mann nun herauskommen würde, könnte sie als einzige Zeugin ihr Testament machen. Doch nichts geschah. Dann nahm sie plötzlich einen schwarzen Schatten wahr und erschrak sich zu Tode. Doch es war nur eine aufgescheuchte Katze, die sich offenbar vor Max erschreckt hatte. Verzweifelt suchte sie in ihrer Manteltasche nach ihrem Handy. Als sie es endlich gefunden hatte, verständigte sie über den Notruf rasch die Polizei.

Schon wenige Minuten später erschien eine Polizeistreife mit Rettungswagen am Tatort. „Was sagten Sie, Frau Bachmann, hinter der Einfahrt zum alten Polizeipräsidium in der Ludwigstraße? Also in der Nähe des neu eröffneten orthodoxen Museums?“, wollte Polizeihauptmeister Helmut Schubert wissen.
„Ja, genau dort“, bestätigte Frau Bachmann und beruhigte Max, der noch immer aufgeregt bellte.
Was sich den Einsatzkräften im besagten Hinterhof bot, war ein Bild des Grauens. Blutüberströmt lag dort eine Person mit einer großen Wunde am Kopf. Die Sanitäter beugten sich über den leblosen Körper und konnten nur noch den Tod durch Erschlagen mit einem schweren Gegenstand feststellen. „Mensch, wer macht denn so was Schreckliches? Und das an unserem alten Arbeitsplatz?“, entfuhr es Schubert.
Das Polizeiteam inspizierte den Ort des Schreckens. Rund herum lagen Flaschen von nächtlichen Partys und die Scherben einer großen Flasche, mit der man die Person offenbar tödlich getroffen hatte. Auf den größeren Scherben waren noch Teile des Etiketts in kyrillischen Buchstaben zu erkennen. „Ganz offensichtlich so ein billiges Sonderangebot von russischem Wodka, wie man ihn in jedem Supermarkt kaufen kann“, dachte Schubert. Schon seit längerer Zeit war die Zufahrt in der Ludwigstraße neben dem Neubau des früheren Präsidiums, der nun an Partyclubs vermietet wurde, weder verschlossen noch irgendwie gesichert. Dies hing damit zusammen, dass die Stellplätze im Innenhof größtenteils extern vermietet wurden, bis der Eigentümer, das Land Hessen, eine neue Verwendung für den gesamten Komplex gefunden hatte. Die beiden Schranken waren zumindest für Fußgänger nur noch Attrappen. Jeder konnte nachts auch in die weiter hinten gelegenen Innenhöfe gehen, obwohl Teile davon in der Nähe der baufälligen Gebäude inzwischen wegen Einsturzgefahr abgesperrt waren. Trotzdem hörte man, dass dort immer hin und wieder nächtliche Partys

stiegen. Die vielen Flaschen und Zigarettenkippen lagen dort nicht von ungefähr.
Hauptmeister Schubert verständigte die Mordkommission K 11, sicherte den Tatort vorübergehend und nahm die Aussagen und Personalien von Gisela Bachmann auf. Kriminaloberkommissar Pokroff saß gerade über einem besonders hartnäckigen Fall, als der Notruf bei ihm im Büro eintraf. „Ich komme sofort mit einem Kollegen vorbei“, antwortete Pokroff. Während er sein Büro verließ und zu seinem Dienstwagen in die klinisch weiße Tiefgarage hinunterging, zogen die Bilder seines früheren Arbeitsplatzes an ihm vorbei: die stattlichen, wenn auch reichlich angestaubten Diensträume in dem wilhelminischen Bau aus der Gründerzeit, die nun verwaiste Zufahrt mit Schranke im hinteren modernen Anbau. Und der Rapport beim Polizeipräsidenten im prunkvollen neubarocken Sitzungssaal.
Pokroff sah schon die neugierigen Anwohner vor sich, die mit wohligem Gruseln zum blutgezeichneten Tatort pilgern und hinterher beim zuständigen Ortsbeirat mehr Sicherheit und Kontrolle fordern würden. Die leerstehenden Gebäude des alten Präsidiums waren den anliegenden Geschäftsleuten schon seit längerer Zeit ein Dorn im Auge.
Gisela Bachmann zog sich gerade das Kopftuch über das weiße Haar, als Oberkommissar Waldemar Pokroff mit seinem Kollegen Evangelos Zorbas in der Ludwigstraße eintraf und zusammen mit den übrigen Beamten den Toten nach Papieren absuchte. Routiniert zogen Pokroff und der Kommissaranwärter die weißen Overalls über, bevor sie sich der Leiche näherten. Zorbas war ein temperamentvoller Grieche mit südländisch-dunkler Gesichtsfarbe. Oft wirkte er in seinem Auftreten noch jugendlich und unerfahren. Der Anblick der Leiche ließ ihn fast erstarren, er spürte, wie ihm der Schock eine eisige Gänsehaut über den Rücken jagte. Hilfesuchend blickte er zu Pokroff hinüber, der ihm betreten zunickte. Zorbas schloss kurz die Augen, holte tief Luft. Dann griff er in die Hosentasche, zog das Portemonnaie heraus. Ein kurzer Blick in den Personalausweis genügte und schon stand fest: Es war der Museumsdirektor Werner Klotzhofer.
„Frau Bachmann, bitte beschreiben Sie noch einmal genau, was Sie gesehen haben“, forderte Pokroff die Zeugin auf. Wie üblich versuchte er, die nervöse Dame mit seinem einigermaßen ruhigen und seriösen Tonfall zu beruhigen – was ihm jedoch kaum gelang.
„Also isch bin mit meinem Mäxche, also meinem Hund hier spa-

zierngegange. Dann kame die beide von der Friedrisch-Ebert-Anlaach in die Ludwigsstraß un hawwe so heftisch gestritte un gefuchtelt, dass der Hund sisch erschrocke hat un fast uff beide los wär", erklärte Gisela Bachmann. „Isch konnt'en gerad noch so halte. Dann sin die zwaa da in den Eingang un hawwe weiter geschriee und dann hab isch aach schon des Glas geheert."

„Sie haben also den Kampf mit den Glasflaschen gehört? Und einer dieser beiden Männer war der Tote hier, also Herr Klotzhofer?"

„Ja ganz sischer."

„Und der andere Mann, können Sie den beschreiben?", hakte Zorbas nach. Noch nie hatte sich der südländische Kommissaranwärter in seinem Beruf so fremd gefühlt wie beim schauderhaften Anblick der Leiche an diesem feuchtmilden Wintertag.

„Ja, des war so'n älterer, mit dunklem un aach schon graue Haar un 'nem Bart. Der hat ausgesehn wie so'n Rasputin, isch maan wie so'n Russ."

„Und haben Sie auch gehört, wie Klotzhofer ihn mit Namen angesprochen hat?"

„Ja, des klang so wie Gregor oder Gregory odder so ähnlisch."

„Haben Sie den anderen Mann bei der Flucht beobachtet?"

„Naa, der is wie vom Erdbode verschluckt. Isch hatt' ja solsche Angst ..."

„Und haben Sie sonst noch etwas Auffälliges beobachtet?"

Frau Bachmann schüttelte mit dem Kopf.

„Gut, vielen Dank. Sie können jetzt erst mal nach Hause gehen. Ein Kollege wird Sie die paar Schritte begleiten", bot Pokroff an. „Später werden wir Sie noch einmal im Präsidium brauchen, um ein Phantombild anzufertigen. Im neuen Präsidium in der Adickesallee, meine ich natürlich." Während Pokroff die alte Dame davoneilen sah, so dass ihr der Kollege kaum nachkommen konnte, drängte sich ihm eine andere Erinnerung auf: Ausgerechnet in diesem verdammten Hinterhof hatte er als junger Polizist mit Kollegen eine erfolgreiche Razzia begossen. Die ein oder andere Piccoloflasche war dabei auch zu Bruch gegangen. Tags darauf musste er sich vom damaligen Oberkommissar, der ihn sowieso auf dem Kieker hatte, eine deftige Abfuhr abholen. Und ausgerechnet hier war nun einer mit einer Wodkaflasche erschlagen worden. „Irgendwie schon pervers", dachte er.

Pokroff nahm sein Funkgerät und piepte seine Kollegin an, die Oberkommissarin Christiane Bechstein. Sie war zwar an jenem Abend nicht im Einsatz, jedoch in Rufbereitschaft. Wenigstens wollte er seine Kollegin kurz von dem Fall unterrichten und auf die weitere Ermittlungsarbeit am folgenden Tag vorbereiten. Wie so oft, wenn er seinen Schrecken über eine Bluttat unter Kontrolle bringen wollte, neigte er mal wieder zu einem protokollarisch- militärischen Lagebericht.

„Hallo Christiane, hier Pokroff. Uhrzeit 20.30 Uhr, Leiche in der Einfahrt zum alten Polizeipräsidium. Dort ist vor etwa einer halben Stunde der Museumsdirektor Werner Klotzhofer ermordet worden. Du bist empfangsbereit? Immerhin hast du Bereitschaft.“

„Selbstverständlich, Herr Major. Wer bitte ist ermordet worden?“

Pokroff konnte freilich nicht ahnen, dass er seine Kollegin bei einem Date störte. Denn mit Ende Dreißig war die Polizeibeamtin, die gebürtig aus Darmstadt kam, noch Single, hatte sich für diesen scheinbar so unverdächtigen Abend extra ihre Frisur richten lassen. Auch ihre Verabredung verhielt sich in diesem Moment völlig arglos und versuchte lediglich, eine blondierte Haarsträhne der Kommissarin sanft zu berühren. Ihr neuer Schwarm Jan, den Pokroff bislang nur vom Sehen kannte, war ein junger und aufstrebender Versicherungsagent der erfolgreich auf Provision arbeitete und wusste, dass man für alle Notfälle des Lebens gewappnet sein musste. Christiane jedoch konnte die Geste nicht genießen, brachte kaum ein angestrengtes Lächeln hervor, ehe sie zurückfragte: „Du meinst doch nicht etwa den früheren Kunsthändler zwischen Dom und Braubachstraße, der sich jetzt zum Direktor für dieses private Sakralmuseum ernannt hat?“

„Das ist der ermordete Mann“, antwortete Pokroff trocken. „Kanntest du ihn etwa?“

„Na ja, sagen wir mal: flüchtig. Von zwei oder drei Besuchen und einem Einkauf. Aber meine Eltern sind öfters in dieses Geschäft gegangen, als es noch dem Vorgänger gehörte. Bei Klotzhofer, da werden wir sehr aufpassen müssen. Der hat schon immer gerne geprahlt und die Leute mit seinen angeblich ach so tollen Plänen genervt. So macht man sich jedenfalls keine Freunde, sondern zieht nur die Neider auf sich.“

„Dann haben wir einen entsprechend großen Kreis an Verdächtigen zu untersuchen. Also Folgendes: Eine Zeugin hat den möglichen Täter beschrieben, wahrscheinlich der Priester von der benachbarten russisch-orthodoxen Gemeinde. Evangelos und ich fahren gleich noch bei seiner Dienstwohnung vorbei und verhören ihn. Für heute Abend kriegen wir die Lage mit unseren Leuten alleine in den Griff. Aber du schnappst dir morgen gleich unsere Spezis von der Spurensicherung und stellst dieses Museum für Osteuropäische

Sakralkunst auf den Kopf. Offenbar waren Täter und Opfer dort verabredet, bevor es zum Showdown an der hinteren Hofeinfahrt gekommen ist. Sicher werden wir dort wichtige Zeugen finden, die uns die Vorgeschichte zu diesem Mord erzählen können. Und dann müssen wir natürlich Klotzhofers Wohnung durchsuchen. Noch irgendwelche Fragen?"
„Nein, Sir, vorerst nicht. Das heißt, vielleicht doch. Warum leitest du die Untersuchung morgen im alten Präsidium nicht, wo du den Bau doch wie deine Westentasche kennst?"
„Nein, das ist keine gute Idee. Ich werde mich mit Zorbas auf den Außenbereich und den Hauptverdächtigen konzentrieren. Du kannst im alten Präsidium völlig unvoreingenommen ohne subjektive Erinnerungen ermitteln. Ich komme dann später hinzu. Gute Nacht."
Noch bevor die Spurensicherung ihre Arbeit in der Ludwigstraße zu Ende bringen konnte, setzte ein ungemütlicher Regen ein, der die Arbeit behinderte. Als die Kollegen alle fertig waren, konnte Pokroff freilich noch lange nicht an den Heimweg denken. Natürlich hatte er sich schon beizeiten über die Zuständigkeiten in der russischen Gemeinde informiert. Dabei war ihm der eifernde Priester, der sich schon mal mit der Nachbarschaft anlegte, keineswegs entgangen. Nun war es nicht allzu schwer, die Namensfetzen, die die alteingesessene Frankfurterin in der Aufregung aufgeschnappt hatte, entsprechend zuzuordnen. Igor, Gregor, Gregory, Gregoriew – schließlich klang das doch alles recht ähnlich.

Kapitel 4

Pokroff verständigte sofort sämtliche verfügbaren Einsatzkräfte und schrieb den russischen Priester zur Großfahndung aus. Mit zwei weiteren Beamten fuhr er dann zu Gregoriews Dienstwohnung, die schräg gegenüber von der Matthäuskirche im angrenzenden Westend lag. Doch dort war er nicht. Derweil suchte Zorbas mit den übrigen Beamten die Kirche und das gesamte Gelände zwischen Sakralmuseum und Hauptbahnhof ab.
Es war eine typische frühe, wenn auch zu milde Winternacht im östlichen Gallus, unweit des Bahnhofs. Hier und da verließen ein paar späte Kneipengänger ihre Stammlokale und verloren sich im Dunkeln der wenig einladenden Straßen: hier und da mal ein neues, aber steriles Hotel, ansonsten vernachlässigte, zum Teil mit

Graffiti beschmierte Fassaden alter Klinkerbauten, die auch schon bessere Zeiten gesehen hatten.
Sofern man dort ein paar fremdsprachige Äußerungen aufschnappen konnte, waren es meist Äußerungen in italienischen Dialekten. Sie stammten von Gastarbeitern der ersten Generation, die seit Jahrzehnten in Frankfurt lebten und kaum noch einen Bezug zur Dichtersprache von Petrarca oder Boccaccio hatten. Zwar war es auch für italienische Verhältnisse bereits ziemlich ungemütlich, doch die Afrikaner, die meist aus Äthiopien und Eritrea kamen und diese Gegend in den Sommermonaten oft in Scharen bevölkerten, waren außerhalb ihrer Stammlokale so gut wie gar nicht mehr zu sehen.
Pokroff ordnete an, zwei Zivilfahrzeuge zur Beobachtung in der Friedrich-Ebert-Anlage zwischen Sakralmuseum und Matthäuskirche aufzustellen. Und zwar so, dass die Polizisten in Zivil die Dienstwohnung im Westend ebenso einsehen konnten wie das Eingangstor zwischen Museum und Kirche. Er selbst stellte seinen Wagen in der Ludwigstraße ab, damit er mit seinem jungen griechischen Kollegen auch das evangelische Gemeindehaus und den dortigen Eingang zur Kirche überblicken konnte. Doch zunächst stieg Pokroff aus und ging unruhig die Mainzer Landstraße auf und ab. Mittlerweile war Zorbas zurückgekommen und erklärte sich nur widerwillig bereit, sich die Nacht zusammen mit seinem Chef um die Ohren zu schlagen. „Für waschechte Südländer ist es immer noch kalt genug, und die Afrikaner frieren sich selbst bei fünf Grad womöglich ihr Hinterteil ab“, murrte er unwillig vor sich hin.
„Aber wenigstens so ein Russe müsste doch abgehärtet genug sein, um irgendwo in der Stadt sein Gemüt abzukühlen“, ermutigte ihn Pokroff. „Er wird hier bestimmt bald irgendwo erscheinen. Dann können wir ihn festnehmen. Den Täter zieht es immer an den Tatort zurück. Kein Geistlicher dieser Welt verzieht sich nach einer solchen Tat einfach in sein Kämmerlein und betet still vor sich hin.“
Plötzlich tauchte ein dunkelhaariger Mann mit Bart an der Straßenecke auf. Instinktiv spannte Pokroff seine Muskeln an, wollte schon die Kollegen in der Friedrich-Ebert-Anlage herbeirufen. Auch von der Bundespolizei am Hauptbahnhof konnte man zur Not schnell Verstärkung einfordern. Doch dann kam der Mann näher, so dass eine Straßenlaterne sein Gesicht für einen Moment anleuchten konnte. Das Haar war eher dunkelbraun als schwarz und er hatte bestenfalls einen Dreitagebart. So übermächtig auch Pokroffs Wille nach einem schnellen Zugriff war, hier würde er ganz

sicher einen Unschuldigen erwischen.
Pokroff versuchte sich zu beruhigen und zu seinem Auto zurückzugehen. Allerdings sehr langsam und nachdenklich. Dann dachte er nochmals über den Abend und den ganzen Vorfall nach. Er hatte also Recht behalten. Iwan Gregoriew und Werner Klotzhofer, das konnte sich auf Dauer nicht vertragen. Wie sehr wünschte sich Pokroff nun jenen letzten freien Tag zurück, an dem er bei strahlendem Sonnenschein am Museum für Osteuropäische Sakralkunst vorbeigefahren war. Jenen Moment, als er versuchte, diese letzte Ruhe vor dem Sturm noch einmal zum Auftanken zu nutzen. Nun merkte er erst, wie sehr er diesen letzten freien Tag wirklich gebraucht hatte.
„Verdammt, nichts zu sehen von unserem verrückten Priester", brummte Zorbas. „Wer weiß, ob der sich nicht längst mit dem Nachtzug nach Moskau abgesetzt hat."
„Bestimmt nicht. Dann hätte ihn die Bundespolizei im Hauptbahnhof längst geschnappt", versicherte Pokroff. „Der hat sich noch schnell und unauffällig Richtung Innenstadt verdrückt, bevor hier unser Großaufgebot angerückt ist. Aber spätestens zur Frühmesse muss er zurückkommen und hofft sicher, dass wir dann nicht mehr da sind. Und dann schlagen wir zu."
„Und bis dahin?"
„Bis dahin, mein Lieber, sind wir beide zur Nachtwache eingeteilt. Selbst nach 0 Uhr kann der Feind noch von allen Seiten angreifen. Du setzt dich ans Steuer. Ich hoffe, du hast dir einen spannenden Krimi mitgebracht. Denn jetzt bin ich erst mal mit dem Ausruhen dran."
„Habe schon verstanden. Aber Sie hatten immerhin Urlaub", konterte Zorbas schlagfertig.
„Von wegen. Ich hatte Bildungsurlaub, den ich auch noch nutzen musste, um Bad und Küche generalstabsmäßig einzurichten."
„Noch so'n kalter Joke, und ich spuck Eiswürfel", frotzelte Zorbas unwillig zurück. „Und das mitten in dieser lausigen Dezembernacht." Die coolen Jugendsprüche der 80er Jahre hatte Zorbas noch ganz gut drauf, auch wenn er damals gerade erst nach Deutschland gekommen war.
Die beiden Polizisten schlugen die Autotüren zu, harrten mit zurückgeklapptem Sitz missmutig der Dinge, die da kommen mochten. Stunden später wurde Pokroff von seinem vertrauten Surren alarmiert. Der Oberkommissar drückte die Krone seines Armbandweckers hinein, blickte auf den matten Schein der Leuchtziffern und

schaltete die Beleuchtung seiner Funkuhr ein, die griffbereit auf dem Armaturenbrett lag. Hier wie da war es genau 6 Uhr. Pokroff drehte an der Lünette seiner Poljot-Weltzeituhr, bis die Markierung der mitteleuropäischen Zeit richtig stand. Sechs Uhr in Frankfurt und 9 Uhr in Moskau, und nichts rührte sich weit und breit. Pokroff schaute zum Haus mit der Dienstwohnung von Gregoriew. Doch alles blieb dunkel, auch wenn auf der Straße allmählich der Berufsverkehr startete.

Die Armband-Weckeruhr der ruhmreichen Kosmonauten bildete für Pokroff eine kulturelle Brücke nach Russland. Das Emblem, das ein stilisiertes Aeroflot-Wappen mit angedeuteten Tragflächen zeigte, war des Kommissars ganzer Stolz. Zuhause hatte er noch eine zweite Uhr mit Zwiebeltürmen auf dem Zifferblatt. Nein, Pokroff war nicht der Typ, der mit Uhren, Schmuck oder teuren Autos angeben wollte. Deshalb trug er am Handgelenk nur eine billige Funkuhr. Doch die Ästhetik der Mechanik mit ihrem sanften Ticken, die hatte es ihm angetan.

Unwillkürlich drehte sich Pokroff noch einmal zur Seite. Als er die Augen erneut aufschlug, blinzelte er der Sonne entgegen, die sich zwischen einer ansonsten fast dichten Wolkendecke zeigte. „So ein Mist", brummelte er. „Hoffentlich haben wir ihn jetzt nicht verpasst!" Pokroff schob seine Decke beiseite, in die er sich notdürftig eingewickelt hatte. Eine kleine Pause mit halb geschlossenen Augen konnte man einem Hauptkommissar im Dienst gerade noch durchgehen lassen. Pokroff sprach dann immer von Augenpausen. Aber die Augen mussten sich auch beizeiten wieder öffnen. Sonst könnte es brenzlig werden. Was auch für Zorbas galt, der inzwischen ebenfalls aufgewacht war und unwillig vor sich hin gähnte.

„Mann, warum hast du mich nicht geweckt?" Pokroff stieß seinen Kollegen in die Seite. „Auf seine Offiziere muss man sich verlassen können. Die Pflicht ruft! So ein Kerl wie du, der kann jetzt schon ganze Bäume ausreißen."

„Das sagt gerade der Richtige", entgegnete Zorbas unwillig und startete den Motor.

Vor der Kirche herrschte Totenstille. Nirgendwo war ein brennendes Licht zu sehen, nicht einmal im Gemeindehaus. „Nein, hier kann er nicht hereingekommen sein. Das hätten wir oder wenigstens die Kollegen bemerkt", sprach sich Pokroff Mut zu. Deshalb steuerte Zorbas anschließend Gregoriews Dienstwohnung an. Doch dort tat sich auch nichts. Also funkte der Hauptkommissar zunächst seine Kollegin Kommissarin Christiane Bechstein an, um sich nach dem

Stand ihrer Ermittlungen im Museum zu erkundigen. Doch er bekam keinen Kontakt, als befände er sich im Funkloch. Dann fuhr er mit dem Wagen hinüber zur Kirche und suchte einen Parkplatz in der Hohenstaufenstraße. Noch einmal verständigte er sicherheitshalber die Funkstreife. Dann machte er sich für seinen Zugriff bereit.

Derweil klingelte das Handy. Es war Christiane Bechstein. „Hallo Christiane, wie sieht's aus?", wollte Pokroff wissen. „Ich konnte dich gerade nicht erreichen. Seid ihr schon im Museum? Und habt ihr einige Leute befragen können?"

„Entschuldigung, es gab da wohl eine Störung. Ja, der Kurator Friedrich, die Sekretärin und einer der beiden Pförtner sind vor Ort. Alle haben Gregoriews Auftritt im Museum miterlebt und seine Drohung gehört, dass er wiederkommen und abrechnen will. Die Sekretärin hat sogar vorsorglich einen späten Gesprächstermin in Klotzhofers Terminkalender eingetragen. Friedrich und die Sekretärin haben das Museum dann gemeinsam verlassen, wie der Tagespförtner bestätigt. Der Nachtpförtner hat selbstverständlich frei. Den muss ich später noch besuchen. Dabei wollte ich bis zum Nachmittag noch ein paar Überstunden abbauen. Aber wenn ich ihn zuhause antreffe, bringe ich ihn euch selbstverständlich zum Protokoll vorbei."

„Danke, gut so. Das sieht wirklich schlecht für Gregoriew aus, nachdem ihn die Zeugin auch beschrieben und sogar seinen Namen gehört hat. Okay, dann schau ich jetzt mal, ob ich ihn endlich in der Kirche finden kann."

Iwan Gregoriew stand vor dem Altar im großen Saal der Matthäuskirche und blickte ergeben in das Antlitz des Heilands und Retters, das von der Figur des erhabenen Wandreliefs auf ihn herabstrahlte. Überwältigt von der Aura des Gesichts und des Nimbus fiel er auf die Knie, bekreuzigte sich, senkte den Kopf zum Boden und bat den Herrn inbrünstig um Vergebung und um Kraft für den schweren Weg, den er nun zu gehen habe.

Im oberen Kirchsaal der Hoffnungsgemeinde, den die Russen und Rumänen für ihre großen Messen nutzten, fühlte sich der Priester ebenso zuhause wie in der Unterkirche, in der er seine Gemeinden für kleinere Gottesdienste versammelte. Wann immer er sich bedrängt fühlte und meditative Ruhe für ein inniges Gebet in schwerer Stunde suchte, zog er sich gerne hierher zurück. Weit nach Mitternacht war er von der Hohenstaufenstraße in den hinteren Teil des Gemeindehauses gekommen, wo ihm auch ein kleiner Ruheraum zur Verfügung stand. Da sich der umtriebige Gottesmann auch für ein russisches Theaterprojekt in der benachbarten Falkschule engagierte, konnte er mit dem Schlüssel durch das hintere Tor des Schulhofes zur Kirche gelangen – offenbar unbemerkt, wie es schien.

Gregoriew hatte noch spät in der Nacht das Gespräch mit einem befreundeten Amtsbruder der russischen Kirche Sankt Nikolaus am Fischstein gesucht. Er brauchte geistigen Rat und Zuspruch, da er nicht wusste, wie er mit seiner jetzigen schwierigen Situation leben sollte. Nun hörte er, wie sich von hinten die Tür öffnete und eine vertraute gute Seele den Kirchsaal betrat.

„Gospodin, mein Gott, Vater Gregoriew, was machen Sie denn hier so ganz alleine? Es wird doch Zeit, dass wir die Unterkirche für die Frühmesse vorbereiten!" Es war Anna Tschernowa, die Gemeindesekretärin, die schon am frühen Morgen nach dem Rechten sah – auch wenn ihr Dienst eigentlich erst zwei Stunden später begann. Sie erschrak, als sie den Priester so tief versunken vor dem Altar erblickte, und beschloss, die schlimme Nachricht noch einen Moment für sich zu behalten.

Gregoriew erhob sich, blickte im Kirchsaal umher, sichtlich bemüht, sich und seinen Geist wieder zurück ins Diesseits zu katapultieren. „Ich komme gleich ... Ja, ich komme gleich. Einen Moment noch. Sagen Sie bitte unten Bescheid."

Vorsichtig zog die Sekretärin nun die Tageszeitung aus der Handtasche, näherte sich dem Geistlichen und ließ die Finger über die Schreckensmeldung auf der Titelseite gleiten. „Schauen Sie doch, Vater Gregoriew! Direktor Klotzhofer – es, es ist etwas ganz Furchtbares passiert!"

Gregoriew zuckte zusammen, hielt sich die Hand ans Herz, blickte der mächtigen Heilandsfigur ins Antlitz. „Oh, Herr, nun hat er seine Strafe erhalten. Aber das wollte ich wirklich nicht, Anna, das müssen Sie mir glauben, das wollte ich nicht." Noch bevor die gute Seele irgendwie reagieren konnte, schob er sofort nach: „Und nun gehen Sie nach unten, bitte! Ich komme sofort nach."

Anna Tschernowa tat, wie ihr geheißen, denn sie war es nicht gewohnt, die Anweisung eines Gottesmannes zu hinterfragen. Gregoriew erhob sich und versuchte dabei noch einmal seine Gedanken zu sammeln. Keine Frage, er hatte sich für seinen Glauben und seine Überzeugung aus der Reserve locken lassen, hatte oft viel zu laut, emotional und impulsiv reagiert. Nun war es zum Äußersten gekommen. Auch außerhalb des stillen Gebetes musste Gregoriew die Selbstbeherrschung und Kontrolle über seine körperlichen

Regungen zurückgewinnen. Sonst würde er die kommenden Tage nicht überleben. Gregoriew blickte auf seine Hände, die sich nur allzu gerne zu Fäusten ballten, und befahl sich noch einmal Ruhe und innere Gelassenheit – mit der Hilfe des Herrn, versteht sich.
Bedächtig schritt Gregoriew die violette Marmortreppe hinab und betrat die Unterkirche. Er legte sich gerade sein Priestergewand an und versuchte, sich auf die Morgenmesse vorzubereiten, als Pokroff die Eingangstür öffnete. Im Hintergrund brannten einige Wachskerzen, die eine strenge Ikone der Gottesmutter ausleuchteten. Aus dem rechten Seitentrakt erklangen die mystischen Gesänge der kirchenslawischen Liturgie, die ein kleiner Frauenchor immer wieder probte. Pokroff erkannte sofort die inbrünstige, immer wiederkehrende Litanei, die ihm noch aus russischen Gottesdiensten seiner Kindheit geläufig war: „Gospodin, Gospodin, Gospodin ... Amen." Noch inbrünstiger konnte man den Namen des Herrn nicht besingen.
Auch wenn die russisch-orthodoxe Gemeinde oft nur den bescheidenen Versammlungsraum in der Unterkirche nutzen konnte, so wirkte dieser Raum doch wie ein kleiner Tempel. Der Duft von Weihrauch und Kerzenwachs waberte in der Luft wie der mystische Atem des Allmächtigen. Und der mehrstimmige Refrain der gottesfürchtigen Frauen zog den nüchternen Kommissar für einen Moment in seinen Bann, ließ ihn den schrecklichen Grund seines unangekündigten Besuchs fast vergessen. Konnte er es überhaupt wagen, die heiligen Handlungen in diesem orthodoxen Gemeindesaal zu stören? Keine Frage: Auf solche Emotionen konnte er jetzt keine Rücksicht nehmen. Er musste sich wieder auf seinen Auftrag und auf seine Dienstpflicht besinnen, und den dringend tatverdächtigen Priester unverzüglich mit aufs Polizeipräsidium nehmen.
„Guten Morgen, Kommissar Pokroff vom K 11. Und neben mir, das ist mein Kollege Zorbas. Sind sie Priester Iwan Gregoriew?"
„Ja, der bin ich."
„Verzeihen Sie, dass ich einfach hier hereinkomme und Sie bei Ihren Vorbereitungen störe. Doch die Sache duldet keinen Aufschub. Wo waren Sie gestern Abend zwischen 19 und 20 Uhr? Und wo die ganze Nacht? Von Ihrer Dienstwohnung aus sind Sie jedenfalls nicht in die Kirche gekommen."
„Du lieber Gott, Sie kommen wegen Klotzhofer, wie schrecklich, ich habe es in der Zeitung gelesen. Aber, aber ... ich wollte das nicht, nein wirklich nicht! Und ich war den ganzen Abend und die Nacht überhaupt nicht hier."
„Lassen Sie gefälligst das Theater, Sie wurden gesehen!", herrschte

Pokroff den Priester an. „Also wann genau waren Sie am Museum und was ist dort passiert? Ich fürchte, Hochwürden, Sie kommen in große Schwierigkeiten, wenn Sie mir die Sache nicht umgehend schlüssig erklären können."
„Nein, nein. Ich war nicht am Museum. Ich, ich war am frühen Abend in einem Bistro nahe der Galluswarte, um mich mit einer jungen Dame in Not zu treffen. Übernachtet habe ich drüben, in einem Seitenraum in der Kirche. Das tue ich manchmal, wenn ich morgens schon sehr früh hier sein muss."
Pokroff schluckte. „Menschenskind, Herr Pfarrer, also bei allem Respekt vor Ihnen und Ihrem geistigen Amt, was soll diese verrückte Geschichte? Sie waren zur besagten Zeit am Tatort, dafür gibt es Zeugen. Von welchem Mädchen und welchem Bistro reden Sie überhaupt? Und wo sind sie nur die ganze Nacht gewesen? Wir haben sie überall in der Kirche und in Ihrer Dienstwohnung gesucht."
„Ich war noch bei einem Diakon in der Sankt-Nikolaus-Kirche. Ich hatte einen sehr schweren Tag hinter mir, dann noch das schwere Treffen mit der jungen Dame, da brauchte ich das Gespräch mit einem lieben Amtsbruder. Erst am frühen Morgen bin ich zurück in die Kirche gekommen."
„Verdammter Mist", dachte Pokroff. Offenbar hatte er den verdächtigen Priester übersehen, wenn nicht gar verschlafen. „Wann waren Sie bei diesem Diakon in Sankt Nikolaus?", hakte er nach.
Gregoriew überlegte. „Das muss so gegen 23 Uhr gewesen sein."
„Also deutlich nach der Tatzeit. Wie auch immer, gegen 20 Uhr wurden Sie von einer Zeugin erst beim Museumseingang und dann im Hinterhof des Museums in der Ludwigstraße gesehen." Pokroff funkte kurz seine beiden Kollegen von der Funkstreife an, die sicherheitshalber draußen warteten. „Ich muss Sie leider auffordern, unverzüglich mit uns aufs Polizeipräsidium zu kommen."
Gregoriew riss die Arme nach oben, ging demonstrativ in die Abwehrhaltung. „Aber das ist völlig unmöglich. Ich muss gleich die Morgenmesse vorbereiten. Nach der Messe muss ich die Beiche abnehmen. Und dann habe ich ein dienstliches Gespräch."
„Ich fürchte, Herr Gregoriew, das muss warten. Ich weiß, dass Sie mir nicht die Wahrheit sagen. Sie belügen mich, weil Sie genau wissen, was da gestern vor dem Museum für Orthodoxe Sakralkunst Furchtbares passiert ist. Und am Nachmittag zuvor hatten mehrere Zeugen gehört, wie sie mit Klotzhofer heftig wegen einer Ikone stritten, ihn beschimpften und drohten, dass Sie abends wiederkommen wollten."

„Nein, ich war gestern Abend in diesem Bistro bei der Galluswarte. Und zwar um 20 Uhr", insistierte Gegroriew. Er holte kurz Luft. „Klotzhofer hat Schlimmes getan, und dafür wollte ich ihn gehörig zur Rede stellen. Aber ich wollte ihn doch niemals töten. Ja, die Kommunisten haben sich diese Ikonen durch brutale Plünderungen angeeignet, sie sind Beutekunst. Vor allem die Heilige Barbara, die nur durch ein Wunder aus dem ehrwürdigen sibirischen Kloster gerettet wurde, das diese Barbaren in Brand steckten. Ein schrecklicher Skandal! Solche Ikonen kann man doch nicht obszön zur Schau stellen, um damit Geld einzunehmen. Man muss sie der Russischen Kirche zurückgeben. Das wollte ich Klotzhofer sagen. Aber ich konnte nicht, weil mich dann dieses russische Mädchen angerufen und um Hilfe gebeten hat."
„Wie heißt dieses Mädchen, und in welchem Café haben Sie sie getroffen? Und wo können wir sie jetzt finden?" Pokroff konnte nicht glauben, was ihm der Priester da auftischte. Aber er handelte nach Dienstvorschrift und fragte routiniert weiter.
„Das kann ich Ihnen nicht sagen. Das Mädchen hat Angst und mich um Schutz und Diskretion gebeten. Vielleicht hat sie mir selbst nicht mal ihren richtigen Namen gesagt."
„Aber das Mädchen ist im Moment Ihre einzige Entlastungszeugin, wenn Sie nicht am Tatort waren. Dann hätten Sie wenigstens ein Alibi, das wir überprüfen können. Also mit wem haben Sie da über was geredet?"
„Ich kann Ihnen den Namen nicht sagen", insistierte Gregoriew mit eiserner Miene.
„Und wie hieß das Bistro, in dem Sie sie trafen?"
„Das weiß ich auch nicht mehr. Das Mädchen hat das Bistro ausgesucht. Irgendeine asiatische Bar an der Galluswarte mit vielen Spielautomaten. Ich kenne mich hier mit den Bars nicht so gut aus."
„Tut mir leid, aber dann müssen Sie unverzüglich mitkommen." Inzwischen näherten sich die beiden von Pokroff verständigten Kollegen, die Handschellen hatten sie bereits griffparat. „Herr Gregoriew, leisten Sie bitte keinen Widerstand. Es ist zwecklos", mahnte Pokroff.
Gregoriew dachte für einen Moment an den Heiligen Leonhard, wie er mit seinen mächtigen Ketten die Außenfassade der gleichnamigen Kirche in der Alten Mainzer Gasse ziert. Würde man ihm wenigstens diese Schmach ersparen? Pokroff schien ein Einsehen zu haben. Da sich Gregoriew nun dazu zwang, sich stoisch in sein Schicksal zu fügen, blieben ihm die Handschellen erspart.

Kapitel 5

Im Polizeipräsidium hatte der Erkennungsdienst schon alles vorbereitet. Der russische Priester hatte das gesamte Programm zu durchlaufen: Fotos von allen Seiten, Fingerabdrücke, Tonaufnahmen und einen DNA-Abstrich. Wer einmal ins Visier der Fahnder geraten war, der konnte sich den schematischen Ritualen dieser Prozedur nicht entziehen. Gregoriew empfand die sterile Atmosphäre der weißen Büro- und Laborräume im Polizeipräsidium als reinen Alptraum. Er war an andere, an geistliche Rituale in erhabenen und geweihten Hallen gewohnt. Zudem waren die ersten Resultate der Untersuchungen niederschmetternd. Vor allem, was die Sicherung der Körperspuren und den Vergleich der Fotoaufnahmen mit den Beschreibungen der Zeugen betraf.

Im Nebenzimmer wartete bereits Kriminalhauptkommissar Heinz Sawinsky auf die Vernehmung des Tatverdächtigen. Ein großgewachsener und hagerer Mann Mitte fünfzig, der nun als ergraute Eminenz den ebenfalls ergrauten und bärtigen Priester prüfend musterte. Sawinsky war der perfekte Stratege am Schreibtisch: Er verwaltete die Dienst- und Einsatzpläne, organisierte die Großangriffe nach Absprache mit dem Polizeipräsidenten und seinen zugeteilten Beamten. Er stimmte die Großeinsätze mit den Kriminalteams anderer Städte ab und er war auch stets der erste Ansprechpartner für Politik und Presse. Auch Neubürger wie Gregoriew wussten bereits vom Hörensagen: Wenn Sawinsky an einem Verhör persönlich teilnahm, dann hatten sie es bis in die Riege der Hauptverdächtigen geschafft.

„Guten Tag, Herr Gregoriew, mein Name ist Sawinsky. Sie wissen, weshalb Sie hier sind? Herr Pokroff wird Ihnen jetzt noch einmal die genauen Tatvorwürfe und Ihre Rechte vorlesen." Was Pokroff prompt umsetzte, wenn auch nur in einer verkürzten Version. Denn so versteinert und teilnahmslos, wie der Priester dasaß, hatte es wenig Sinn, ihn mit juristischen Klauseln zu bombardieren.

Pokroff versuchte danach, in seiner Vernehmung behutsam, aber doch sehr bestimmt nachzuhaken. Was gar nicht einfach war: Welche Fragen sollte er selbst stellen und welche seinem Vorgesetzten überlassen? Wie beim Militär verlangte die Hierarchie der Dienstgerade auch bei der Polizei nach ungeschriebenen Regeln.

„Herr Gregoriew, das hat doch so alles keinen Sinn. Sie sollten uns jetzt ganz genau sagen, wo Sie gestern Abend zur Tatzeit waren und wie sich die ganze Sache zugetragen hat." Der Kommissar blickte dem Geistlichen eindringlich ins Gesicht, studierte seine etwas nervöse Miene, die vor dem Hintergrund der schweren Vorwürfe, die man gegen ihn erhob, mittlerweile vergleichsweise gleichgültig wirkte. „Es sieht für Sie leider gar nicht gut aus. Es gibt erste Ergebnisse der Spurensicherung. Man hat Ihre Fingerabdrücke auf einem abgesplitterten Flaschenhals direkt neben der Leiche gefunden. Er muss zu der Flasche gehören, mit der der Direktor erschlagen wurde. Sie hatten ein Motiv, und Ihre Drohungen vom vorherigen Tag können mehrere Zeugen bestätigen."

„Ich sagte doch bereits, dass ich am Abend in dem Bistro nahe der Galluswarte war und überhaupt nicht mehr in die Nähe des Museums gekommen bin", versuchte sich Gregoriew zu verteidigen.

Sawinsky signalisierte Pokroff mit einem unmissverständlichem Blick, dass er nun die Befragung übernehmen wollte. „Wie Sie verstehen werden, fällt es mir und meinem Kollegen äußerst schwer, die Glaubwürdigkeit eines Geistlichen anzuzweifeln. Wenn aber Ihre Aussagen wahr sind, wie bitte sind dann Ihre Fingerabdrücke auf den Flaschenhals gekommen?"

„Das muss ein Irrtum sein. Vielleicht ist Ihnen ein Fehler unterlaufen. Das kann doch auch der Polizei mal passieren", meinte Gregoriew ratlos.

Pokroffs Gesicht lief rot an. „Na, das wird ja immer schöner. Uns soll also ein Fehler unterlaufen sein? Ich sage Ihnen mal etwas, Hochwürden. Unsere Kollegen von der Spurensicherung arbeiten routiniert und zuverlässig und sie sind entsprechend ausgerüstet", insistierte er. „Das sind wir nämlich unseren Steuerzahlern schuldig. So ein grober Fehler kann da gar nicht passieren. Sie müssen also Klotzhofer vor dem Museum getroffen und ziemlich schnell und heftig mit ihm gestritten haben. Das hat auch unsere Zeugin beobachtet. Und dann haben Sie ziemlich bald die Kontrolle über sich verloren. Das kommt ja bei Ihnen wohl öfter mal vor."

Pokroff erntete einen strengen und warnenden Blick von Sawinsky, denn er war gerade im Begriff, selbst die Kontrolle über sich zu verlieren.

„Glauben Sie mir, ich bin sonst ein ruhiger und entspannter Mensch", fuhr Gregoriew fort. „Aber so wie manche unseren Glauben und unser religiöses Empfinden mit Füßen treten, muss man sich einfach energisch zur Wehr setzen. Das ist einfach derart abscheulich, wie unsere heiligen Ikonen für den profanen Kapitalismus geopfert werden!" Gregoriew zitterte, ja bebte förmlich bei diesen Worten, bevor er sich krampfhaft zur Beherrschung zwang.

Pokroff und Sawinsky starrten den Priester verständnislos an. Warum musste er immerzu seine Gefühle mit Staats- und Religionstheorien vermischen?
„Aber das hat mit dem Tod von Klotzhofer nicht das Geringste zu tun. Gut, ich wollte den Direktor in der Tat noch mal treffen und für den Skandal mit den Ikonen zur Rede stellen." Gregoriew steigerte sich in seine diffuse Verteidigungsrede hinein, seine Gesichtszüge wurden für einen Moment unruhig. Doch dann fasste er sich wieder, blickte unsicher an die Decke. „Aber dann ist mir der Termin mit dem Mädchen dazwischengekommen. Diese Angelegenheit hatte natürlich Vorrang. Ich bin schließlich Seelsorger." Der innere Kampf zwischen einem Eiferer des Herrn und einem guten und zuverlässigen Hirten, der das Vertrauen seiner Schäfchen auf sich zieht, schien in eine Sackgasse zu führen. Nun half nur noch ein strenger und stoischer Gesichtsausdruck.
„Das arme unbekannte Mädchen, das Ihnen im günstigsten Fall sogar noch so etwas wie ein Alibi verschaffen könnte. Aber Sie wollen uns ja noch nicht einmal ihren Namen nennen. Oder etwa doch?" Pokroff wollte dem eisernen Priester noch eine letzte Chance geben.
„Nein. Und ich habe Ihnen auch erklärt, warum."
„Nein, das haben Sie nicht. Warum ist denn das Mädchen in so schrecklicher Gefahr?"
„Das hängt mit ihrem Aufenthalt zusammen. Mit ihrem Visum, das bald abläuft. Ich musste sie trösten und ihr helfen, eine Beraterin suchen. Aber ich kann Ihnen die Identität des Mädchens wirklich nicht preisgeben. Wir helfen den Mädchen mit unserer Gemeinde und einer externen Beraterin. Aber alles muss absolut diskret bleiben."
„Und wie heißt die Beraterin?", hakte Pokroff noch einmal nach.
„Für sie gilt das gleiche. Sie ist eine Vertrauensfrau und hat bis vor kurzem in der Ausländerbehörde in Höchst gearbeitet. Sie kennt sich mit der Genehmigung von Aufenthalten und der Verlängerung von Visa bestens aus. Ich habe sie nur aus einem Verzeichnis herausgesucht und ein allerserstes Telefongespräch geführt. Für den direkten Kontakt sind unser Sekretariat und unser Gemeindevorstand zuständig."
Der Kommissar war mit seiner Geduld am Ende. Er hatte keine Lust mehr, sich diese Erklärungen noch länger anzuhören. „Also, jetzt hören Sie aber auf. Es gibt diese Beraterin ebenso wenig wie das arme und angeblich so hilfsbedürftige Mädchen. Das haben Sie sich

doch alles nur ausgedacht. Sie haben Klotzhofer vor dem Museum abgepasst und wieder laut mit ihm über diese Bilder gestritten. Aber Klotzhofer ist stur geblieben, weil Sie ihm angesichts der fachmännischen Gutachten auch gar nichts anlasten können. Im Hinterhof in der Ludwigstraße ist Ihnen der Geduldsfaden gerissen, und Sie haben nach der Flasche gegriffen. Stimmt's oder hab ich Recht?"
Noch bevor der verstörte Priester antworten konnte, sah der Hauptkommissar seinen Moment gekommen, auf die Diplomatie zu setzen. „Herr Gregoriew, wenn Sie sich geständig und kooperativ zeigen und sich der Fall so zugetragen hat, wie es Herr Pokroff zu Recht vermutet, dann haben Sie gute Chancen, dass Ihre Tat als Totschlag im Affekt beurteilt wird", versuchte sich Sawinsky einzuschalten. „Dann können Sie nach ein paar Jahren wieder draußen sein. Aber wenn Sie stur und abweisend bleiben, geben Sie eher das Bild eines kalten und uneinsichtigen Mörders ab. Und dann wird der Staatsanwalt auf lebenslänglich plädieren."
„Ich war nicht am Museum. Glauben Sie mir bitte, ich war wirklich nicht dort." Nun sah der Priester den Kommissar und den Staatsanwalt doch mit einer um Verständnis flehenden Miene an. „Es kommt mir nicht auf meine Person an, selbst wenn Sie mich für einige Zeit einsperren. Aber in der Gemeinde werde ich doch gebraucht, weil ich einigen Menschen dringend helfen muss."
„Ich glaube eher, dass Ihnen langsam nicht mehr zu helfen ist", entgegnete Pokroff scharf. „Aber mal ganz unabhängig davon: Was ist nun eigentlich so schlimm daran, diese Ikonen hier auszustellen, wenn sie im Heimatland keine Verwendung mehr finden?"
„Das stimmt so nicht. Diese Ikonen sind damals unter Lenin und Stalin geraubt worden. Doch manche der Kirchen, in die sie einst gehörten, stehen noch immer oder wieder nach erfolgreicher Rekonstruktion. Denen muss man sie zurückgeben. Oder es gibt andere Kirchen, die sich freuen würden, weil man dort kein Geld hat, um Ikonen zu restaurieren oder neue in Auftrag zu geben. Doch stattdessen präsentiert man diese wichtigen Zeugnisse christlichen Glaubens hier wie Luxusgüter, um damit Geld zu machen. Jeder Respekt vor unserer Religion und Kultur geht dabei verloren. Unser christliches orthodoxes Erbe wird regelrecht mit den Füßen getreten. So etwas darf einfach nicht sein."
„Darüber kann man wohl verschiedener Ansicht sein. Aber das gibt Ihnen noch lange nicht das Recht, leitende Direktoren in der Öffentlichkeit zu beschimpfen und anzudrohen, spätabends mit ihnen abzurechnen. Das haben nun gleich mehrere Mitarbeiter des

Museums mitbekommen. Sie haben also ein Motiv. Und für den Abend stehen neben den Fingerabdrücken zwei weitere Zeugen gegen Sie, die Sie am oder in der Nähe des Tatortes gesehen haben." Pokroff blickte hinüber zu Sawinsky, der zustimmend und bestärkend nickte.

Gregoriew zuckte verständnislos mit den Achseln. Derweil schaute Pokroff auf das Display seines Handys: Dort war gerade eine SMS seiner Kollegin Christiane Bechstein eingegangen. Eine Nachricht, die einen weiteren Zeugen ankündigte, der den unglückseligen Priester nun noch zusätzlich belastete.

„Meine Kollegin konnte den Pförtner Riestermann inzwischen bei sich zuhause antreffen. Der hat natürlich frei, da er gestern Nachtdienst hatte. Aber auch Riestermann kann sich genau an Sie erinnern. Er hat Sie mehrere Minuten auf der Straße vor dem Museum beobachtet, während er darauf wartete, dass Klotzhofer aus seinem Büro herunterkam, um sich mit Ihnen zu treffen. Was haben Sie dazu zu sagen?" Klotzhofer hoffte, den Priester nun endlich aus der Reserve locken zu können.

„Ich bin an diesem Abend überhaupt nicht in die Nähe des Museums gekommen, wie oft soll ich das noch sagen. So glauben Sie mir doch bitte. Abgesehen davon kenne ich die dortigen Pförtner von meinen wenigen vorherigen Besuchen so gut wie nicht. Und schon gar nicht namentlich. Ich kann mir nicht vorstellen, dass einer von denen mich so gut in Erinnerung hat, dass er mich erkennen würde, wenn ich denn tatsächlich dort gewesen wäre. Schon deshalb muss hier ein Irrtum vorliegen." Gregoriew glaubte, einen rettenden Strohhalm gefunden zu haben. Ein Pförtner, der ihn tagsüber gerade mal ein paar Sekunden lang gesehen hatte, schien unglaubwürdig, wenn er behauptete, ihn bei Nacht und Nebel identifizieren zu können.

„Hören Sie auf, Sie verstricken sich immer tiefer in Widersprüche. Wir werden bis morgen versuchen, eine Gegenüberstellung zu organisieren. Da sie aber offenbar kein Alibi und erst recht keinen Entlastungszeugen aufbieten können, bleibt mir nichts anderes übrig, als Sie vorläufig festzunehmen. Sie werden bald dem Haftrichter vorgeführt. Aber der wird die Sache vermutlich genauso sehen wie ich auch."

Gregoriew blickte die beiden Kommissare ratlos an. „Gut, aber bis dahin darf ich mir doch wenigstens einen Anwalt besorgen, nicht wahr?"

„Dieses Recht steht Ihnen selbstverständlich jederzeit zu."

Als Gregoriew abgeführt wurde, blickte er sich nur noch einmal kurz um und nahm seinen Mut zusammen. „Ich bin sicher, Herr Kommissar, dass sich das alles bald aufklären wird. Ich bin unschuldig." Dann schwieg er. Der Termin beim Haftrichter am Nachmittag des folgenden Tages war so gut wie vorgezeichnet. Der Richter würde sich die verhaltenen Erklärungen und Unschuldsbeteuerungen des Priesters einige Zeit lang anhören, um dann aber erwartungsgemäß die Entscheidung des Hauptkommissars zu bestätigen. Der russische Anwalt der Gemeinde, den Gregoriew zwischenzeitlich aus seiner Kanzlei am Liebfrauenberg bestellen konnte, musste angesichts der fatalistischen Haltung seines Mandanten mit jeglicher Verteidigungsstrategie scheitern. Was auch tatsächlich so kommen sollte. Die Beweislage gegen seinen Mandanten schien einfach zu erdrückend.

Kapitel 6

Gregoriew wurde einstweilen in Gewahrsam genommen – im „Café Viereck", wie es im Volksmund so schön heißt. Christiane Bechstein hatte derweil Riestermann zuhause angetroffen und fuhr mit ihm ins Polizeipräsidium. Auf der Fahrt dorthin fiel kaum ein Ton. Der kräftig gebaute Pförtner musterte die Kommissarin, strich sich zwischendurch über seinen Schnauzbart. Wie er war sie blond, hatte ihre Haare zu einem einfachen Pferdeschwanz zusammengesteckt. Mehr als Ende dreißig konnte sie nicht sein, sicher eine aufstrebende und ehrgeizige Kollegin, die man ernst nehmen musste. Konnte er ihr etwas vorspielen, sie wie so oft mit ironisch galanten oder gar schnippischen Bemerkungen irritieren? Riestermanns Kopf musste rauchen, wollte er all diese Strategien durchspielen.

„Sagen Sie, Herr Riestermann, wie alt sind Sie eigentlich?", brach die Kommissarin endlich ihr Schweigen.

„Siebenundfünfzig. Wieso?"

„Kann es sein, dass wir uns irgendwo schon mal begegnet sind? So agile, jung gebliebene Männer begegnen einem doch öfters mal im Wach- und Sicherheitsdienst."

„Ich weiß nicht, was Sie meinen."

„Letzen Sommer am Museumsufer. Vielleicht in der Mittagspause?"
Riestermann blinzelte mit den Augen. „Das muss sicher eine Verwechslung sein."

„Vielleicht. Aber die genaue personelle Situation können wir später noch klären."
Im Präsidium wartete schon die nächtliche Spaziergängerin Gisela Bachmann. Zusammen mit ihrem Vorgesetzten Pokroff fertigte die Kommissarin die Protokolle mit den Aussagen der beiden Zeugen an. Bachmanns und Riestermanns Beschreibung des mutmaßlichen Täters unterschieden sich nur geringfügig. Beide Männer schilderten, wie sie eine Gestalt im dunklen Mantel und mit Vollbart vor dem Museum und auf der Ludwigstraße gesehen hatten. Die Beschreibungen ließen an einer Identifizierung Gregoriews kaum einen Zweifel. Trotzdem sollte eine Konfrontation mit dem Gottesmann von Angesicht zu Angesicht die letzten Zweifel ausräumen. Diese Gegenüberstellung ordnete Pokroff für den nächsten Tag an und leitete sofort die nötigen Schritte in die Wege.
„Kann ich jetzt endlich gehen?", fragte Riestermann ungeduldig nach einer Stunde Vernehmung. „Ich bin noch hundemüde von der letzten Nachtschicht. Und wie anstrengend die war, das brauche ich Ihnen ja nicht auszumalen, oder?"
„Einen Moment noch", erwiderte Christiane Bechstein bestimmt. „Da ist noch eine Sache. Als Sie Ihren Nachtdienst angetreten haben, ist da außer Gregoriew noch mal irgendjemand ins Museum gekommen? Bitte denken Sie genau nach."
„Nein, wieso. Das Museum war zu, und weshalb sollte da noch mal jemand zurückkommen?"
„Vielleicht, um nach dem Rechten zu sehen. Ihr Chef hatte schließlich ein schwieriges Gespräch vor sich, das ja auch tödlich für ihn ausgehen sollte."
„Na das konnte ja nun wirklich keiner ahnen, dass da mit jemandem so die Pferde durchgehen. Aber auf wen wollen Sie eigentlich hinaus?"
„Es geht um Herrn Friedrich und Frau Miersch. Beide erklärten sie uns, sie hätten das Museum gemeinsam pünktlich nach Dienstschluss verlassen. Was ihr Kollege vom Tagesdienst bestätigen konnte. Danach sind sie noch ein Stück Heimweg gemeinsam gelaufen. Aber Frau Miersch berichtete uns, sie habe Herrn Friedrich überreden wollen, noch mal zurückzugehen. Aus Sorge."
„Aus Sorge um diese beiden Verrückten? Das hat ihr Friedrich bestimmt ganz schnell ausgeredet, weil es bei diesen beiden Platzhirschen sowieso zwecklos gewesen wäre. Beim besten Willen, Frau Kommissarin, außer Gregoriew hat sich spätabends niemand mehr in der Nähe des Museums blicken lassen."

Christiane Bechstein gab sich fürs Erste mit dieser Erklärung zufrieden und verabschiedete Riestermann. Danach schaute sie noch in Pokroffs Büro vorbei. Denn nun trieb sie eine ganz andere Frage um.
„Sag mal bitte, Waldemar, wie war das nun genau mit der Vernehmung von Gregoriew? Er wollte ein Mädchen in einer Bar treffen, das ihn um Hilfe gebeten hatte, weil es in Gefahr ist?"
„Ja, das behauptet er nach wie vor steif und fest. Aber Sawinsky und ich nehmen ihm diese Geschichte nicht ab."
„Aber wie könnt ihr da so sicher sein? Mensch, Waldemar, wenn da wirklich eine junge Studentin in Gefahr ist, dann müssen wir sie doch dringend finden und ihr helfen!"
„Das müssten wir in der Tat, wenn es sie überhaupt gibt. Aber dieser komische Priester und eigenartige Gutmensch kann ja nicht mal genau die Bar benennen, wo er sie getroffen haben will. Außerdem sprechen momentan alle Indizien dafür, dass er zur Tatzeit am Tatort war und sich das Mädchen nur ausgedacht hat."
„Aber wie kannst du das nur so selbstverständlich annehmen? Als Seelsorger ist Gregoriew nun mal für Menschen in Not zuständig. Vor allem für Kranke, Obdachlose und bedrängte Ausländer. Mensch, wir müssen das Mädchen unbedingt finden."
„Dafür müssen wir versuchen, aus seinen vagen Andeutungen die Bar zu lokalisieren und dort weitere Zeugen zu finden. Wenn das Mädchen Probleme mit Prostitution hat, finden wir im Bahnhofsviertel vielleicht weitere Hinweise. Ich werde mich mit den Kollegen dort sofort darum kümmern. Und du schaust jetzt bitte unserem Team im Museum auf die Finger, dass denen dort nichts durch die Lappen geht. Verstanden?"
„Und wann kommst du dazu?"
„Irgendwann später, wenn ich mit der anderen Arbeit hier fertig bin. Oder morgen. Pokroff lächelte kurz: „So sehr drängt es mich auch nicht dorthin. Ich habe nicht nur gute Erinnerungen an diesen Palast. Noch Fragen?"
„No, Sir." Etwas irritiert verließ die Kommissarin Pokroffs Büro und fuhr noch einmal ins Museum für Osteuropäische Sakralkunst zurück. Hier leisteten die Experten von der Spurensicherung bereits ganze Arbeit, befragten sämtliche Mitarbeiter und inspizierten auch die Büro- und Arbeitsräume des Museums sehr genau. Christiane Bechstein koordinierte die laufenden Befragungen, ließ sich von Friedrich eine Liste sämtlicher Mitarbeiter geben, fragte auch nach deren früheren Dienstverhältnissen. Peinlich berührt zeigte sich Friedrich über die kleine Hausbar, die man in seinem Büro fand.

Etwas zögernd sicherte ihm die Kommissarin Diskretion zu, sofern die edlen Tropfen nur kleine Aufmerksamkeiten seien, die mit den Tatumständen nichts Näheres zu tun haben. Dann erkundigte sie sich, der Anweisung ihres Chefs folgend, nach dem Porträtmaler Klaus Teschke.

„Frau Miersch, Sie haben doch sicher eine Adresse von Herrn Teschke, mit der Sie mir weiterhelfen könnten", bat sie die Sekretärin.

Klara Miersch suchte die Adresse heraus. „Sie können Herrn Teschke aber auch hier im Museum befragen", schlug sie vor. „Er ist nämlich gerade gekommen, um seine Sachen abzuholen, die er hier untergestellt hat. Aber nicht so lange, denn es geht ihm wirklich nicht gut."

Die Kommissarin fand den Maler im Abstellraum, wo er gerade mit einer Staffelei hantierte. „Guten Tag, Herr Teschke, mein Name ist Christiane Bechstein von der K 11. Ich müsste Sie noch mal fragen, wo Sie gestern Abend waren, etwa zwischen 20 Uhr und 21 Uhr."

Erschrocken fuhr der Maler herum, griff nach einem Taschentuch. „Entschuldijung, es jeht mir nich so jut. Aber warum fragen sie denn?"

„Das ist reine Routine. Wir fragen jeden, der sich in den letzten Tagen regelmäßig in oder vor dem Museum aufgehalten hat. Und Sie haben ja vor dem Museum gemalt und Bilder verkauft."

„Verstehe schon. Gestern um diese Zeit war ick nich hier. Dat können Sie jederzeit überprüfen. Ick bin leider krank jeworden. Vielleicht 'ne Wintergrippe oder wat mit dem Kreislauf. Meine Frau musste mich hier vertreten."

Fast unbemerkt war Friedrich hinzugekommen und klopfte dem Porträtmaler auf die Schulter. „Keine Sorge, Herr Teschke, das wird schon wieder. Kurieren Sie sich erst mal richtig aus." Friedrich blickte zur Kommissarin: „Ich kann übrigens auch bezeugen, dass Herr Teschke gestern zuhause war. Ich hab nämlich noch dort vorbeigeschaut und nach ihm gefragt. "Dann wandte er sich wieder dem Porträtmaler zu: „Doch Sie haben im Nebenraum auf der Couch gelegen und waren bereits fest eingeschlafen. Übrigens, steht Ihnen gut, dass Sie sich heute mal rasiert haben."

„Ja, stimmt, meine Frau hat mir det von Ihrem Besuch heute früh noch kurz erzählt, eh sie wegmusste", versicherte Teschke. „Übrigens, danke für det Kompliment. Ick wollt meiner Berta mal 'ne Freude mit glatten un weichen Bäckchen machen." Teschke schmunzelte kurz, dann widmete er sich wieder seinen Räumereien.

„In Ordnung. Sagen Sie bitte, Herr Friedrich, wie gut kennen Sie eigentlich Gregoriew?“
„Hm, eigentlich kenne ich ihn nicht wirklich näher. Sie haben ja sicher schon gemerkt, dass er sehr verschlossen ist. Aber wir konnten ganz gut miteinander, bis dieser unsägliche Streit mit Klotzhofer um unsere Barbara-Ikone begonnen hat.“
„Erwähnte er mal ein Mädchen oder genauer gesagt eine russische Studentin, um die er sich kümmern muss, weil sie in Gefahr ist?“
„Nee, aber über so was haben wir auch nicht gesprochen. Aber was hat das mit dem Mord von gestern Abend zu tun?“
„Gregoriew behauptet, er habe zur Tatzeit das besagte Mädchen in einer Bar getroffen und könne deshalb gar nicht beim Museum gewesen sein. Aber aus ihm ist kein Ton rauszukriegen, weil er die Identität des Mädchens schützen will. Das kann natürlich alles nur vorgeschoben sein. Aber, mein Gott, irgendein Gefühl sagt mir, dass da jemand ist, der ganz dringend unsere Hilfe braucht.“
„Nun, irgend so ein seltsames Helfersyndrom mag dieser Priester wohl haben. Aber, wie gesagt, er ist einfach zu verbohrt. Und wenn er nichts sagen will, dann ist kaum etwas zu machen.“
„Na, vielen Dank jedenfalls.“
Christiane Bechstein setzte ihre Untersuchungen in den Ausstellungsräumen fort. Dort musste sich auch die Heilige Barbara einer ersten genaueren Begutachtung stellen. Dann ließ sich die Kommissarin einige Vitrinen aufschließen und erklären, wie die Ausstellung aus Russland nach Frankfurt gekommen war und warum sich Gregoriew so gegen die Ikonen aus russischen Kirchen und Klöstern ereiferte. Friedrich hielt sich erwartungsgemäß mit seinen Erklärungen zurück, verwies auf seinen getöteten Chef, der die nötigen Kontakte selbst geknüpft hatte. Schließlich rang sich der Stellvertreter, der nun die Entscheidungen zu treffen hatte, im Einvernehmen mit den Beamten zu dem schweren Schritt durch, das Museum für zwei Tage für den Besucherverkehr zu schließen. Anders würden weitere Untersuchungen und Befragungen im Museum nicht möglich sein.
Dann ließ die Kommissarin noch einmal nach der Sekretärin rufen.
„Frau Miersch, ich muss Sie noch mal um Hilfe bitten. Morgen werden die Kollegen der Computerforensik sämtliche Rechner des Museums genau überprüfen. Aber mit etwas Glück könnte ich auch jetzt schon etwas herausfinden. Wie komme ich an den Computer von Herrn Klotzhofer? Gibt es irgendein bestimmtes Passwort?“
„Hier hat jeder seine firmeninternen Daten, um sich anzumelden.

Aber die sind im Grundprinzip bei jedem gleich aufgebaut", erklärte die Sekretärin. „Über private Zugangsdaten weiß ich freilich nichts."
Die Kommissarin forderte die Sekretärin auf, den Rechner zu starten und hochzufahren. Das Nutzerprofil gab Frau Miersch mit der üblichen umgedrehten Kombination aus den ersten vier Buchstaben des Nachnamens und den ersten zwei Buchstaben des Vornamens ein. Also „BrockWe." In den folgenden zwei Sekunden galt es, die erste Hürde zu nehmen, um in die Computerwelt des Herrn Direktors einzudringen.
„Das hätten wir schon mal geschafft", atmete die Sekretärin auf, als der Cursor in das nächste Feld vorsprang. Doch nun wurde es erst richtig spannend. Konnte die Sekretärin eines der museumsüblichen Passwörter eingeben? Nach zwei gescheiterten Anläufen, die beide mit „Sakral" oder „Kurator" begannen und von einer Zahlenkombination gefolgt wurden, blickte sie nachdenklich zur Kommissarin auf.
„Nun haben wir nur noch einen Versuch offen. Sonst werden wir erst einmal aus dem System rausgeschmissen", gab Frau Miersch zu bedenken. „Vermutlich hat sich der Direktor ein eigenes Phantasiepasswort ausgedacht."
„Und jetzt? Vielleicht hatte der Direktor eine besondere Vorliebe für bestimmte Exponate, die Sie als Passwort versuchen könnten", schlug Christiane Bechstein vor.
„Versuchen wir es doch einfach mit dem Liebling des Direktors. Ich meine natürlich mit unserem Eyecatcher aus Sibirien. Und dann nehmen wir noch die 1953 dazu, das ist Klotzhofers Geburtsjahr. Sonst konnte der sich nämlich keine Zahlen merken."
Flink tippte die Sekretärin den Namen ein, ihre Finger schienen gerade so über die Tastatur zu fliegen. Hastig folgte die Kommissarin ihren Blicken: Einmal ein großes „P", zwei- oder dreimal ein „a" und ein- oder zweimal ein „r", das glaubte sie genau erkennen zu können. Die restlichen Buchstaben gingen etwas zu schnell. Aber warum „Parbara"? Die Kommissarin besann sich: Vergangene Nacht hatte sie wenig geschlafen und konnte den routinierten Tastenfolgen einer erfahrenen Sekretärin nicht wirklich mit Erfolg hinterherblicken. Außerdem war nichts in diesem Moment wichtiger, als schnell in den Computer von Klotzhofer vorzudringen und die letzten Programme und Mails zu checken.
„Bingo!" Die Sekretärin konnte sich einen kleinen Triumph nicht verkneifen. „Wir sind drin."
Langsam baute sich der Bildschirm von Klotzhofers Computer auf.

Zu dumm aber auch, dass sich die Balken all der Updates immer gerade dann auf dem Monitor breitmachten, wenn es schnell gehen musste. Gemeinsam starteten Miersch und Bechstein das E-Mail-Programm, überprüften Ein- und Ausgang. Doch da war nichts Auffälliges zu entdecken.
„Sollten wir nicht noch wenigstens den Papierkorb überprüfen?“, drängte die Kommissarin.
„Das bringt eigentlich nichts, weil Klotzhofer den immer regelmäßig ausleert. Obwohl ...“ Die Sekretärin zögerte einen Moment. „Der wurde gestern so oft von Anrufern bedrängt und musste dann so plötzlich zur Vernissage, da könnten wir ausnahmsweise Glück haben.“
Klara Miersch klickte den Papierkorb an. Und siehe da – erneut ein Volltreffer! Mindestens 20, wenn nicht 30 ungelesene Mails prangten in der Liste. Die meisten davon waren natürlich Spams. „Die müsste man später noch mal in Ruhe aussortieren: Die Guten bleiben im Töpfchen, die Schlechten kommen ins Kröpfchen“, meinte Frau Miersch. Doch von den ernst zu nehmenden Botschaften verblieben am Ende zwei mit interessantem und auch brisantem Inhalt. Die erste davon kam gleich von einem großen Unbekannten:

Hallo Herr Klotzhofer,
ich muss Sie eindringlich auffordern, diskret mit der Presse umzugehen, wenn es um die Herkunft der Ikonen geht. Nur weil Sie gerne angeben und sich als den Retter aufspielen wollen, können wir nicht den Ruf unseres Unternehmens aufs Spiel setzen. Wenn Sie nicht entsprechend handeln, werden Sie und wir bald gehörigen Ärger haben.

Viele Grüße, A. K.

Weiter unten fand Christiane Bechstein noch eine weitere Mail, die offensichtlich sehr persönlicher Natur war.

Hallo Werner,
na herzlichen Glückwunsch zu deiner großartigen Ausstellung! Hast wohl vergessen, wer dir das alles ermöglicht hat? Wann kriege ich endlich meinen Anteil?

Gruß, Johnny

Christiane Bechstein sah die Sekretärin mit musternden Augen an. „Frau Miersch, ist Ihnen dieser Name oder auch das Kürzel A. K. bekannt?"
„A. K. habe ich noch nie so gehört oder gelesen. Ich denke, das muss wohl einer von Klotzhofers Sponsoren oder sonstigen Geschäftspartnern sein. Aber Johnny, das könnte ich möglicherweise einordnen."
„Nämlich?"
„Johnny, das ist doch normalerweise so ein Spitz- oder Kosename für Hans oder Johannes, nicht wahr?" Frau Miersch sah die Kommissarin mit fragender Miene an.
Christiane Bechstein nickte zustimmend.
„Also, wenn das so ist, da hat mal so ein Hannes Lemper angerufen, der sich als Freund von Klotzhofer ausgegeben hat." Die Sekretärin stotterte nervös. „Das ist erst ein paar Tage her. Doch der Chef war nicht da. Da sagte Lemper noch, er würde gerade zuhause losfahren und in einigen Minuten persönlich noch mal vorbeischauen. Denn Klotzhofer und Lemper seien angeblich verabredet. Da hab ich noch gestaunt, weil länger als 15 Minuten hat das nicht gedauert. Der muss hier wohl ganz in der Nähe wohnen. Als dann Lemper hierherkam, war Klotzhofer immer noch nicht da. Da musste ich ihn wieder wegschicken."
„Na, das ist doch schon mal was. Und wer kann uns mit A. K. weiterhelfen?"
„Das kann wohl nur Friedrich wissen." Frau Miersch schaute nervös auf die Uhr. „Der ist aber schon vor ein paar Minuten gegangen. Obwohl, wenn Sie Glück haben, könnten Sie ihn noch am Hauseingang erwischen."
„Danke erst mal, wir sprechen uns später wieder." Christiane Bechstein rannte schnellen Schrittes die Treppe hinunter und hinaus auf die Straße. Sie konnte Friedrich gerade noch sehen, wie er mit seinem Schlüssel die Autotür öffnete.
„Herr Friedrich, warten Sie doch bitte mal", rief sie ihm außer Atem zu. „Kennen Sie einen A. K.?"
„Ich glaube nicht. Irgend so eine Abkürzung. Das kann viel bedeuten."
„Bitte versuchen Sie, sich zu erinnern. Es ist sehr wichtig für uns", drängte Frau Bechstein.
„Nein, keine Ahnung." Friedrich wollte gerade die Tür hinter sich zuschlagen. Doch die Kommissarin war schon an den Wagen herangesprungen und hielt den Griff der Tür in ihre Richtung fest. Sie merkte, dass er sehr hektisch reagierte und augenscheinlich nicht die Wahrheit sagte. „Bitte, Herr Friedrich, Sie müssen sich erinnern.

Wir werden ja alle jeden Tag mit vielen dieser Kürzeln bombardiert", zeigte sie sich verständnisvoll. „Aber er hat Herrn Klotzhofer mindestens eine wichtige Mail geschrieben. Der kann Ihnen doch nicht völlig unbekannt sein. Vielleicht ein Leihgeber der Ausstellung? Oder ein Sponsor – oder sonst ein Geschäftspartner?"
„Ja, so was in der Art. Aber mehr kann ich Ihnen beim besten Willen nicht sagen. Unsere Partner legen schließlich immer sehr viel Wert auf Diskretion."
„Herr Friedrich", erwiderte die Kommissarin nun wieder in gereizter Tonlage. „Es geht hier um Mord."
„Gut, gut. Warten Sie. Es ist Kirchner. Arnold Kirchner. Er ist ein Kunsthändler und hat uns sehr bei dem Erwerb unserer Ikonen aus Russland geholfen."
„Wo finde ich sein Geschäft oder seine Wohnung?"
„Im südlichen Nordend, irgendwo beim Eschenheimer Turm. Aber jetzt müssen Sie mich wirklich entschuldigen."
Friedrich riss sich förmlich los, schloss die Tür und startete den Motor. Christiane Bechstein sah ihn fassungslos an. Was spielte Diskretion jetzt noch für eine Rolle, da der unmittelbare Vorgesetzte von Friedrich umgekommen war? Was hatte der Stellvertreter des Mordopfers zu verbergen? Waren die beiden Konkurrenten, oder setzte Kirchner als großer Unbekannter auch Friedrich unter Druck? Fragen, auf die es vorerst noch keine Antworten gab.
Christiane Bechstein informierte kurz ihren Vorgesetzten über den neuen Stand der Dinge und die neuen Namen, die ins Spiel gekommen waren. „Habt ihr sonst noch was Auffälliges gefunden?", wollte Pokroff wissen.
„Ein zweites Handy von Klotzhofer mit einer verrauschten Nachricht, die wie Russisch oder Polnisch klang. Doch der Anrufer hatte seine Nummer unterdrückt. Den können wir nicht ermitteln."
„Künstlerpech. Sonst noch was?"
„Nur ein paar verrutschte griechische Sakralgefäße auf dem Schrank von Klotzhofer. Der muss ziemlich hektisch auf und ab getigert und drangestoßen sein. Wir untersuchen sie auf Fingerabdrücke. Als Tatwerkzeuge unwahrscheinlich, aber ..." Christiane Bechstein biss sich auf die Zunge. Nein, dass mit der Privatbar von Friedrich wollte sie am Telefon doch nicht sagen. Dafür würde in der nächsten Dienstbesprechung noch genügend Zeit sein.

Kapitel 7

An diesem Nachmittag arbeitete Riestermann im Archäologischen Museum. Das war am Montagnachmittag selbstverständlich für Besucher geschlossen. Dafür durfte Riestermann die Mitarbeiter des Hauses einweisen, die gerade ein Ausstellung abbauten und die Objekte in die Depots transportierten. Außerdem bereiteten sie mit den Kollegen im Institut für Stadtgeschichte im Nordflügel die Umräumarbeiten für die geplante Sanierung der Klostergebäude voran. Hier und da half er noch an seinem früheren Arbeitsplatz aus, vor allem, wenn es bei Krankheit öfter mal zu personellen Engpässen kam. So auch in dieser Woche. Das hatte er auch nötig, denn fürstlich wurde er für seinen Logendienst im Sakralmuseum nicht gerade entlohnt. Riestermann stand kurz vor der Rente und wollte noch etwas für seine Alterssicherung tun.

Der Pförtner war gerade in der Dauerausstellung unterwegs, die die Exponate aus der antiken römischen und der frühmittelalterlichen fränkischen Geschichte der Mainmetropole zeigt. Besonders gerne patroullierte er an den erhabenen Gigantensäulen der römischen Götterwelt im Hauptschiff der früheren Karmeliterkirche vorbei, um den Kontrast von heidnischer und christlicher Religion auf sich wirken zu lassen. Besonders fromm war Riestermann nicht. Doch das frühere Gotteshaus, das nun mit einer einfachen Holzdecke überspannt als Ausstellungshalle für die Religion der Heiden diente, übte auf den Pförtner und Sicherheitsmann einen ganz eigenen spannenden Reiz des Kontrastes aus.

Riestermann bewegte sich langsam auf das Mithräum zu, den Opferaltar für den römisch-persischen Gott Mithras. Der mächtige Stier, der kraftlos unter den Messerstichen eines Jünglings zusammenbricht, während sich ein Skorpion gierig und giftig in seinen Hoden verbeißt, konnte einen fast schon zum Mitleid rühren. Während Riestermann auf den Altar blickte, hörte er hinter sich das verdächtige Klicken einer Digitalkamera. Instinktiv fuhr er herum und blickte direkt in die Linse eines Besuchers im mittleren Alter.

„Sie wissen, dass das Fotografieren hier verboten ist. Vor allem mit Blitz“, mahnte Riestermann. In diesem Moment ließ der Besucher seine Kamera sinken, und der Aufseher glaubte, seinen Augen nicht zu trauen. Im Dezember trug der Besucher eine Sonnenbrille und die nassen Tropfen auf seinem mittelblonden Haar perlten künstlich wie an einer Perücke ab.

„Aber, wie kommen Sie denn hier herein, Herr ..."
Psst", schnitt ihm der Besucher sofort das Wort ab. „ Die Tür war angelehnt, und mein Name tut nichts zur Sache. Wichtig ist nur, dass Sie Gregoriew in der Mordnacht gesehen und erkannt haben. Dieser fanatische Priester hat alles in den Dreck gezogen und sich seine Probleme selbst eingebrockt. Bald wird er seine gerechte Strafe im Knast erhalten."
Riestermann blickte sich etwas verstört und verunsichert um und vergewisserte sich erst einmal, dass niemand das Gespräch mithörte. Woher wusste dieser offenbar nicht unbekannte Besucher, dass der Pförtner mittwochs manchmal im Archäologischen Museum arbeitete? Ob er ihn verfolgte? „Ja, natürlich habe ich Gregoriew erkannt und auch seinen Namen gehört, als Klotzhofer ihn angeschrien hat", bestätigte Riestermann. Ihm fiel die gekünstelte, fast mühsam antrainierte Sprechweise seines Gegenübers auf.
„Gut so. Dann habe ich hier eine kleine Aufmerksamkeit für Sie und Ihre Frau. Fortsetzung folgt. Wichtig ist nur: kein Wort zu Friedrich und zur Polizei. Und natürlich auch nicht an die Presse." Der Besucher zog einen Umschlag aus der Tasche seines Jacketts und steckte sie dem Aufseher unauffällig zu. Dann ging er ohne ein Wort des Abschieds Richtung Ausgang.
Riestermann schluckte und bat erst mal einen Kollegen am Eingang, ihn für einen Moment zu vertreten. Dann ging er zur Hintertür hinaus und wandelte nach Fassung suchend durch den Kreuzgang. Mit Blick auf die herausragenden Wandbilder von Jörg Ratgeb angelte er den Umschlag aus seiner Tasche und schaute verstohlen hinein. Er konnte ein paar mittlere und große Geldscheine erkennen. Offenbar versuchte man, ihn zu bestechen. Riestermann wusste, was die Stunde geschlagen hatte. Die genauen Umstände und Hintergründe konnte er freilich noch nicht verstehen. Aber er nahm sich vor, sich künftig auf die neue Situation einzustellen, ohne weitere Fragen zu stellen.

Christiane Bechstein war nach dem Besuch im Museum und einem Termin in Bornheim noch in der Innenstadt unterwegs, um den beiden E-Mails in Klotzhofers Computer auf den Grund zu gehen. Vielleicht ergaben sich ja wenigstens neue Indizien. Schlimm genug, dass Pokroffs Nachforschungen in der russischen Kirche in Hausen keinen Anhaltspunkt über die junge Russin lieferten. Pokroff hatte bei seinem Besuch nur eine Gemeindeschwester getroffen: Die konnte zwar Gregoriews Besuch bei ihrem „Chef" bestätigen, sich

aber weder an die Uhrzeit noch an eine Erwähnung des russischen Mädchens erinnern. Sie wusste nur noch, dass Gregoriew irgendwann mit letzter Kraft an die Tür gehämmert und über eine skandalöse Ausstellung und einen frevelhaften Direktor geschimpft hatte, der schon bald in der Hölle schmoren sollte. Das jedoch war alles.
In Bechsteins Dienstwagen saß außerdem Evangelos Zorbas, der junge Kommissaranwärter aus Thessaloniki. Er hatte den größten Teil seiner Jugend in Frankfurt verbracht und einen guten Zugang zu den südländischen Kulturkreisen, auf die er auch an diesem Abend noch in der Mainmetropole treffen sollte. Doch einstweilen musste er sich mit Hiwi-Arbeiten begnügen, wozu auch das Heraussuchen und Bereithalten von Adressen gehörte. Unter dem Namen „Kirchner" hatte er nur einen Eintrag mit Telefonnummer und Postleitzahl aus dem südlichen Nordend finden können. Lempers gab es immerhin drei in Bergen-Enkheim, in der Gartenstraße im westlichen Sachsenhausen und in der Gutleutstraße. Diese Anschlüsse galt es weiter einzugrenzen. Doch Christiane Bechstein wollte zunächst Kirchner ausfindig machen, jetzt, da sie schon mal von Bornheim aus kam.
„Was sagt das Postleitzahlenverzeichnis über die Lage der Anschlussadresse aus?"
„Müsste irgendwo im südlichen Teil beim Anlagenring sein", mutmaßte Zorbas, während er im Verzeichnis blätterte.
Christiane Bechstein kam über das östliche Nordend einigermaßen zügig durch die Innenstadt, gerade noch, bevor der Feierabendverkehr einsetzte. Evangelos Zorbas blickte immer wieder interessiert aus dem Fenster und sah sich die imposanten Gründerzeitfassaden im Nordend an. Zwischendurch erschienen im Hintergrund die Türme der Commerzbank und des Maintowers im Dezembernebel, und die Turmspitzen schienen tatsächlich an den Wolken zu kratzen. Dann war einmal kurz der Dom zu sehen – fast wie ein mittelgroßes Kirchlein zwischen all den Bankgiganten.
„Ein bisschen ist es hier fast wie in Saloniki", stellte Zorbas fest. „Dort haben wir auch antike Mauerreste und byzantinische Kirchen zwischen modernen Hochhäusern. Wenn auch nicht ganz so hoch wie in Frankfurt." Für einen Moment gab die Kommissarin einer Versuchung nach und suchte die Commerzbankspitze zwischen dem Häusermeer. Dabei übersah sie fast einen von rechts kommenden Abbieger, der sie prompt wütend anhupte. „Mann, Zorbas, wegen dir und deinen Kommentaren baue ich hier noch einen Un-

fall“, schimpfte sie halblaut vor sich hin. Doch irgendwie ließ sich die ledige mittelblonde Ermittlerin von dem temperamentvollen Hellenen faszinieren, der sie tatsächlich an die Kinofigur mit gleichem Nachnamen erinnerte. Und manchmal rutschte ihr noch der Nachname heraus, obwohl sie ihn schon seit längerer Zeit duzte. Dabei konnte Zorbas gar nicht so viel jünger sein. Vielleicht war er ja doch noch zu haben, auch wenn er immer den Eindruck machte, als ließe er in Sachen Frauen niemals etwas anbrennen. Doch dann verscheuchte Christiane Bechstein ihren sehnsuchtsvollen Gedanken wieder – sie hatte ja schließlich ihren Jan, dem sie treu sein wollte. Und der ihr das Gleiche geschworen hatte.
Christiane Bechstein musste sich zur Konzentration auf den Straßenverkehr zwingen. Sie bog nun links ab und fuhr über die Eschersheimer Landstraße Richtung Eschenheimer Turm. Dabei schaute sie immer wieder nach links und nach rechts. Kurz vor dem spätgotischen Wehrturm fuhr sie in eine Nebenstraße, musterte hier und in den anliegenden Häuserzeilen sämtliche Schaufenster. Doch wenn ihr etwas auffiel, dann waren es Klavier- oder sonstige Musikgeschäfte. Was einen kurzen Flashback in ihre Schulzeit auslöste. Wie oft hatte man sie mit ihrem Nachnamen aufgezogen. Ob sie nicht lieber Pianistin werden wollte, statt zur Polizei zu gehen. So ein Quatsch. Plötzlich hatte die Kommissarin eine Eingebung und sie fragte ihren jungen Kollegen:
„Sag mal, du wohnst doch hier auch irgendwo in der Gegend. Hast du nicht schon mal von einem Kunstgeschäft mit Namen ‚Kirchner‘ gehört?“
„Nein, da muss ich leider passen. Obwohl, ich glaube, ich habe da eine Idee.“ Zorbas grübelte ein paar Sekunden nachdenklich. „Im Oeder Weg ist doch das Russische Generalkonsulat. Und wenn wir einen Kunsthändler suchen, der über den schnellen Dienstweg russische Ikonen für ein Frankfurter Museum herbeischaffen soll, warum sollte er sich dann nicht in der Nähe dieses Konsulats ansiedeln. Versuchen wir es doch dort.“
„Alle Achtung, Evangelos.“ Christiane Bechstein fuhr noch einmal in den Oeder Weg und musterte die unteren Häuserzeilen in der Nähe zu den Wallanlagen. Und Bingo! Dort hatte sie tatsächlich eine kleine scheinbar namenlose Galerie übersehen. In der Dunkelheit konnte die Kommissarin außer einem großen Werbeplakat zur Eröffnung des Museums für Osteuropäische Sakralkunst zunächst nichts entdecken. Sie parkte das Auto und blickte angestrengt ins Schaufenster. „Galerie wegen Umzug geschlossen“, war unter dem

Plakat zu lesen. Keine Chance, hier war nichts mehr zu holen. Dann spürte Christiane Bechstein einen leichten Stups von links. „He, schau doch mal, wen wir da haben.“ Erst jetzt fiel der Kommissarin an der benachbarten Tür ein Klingelschild mit dem Namen „Kirchner“ auf. Sie drückte den Knopf, stellte sich und ihre dringende Mission vor.

„Ja hier sprichte Saponari, ich bin nur Assistentin von Signor Kirchner“, kam es mit unüberhörbar italienischem Akzent durch die Sprechanlage des elektrischen Türöffners. „Chef ist leider nicht da, kommt erst übermorgen von einer Reise zurück. Huuuch …“ Dann ertönte ein leichtes Knacken, und die Verbindung zur Assistentin war unterbrochen.

Nun sprang Evangelos Zorbas an die Türklingel, drückte ein paarmal aufgeregt den Knopf und rief hinein: „Frau Saponari, Entschuldigung, ist alles in Ordnung?“

„Ja, ja, mir ist gerade der Hörer von Automat aus der Hand gerutscht. Hatte mir die Hände gewaschen mit Sapone, isch meine Seife. Aber Herrn Kirchner können Sie erst sprechen in ein oder zwei Tagen.“

„Es besteht auch keine Chance, ihn wenigstens mobil zu erreichen?“, hakte die Kommissarin nach. „Es ist wirklich sehr dringend. Sie müssen uns unbedingt reinlassen.“

Die Sekretärin bat Christiane Bechstein kurz herein. Sie gab ihr eine Visitenkarte mit Privatadresse: eine Villa in Dreieich-Buchschlag, verborgen und geschützt im Wald, wie man es erwarten konnte. Eine Mobilnummer konnte oder wollte die Sekretärin nicht herausgeben. Dafür drängte Frau Saponari die beiden Kommissare mit temperamentvollen Gesten zur Tür. „Und jetzt bitte, Chef ist nicht da, und isch musse ganze dringend heim.“

„Moment mal, Moment mal. Bitte nicht ganz so eilig, Signorina.“ Christiane Bechsteins Stimme klang streng, selbst Evangelos hatte sie so noch nicht gehört. „Zunächst sagen Sie uns erst mal, wohin Kirchner so dringend verreist ist, wenn er doch eigentlich gerade ausziehen will.“

Frau Saponari kramte einen Flyer aus ihrem Zettelstapel hervor. „Erst er ist gefahren zu Vernissage nach Madrid. Dann geht weiter nach Lisbona, Sevilla, weiß nicht.“

„Wie, Sie wissen nicht? Herr Kirchner wird doch nicht ziellos durch Spanien und Portugal reisen.“

„Weiß auch nicht, hat mir nur gesagt, Iberia, wie heißt auf Deutsch? Iberische Halbinsel. Und dann er sucht neue Geschäft in Andorra.“

„Aha, da kommen wir der Sache schon näher", meinte Christiane Bechstein und dachte an die letzte Fernsehreportage über Steueroasen. „Noch eine andere Frage: Was sagt Ihnen der Name ‚Werner Klotzhofer'?"
„Klotzhofer, weiß nicht. Ah, doch, ist er nicht der Direttore vom Museum, der wurde ermordet? Kam vorhin in Lokalradio von Rhein-Main."
„Ja, genau, den meinen wir. Nun suchen wir den Mörder. Offenbar hat Ihr Chef mit Herrn Klotzhofer gute Geschäfte gemacht, auch für das Museum. Bitte erinnern Sie sich, Frau Saponari, wann Herr Klotzhofer das letzte Mal hier war, und worüber die beiden Herren so angeregt gesprochen haben."
„Keine Ahnung. Haben nur mal telefoniert. Weiß wirklich nicht. Sie müssen sprechen mit meinem Chef, wenn er ist wieder da."
„Na schön. Aber wir wollen uns doch ganz kurz umsehen und einen Blick in die Galerie und das Büro Ihres Chefs werfen."
„Habe nicht Schlüssel für Galerie. Herr Kirchner hat mitgenommen. Und Büro ist nebenan. Prego!" Frau Saponari wies mit der rechten Hand in besagten Raum, was nicht wirklich einladend wirkte. Aber für eine kurze Visitation sollte es doch reichen.
Evangelos Zorbas grinste. „Na ja, die große Durchsuchung können wir uns wohl vorerst sparen. Hier und in der Galerie ist wohl schon alles ausgeräumt. Die Signorina kann ja noch mal kurz ihren Schreibtisch öffnen. Aber die Räume sind so gut wie leer."
„Fast leer", korrigierte ihn seine Vorgesetzte. „An der Wand hängt jedenfalls was Interessantes. Moderne Kunst mit einem Hauch Barock, würde ich sagen." Christiane Bechsteins Blick fixierte ein Aquarell in leuchtenden Farben, das eine elysische Landschaft zeigte, in der sich üppig gefiederte Paradiesvögel und traubenessende Putten mit aufgeblasenen Bäckchen tummelten. „Hat ihr Chef auch solche Bilder in seiner Galerie verkauft?"
Frau Saponari zuckte mit den Schultern. „Hat ein Kollege gemalt als Auftrag."
„Sie wissen nicht zufällig den Namen des Künstlers?" Die Kommissarin versuchte vergebens, das geschwungene Monogramm rechts unten im Bild zu entziffern. Irgendwo hatte sie so etwas Ähnliches schon mal gesehen. Wenn sie nur wüsste, wo.
Frau Saponari schmunzelte. „Nicola Borsalini. Aber hat nix zu tun mit Pizzeria. Und auch nicht mit dem Clan aus Kino. Non è un italiano. Der Maler kommt von hier und hat nur so eine kunstlerrische ..."
„Ah, Sie meinen, einen Künstlernamen. Nun gut, wie auch immer.

Ich hoffe für Sie, dass die Geschichte mit dem baldigen Umzug und den seltsamen Dienstreisen von Herrn Kirchner so stimmt." Die Kommissarin zog eine Visitenkarte hervor. „Wenn Ihr Chef wiederkommt, sagen Sie ihm bitte, er soll sich umgehend bei uns melden." Etwas frustriert verließen die beiden Ermittler die Galerie, blickten in den schwarzen Nachthimmel, der nach nasskaltem Regen roch, und überlegten ernsthaft, ob sie sich zu so später Stunde noch einen weiteren „Hausbesuch" antun sollten.

In der Großdruckerei in Mörfelden-Walldorf 20 Kilometer südlich von Frankfurt liefen derweil die großen Rotationsdrucker und Förderbänder erst langsam ein. „Tacktack – tacktack – tacktack." Das war erst der langsame vom Geräuschpegel noch einigermaßen erträgliche Proberhythmus. Erst später, wenn die Druckplatten eingespannt und die endlosen Papierrollen über die langen Bänder gejagt wurden, würde die eigentliche Hauptschicht der Akkordarbeiter beginnen – Zeitungen im Sekundentakt, Hunderte, Tausende, Zehntausende. Denn Zeit ist Geld. Und Zeitung bedeutete Geldsegen – noch jedenfalls, denn die harte Konkurrenz der Werbung aus dem Internet lauerte bereits im Hintergrund.
Leonid Seschenko und seine Kollegen spielten Karten, um sich die Zeit zu vertreiben. „Verdammt, so'n Mistblatt!", fluchte der Russe. „Und auf die ersten Lokalseiten lassen sie uns auch wieder eine Ewigkeit warten. Mann, wie sollen wir denn da den Andruck schaffen?" Seschenko sprang auf, stieß das Wasserglas um und eilte nach nebenan, in den Kontrollraum für die Druckmaschinen.
Hier liefen die Monitore heiß, von der Aussteuerung der Druckfarben bis zur Laufgeschwindigkeit der Bänder hatten die Großrechner gigantische Datenmengen umzusetzen. Seschenko setzte sich an seinen kleinen Computer rechts in der Ecke, warf einen flüchtigen Blick auf seinen E-Mail-Account. Zu viel durfte er hier nicht schreiben und empfangen, schon gar nicht Privates, denn selbst sein kleiner Rechner war in den Arbeitsablauf minutiös eingepasst.
„Mann, was soll denn das jetzt?", schimpfte Seschenko. In einer kurzen und knappen Mail hieß es nur: „Brauch sofort deinen Rapport! A. K." „Selbst die gnadenlosen Partisanen, die die Metrostation ‚Platz der Revolutionäre' in Moskau zieren, reden noch liebevoller zu ihren Schäferhunden", dachte Seschenko. Jedenfalls hatten die Schäferhunde in besagter Metrostation alle blankpolierte Schnauzen, weil sie von ganzen Heerscharen abergläubischer Moskowiter täglich im Vorbeigehen gestreichelt wurden.

Wo war Seschenko hier nur gelandet? Einst war er Maschinist in der Roten Armee, dann Maschinenkontrolleur in einem Druckkombinat in Leningrad. Doch hier war er nur noch Mädchen für alles. Warten, starten, anhalten, reparieren – und vor allem stapeln und wegräumen, was auf der anderen Seite des Zeitungsauswurfes herauskam. Und dann auch noch einem A. K. hörig sein, ihm irgendwelche Rechenschaft ablegen.
„Nee“, brummelte Seschenko. „Jetzt reicht's erst mal.“ Eilig schrieb er zurück: „Geht jetzt gerade nicht.“ Dann löschte er sämtliche verdächtigen Mails.

Kapitel 8

Christiane Bechstein und ihr jugendlicher Kollege Evangelos Zorbas zögerten: Sollten sie es so spät wirklich noch bei „Johnny“ Lemper versuchen? Ihr innerer Schweinehund sagte eindeutig: nein. Aber die dienstlichen Vorgaben waren klar: Durch die E-Mail kam er zumindest als wichtiger Zeuge in Frage, wenn nicht gar als Tatverdächtiger.
„Was hast du außer Bergen-Enkheim noch mal für Adressen herausgefunden?“, fragte die Kommissarin nach.
„Gartenstraße und Gutleutstraße.“
„Hm. Wenn Johnny nach seinem Anruf bei Frau Miersch noch ein paar Minuten hin und her überlegt und sich schließlich schnell was übergezogen hat, dann passt die Gutleutstraße zur Fahrzeit von 20 Minuten eindeutig besser.“
Die Fahrt dorthin offenbarte das dahindämmernde alte Gutleutviertel, das nicht gerade zu den Glanzlichtern der erweiterten City gehörte. Jenseits der Gutleutkaserne zeigten sich viele der Altbauten in einheitlichem Grau, scheinbar weit entfernt von den glanzvollen Stadtvillen gleich nebenan im Westhafen. Hier und da taumelten Obdachlose der nächsten Trinkhalle entgegen, um ihre Vorräte aufzufüllen. Andere Gestalten zogen gleich die Kornflasche aus der zerrissenen Plastiktüte, prosteten ihren Kumpanen zu, die in sinnloser Kleinarbeit Holzklötzchen übereinander stapelten. Die Kommissarin fand einen Parkplatz und suchte ungeduldig die verrosteten Klingelschilder nach dem richtigen Namen ab. Endlich wurde sie fündig.
„Habt ihr in Griechenland auch solche unschönen Wohnviertel?“, fragte Christiane Bechstein beim Aussteigen.

„Na klar, wo gibt es die nicht?“, antwortete der Grieche schulterzuckend. Doch dann fingen seine Augen an zu leuchten. „Nur sobald eine byzantinische Kirche kommt, keimt Hoffnung zwischen den tristen Wohnblocks auf. Vor allem dann, wenn es in der Kirche schöne Ikonen gibt. Wir Orthodoxe finden Ikonen nicht nur schön und heilig, wir beten sie regelrecht als unsere Helfer in der Not und für ein besseres Leben an, müssen Sie wissen.“
Doch Christiane Bechstein konzentrierte sich nur noch auf die Befragung und klingelte etwas angespannt an der Tür. „Ja, hier ist Lemper. Was kann ich für sie tun?“, kam eine müde und leicht genervte Frauenstimme aus der Sprechanlage.
„Hier ist Kommissarin Christiane Bechstein von der K 11. Mit dabei ist mein Kollege Evangelos Zorbas. Ich müsste umgehend mit Ihrem Mann sprechen.“
„Wie, was? Das geht jetzt gar nicht. Mein Mann hat sich nach einem langen Arbeitstag endlich mal für ein paar Stunden aufs Ohr gehauen. Um was geht‘s denn?“
„Das würde ich ihm und Ihnen gerne persönlich sagen. Öffnen Sie bitte die Tür.“
Nach ein paar Sekunden summte der Türöffner. Nun hatte sich die Ermittlerin über steile Holztreppen bis in den zweiten Stock hinaufzukämpfen. „Mann, da ist man gerade erst Ende dreißig und fühlt sich wegen der paar Stufen doch um Jahre gealtert“, schimpfte sie halblaut vor sich hin. Als sie am Ziel angekommen war, blickte sie in die Augen einer wirklich alten Frau im Bademantel, die ihre glänzend schwarz gefärbten Haare ordnete – oder sah sie vielleicht nur alt aus, weil sie seit Jahren putzen oder irgendwelche Küchenjobs verrichten musste, um das gemeinsame Einkommen aufzubessern? Selbst im alten Gutleutviertel gab es für Paare und Familien kaum noch Billigstmieten, seit die exponierten Wohnanlagen am Main für einen allgemeinen Preisauftrieb sorgten.
„Schon gut, schon gut, mein Mann kommt gleich. Er muss sich eben anziehen.“ Valeria Lempers Stimme klang gespreizt und angespannt. „Er muss schon seit Wochen hart arbeiten und kommt kaum noch zur Ruhe. Die vielen Krankheits- und Urlaubsvertretungen, Sie wissen schon. Aber wir brauchen das Geld. Schließlich wollen wir ja unseren Kindern auch was bieten. Die brauchen ja ständig neue Klamotten und wollen am liebsten schon in der Grundschule mit ihren Designerhandys angeben.“
Das hörte sich alles nur allzu verständlich an. Trotzdem: Für solche Diskussionen hatte die Kommissarin gerade gar keinen Sinn. „Frau

Lemper, entschuldigen Sie bitte, aber nach unseren Informationen hat Ihr Mann den Direktor des Museums für Osteuropäische Sakralkunst, Werner Klotzhofer, gut gekannt, war sogar befreundet mit ihm. Gestern wurde dort eine Ausstellung eröffnet, die sich bis in den Abend hinzog. Wo sind Sie und Ihr Mann während dieser Zeit gewesen?"
„Mein Gott, ich war zuhause und Johannes war unterwegs im Flieger nach Rio de Janeiro. Er ist erst vor wenigen Stunden zurückgekommen. Wieso, was ist los mit Klotzhofer?"
„War Ihr Mann privat oder geschäftlich in Rio?"
„Er war dort beruflich, denn er ist Flugbegleiter. Was ist nun mit Klotzhofer?", hakte Valeria Lemper ungeduldig nach.
„Das wissen Sie noch nicht? Wo es doch sogar schon im Radio kommt."
„Ich sagte doch, wir haben geschlafen. Kein Radio und auch kein Fernsehen."
„Der Direktor ist vergangene Nacht bei einem Kampf in der Nähe des Museums ums Leben gekommen."
„Was sagen Sie da? Ach herrje, das musste ja mal irgendwann soweit kommen, wenn jemand wie Klotzhofer die Menschen immer nur ausnutzt. Aber Johannes ist es nicht gewesen. Er war ja während des Vorfalls in Amerika", versicherte Frau Lemper rasch. Dann drehte sie sich um und rief: „Hannes, wo bleibst du denn?"
„Sie sagten, Klotzhofer nutzt die Leute immer nur aus?", erkundigte sich Christiane Bechstein nun etwas genauer.
„Allerdings. Ohne die Hilfe meines Mannes hätte der doch niemals die Millionenfrage knacken können. Klotzhofer wollte uns am Gewinn beteiligen, uns helfen, endlich von hier fortzukommen und eine schicke Wohnung im Westhafenviertel zu finden. Das Blaue vom Himmel hat er uns versprochen, dieser verdammte Schaumschläger. Doch gehalten hat er gar nichts."
Inzwischen war auch Johannes Lemper heruntergekommen. Man sah ihm die Übermüdung nach einer langen Reise um die halbe Welt deutlich an. „Was sagen Sie da, Werner ist ermordet worden?", fragte er erschrocken und irritiert. Dann holte er noch einmal Luft. „Das ist ja schrecklich. Dieser Draufgänger, nun hat's ihn erwischt. Sorry, ich hab heute noch keine Nachrichten gehört oder gelesen." Lemper versuchte nun, seine verschlafenen Augen aufzureißen.
„Sie wirken etwas förmlich erschreckt, aber nicht gerade betroffen. Sie waren doch befreundet, oder?"
„Ja schon, ich meine, eigentlich waren wir Freunde. Doch dann habe

ich ihm geholfen, und er hat mir Geld versprochen, das er mir nie gegeben hat. Aber ich habe damit nichts zu tun. Ich war auf dem Flug nach Brasilien im Einsatz. Das können Sie jederzeit überprüfen."
„Wann und wo starteten ihre Maschinen?", fragte Zorbas.
„Es ging gestern um 6.30 Uhr nach Rio de Janeiro, wie Ihnen meine Frau bereits sagte. Dort hatte ich mehrere Stunden Aufenthalt. Erst gestern Nacht ging es wieder zurück, heute Morgen gegen 8 Uhr bin ich dann angekommen."
„Wir haben eine Mail auf Klotzhofers Rechner im Museum gefunden. Und da haben Sie die Schulden so energisch eingefordert, dass man darin durchaus ein Motiv für einen heftigen Streit vermuten könnte. Und aus einem Streit kann schnell mehr werden. Wann haben Sie die Mail gesendet, und um wie viel Geld ging es?", fragte Christiane Bechstein.
„Die Mail kam gegen Mittag von einem Rechner unterwegs. Na ja, sagen wir mal, es ging wenigstens um einige Tausend Euro. Er hat schließlich eine ganze Million gewonnen."
Christiane Bechstein ließ sich erzählen, was es mit dem Fernsehquiz auf sich hatte. Wie Johannes Lemper vor dem Bildschirm den Aufstieg seines Freundes beobachtet hatte. Natürlich gab Klotzhofer auf dem heißen Stuhl den gebildeten Akademiker, der so schnell an nichts scheiterte. Doch dann kam er schon bei einer einfachen Redensart fast ins Straucheln. Es war wie die sprichwörtliche gegrabene Grube, in der man selbst die Kohle baggert – sofern man nicht vorher hineingefallen ist. Doch Klotzhofer fing sich wieder, wirkte bei den Fragen nach einer seltenen Briefmarke und einem Maler der Renaissance sogar richtig brillant. Als es um Romanhelden und Filmschauspieler ging, musste Klotzhofer einen Joker nach dem anderen ziehen. Zuletzt stand es fifty-fifty, und der Spieler zockte sich durch die halbe Million. Dann aber kam die Frage, die er ohne seinen weltgereisten Kameraden offenbar nicht lösen konnte.
„Und worum ging es bei dieser Frage?", wollte Zorbas wissen.
„Um die heutige Landeswährung in der Ukraine. Werner dachte natürlich, die würden immer noch mit Rubel bezahlen. Nur weil die Geschichte des Russischen Reiches mal irgendwann dort angefangen hat. Da hat der Meister aber Glück gehabt, dass der gute alte Hannes hin und wieder auch mal in Kiew landet und sich dort versorgen muss."
Zorbas musste schmunzeln. „Na ja, die ukrainische Währung, da würde ich jetzt aber auch ziemlich auf dem Schlauch stehen. Wir hatten früher in Griechenland die Drachme. Nun müssen wir

hoffen, dass wir mit dem Euro ebenso glücklich werden, ohne uns hoffnungslos zu überschulden. Und was haben die Ukrainer?"
„Die Hrywnja. Das hätte der Klotzhofer ohne mich doch niemals gewusst. Und dann hätte er sich seine Million und seinen großen Traum vom russischen Museum sonst wohin schieben können ..."
Eben noch wirkte Lemper verschlafen, nun kam er langsam in Fahrt. „Meine Valeria und ich wollten nur mal raus aus diesem Loch und ein schickes Apartment mit Mainblick. Von dem schäbigen Lohn für die Maloche rund um den Globus können wir uns das doch niemals leisten. Ich wollte nur meinen fairen Anteil. Aber Werner hat mich immer wieder vertröstet und hingehalten. Aber wie schon gesagt: Fahren Sie zum Flughafen und überprüfen Sie bei meiner Fluggesellschaft, wo ich war."
„Wer sagt mir denn, dass Sie nicht einen Gleichgesinnten gefunden haben, der den Mord ausgeführt hat. Vielleicht aus Rache. Vielleicht, weil Klotzhofer noch weiteren Leuten Geld schuldete?"
„Wie kommen Sie denn auf diese Schnapsidee?" Lemper merkte, dass sich seine Stimme fast überschlug und er sich besser ein wenig zügeln sollte.
„Nun, Klotzhofers Sekretärin sagte uns, Sie seien auch mal beim Museum gewesen, um Klotzhofer dort zu treffen. Kannten Sie eigentlich Iwan Gregoriew, den russischen Priester gleich neben dem Museum?"
„Woher sollte ich denn bitte den kennen, wenn ich gerade einmal zufällig beim Museum vorbeigefahren bin, um auf Klotzhofer zu warten? Gut, Werner sagte mir mal, dass er mit dem ständig im Clinch lag. Aber was gehen mich irgendwelche Streitigkeiten um revolutionäre Ikonen an. Und jetzt möchte ich gerne weiterschlafen."
„Gut, für den Moment habe ich keine weiteren Fragen an Sie. Aber ich werde Sie schon bitten müssen, sich weiter zur Verfügung zu halten", sagte die Kommissarin mit Nachdruck.
Christiane Bechstein verabschiedete sich und ging hinunter zum Wagen. Auf dem Weg dorthin überlegte sie unaufhörlich vor sich hin. Warum musste sich dieser neureiche Museumsdirektor ständig irgendwo Feinde machen? Einen Pfarrer, einen Kunsthändler und auch noch einen alten Kumpel gegen sich aufzubringen, dazu gehörte schon eine ganze Menge.
Aber auch die südländische Isabel ging der Kommissarin nicht aus dem Kopf. Eine faltige schwarzgraue Mama, die seit Jahren in einer einfachen Altbauwohnung hauste und wenigstens ihren Kindern so viel gönnen wollte, dass ihr selbst nicht mehr viel zum Leben

blieb. Hatte sie ihren Mann dazu gedrängt, seinen Anteil bei Klotzhofer einzufordern? Hatten die Lempers womöglich einen Dritten beauftragt, den Direktor gewaltsam unter Druck zu setzen? Diese Fragen beschäftigten die Kommissarin die nächsten Stunden.
Christiane Bechstein setzte sich in ihr Auto und wollte gerade losfahren, als sie eine vertraute und doch unbarmherzig nervende Männerstimme neben sich vernahm. Die Kommissarin tat einen instinktiven Handgriff, und schon hörte sie die Stimme penetrant in ihrem Ohr. „Do it, do it do it, like a sex machine ..." Es hätte wie ein unausgesprochener Traum nach einem nervtötenden und doch erfolglosen Arbeitstag sein können. Aber stattdessen hörte sie einen rockigen Handyton, den sie sich extra als Aufputschmittel gegen vorzeitiges Einschlafen gesucht hatte. Immer mal wieder schaltete sie ihr Mobiltelefon auf diese musikalische Droge um. Über Geschmack soll man bekanntlich nicht streiten. Dass jedoch der vorbildliche Kollege, der ihr um diese Uhrzeit noch zu James Browns Nachtschwärmereien verhalf, seinerseits auf romantische Fluss-Sinfonien stand, mutete schon ein wenig grotesk an.
Christiane Bechstein drücke auf Empfang und meldete sich. „Hallo Waldemar, wie sieht's bei dir aus? Gibt's was Neues?"
„Eigentlich stelle ich die Fragen zuerst. Aber gut, ich fange an. Dieser Sturkopf von Gregoriew will uns partout nicht sagen, wo und mit wem genau er angeblich zur Tatzeit in diesem komischen Café war. Zwischenzeitlich hat uns die Gerichtsmedizin bestätigt, dass Klotzhofer durch den dumpfen und schweren Schlag einer Glasflasche gestorben ist. Jetzt muss noch festgestellt werden, ob das Tatmittel mit der Flasche übereinstimmt, von der der Flaschenhals mit Gregoriews Fingerabdrücken stammt. Klotzhofer hat übrigens noch Familie: eine Frau und ein Sohn mit Namen Gleichenbach leben in Köln. Die Kollegen werden ihre Personalien und ihren Aufenthalt zur Tatzeit morgen überprüfen. Und dann habe ich mich noch mal zwischen Hauptbahnhof und Mainzer Landstraße umgesehen. Das einzige Nachtcafé, das auf Gregoriews Beschreibung passen könnte, ist die Bar Macao Bay. Die ist natürlich gerade heute Abend geschlossen."
„Und die junge Russin?"
„Den Kollegen im Bahnhofsviertel ist nichts Auffälliges untergekommen. Wenn sich in der Bar nichts ergibt, dann zerplatzt Gregoriews Beschützerstory wie eine Seifenblase. Wovon ich eh überzeugt bin. Und was hast du ermittelt?"
„Also pass auf, Klotzhofer hatte wohl mit so einigen Leuten Zoff.

Dieser Kunsthändler Arnold Kirchner ist derzeit leider außerhalb unserer Reichweite. Sein Geschäft im Nordend will er auflösen und sich in eine Steueroase absetzen. Aber wirklich stinksauer ist auch ein alter Freund, der Flugbegleiter Johannes Lemper. Ohne den hätte Klotzhofer wohl nie die Fernsehquizfrage lösen können, die ihm das Geld für das Museum einbrachte. Aber Klotzhofer hat seinen Kumpel einfach abserviert. Das will Lemper natürlich nicht hinnehmen. Und seine Frau erst recht nicht."

„Das klingt ja sehr interessant. Hast du diesen Lemper überprüfen können?", wollte Klotzhofer wissen.

„Nach seiner Aussage war er gestern den ganzen Tag als Flugbegleiter in der Maschine auf dem Weg nach Rio. Wir werden das morgen sicherheitshalber noch mal bei der Fluggesellschaft abklären. Für den Moment sieht es so aus, als hätte er ein Alibi. Aber seiner Frau traue ich auch nicht recht über den Weg."

„Also wenn sich selbst Frauen gegenseitig nicht mehr über den Weg trauen ... Aber da kann man wohl im Moment nichts machen. Okay, bleib trotzdem weiter dran an den beiden. Gute Arbeit, Christiane."

Der Kommissar warf für gewöhnlich nicht mit Komplimenten um sich. Und wenn er schon einmal eine Mitarbeiterin lobte, dann konnte sich diese auch etwas darauf einbilden.

„Ach ja, da ist noch was. Friedrich und Riestermann kennen sich beruflich aus dem Ikonenmuseum in Sachsenhausen. Dann hat Klotzhofer die beiden abgeworben. Wegen der Konkurrenz zum Ikonenmuseum hat Riestermann zusätzlich eine Aushilfsstelle im Archäologischen Museum angenommen. Dem sollten wir noch mal nachgehen."

„Ein guter Hinweis. Dem können wir morgen nachgehen. Gute Nacht."

Christiane Bechstein schaltete ihr Handy aus. James Browns aufrüttelnde Melodien wollte sie für diese Nacht nicht mehr hören. Sie wollte nur noch nach Hause und in ihr Bett.

Kapitel 9

Doch 20 Kilometer südlich war an Schlafengehen noch lange nicht zu denken. In der Großdruckerei von Mörfelden-Walldorf hatte die Nachtschicht gerade erst richtig begonnen. Leonid Seschenko versuchte, einen Blick auf die Titelseiten der fertig sortierten Zeitungen zu erhaschen, während bereits neue Blätter über die Förderbänder gesaust kamen. Natürlich kannten die gro-

ßen Frankfurter Tageszeitungen alle nur ein Thema: „Skandal im Sakralmuseum", „Die Blutspur der Ikone", „Museumsdirektor von Priester erschlagen". Überschriften, die viel frisches Blut zur morgendlichen Frühstückslektüre verhießen. Und auf der Titelseite der „Frankfurter Museumszeitung" konnte Seschenko sogar die Titelstory der findigen Journalistin Lisa Naumann entdecken.
Er gönnte sich gerade eine kurze Pause, als es über seinem Oberschenkel anregend vibrierte. Etwas gehört hätte er bei diesem Lärm sowieso nicht.
„Hallo Leonid. Karparow hier. Kannst du ungestört reden?"
Seschenko sicherte kurz, ehe er antwortete. „Ja. Was kann ich für Sie tun?"
„Was gibt es Neues im Sakralmuseum? Warst du heute dort?"
„Ja, aber ich bin nicht reingekommen. Dort ist immer noch gesperrt, weil die Bullen diesen Musentempel total auf den Kopf stellen. Und die Mitarbeiter rennen dort rein und raus wie die aufgescheuchten Hühner. Aber die wollen das Museum schon bald wieder freigeben, wie man so hört."
„Und sitzt dieser verdammte Priester endlich hinter Gittern? Oder glauben diese Idioten von der Polizei etwa, sie finden einen anderen Mörder?"
„Nein, alle halten Gregoriew für schuldig."
„Und was schreibt die Journaille? Du sitzt doch an der Quelle."
„Keine Sorge, die Käseblätter stürzen sich alle auf diesen Verrückten."
„Na, wenigstens etwas. Dieser Geistliche und seine verbohrten Amtsbrüder haben uns schon genug in die Suppe gespuckt. Jetzt, wo Klotzhofer tot ist und alle Welt sich über seine scheinheiligen Ikonen hermacht, ist dieses Museum für uns keinen Pfifferling mehr wert.
„Oder vielleicht gerade jetzt, wenn sich die blutrünstigen Besucher über die Ikonen hermachen ..."
„Das ist höchstens ein kurzes Lauffeuer. Durch den Mord muss der ganze Schwindel um diese Heiligen auffliegen. Und spätestens nach Weihnachten kann sich dieser komische Friedrich nicht mehr vor Polizei und Behörden retten. Ach ja, weißt du etwa, wer ihm bei diesem Scheißgeschäft mit der Barbara-Ikone geholfen und uns übers Ohr gehauen hat?"
„Nein, keine Ahnung. Wirklich nicht."
„Dann halt gefälligst die Ohren offen! Wie auch immer, wir müssen uns wieder den anderen Geschäften widmen. Wie ist dieser komische Friedrich so drauf?"

„Weiß nicht. Ich glaube, der ist ziemlich naiv und ahnt nicht viel von Klotzhofers speziellen Geschäftsfreunden."
„Pass auf. Ich habe mit Klotzhofer noch eine Rechnung offen. Nun brauche ich sein Faustpfand. Schnapp dir eine von den Studentinnen, die dank unserer Vermittlung in Frankfurt studieren. Wir brauchen Nachschub für unsere Privatclubs. Im Bahnhofsviertel ist nix mehr zu holen. Zu viel Polente, zu viel Razzia. Und von diesem Museum werden wir uns zurückziehen. Ich muss nur noch den Ami überzeugen."
„Welchen Ami? Und wie soll ich das mit dem ..."
„Hey, das geht dich gar nichts an. Ich allein sag dir, was du zu tun hast. Und nun schnapp dir eine von diesen Süßen. Klotzhofer braucht sie nun eh nicht mehr. Und wir haben den Biestern das Visum nach Deutschland ja fast geschenkt. Du regelst das alles mit unserer Kontaktfrau in Höchst."
„Und wo soll ich sie hinbringen?"
„Das sag ich dir noch rechtzeitig. Und pass auf, dass diese Trottel von der russischen Gemeinde nix merken. Ich verlass mich auf dich. Wenn du das hier vermasselst, kannst du bis an dein Lebensende Käseblätter stapeln."
Karparow hatte aufgelegt, und Seschenko musste zurück zur Arbeit. Das ständige, inzwischen ohrenbetäubende „Radadadatt" und „Klacklacklack" der Druck- und Sortiermaschinen wollte kein Ende nehmen. Da fiel die Konzentration zunehmend schwer. Zwischen der großen schier unübersichtlichen Maschinerie und den endlosen Förderbändern wirkte selbst der stämmige Seschenko fast wie ein Zwerg, der unauffällig seinem heimlichen Hobby nachgehen konnte: immer mal wieder verschiedene Zeitungen herauszugreifen und neugierig auf ihren Inhalt zu prüfen. Was als Sortierer freilich nicht seinem Profil entsprach. Doch manchmal befanden sich unter den vielen Blättern auch solche in kyrillischen Buchstaben. Da konnte Seschenko einfach nicht widerstehen, musste sofort nachlesen, wie man die Story für die blutrünstigen Voyeure unter den russischen Lesern aufbereitete. Doch dann hörte er schon die mahnenden Worte aus dem oberen Stockwerk:
„Mann, du Russki, mach mal hin und leg einen Gang schneller ein! Die schimpfen schon, weil das mit den Farben überhaupt nicht klappt. Der Andruck ist viel zu spät angelaufen! Wir kommen in Teufels Küche." Nun fühlte sich Seschenko am Drücker, machte seinen Zuarbeitern Beine, ließ dabei seinen eindringlichen Kommandoton durch das Druckzentrum hallen. Dass er um sich herum

Gleichgestellte und keineswegs Untergebene hatte, störte ihn nicht. Allerdings waren die lieben Kollegen hart im Nehmen und ließen sich von solchen Allüren nicht weiter beeindrucken. Wichtiger war, dass jeder wusste, was er an seinem Platz zu sortieren und zu bündeln hatte. Nur so konnte die ganze Maschinerie überhaupt weiterlaufen, wenn schon die Drucker mit ihren Verzögerungen in der Farbmischung den sprichwörtlichen Sand ins Getriebe streuten.
Immerhin hatte es der Maschinist Seschenko bis zum Leutnant in der einstigen Sowjetischen Militärmission in Niederrad gebracht, die man in Frankfurt nur unter dem Namen „Niederräder Kreml" kannte. Doch genauso neugierig verfolgte er, was sich politisch und kulturell rund um den Kreml tat – oder auch bei den Vertretern von Mütterchen Heimat im Ausland.
Verächtlich blickte Seschenko in die große Papiertonne, in der der ganze Ausschuss direkt vom Förderband landete. Noch einmal angelte er sich einen „Nachtkurier", rollte die Augen und verzog das Gesicht. Unter der Überschrift „Die Blutspur der Ikone" war das Agenturfoto mit Klotzhofer bei der Museumseröffnung abgedruckt, wie er mit siegerhafter Pose vor der Heiligen Barbara posierte. Aus den fetten Lettern des Titels triefte das Blut – die Layouter hatten mit liebevoller Sorgfalt gearbeitet. Doch das Blut verlief in kackfarbenem Braun, so wie man es nach aggressivem Durchfall kennt. Auch die Farben und Konturen des Fotos zeigten sich verzerrt und verwaschen, eine Folge des Fehlers in der Aussteuerung. Seschenko schüttelte den Kopf: „Diese Stümper! Diese verflixten Stümper!"

Am nächsten Morgen verschlief Friedrich und kam 20 Minuten zu spät zur Arbeit. „So ein Mist, ausgerechnet heute", dachte er. Denn Friedrich und seine Kollegen hatten viel zu tun. Die Polizei wollte heute Vormittag die abgesperrten Räume im Museum wieder freigeben. Schließlich hatte sich der Mord ja nicht dort ereignet, sondern eine Straßenecke weiter. Fürs Erste, so hoffte Friedrich, waren die Beamten mit ihren Untersuchungen, Befragungen und sonstigen Recherchen fertig.
Friedrich spürte dieses nervöse Kribbeln in seinen Fingern, als er zum ersten Mal an seinem neuen Schreibtisch Platz nahm. Nun war er der Chef. Dass er auf seine alten Tage noch mal ein Museum zumindest kommissarisch leiten würde, hätte er selbst wohl nicht gedacht. Noch müsste sich herausstellen, ob jemand aus Klotzhofers Familie Anspruch auf das väterliche Erbe erheben würde. Würde sich der Sohn aus erster Ehe, der offenbar gewisse Zweifel am Füh-

rungsstil seines Vaters hegte, tatsächlich noch mal melden? Friedrich musste abwarten, was das für ein seltsamer Vogel war, und ob er sich tatsächlich für Klotzhofers fragliches Lebenswerk interessierte. Andererseits konnte er sich seinen verstorbenen egoistischen und jähzornigen Boss nicht gerade als Ehemann oder gar Familienvater vorstellen.
So oder so – fürs Erste hatte Friedrich das Sagen im Museum. Und er hoffe, dass nun endlich der Ansturm auf die Ikonenausstellung losbrechen würde. Sicher, die Zeitungen und Fernsehberichte hatten den Museumsdirektor und sein jähes Ende nicht gerade schmeichelhaft dargestellt. Aber was anderes kann man auch erwarten? Presseleute machen ihren Job, und Klotzhofer war ja auch nicht gerade schmeichelhaft zu seinen Untergebenen. Andererseits spekulierte Friedrich auf die Sensationsgier der Besucher: Nach dem doppelten Presserummel erst um die Barbara und dann um den Mord würden die Besucher doch nun erst recht in Scharen kommen, um ihre Neugier zu befriedigen.
„Bis morgen Nachmittag steht die Schlange bestimmt bis weit auf die Friedrich-Ebert-Anlage, wenn nicht gar bis zur Messe", hoffte Friedrich. Darauf musste er die Pförtner, Aufseher und auch die Verkäufer an der Kasse vorbereiten. Außerdem musste der Reinigungstrupp das ganze Haus auf Hochglanz bringen. Wer wusste schon, wo die Polizisten ihrerseits ihre Spuren hinterlassen hatten? Während Friedrich so versuchte, den Tag durchzuplanen, wurde er durch das enervierende Piepen des Diensttelefons jäh aus seinen Gedanken herausgerissen.
„Ja, hier Friedrich, stellvertretender Leiter des Museums für Osteuropäische Sakralkunst", sprach er gequält ins Telefon. Irgendwie musste er sich an seine neue Art, sich zu melden, doch erst gewöhnen.
„Morgen, Herr Friedrich", kam es mit bissiger Freundlichkeit aus der Leitung. „Wie sitzt es sich auf dem dicken Chefsessel mit ihrem schmalen Hintern? Haben Sie den Tod Ihres Chefs verschmerzt? Wir jedenfalls waren zu Tränen gerührt. Hat ja nicht mehr viel von seinem Lebenswerk gehabt, der alte Sack. Wir aber ..."
„Moment mal, entschuldigen Sie bitte, wer spricht da überhaupt?", fragte Friedrich zurück. Die Stimme klang alt und in ihrer Ironie ein wenig gekünstelt. Aber sie hatte doch einen herrischen Nachdruck, als ob ihm jemand seine neuen Befugnisse streitig machen wollte. Friedrich kam so etwas wie ein Déjà-vu: Eine ähnliche Stimme hatte er vor Jahren schon einmal während seines Urlaubs in Neapel

gehört. Damals machte eine Signora in den Gassen der Altstadt zwei Halbwüchsige zur Schnecke, weil sie versucht hatten, ihre Vespa zu klauen. Doch die Signora war ihnen um Haaresbreite zuvorgekommen. Für die beiden Ragazzi jedenfalls war der Tag gelaufen. So schnell versuchten die bestimmt nicht mehr, jemandem etwas zu klauen.
„Sie wissen genau, wer ich bin und was ich von Ihnen will. Und damit das ganz klar ist: Mir ham Sie nix zu sagen, Herr Möchtegerndirektor! Wir ham Sie in der Hand. Es geht um die paar Tausend Euro, die Klotzhofer meinem Mann schuldig geblieben ist. Unter 50.000 kommen Sie schon mal gar nicht weg …“
„Moment mal, Moment mal, was wollen Sie überhaupt? Ich habe zwar kommissarisch die Leitung übernommen, aber ich bin noch lange nicht befugt, Klotzhofers Etat zu verwalten. Und wenn …“
„Sie wissen sehr gut, worum es geht. Also hopp, bewegen Sie Ihren Allerwertesten zur Bank! Oder wollen Sie etwa, dass ich der Polizei die wahre Geschichte der Heiligen Barbara erzähle? Wir werden das ganz unauffällig regeln. Wo und wie, sage ich Ihnen später. Ich melde mich bald wieder.“
Es klackte in der Leitung. Die drohende Dame am anderen Ende hatte den Hörer aufgelegt. Wie von der Tarantel gestochen sprang Friedrich von seinem Schreibtischstuhl auf. Er ging auf und ab, dann zum Wandschrank, riss die Türen auf. Dann schloss er sie wieder, ging zurück zum Schreibtisch, setzte sich und zog sämtliche Schubladen auf und zu. Nein, natürlich hatte Klotzhofer nirgendwo ein paar Geldscheine für den Notfall gebunkert. Was sollte er nur machen? Schnell musste eine Lösung her. Friedrich stand wieder auf und ging zur Tür, die sein Zimmer mit dem der Chefsekretärin verband. Vorsichtig öffnete er die Tür und schaute hinein. Dann fiel es ihm wieder ein: Frau Miersch hatte gestern Bescheid gegeben, dass sie heute eine Stunde später kommen würde. Trotz allem Trubel, der nun anstand, hatte sie einen dringenden Zahnarzttermin nicht mehr verschieben können. Doch nun war Friedrich sehr froh um diesen Umstand.
„Gott sei Dank“, seufzte er. „Wenn sie das hier mitgekriegt hätte. Wie peinlich.“ Aber eine Lösung, wie er mit seiner Erpresserin umgehen sollte, hatte Friedrich deshalb noch lange nicht gefunden.

Kapitel 10

Im Terminal A des Frankfurter Flughafens herrschte bereits Hochbetrieb. Vor vielen Abfertigungsschaltern bildeten sich lange Schlangen, während die netten Mitarbeiterinnen der Fluggesellschaften die Gepäckstücke für das akkurate Check-in vorbereiteten. Man spürte bereits die verschärften Sicherheitsmaßnahmen der Vorweihnachtszeit. Christiane Bechstein zeigte sich sehr zufrieden, dass sie wieder einmal das Angenehme mit dem Nützlichen verbinden konnte. Sie wollte nämlich ihre Kollegin und Freundin Sonja Bernburger abholen, die beim Ermittlungsdienst der Polizeidirektion Flughafen arbeitete und gerade von einem Kurztrip nach Wien zurückkam. Bei dieser Gelegenheit konnten die beiden Kolleginnen zugleich Johannes Lempers Alibi vor Ort überprüfen.
Christiane Bechstein eilte in die Ankunftshalle, wo soeben die Passagiere aus der Maschine von Wien ankamen. Die brünette Urlauberin strahlte über das ganze Gesicht, als sie mit ihrem Koffer durch die Eingangstür kam und ihre Freundin unter den mit Willkommensschildern bewaffneten Empfangskomitees ausmachen konnte.
„Ja, so sehen Leute aus, die zur Erholung und nicht zum Broterwerb fliegen", dachte Christiane Bechstein. Eigentlich hatte sie als Kind auch einmal den Wunsch, Stewardess zu werden. Das Fliegen zum Nulltarif durch die weite Welt in schicker Uniform, das faszinierte sie in jungen Jahren oft. Jedenfalls so lange, bis ein Verwandter bei einem Flugzeugabsturz ums Leben kam. Zudem war der Kommissarin beim Anblick des völlig übernächtigten und erschöpften Lemper einmal mehr klar geworden, dass die permanente Arbeit an Bord auf Dauer nicht viel mit Urlaub zu tun hatte. Dafür umso mehr mit Überstunden, Jetlag und ständigem Klimawechsel. Und das innerhalb von einigen Stunden, wenn es von Rio über Frankfurt mit kurzem Zwischenstopp Richtung Skandinavien oder gar Russland ging. Nein, da konnte Bechstein auch ruhig Polizistin bleiben.
„Hallo Sonja, schön, dass du wieder da bist", rief sie ihrer Freundin entgegen. Dann folgte das übliche Ritual mit Umarmung und Küsschen. „Wie war es in Wien? Haben die dort wirklich den größeren Dom und schöneren Weihnachtsmarkt?"
„Ach Christiane, es war einfach super. Wien ist schon ein Traum", antwortete Sonja Bernburger. Wie immer gab sich die unscheinbar Brünette lebensfroh und strahlte mit ihrem offenen Lachen jene Herzlichkeit aus, die ihrer dienstgestressten Freundin trotz attraktiver Figur und engelhaft gelockter Strähnchen manchmal abging.

„Aber der Christkindlmarkt ist ziemlich überlaufen und nur etwas für jene Besucher, die es wirklich sehr lieblich und süß mögen. Stell dir mal vor, du findest statt Bethmännchen überall Zuckerl und Engelshaar."

Christiane Bechstein schmunzelte. „Dafür darfst du die nächsten Tage noch mit mir über unseren Römer laufen. Wir hatten ja eher einen klassischen Fehlstart mit unserem Schmuddelwetter und den Streit um das Adventsgeläute." Die Kommissarin spielte auf den verkaufsoffenen Sonntag am ersten Advent und die launischen Proteste der umliegenden Pfarrer an, die bald sogar einen Osterhasen auf den Altan der Alten Nikolaikirche zaubern würden. Wenn der Weihnachtsmarkt am Ende noch vor dem Totensonntag eröffnet werden sollte, so könnte man doch schließlich gleich die Ostereier anbieten. Geistliche mit witzigen oder gar verrückten Ideen gab es in Frankfurt schließlich mehr als genug.

Nach der Begrüßung mit Warm-up kam die Kriminalkommissarin schnell auf ihre eigentliche „Mission" zu sprechen. „Ich hatte dir ja wegen dieser Angelegenheit mit dem Flugbegleiter gesimst. Wenn du nichts dagegen hast, würde ich gerne noch mal beim zuständigen Flugschalter vorbeigehen, um sein Alibi zu checken."

Sonja schmunzelte. „Ja, ja, unsereins ist eben immer im Dienst. Also gut, so lange wird das ja hoffentlich nicht dauern."

Die beiden Polizistinnen gingen zum Schalter und zückten mit routiniertem Griff ihre Dienstausweise. Als Erste ergriff Sonja das Wort – schließlich hatte sie ja am Flughafen in der Rhein-Main-Metropole so etwas wie Heimrecht. „Guten Morgen, Sonja Bernburger von der Polizeidirektion Flughafen. Ich unterstütze meine Kollegin Christiane Bechstein bei den Recherchen für einen Mordfall, in den ein Flugbegleiter ihrer Gesellschaft verwickelt sein könnte." Sie blickte noch mal kurz auf ihren elektronischen Spickzettel. „Es geht um einen gewissen Johannes Lemper. Wir müssen nachprüfen, ob bei Ihnen vorgestern Abend ein Flugbegleiter nach Rio de Janeiro mit diesem Namen an Bord gegangen ist. Es geht dabei um ein sehr wichtiges Alibi."

Die junge Dame am Schalter lächelte nervös. „Sie wissen, dass ich das selber nicht tun kann. Dafür muss ich schon mit unserem Einsatzleiter sprechen. Viel Zeit kann ich bei dem Betrieb hier dafür nicht aufwenden, aber ich schaue mal, ob ich ihn schnell erreichen kann." Sie griff zum Telefon, tippte hastig eine Nummer ein und fragte in knappen Sätzen nach den Einsatzplänen der vergangenen Nacht. „Es dauert einen Moment, der Einsatzleiter muss erst nach-

schauen." Ein paar Minuten später, als gerade der nächste Fluggast um eine Auskunft bat, kam der Rückruf. „Unser Leiter teilt mit, dass gestern kein Johannes Lemper im Einsatz war."
„Wie bitte?" Die Kommissarin wollte es selbst nicht glauben. Obwohl ihr das Verhalten von Lemper ja schon etwas komisch vorgekommen war. „Wer musste dann an seiner Stelle arbeiten?"
„Soweit das im Moment ersichtlich ist, war das Herr Drescher. Ja, Markus Drescher."
„Sind Sie wirklich ganz sicher? Wie gesagt, es geht um eine polizeiliche Überprüfung." Christiane Bechsteins Blick wurde eindringlich. „Und wenn Johannes Lemper an diesem Abend nicht in einem Flugzeug nach Rio unterwegs war, dann wäre er dringend tatverdächtig."
„Nein, das müsste absolut richtig sein. Sobald sich der Betrieb etwas beruhigt hat, frage ich noch mal nach, ob da auch keine Störung in unserer EDV vorliegt. Obwohl – es gibt theoretisch noch eine andere Möglichkeit, auch wenn die extrem unwahrscheinlich ist."
„Nämlich?"
„Eine Unregelmäßigkeit im Dienstplan oder in der Erreichbarkeit unserer Flugbegleiter. Obwohl das praktisch ausgeschlossen ist. Die Pläne werden sorgfältig abgestimmt, die Daten nach der Eingabe mehrmals überprüft. Und die Kollegen stehen in ständiger Rufbereitschaft. Da ist noch nie ein Fehler passiert. Sie werden wohl ermitteln müssen, wo sich Johannes Lemper sonst zur Tatzeit aufgehalten hat. Aber sobald es hier ein bisschen ruhiger ist, werde ich den gestrigen Einsatzplan noch mal in Ruhe mit meinem Vorgesetzten durchsprechen."
„Und wie lange dauert das?"
„Wenn Sie in einer halben Stunde noch mal wiederkommen könnten?"
„Na gut, das leuchtet mir ein." Christiane sah ihre Freundin mit liebevoll bittendem Blick an. „Vielleicht könnten wir ja solange ein Käffchen trinken gehen?" Sonja nickte wohlwollend, wenngleich ihr Gesicht plötzlich etwas müde aussah. „Dann also bis später."
Insgeheim ärgerte sich Christiane Bechstein natürlich über diese ständigen technischen und menschlichen Stolpersteine, welche die polizeilichen Ermittlungen immer wieder behinderten. Aber das gehörte nun mal zum Job mit dazu.
Christiane und Sonja versuchten, sich die Zeit mit ein paar Erzählungen über den Kurzurlaub zu vertreiben. Wie so oft, wenn Frauen ins Plaudern kommen, ging es dabei auch recht bald um Klamotten. Sonja schwärmte von den eleganten Damen, die beim ersten Schnee die Kärntner Straße auf- und ab flanierten. Christiane

spürte ihr Gewissen in Bezug auf den Tier- und Naturschutz und erkundigte sich zaghaft, ob es in besagter Edelmeile wenigstens auch anspruchsvolle Kunstpelze zu kaufen gebe. Was Sonja zumindest nicht verneinte. Am Ende landeten die beiden Damen bei der immer wiederkehrenden Frage, wie sich die Zeil als Einkaufsstraße entwickeln werde. Würde man wirtschaftlich und geschmacklich die Hitliste anführen oder bestenfalls am Ende der Top Ten landen? Sonja klopfte ihrer Freundin aufmunternd auf die Schulter. „Du weißt ja, die kleinste Metropole der Welt wird ihren globalen Platz schon hinter den Kulissen verteidigen, notfalls mit der internationalen Kriminalität. Doch für den einfachen Frankfurter auf der Straße wird es schon nicht zu gefährlich. Aber unsere Arbeitsplätze bei der Polizei sind auch nicht gerade gefährdet."
„Na, du hast vielleicht Nerven", entgegnete Christiane Bechstein und schaute leicht irritiert auf ihre Armbanduhr. „Ich würde sagen, die halbe Stunde ist fast um, und wir starten jetzt unseren zweiten Versuch bei der Fluggesellschaft."
Doch die freundliche junge Dame am Schalter blickte die beiden Ermittlerinnen mit entschuldigender Miene an. „Der zuständige Dienststellenleiter kann den Fall im Moment nicht abschließend klären. Der Computer gibt nicht mehr her als das, was ich Ihnen bereits gesagt habe. Man kann also nur mit den Kollegen selbst reden. Aber Drescher ist im Langstreckenflug im Einsatz. Und Lemper ist heute zuhause. Er hat seinen pflichtgemäßen freien Tag nach den vergangenen anstrengenden Einsätzen. Aber wir geben Ihnen Bescheid, sobald wir selbst Genaueres wissen."
Die Kommissarin blieb freundlich, aber dennoch bestimmt. „Sehen Sie, mit Dienstplänen und Computerprogrammen passieren immer wieder Fehler. Deshalb muss ich Sie und Ihre Vorgesetzten unbedingt bitten, an der Sache dranzubleiben."
Die Schalterdame telefonierte kurz. Dann sah sie die Kommissarin ratlos an. „Wir melden uns so schnell wie möglich bei Ihnen."
„In Ordnung, das werde ich dann übernehmen", schaltete sich Sonja Bernburger jetzt wieder ein. Und schaute ihre Freundin mit tröstendem Blick an. „Christiane, jetzt sei mal nicht so enttäuscht, das ist sicher nur ein momentaner Engpass, weil auch gerade viel hier los ist. Ich geb dir sofort Bescheid, wenn wir die Sache aufgeklärt haben."
„Okay, und sobald du wieder richtig im Dienst bist, prüfe doch bitte mal nach, ob sich hier in den vergangenen beiden Tagen ein Fluggast mit Namen Arnold Kirchner Richtung Madrid oder Lissabon

bewegt hat. Der kennt nämlich unser Mordopfer auch ziemlich gut, hat mit ihm sogar vielversprechende Geschäfte für das Museum getätigt."
„Wird erledigt", versicherte Sonja Bernburger. Einmal mehr wechselten zwei Visitenkarten die Besitzer. Und Christiane Bechstein seufzte angestrengt. Vielleicht würde sie Lemper ja schneller wiedersehen und vernehmen müssen, als das Flugteam den Fall aufklären konnte.

Kommissar Pokroff konnte gerade noch die Nachricht aufnehmen, dass Lempers Alibi möglicherweise geplatzt war. Er wollte eben erläutern, dass die Kölner Kollegen bei der Frau und dem Sohn Klotzhofers keine besonderen Anhaltspunkte finden konnten, als ein altes Mütterchen hastig in sein Dienstzimmer gestürmt kam. Sie hatte an der Pforte des Polizeipräsidiums vorgesprochen, wo man ihr nach Rücksprache mit dem Kommissariat die Möglichkeit zu einem kurzen Gespräch einräumte. Auch wenn das Pokroff so kurz vor der geplanten Gegenüberstellung nicht wirklich in den Zeitplan passte.
„Sie müssen unseren Pfarrer wieder freilassen. Der kann es auf keinen Fall gewesen sein", rief Anna Tschernowa abgehetzt und rang nach Luft. „Ich kann Ihnen das alles erklären. Auch das mit den Fingerabdrücken auf der Flasche, so wie es in der Zeitung steht."
Pokroff schluckte einen Moment lang. Wer hatte da der Journaille wieder mehr verraten, als es mit Hinblick auf die laufenden Ermittlungen abgestimmt war? Dann wandte er sich der alten Frau zu. „Also jetzt mal ganz langsam. Wer sind Sie überhaupt? Und was ist mit Gregoriew? Sie wollen mir erklären, dass er unschuldig ist?"
„Aber ganz bestimmt. Unser Pfarrer kann das gar nicht getan haben. Der bringt doch niemanden um. Ach ja, ich bin die Frau Tschernowa, die Gemeindesekretärin." Die alte, aber beherzte Frau hielt dem Kommissar ihren russischen Ausweis entgegen. Sie hatte sich inzwischen wieder gefangen und strahlte den Charme jener Babuschkas aus, die in den Moskauer Museen mit hartem, aber herzlichem Regiment für Ordnung sorgen. Nur dass Frau Tschernowa im Unterschied zu jenen oft noch vom Kommunismus gezeichneten „Großmüttern" vor der hohen Geistlichkeit viel mehr Respekt hatte als vor einem weltlichen Kommissar, zu dem sie ungeniert ins Dienstzimmer gestürmt kam.
„Ach ja. Und Sie wollen mir jetzt also erklären, wo Pfarrer Gregoriew zur Tatzeit war oder warum er angeblich unschuldig ist." Pokroff

schüttelte ungläubig den Kopf.
„Wo der Pfarrer vorgestern Abend war, weiß ich auch nicht. Aber das mit der Glasflasche kann ich ganz genau erklären."
„Na, dann schießen Sie mal los." Eine kleine Chance wollte der Kommissar der resoluten Babuschka dann doch geben.
„Also wir haben ja direkt nebenan in der Ludwigstraße unsere Gemeinderäume. Dort hatten wir vor einigen Tagen ein kleines Fest. Na ja, und wenn die Russen so richtig feiern, dann wird auch einiges getrunken. Und danach habe ich dann mit dem Pfarrer die ganzen leeren Flaschen in Müllsäcke gepackt und erst einmal in den Innenhof gestellt. Die Glascontainer waren nämlich voll. Aber bei uns im Gemeindesaal wollten wir den ganzen Müll ja auch nicht stehen lassen. Als dann die Container geleert wurden, haben wir die Flaschen schließlich rübergetragen. Dabei ist aus den Säcken eine Flasche rausgefallen, die Gregoriew vorher angefasst und reingetan hatte. Sicher die Flasche, mit der der Direktor vom Museum später erschlagen wurde. Deshalb sind da die Fingerabdrücke von unserem Pfarrer drauf."
„Also, wir haben die Abdrücke nicht auf einer Flasche gefunden, sondern nur auf einem Flaschenhals. Die Flasche selbst wurde durch den Aufschlag natürlich zersplittert. Wir warten derzeit noch auf das Ergebnis, welcher Flasche der Hals mit den Fingerabdrücken von Gregoriew gehört. Aber ein bisschen abenteuerlich hört sich das alles schon an, finden Sie nicht? Und wenn es tatsächlich so gewesen sein sollte, warum hat es mir Gregoriew dann nicht selber so gesagt?" Nein, so leicht wollte es Pokroff dem Mütterchen und dem Priester dann auch wieder nicht machen.
Anna Tschernowa sah den Kommissar mit großen Augen an. „Aber Herr Kommissar, Sie wissen doch, so ein Pfarrer hat so viel zu tun jeden Tag. Bei dem seinem vollen Terminkalender müssen Sie schon verstehen, dass der sich nicht mehr so an jeden Tag und erst recht nicht an jede Flasche erinnern kann."
„So weit, so gut. Aber Herr Gregoriew erzählt uns, er habe sich zur Tatzeit mit einer jungen Russin getroffen, die mit Hilfe einer Beraterin klären will, wie sie eine vorzeitige Ausweisung aus Deutschland verhindern kann. Aber Herr Gregoriew will uns weder den Namen des Mädchens noch der Beraterin nennen, was die Sache auch nicht leichter macht. Bei allem Verständnis für die Angst des Mädchens, irgendeinen Anhaltspunkt muss es doch geben, damit wir Gregoriews Aufenthalt während der Tatzeit feststellen können. Können Sie uns nicht weiterhelfen und den Namen des Mädchens

oder den der Beraterin nennen?"
„Das tut mir leid, da sind noch zwei weitere Mädchen, die uns um Hilfe in einer solchen Angelegenheit gebeten haben. Woher soll ich wissen, um welche Beraterin es sich handelt? Ich bin nur die Sekretärin. Ich müsste da erst mal nachfragen. Bei uns im Sekretariat hat die Beraterin jedenfalls in den letzten Tagen nicht angerufen. Der Gemeindevorstand hat sie ausgesucht. Genauer gesagt waren es Mitglieder des russischen und rumänischen Gemeindevorstands."
„Wieso der rumänische Gemeindevorstand?"
„Noch gehört Rumänien nicht zur EU. Und aus den Nachbarländern auf dem Balkan kommen auch orthodoxe Gläubige in die Matthäuskirche. Und einige von ihnen haben Probleme mit ihren Papieren."
Die Namen der zuständigen Vorstandsmitglieder hatte Anna Tschernowa dummerweise nicht im Kopf. Die Adressen hatte sie in ihrer Aufregung zuhause vergessen. Außerdem verhedderte sie sich beim krampfhaften Versuch, die Zuständigkeiten der Orthodoxen Kirche irgendwie in deutscher Sprache zu erklären, derart in Widersprüche, dass der Kommissar jeden Glauben an ihre Geschichte verlor. Trotzdem drückte er der Babuschka dankbar und höflich die Hand. „Gut, ich verspreche Ihnen, ich werde Ihre Aussage überprüfen lassen und noch mal mit Gregoriew sprechen. Es wird sehr viel von der Gegenüberstellung in einer halben Stunde abhängen. Dann werden zwei Zeugen kommen, die Gregoriew identifizieren können, falls der sich tatsächlich mit Klotzhofer nachts vor dem Museum getroffen hat. Wenn nicht, sehen wir weiter. Aber Sie müssen einfach wissen, dass sich diese ganze Geschichte im Nachhinein nicht sehr glaubhaft anhört." Mit diesen Worten geleitete der Kommissar Anna Tschernowa zur Tür hinaus. Frau Tschernowa hatte gerade die Türschwelle hinter sich gelassen, als sie sich noch einmal mit unsicherer Miene umblickte.
„Wollen Sie mir vielleicht doch noch etwas sagen, Frau Tschernowa?", fragte der Kommissar vorsichtig nach.
„Einmal erwähnte Gregoriew kurz etwas von einer jungen Sibiriakin mit seltsam gefärbten Haaren, die vor kurzem bei ihm war. Er sagte, sie komme aus Tomsk und arbeite in einer asiatischen Bar im Gallus. Vielleicht hilft Ihnen das ja weiter."
„Welche Farbe hatten die Haare denn?"
„Weiß nicht mehr so genau, irgend so ein undefinierbares rötliches Fuchsbraun."
„Ich selbst bin ja auch halber Russe. Ein Mädchen mit sibirischen und russischen Vorfahren, das in einem asiatischen Bistro arbeitet – das

hört sich zwar etwas seltsam an, könnte aber hinkommen. Haben Sie vielen Dank."

Anna Tschernowa verneigte sich kurz, dann war sie im langen Korridor des Präsidiums verschwunden.

Kapitel 11

Der Frühjahrsmorgen war einfach herrlich. Die Vögel zwitscherten, ein laues Lüftchen wehte über den Baikalsee, die Sonne spiegelte sich mystisch in der blaugrünen Oberfläche. Goldene und silberne Seerosenblätter, soweit das Auge reichte. Es war das Paradies auf Erden, die Bäume rauschten, ihre Blätter knisterten und flüsterten alte Volksmärchen über Feen und Schamanen. Plötzlich knackte es, immer lauter und deutlicher. Gleich würde die alte Eiche zu Boden fallen und alles Leben in ihrer Baumkrone mit sich reißen, nein, nein, bitte nicht ...

Das junge Mädchen fuhr erschreckt aus dem Schlaf und blickte mit verklebten Augen zur morschen, scheppernden Holztür, in der der Schlüssel klapperte. Der warme blaugrüne Farbton des Baikalsees ging in das Jadegrün des Zimmers über, goldene Blumenranken schmückten die Wände. Hatte man sie vor drei Stunden hierhergebracht, oder gar vor drei Tagen? Sie versuchte ihre Gedanken zu sortieren, sofern das mit ihren vernebelten Erinnerungen irgendwie möglich war.

„Hallo, Taigablume! Du bist wohl eingeschlafen. Na, du wirst dich bei uns schon wohlfühlen. Hier, trink erst mal was Warmes." Der kräftige Mann, der gerade hereingekommen war, stellte ihr eine Tasse Kaffee auf den Nachttisch. Taigablume, so war sie schon mal genannt worden. Langsam dämmerte es ihr wieder. Taigablume, das sollte nun ihr neuer Name sein.

„Wo, wo bin ich, Herr, Ssss ..."

„Ach, sag ruhig Leo zu mir. So nennen mich hier alle. Und mach dich einfach locker, Süße. Ich hab mit dem Chef gesprochen. Du kannst dich erst mal ausruhen und eingewöhnen. Zurzeit ist nicht viel los."

„Ja, aber was, ich meine wie und wieso ...? Und wie, ich meine, wie geht es weiter?" Während Taigablume noch nach Halt und Orientierung suchte, hatte sich der Mann bereits schon wieder umgedreht, ging nun zurück zur Tür, warf sie ins Schloss und drehte den Schlüssel eilig herum.

Taigablume versuchte, durchzuatmen, nahm aber langsam einen

süßlichen und stickigen Duft wahr, der durch das enge Zimmer waberte. Es roch nach Lotusblüte, irgendwie südlich, exotisch und tropisch, nicht so, wie sie es vom Baikalsee kannte. Sie musste nun wach bleiben, zu sich kommen, munter werden, überlegen, wie sie hier herauskommen sollte.
Schräg gegenüber konnte sie eine schneeweiße Frau ausmachen, eine Nippesfigur, eine wohlgerundete Göttin mit ausladenden Brüsten, die ihr indifferent zuzwinkerte. Die junge Dame griff hoffnungsvoll nach der Kaffeetasse – das war genau das, was sie jetzt brauchen konnte. Doch nach dem ersten warmen Schluck spürte sie ihre Hoffnung schwinden. Das war dünner Malzkaffee mit irgendetwas darin, kein starker Bohnenkaffee, und sie fühlte, wie sie schon wieder müde wurde. Die Eindrücke verschwammen vor ihren Augen, die ihr zufallen wollten. Die schneeweiße Göttin zerfloss förmlich vor dem sanften Jadegrün und den goldenen Ranken der Zimmerwände. Schon war es der jungen Frau, als spürte sie wieder das laue Nass des blaugrünen Baikalsees, auf dem sie als Taigablume mit den Seerosenblättern umhertreiben wollte.
Der falsche Kaffee tat nun seine Wirkung, und das Mädchen dämmerte langsam hinweg ...

Mit einer Viertelstunde Verspätung meldete sich der Pförtner Eugen Riestermann zur anberaumten Gegenüberstellung. Seine zunehmende Unsicherheit versuchte er grinsend zu überspielen. Denn mit den sonst so stechenden Augen konnte er derzeit nicht mehr punkten. Jetzt nur nichts Falsches sagen, so lautete seine Devise. Andererseits war Riestermann durchaus für einen Spaß zu haben, wie auch die Kollegen im Museum bestätigten. Aber alles in allem war er doch ein eher biederer und durchschnittlicher Pförtner mit Grundausbildung in Sicherheitsfragen, der seinen Dienst nach Vorschrift leistete. Als Riestermann ins Wartezimmer im Polizeipräsidium eintrat, saß die zweite Zeugin, Gisela Bachmann, bereits seit einigen Minuten dort. „Darf ich die Gnädigste bitten?“, flachste er. „Wie heißt es doch so schön: Ladies first, oder nicht?“
Gisela Bachmann schüttelte irritiert mit dem Kopf: „Naa, naa. Gehe Sie mal schee zuerst, um dem Mörder da in die Aachee zu blicke“, meinte sie. „Des sin mir die Rischtische. Erst zu spät komme, den ganze Verkehr uffhalte und dann so aanen uff Ka... Ka... Kavalier mache.“
„Na schön, dann geh ich halt zuerst“, entgegnete ihr Riestermann schnippisch. „Was soll’s? Hinter seiner Glaswand kann mir der

geheimnisvolle Mister X eh nix anhaben."
Pokroff führte Riestermann nun in den vorbereiteten Raum. Dort standen fünf ältere Männer, alle mit dunkelbraunem und schwarzem Haar und mehr oder weniger ausgeprägtem Vollbart. Darunter auch Gregoriew, der den Umständen entsprechend einigermaßen ruhig und beherrscht auf seinem Stuhl saß. Sicher hoffte er, nach der Gegenüberstellung endlich freizukommen.
„Die stehen ja da wie in Reih und Glied. Sind Sie Reserveoffizier beim Bund?", fragte Riestermann patzig.
„Jawohl, und wenn Sie mir den Befehl verweigern, dann gibt's Arrest in der Zelle", antwortete Pokroff in gleicher Tonlage.
Nun musste Riestermann zwei Durchgänge überstehen. Zwei Durchgänge, die durchaus Konzentration erforderten, weil sich die Herren verblüffend ähnlich sahen und nach dem ersten Versuch umgesetzt wurden. Riestermann musste zwar etwas genauer hinschauen, tat sich aber nicht wirklich schwer. Doch er hatte ein anderes Problem: Zu schnell und selbstsicher durfte er auch nicht agieren, denn das wäre aufgefallen. Also blickte er jedes Mal zögernd die Reihe auf und ab, bevor er dem Kommissar ein Zeichen gab und zweimal die gleiche Person ausdeutete: Iwan Gregoriew.
Ein paar Minuten später, als sich die Männer wieder in ihrer ursprünglichen Reihenfolge aufgestellt hatten, steckte die rüstige Rentnerin auch schon neugierig ihren Kopf zur Tür herein. „Wo isser dann?", wollte sie wissen.
„Nur langsam", wies Pokroff ihre Neugierde zurück. „Wenn Sie mir bitte folgen wollen. Und zwar durch diese Tür hier links. Bitte keine Angst, alle fünf Männer verhalten sich völlig ruhig, und unsere Kollegen haben ein wachsames Auge. Wenn Sie den Mann erkannt haben, dann nicken Sie mir bitte kurz zu und sagen mir das Ergebnis draußen."
„Un wann misch der Mörder dort sieht un mir was tue will?"
„Keine Angst, es kann wirklich nichts passieren", versicherte Pokroff und fasste Frau Bachmann ruhig bei der Hand. „Selbst wenn Gregoriew schuldig ist, dann ist er sicher kein kaltblütiger Mörder. Einer alten Dame wie Ihnen wird er ganz sicher nichts tun." Pokroff sagte diese Worte in einem ruhigen und tröstenden Tonfall und dachte dabei freilich auch an Anna Tschernowas Aussage. Und schon hatte er Gisela Bachmann in den Raum zur Gegenüberstellung hineingelotst.
Frau Bachmann schaute sich die fünf Herren nur eine knappe Minute lang an, bevor sie dem Kommissar nervös zunickte.

Draußen angekommen, musste sich die Rentnerin erst einmal fassen. „Ei der da in der Mitte, der Gregorii… äh Gregorieff, odder wie der heiße tut."
„Wen bitte meinen Sie genau? Nennen Sie mir bitte die Zahl, die Sie gesehen haben."
„Ei der da mit dem dunklen Bart, was hat der gehabt, die Drei, glaab isch", meinte Gisela Bachmann etwas verlegen. „Also isch maan den, wo noch so'n klaane Lewwerfleck hat. Denn der hat genau den Bart und die Aache wie dieser Rasputin."
„Gut, Frau Bachmann. Dann machen wir auch bei Ihnen zur Kontrolle noch einen zweiten Durchgang." Die alte Dame schaute etwas irritiert, doch der Oberkommissar konnte sie beruhigen und vom Sinn dieser Maßnahme überzeugen. Wenige Minuten später, als sich die Herren abermals umgestellt hatten, wurde die Seniorin erneut hereingeführt.
„Also, jetzt bitte noch mal ganz mit der Ruhe", motivierte sie Pokroff. „Wie schon gesagt, keiner der Männer kann Ihnen etwas tun. Welche Nummer trägt der Mann jetzt, den sie vorhin erkannt haben?"
„Ei die Eins, obwohl, die stehe ja jetzt ganz annerster da. Naa, es is doch die Drei. Odder halt, es könnte aach die Zwei sein. Ach, isch waaß aach net. Es war halt doch so dunkel", meinte Frau Bachmann nun völlig irritiert und griff nach einem Taschentuch in ihrer Jackentasche.
Pokroff sah die alte Dame beruhigend an. „Sehen Sie, beim zweiten Mal wurden Sie mit der Nummer unsicher. Und der bärtige Herr mit dem Leberfleck, den Sie beim ersten Mal nannten, das war dieses Mal tatsächlich die Nummer Drei. Das war aber einer von unseren Kollegen. Gregoriew hat zwar ein ähnliches Muttermal, trug aber tatsächlich die Nummer Zwei. Sie haben somit erst ganz zuletzt auf den Priester gezeigt. Herr Riestermann war sich seiner Sache wesentlich sicherer. Wie können Sie sich das erklären?"
„Isch kann gar nix mehr erkläre. An den Lewwerfleck konnt isch misch net erinnere, awwer an dem seine Aache un an den Bart. Awwer isch waaß es net genau. Isch will jetzt nur noch haam. Wir alde Leut sehe halt net mehr so gut. Schon gar net im Dunkele."
Pokroff lächelte versöhnlich. „Das kann ich natürlich verstehen. Also, Frau Bachmann, besten Dank noch einmal für Ihre Mithilfe. Schönen Tag noch – und grüßen sie Ihren Max von mir." Pokroff brachte die Frankfurterin zur Tür hinaus. Für die lieben Grüße an ihr liebstes Tier schenkte sie dem Kommissar noch ein Lächeln. Der

aber kam erneut ins Grübeln: Warum nur konnte Riestermann so sicher auf Gregoriew deuten, während sich Frau Bachmann mit der Identifizierung wesentlich schwerer tat?
Nach dem Mittagessen in der Polizeikantine erhielt Pokroff einen Anruf von der Spurensicherung. „Wir haben endlich das Rätsel mit dem Flaschenhals gelöst. Wenn Sie gerade mal vorbeikommen könnten“, forderte ihn Gert Liebhardt auf, ein Spezialist seines Faches.
„Na, da bin ich ja mal gespannt.“ Nur wenige Minuten später präsentierte Liebhardt dem Kommissar seine wohlsortierte Scherbensammlung. Pokroff musste bei diesem Anblick unweigerlich an die Werkräume im Archäologischen Museum denken, in denen die Forscher zum Tag der offenen Tür gerne ihre irdenen Puzzlespiele präsentierten. Ist die Keramikscherbe nun 2.000 Jahre alt und gehört zu einer rotbraunen Amphore aus der Römerzeit? Oder ist sie noch 500 Jahre älter und gehört zu einem einfachen keltischen Gefäß? Sehr viel anders kam ihm die Arbeit der Spurensicherung manchmal auch nicht vor. Zumal ja hinter so manchem Scherben- und Skelettfund etwa im Schwanheimer Wald auch ein wahrer Krimi steckte.
„Wir haben das jetzt einwandfrei untersuchen und nachweisen können“, betonte Liebhardt stolz und gestelzt. „Der Flaschenhals mit den Fingerabdrücken von diesem russischen Priester gehört nicht zu der Flasche, mit der man den Museumsdirektor erschlagen hat. Es handelt sich zwar um zwei Flaschen einer identischen Wodkamarke, die wohl beide bei ein und derselben Party geleert wurden. Aber die Glasstücke, die wir unmittelbar neben der Leiche in der Blutspur gefunden haben, passen nicht zu dem besagten Flaschenhals, der ein kleines Stück weiter beim Container lag. Sie wissen ja: Auch zwei scheinbar gleiche Flaschen sind doch in ihrem Material und ihrer Struktur nie ganz identisch.“ Liebhardt zögerte einen Moment, als wolle er abwarten, ob der Kommissar ihm auch folgen kann. „Daraus können wir also nur schließen …“
„… dass der Täter Herrn Klotzhofer mit einer anderen Flasche erschlagen hat und danach schnell und unerkannt durch den Hintereingang des Hinterhofes flüchten konnte“, ergänzte Pokroff den fehlenden Satz. Und atmete durch. „Sie sehen, ich bin mit der praktischen Arbeit der Spurensicherheit durchaus vertraut.“
Liebhardt stutzte, schaute ein wenig irritiert. „Hier sehen Sie, wir konnten ein paar Meter weiter beim Container auch Scherben sichern, die eindeutig zur Flasche des Priesters gehören. Die könnte

sich tatsächlich zuvor in besagtem Behältnis befunden haben, bevor sie zu Bruch ging. Wenn uns nur der Sprühregen die Arbeit nicht so erschwert hätte. Doch zurück zum Täter: Der hat sich vom Tatort entfernt, ist ein ganzes Stück gerannt und hat das Tatmittel, also seinen Flaschenhals, wohl im nächstbesten Müllcontainer außerhalb des Geländes entsorgt. Bleibt also festzustellen, ob Täter und Tatverdächtiger noch identisch sein können."

„Eine typische Panikreaktion", erwiderte Pokroff schlagfertig und dachte im Stillen: „Danke für die Belehrung mit dem Tatverdächtigen, da wäre ich von alleine nicht drauf gekommen." Noch einmal nickte der Fahnder dem Spurensicherer zu und bedankte sich höflich: „Okay, Herr Liebhardt, das war gute Arbeit. Auch wenn uns Ihre Scherben nicht wirklich Glück gebracht haben. Nun müssen wir weiter ermitteln und die richtigen Schlüsse ziehen, damit wir nicht selbst vor dem Scherbenhaufen unserer Untersuchungen stehen. Besten Dank einstweilen." Damit ging der Kommissar zurück in sein Büro, um die nächsten Schritte für seinen Fall zu planen.

Kapitel 12

Moskau, 6. Dezember 2005

Es wurde schon langsam dunkel, als Sergej Sarakow am späten Nachmittag nach einer langen Sitzung über den Konsomolskaja-Platz schlenderte, um sich auf seinem Weg ins Russische Kulturministerium etwas abzulenken. Die Kälte der Metropole an der Moskwa kroch durch die Kleider, und der grauhaarige Kultursekretär zog sich seine Pelzmütze bis weit über die Ohren. Kurz vor dem Eingang zur Metro kaufte sich Sarakow nicht nur eine Iswestija, sondern noch andere russische und deutsche Zeitungen, die teilweise auch in Frankfurt gedruckt wurden.

Sarakow blieb einen Moment lang stehen, überflog kurz den Blätterwald. Eigentlich, so dachte er, könnte ihn gerade im Fall Klotzhofer, der schon in Sondersendungen über den russischen Bildschirm flimmerte, nichts mehr überraschen. Der Kultursekretär hatte es mal wieder geahnt. Wenn ausländische Museologen für russische Sakralkunst entbrennen, vergessen sie dabei jede Schamgrenze. Sarakow zählte sich nicht zu jenen strengen und konservativen Gläubigen, die eine Betrachtung und Ausstellung von Ikonen außerhalb von Gotteshäusern bereits für ein Sakrileg hielten. Die kunsthistorische Erforschung der Ikonenmalerei hielt er durchaus für unabdingbar. Und doch waren die Heiligenbilder für ihn auch ein Zeugnis der russischen Volksfrömmigkeit, das es mit Hochachtung und Pietät zu würdigen galt.

Sarakow faltete die Zeitungen zusammen und betrat die große neoklassizistische Säulenhalle der Metrostation Komsomolskaja mit den üppigen Stuckverzeierungen, um die Ringlinie über die Station Kiewskaja zum Kulturministerium am Smolenskaja-Platz zu nehmen. Eine Schmach für den hochrangigen Sekretär, der sonst mit Chauffeur in einer Staatslimousine mit Blaulicht über den Ring der Gartenstadt kutschiert wurde. Denn in Moskau haben neben den Polizei- und Rettungsfahrzeugen auch alle hochrangigen Funktionäre und Geschäftsleute das Vorrecht, mit Blaulicht auf der Überholspur zu fahren. Doch dieses Mal hatte Sarakow Pech: Der herausgeputzte Tschaika war bei einer Reifenpanne in der Nähe des Kremls liegen geblieben, ein Ersatzwagen auf die Schnelle nicht aufzutreiben.

„Ich weiß eigentlich gar nicht, warum die Ausländer immer sagen, die russischen Maschinen seien nicht kaputtzukriegen", brummte Sarakow, während er genervt die Fahrpläne und Tarifsysteme der Moskauer Metro studierte. Kurz darauf hörte er eine vertraute Melodie, die ihn an Beethovens Stück „Für Elise" erinnerte: Mal wieder ertönte die Warnsirene, weil die Fahrkarte eines Passagiers abgelaufen war, der noch schnell durch die zuschnappenden Sperren des Drehkreuzes hindurchhuschen wollte.

Der Kultursekretär ließ auf der langen Rolltreppe die imposante Eingangshalle hinter sich. Nun schritt er auf dem Bahnsteig durch die palastartige Station, wo seine Blicke unweigerlich auf die Mosaike mit den Nationalhelden aus sieben Jahrhunderten fielen: Fürst und Freiheitskämpfer Alexander Newski, Großfürst Dmitri Donskoi und Feldmarschall Michail Kutusow. „Das sind unsere Lichtgestalten, ohne die unser Land niemals seine Größe erlangt hätte", dachte er bei sich. Die stille Verehrung der Nationalhelden war ihm schon zu Sowjetzeiten in Fleisch und Blut übergegangen. Schließlich gedachte man hier all jener Größen, die durch die Zerstörung ihrer Porträts in den Palästen und Kirchen der russischen Städte ihre Heimat verloren hatten – darunter auch Alexander Newski.

Tatsächlich war für die Paläste des Volkes in Moskaus Unterwelt das Beste gerade gut genug. Sarakow kannte die entsetzten Erinnerungen der älteren Kirchenmänner, die immer wieder vom kostbaren Marmor der vor kurzem rekonstruierten Christi-Erlöser-Kathedrale berichteten, der in der Moskauer Metro verbaut worden war. Von den anonymen Zwangsarbeitern, die dafür bis zur völligen Erschöpfung schuften mussten, gar nicht zu reden. Nicht umsonst hatte man nach einem erbitterten Streik 1933 für die U-Bahn jene politikbegeisterten Komsomolzen eingesetzt, die der Station und dem Platz später ihren Namen geben sollten.

Sarakow hatte Glück und erwischte gleich den ersten Zug Richtung Kiewskaja.

„Zdes svobodno?“ (Ist hier frei?), fragte er höflich eine ältere Mitfahrerin, die ihren Mantel halb über den benachbarten Sitzplatz gebreitet hatte, als wollte sie ihn für jemanden freihalten. So viel ausgesuchte Höflichkeit gab es im Gedränge der Metro äußerst selten.

„Da, poschalujsta!“ (Ja, bitte!), antwortete die Alte.

Er ergatterte sich einen Sitzplatz und stöberte während der Fahrt noch ein wenig in der russischen Boulevardzeitung: „Direktor frankfurtskogo museja ubit iz-za russkich zolotich ikon!“ (Frankfurter Direktor starb für eine russische Goldikone), war dort in fetten kyrillischen Lettern zu lesen. Der Artikel berichtete von der Zerstörung „ihres“ Klosters, der Verscherbelung ihres Abbildes und dem fanatischen Priester exilrussischer Abstammung, der den eitlen und geldgierigen Museumsdirektor offenbar kaltblütig erschlagen hatte. So, als sei der Mord bereits bewiesen. Die Babuschka mit schneeweißem Haar links neben dem Kultursekretär versuchte rasch ein paar Zeilen zu erhaschen.

„Was ist das nur für eine Ikone, dass sie einen gestandenen Gottesmann aus der Fassung bringt“, meinte sie mit dem stolzen Blick einer Rechtgläubigen, die sich gegen Generationen von Partisanen durchgesetzt hatte. „Ich glaube eher, das hat etwas mit der Kunstmafia zu tun. Wahrscheinlich wollte der Direktor den Preis für das Beutestück nicht bezahlen. Deshalb musste er sterben. Wer weiß, welche korrupten Beamten von uns da mit drinstecken.“

Sarakow blickte entsetzt nach links: „Also jetzt mal ganz langsam, Mütterchen. Das will ich geflissentlich überhört haben.“ Dann schob er mit einem vorsichtigen Flüstern nach: „Ich glaube aber auch nicht, dass der Priester der Mörder war. Wahrscheinlich ist der Täter in den kriminellen Kreisen von Frankfurt zu suchen. Mit unserem Land hat er sicherlich nichts zu tun.“

Während Sarakow die Babuschka beschwichtigte, passierte der Zug die Stationen Kurskaja und Oktjabrskaja. Die Fahrt glich einer huldigenden Zeitreise zu den Heldentaten der Roten Armee, deren Bilder von der Bahnsteighalle der Metrostation Taganskaja prankten.

Dazu blitzten die Kronleuchter von sakral anmutenden Deckengewölben, die die Säulen von Triumphhallen überspannten. „Sehen Sie, Mütterchen, diese Helden haben für uns den Großen Vaterländischen Krieg gewonnen“, ermunterte Sarakow die Babuschka.
Doch die Rentnerin, die aus der Menge der unauffälligen Passagiere herausstach, gab sich so schnell nicht geschlagen. „Sie meinen wohl den Zweiten Weltkrieg und dieselben Soldaten, die noch kurz zuvor unsere heiligen Kirchen und Klöster zerstört haben“, fauchte sie in erregtem Flüsterton zurück.
„Ssst!“, zischte Sarakow. „Jetzt ist es aber wirklich genug. Wenn wir nicht über die Vergangenheit sprechen können, dann müssen wir ihr eben mit allem Respekt für die Erfahrungen der älteren Generation gedenken.“ Sarakow klopfte der Babuschka auf die Schultern. Dann fuhr der Zug in die Station Kiewskaja ein, wo auf glorreichen Mosaiken der gemeinsame Kampf der russischen und ukrainischen Revolutionäre dargestellt war. Hier musste der Kultursekretär umsteigen.
Nun war es nur noch eine Station zum Smolenskaja-Platz. Sarakows weiterer Weg führte ihn vorbei am Russischen Außenministerium, einer sogenannten Stalinkathedrale, in die Außenstelle des Russischen Kulturministeriums. In der Straße des Alten Arbat war sein Büro in einem Nebengebäude des Wohnpalais von Alexander Puschkin angesiedelt. Gleißend hob sich der türkisblaue Bau von der frischen weißen Schneedecke ab. Inzwischen war es völlig dunkel, und die silberne Mondsichel schimmerte über den Straßenlampen und den Scheinwerfern, die das zuckerbäckerne Außenministeriums mit dem 172 Meter hohen Hauptturm in einem kräftigen gelblichen Licht anstrahlten. Wie so oft patrouillierte eine Miliz vor dem Eingang von Sarakows Büro auf und ab. Einer der Milizionäre am Eingang bemühte sich nach Leibeskräften um ein angedeutetes höfliches Lächeln. Doch die Statik seiner Gesichtszüge ließ eine solche Geste nicht zu. Sarakow machte sich nichts daraus, fühlte sich auch so zu Genüge respektiert. Hier brauchte er nicht einmal seinen Dienstausweis vorzuzeigen.
Sarakow betrat das Gebäude, ging entlang an maroden Stuckdecken mit heraushängenden Versorgungsleitungen und rekapitulierte noch einmal seine Gedanken: Michail Gurdenidse hatte die Ikonen also nicht aus einer Stiftung aufgelöster Klöster gekauft, sondern sie aus dunkler Quelle erworben und über Mittelsmänner in den Westen verschoben. „Verdammt“, dachte Sarakow. „Ich habe da irgendjemandem zu sehr vertraut, den ich besser hätte kontrollieren

müssen." Warum aber war die Heilige Barbara so viele Jahrzehnte verschollen und vor der Ausstellung in Frankfurt urplötzlich wieder aufgetaucht? Da konnte einfach etwas nicht stimmen.
Sarakow rief seine Sekretärinnen zusammen: „Svetlana, Jewdokija schauen Sie doch bitte mal, wo die Akten zur Ikonensammlung von Michail Gurdenidse zu finden sind. Wir müssen unbedingt noch einmal nachvollziehen, welcher unserer großen Kunsthändler die Stücke der Sammlung damals erworben und für Ausstellungszwecke nach Frankfurt weiterverkauft hat."
„Stimmt etwas nicht mit dieser Sammlung?", wollte Svetlana wissen.
„So kann man das auch nennen", antwortete Sarakow. „Schließlich musste ein Frankfurter Museumsdirektor dafür sterben, dass er unbedingt eine verschollen geglaubte Ikone der Heiligen Barbara aus dem sibirischen Prophet-Elias-Kloster ausstellen wollte."
Während die beiden Sekretärinnen die Aktenordner heranschleppten, entdeckte Sarakow noch eine weitere Skandalgeschichte in einer seiner Boulevardzeitungen: Eine Exklusivstory mit einem historischen Foto des Prophet-Elias-Klosters aus dem Jahr 1910! Die Seitenkapelle war auf der Innenaufnahme zwar nur unscharf zu erkennen, umso einschneidender wirkte dafür die Dachzeile über der Story: „Gehört die Barbara in dieses Kloster?" Denn in der Anordnung der Ikonen fehlte ihr Stammplatz neben der Heiligen Katharina. Hier war eine andere Heilige zu erkennen, die der Kultursekretär als Paraskeva zu identifizieren glaubte, auch wenn sich ihr Antlitz auf dem unscharfen Foto nur erahnen ließ. Weitere Folgen der sagenhaften Enthüllungsgeschichte, die der Frage nachgehen wollten, woher die Barbara stammte und wie sie in die Sammlung von Gurdenidse gelangte, versprach das Revolverblatt für die nächsten Tage. Nur der Autor, ein sogenannter „Sachverständiger für traditionelle russische Religionskunst", blieb freilich ungenannt.
Sarakow blieb die Spucke weg. Sicher, zu dem tragischen und skandalösen Zwischenfall war es im fernen Deutschland gekommen. Trotzdem: Wenn russische Ikonen dabei im Spiel waren, dann hatte der Vorfall auch Auswirkungen auf das Ansehen seines Landes in der westeuropäischen Welt. Ein solcher Vorfall verlangte nach Aufklärung. Da konnte man nicht einfach zur Tagesordnung übergehen. Und Sarakow wollte seinen eigenen Beitrag leisten, um im Bedarfsfall die Kollegen in Frankfurt unterstützen zu können.

Bevor Waldemar Pokroff zeitgleich zu seinen abendlichen Ermittlungen in der Mainmetropole aufbrach, machte er noch einen kur-

zen Besuch bei Iwan Gregoriew. Zwar vermochte er immer noch nicht an diese Geschichte zu glauben, die die gute Seele der russischen Gemeinde da scheinbar zum Schutz ihres Priesters erzählt hatte. Aber die Fairness verlangte doch, dass er sich mit der Sache weiter beschäftigte, und dabei auch an vorgesetzter Stelle nach den möglichen Konsequenzen für den Hauptverdächtigen fragte.
Es war noch hell, als Pokroff im Untersuchungsgefängnis in der JVA Weiterstadt vorbeifuhr, um dem Priester noch einen kurzen Besuch abzustatten. Als er in die spartanische Vorführzelle eintrat, saß der russische Geistliche scheinbar mit stoischer Gelassenheit dar. So verbissen er auch gegen das Museum und gegen die Ausstellung der Heiligen Barbara gekämpft hatte, so teilnahmslos fügte er sich jetzt offensichtlich in sein eigenes Schicksal. Selbst bei allem Vertrauen in göttliche Fügung und in eine höhere Gerechtigkeit konnte Pokroff so viel Lethargie nicht verstehen. Dabei musste er auch an den Firmenboss eines internationalen Möbelhauses denken, der sich hier vor wenigen Monaten in U-Haft erhängt hatte, nachdem er einige Wochen wegen eines Korruptionsskandals einsaß.
„Vater Gregoriew, Sie werden es vielleicht nicht glauben“, verkündete der Oberkommissar in vorsichtig optimistischem Ton. „Aber es sieht angesichts Ihrer derzeitigen Lage fast so aus, als hätte ich eine gute Nachricht für Sie.“
„Was wollen Sie damit sagen?“, fragte Gregoriew etwas ratlos.
„Ich habe vorhin noch mit dem Staatsanwalt telefoniert. Wenn Sie jetzt etwas kooperativ sind und mir helfen, zwei entlastende Hinweise für Sie aufzuklären, dann könnten Sie vielleicht schon bald aus der Untersuchungshaft entlassen werden. Wenngleich Ihre Rolle in dieser ganzen Geschichte weiterhin schwierig bleibt.“
„Wieso das?“
„Nun, zunächst haben wir bei der Gegenüberstellung mit den beiden Augenzeugen doch einige Unsicherheiten bemerkt. Dann war heute Morgen ihre Sekretärin bei mir. Sie glaubte, eine Erklärung zu haben, wie Ihre Fingerabdrücke an den Flaschenhals gekommen sein könnten. Und einen Hinweis auf die Bar, wo Sie angeblich das Mädchen getroffen haben wollen, scheint es tatsächlich auch zu geben.“
„Sie meinen Anna Tschernowa.“ Über das Gesicht des Geistlichen huschte ein kurzes Lächeln. „Anna fühlt sich immer berufen, mich aus brenzligen Situationen zu retten. Was sagte sie?“
„Nun, sie glaubt sich an ein Gemeindefest zu erinnern und an eine Flasche, die Sie später weggetragen haben.“

„Daran kann sie sich tatsächlich erinnern. Obwohl, wenn ich so einen Moment überlege: eine Flasche, ja, das könnte es gewesen sein."
„Mehr haben Sie dazu nicht zu sagen?"
„Na ja, ich weiß nicht mehr so ganz genau die Woche und den Tag, aber es ist schon richtig, dass wir da so eine Art Gemeindefest hatten. Es war halt eher ein internes bedeutungsloses Fest. Da hat man später nicht mehr jedes Detail im Kopf. Ja, es ist denkbar, dass ich dabei eine dieser Flaschen in der Hand hatte, mit denen der Mord später begangen wurde. Aber so genau kann ich mich daran nicht mehr erinnern. Wenn Sie wüssten, wie voll meine Agenda die vergangenen Wochen war."
„Sicher, dafür habe ich Verständnis. Aber ohne respektlos sein zu wollen: Ihr Kalender ist sicher auch nicht voller als meiner. Mensch, Herr Gregoriew, ich will Ihnen doch helfen. Also noch mal: Sie glauben sich zu erinnern, dass Sie besagte Flasche ein paar Tage vor der Tat angefasst haben, um Sie in den Müll zu entsorgen?"
„Ja, das könnte hinkommen."
„Immerhin ein kleiner Fortschritt. Jetzt sagen Sie bitte noch einmal: Hieß das Café oder vielleicht auch die Bar, in der Sie sich mit dem russischen Mädchen trafen, vielleicht Macao Bay?"
„Macao Bay? Möglich, das könnte stimmen."
„Mann, Mann, das ist wirklich anstrengend mit Ihnen und Ihrer zögerlichen Erinnerung. Aber wir hätten jetzt vielleicht eine Chance, Ihr bislang so dünnes Alibi zu stützen. Zumindest dann, wenn Sie mir endlich den Namen der jungen Dame sagen könnten. Oder wenigstens, wie sie aussieht."
„Das geht eigentlich gegen meine Prinzipien, ihre Identität zu schützen. Nein, es bleibt dabei, dass ich keinen Namen nennen kann. Aber sie ist ein etwa mittelgroßes sehr hübsches Mädchen mit schulterlangen rötlichen Haaren."
„Und den Namen dieser Beraterin? Den kennt Anna Tschernowa nämlich auch nicht."
„Selbst wenn ich ihn sagen wollte, ich kann mich nicht genau erinnern. Viecher oder Wiecher oder Weichert oder so ähnlich. Und unser Vorstand ist derzeit auf Gemeindefahrt."
Pokroff versuchte ein gequältes verständnisvolles Lächeln: „Ohne Ihnen zu nahe treten zu wollen, aber Sie sind schon ein besonders schwieriger und hartnäckiger Fall. Manchmal zweifle ich doch, ob Sie hier je wieder herauswollen."
„Meine Pflicht wird mich rufen, wenn es Gott will. Und der Rest wird

sich von ganz alleine finden."
„In Ordnung, ich werde trotzdem sehen, was ich für Sie tun kann." Pokroff verabschiedete sich reichlich verunsichert von dem verdächtigen Priester. Verunsichert, ob er seinen Verdacht weiterhin aufrecht erhalten sollte. Noch immer zeigte sich dieser Gregoriew nicht besonders kooperativ. Und die Geschichte von der Party und den entsorgten Flaschen mit Fingerabdrücken wirkte auch nicht besonders glaubwürdig.

Für den Kommissar ging ein langer und schwerer Arbeitstag zu Ende. Müde kam er zuhause an, in seinem Häuschen auf dem Sachsenhäuser Berg, das er und seine Frau Carola einst günstig hatten erwerben können. Nun, da der Ausbau des Flughafens immer näher rückte, zweifelte er oft an der Richtigkeit dieses Schrittes. Bald, so fürchtete er, würde ihm der nächtliche Fluglärm den letzten Schlaf rauben. Alleine seine Ehefrau Carola war durch und durch Optimistin, hielt mit ihren Freundinnen noch immer Ausschau nach geschmackvollen Villen, die sie als leidenschaftliche Hobbyarchitektin und Raumausstatterin inspirieren konnten.
„Hallo Waldemar, wie war dein Tag? Du, die Silvia hat da so ein verstecktes Landhäuschen westlich der Sachsenhäuser Warte entdeckt. Ein klassizistisches Tempelchen, mit Säulchen, einfach hinreißend! Schauen wir uns das morgen zusammen an?"
„Du hast vielleicht Nerven." Ehrlich gesagt, ich hatte einen sehr anstrengenden Tag und habe jetzt keinen Nerv für Tempelchen. Vor allem, was soll ich da gerade jetzt mit dir durch den Matsch waten?"
„Aber Silvia hat das Landhäuschen auch auf einem schönen Spaziergang entdeckt."
„Du meinst wohl, sie hat es zufällig entdeckt, als sie mit ihrem Hund Gassi gehen war. Wenn man bei diesem Wetter überhaupt seinen Hund vor die Tür schickt. Du, Carola, nix für ungut, aber ich muss erst einmal zur Ruhe kommen."
Zum Glück hatte Carola Verständnis für den kauzigen Humor ihres Mannes. Müde sank Pokroff in seinen Fernsehsessel, warf einen Blick ins Fernsehheftchen. „Das rote Zarenreich. Die Zwangsumsiedlungen zwischen der Ukraine und Sibirien", stand da auf dem Programm. Kurioserweise kam genau in diesen Tagen eine mehrteilige Dokumentation über die russische Geschichte und Kultur.
Nach der Kiewer Rus und den Romanows sollten in dieser Folge die roten Zaren zum Zuge kommen. „Na ja, vielleicht bringt's ja was", befand der Kommissar schließlich. Irgendeine Verpflichtung spürte

er schon gegenüber seinen eigenen Vorfahren, die auch aus dieser Ecke kamen und ihm den eingedeutschten Nachnamen gegeben hatten.
Also knipste Pokroff die Flimmerkiste an. Und siehe da: Diese Geschichtsjournalisten hatten tatsächlich Erhellendes über die Schikanen und Kriege der kommunistischen Kremlherren gegen die Russisch-Orthodoxe Kirche zu berichten. In diesen Kontext war also das verbrannte Prophet-Elias-Kloster einzuordnen. Dann fiel der Blick auf die ersten sowjetischen Gulags und die Russlanddeutschen, die Stalin 1941 unter dem Vorwurf der Kollaboration mit Deutschland nach Sibirien deportieren ließ, und streifte hiermit auch die Geschichte von Pokroffs Vorfahren.
„Na Schatz, schaust du dir Lehrfilme für deine aktuellen Ermittlungen an oder gehst du vielmehr deinen eigenen russischen Wurzeln auf den Grund?“, fragte Carola dazwischen.
„Ich glaube, das weiß ich selbst noch nicht so genau. Ich weiß nur, dass ich mich im Museum für Sakralkunst über die Klöster und Ikonenkunst in Sibirien noch einmal richtig schlau machen muss.“ Dann kam eine brisante Botschaft aus dem Fernseher: „Viele russisch-orthodoxe Gemeinden in Deutschland gehen auf exilrussische Gründungen zurück und haben bis heute ein eher gespanntes Verhältnis zum Patriarchat Moskau. Denn sie bezichtigen die Oberhäupter der Staatskirche der direkten Kollaboration mit den Sowjets.“ Sofort musste Pokroff wieder an Gregoriew denken: kein Wunder, dass dieser Geistliche so ein Fanatiker wurde und Klotzhofer über die Herkunft der Ikone zur Rede stellen wollte.
„Schatz, dieses Beige für die Gardinen gefällt mir aber auch nicht“, tönte es plötzlich ins Wohnzimmer. „Versuch es doch noch mal im Dekorgeschäft Kiederbach & Sohn, die haben einfach die schöneren Farben.“ So sehr Pokroff seine Frau auch liebte und bewunderte: Manchmal schien sie für nichts anderes zu leben als für das traute Eigenheim mit seinen ewigen Renovierungen.

Kapitel 13

Der morgendliche Besuch im Sachsenhäuser Ikonenmuseum stimmte Christiane Bechstein auf diesen ganz besonderen Tag ein. Die vielen Heiligenbilder zum Thema „Tod und Auferstehung“ passten so richtig zu Direktor Klotzhofers Trauerfeier, die an diesem Tag für die Kommissarin auf dem Programm stand. Nein, nicht als Ermittlerin wollte sie dorthin gehen, sondern als Trauergast, auch wenn sie streng genommen eigentlich gar nicht eingeladen war. Doch der Anlass war einfach passend, um zumindest einigermaßen unauffällig die Angehörigen und Freunde des verstorbenen Direktors in Augenschein zu nehmen – wenn er denn wirklich Freunde hatte, woran die Kommissarin allmählich zu zweifeln begann. Außerdem konnte sie bei ihrem Besuch gleich zwei Fliegen mit einer Klappe schlagen.

Bislang war es nämlich weder ihr noch Pokroff gelungen, wenigstens mit der stellvertretenden Chefin des Ikonenmuseums zu sprechen. Die hatte sich ein paar Tage freigenommen, auch wenn der zuständige Direktor schon seit längerer Zeit krank war. Man konnte sie praktisch nirgendwo erreichen. Auch nicht an diesem Morgen im Sekretariat des Ikonenmuseums. Aber dass sie zur Beerdigung gehen würde, das hatte man der Kommissarin vertraulich mitgeteilt.

Christiane Bechstein musterte noch einmal die Ikonen der aktuellen Sonderausstellung, die dieses Mal aus dem östlichen Polen und der westlichen Ukraine kamen. Eben aus jener Region, die man unter dem Namen „Ruthenien“ kannte. Von dort stammte ein Künstler, der es später in Amerika unter dem Namen „Andy Warhol“ zu großem Ruhm brachte. Doch jene Ikonen, die gerade ausgestellt waren, hatten mit Pop Art ebenso wenig zu tun wie mit den prunkvollen Vorbildern in Russland. Es waren vielmehr betont schlichte Ikonen mit Gesichtszügen, die einfach, rau und fast ein bisschen bäuerlich erschienen. „Unglaublich, was es da doch für Unterschiede gibt“, bemerkte die Kommissarin mit Blick zu einem Museumsaufseher, der ihr zustimmend zunickte.

Bevor sie sich aus dem Museum verabschiedete, warf sie noch einen Blick über den Kreuzgang in den Hof Richtung Deutschordenskirche. „Es ist schon ein sehr bemerkenswerter Brückenschlag, ein katholisches Ordenshaus zu einem orthodoxen Museum umzufunktionieren“, dachte sie und schaute nun in die andere Richtung zur Gedenkbüste von Dr. Jörgen Schmidt-Voigt, dem großzügigen

Stifter der Ikonensammlung für die Dauerausstellung. Die Ironie der Geschichte: Als Dankeschön für seine hervorragenden medizinischen Dienste hatte der Leibarzt von Leonid Breschnew und Jurij Andropow einige Ikonen erhalten, die sonst in Depots der russischen Hauptstadt verstaubt wären, ohne jemals wieder das Licht eines Musentempels oder gar eines orthodoxen Gotteshauses zu erblicken. Dafür, so witzelte man im Museum, hatte Schmidt-Voigt den hohen Herren im Kreml immer eingehend ins Gewissen geredet: Nicht so viel Wodka trinken, werte Genossen, denn das geht auf die Pumpe! Und mit den leistungsschwachen Pumpen hatten die alten Sowjets schließlich so ihre Erfahrungen, wenn irgendwo in ihrem riesigen Reich mal wieder der Öl- oder Gaskreislauf stockte, weil die Leistungen der Industriekombinate trotz verbesserter sozialistischer Technik einfach nicht für die gesamte Nation ausreichten.

Christiane Bechstein verließ das Ikonenmuseum und warf noch einen kurzen Blick in die Deutschordenskirche. Ihre Augen fixierten dabei den neugotischen Hochaltar. Direkt vor ihr beteten zwei ältere Frauen monoton und unablässig den Rosenkranz, ohne von der Kommissarin Notiz zu nehmen. Ein kunstversierter Freund hatte ihr mal erzählt, dass das ursprüngliche barocke Altarbild der Himmelfahrt Mariens von Giovanni Battista Piazzetta als Souvenir der Napoleonischen Kriege nun im pompösen Louvre sein bescheidenes Dasein fristete. „Seltsam“, dachte die Kommissarin. „Die Franzosen haben ein paar Souvenirs von uns, wir wiederum haben einige russische Ikonen, dafür haben die Russen vielleicht noch irgendwo unser Bernsteinzimmer. Kein Wunder, dass die Beutekunst über ganz Europa verteilt ist und immer wieder Räuber und Spekulanten aus ihren Löchern lockt.“ Christiane Bechstein bekreuzigte sich noch einmal – auch sie war von Haus aus katholisch – und ging aus dem Portal der Kirche, wobei sie den bewachenden Ritterfiguren auf dem Deutschordenshaus noch einen letzten Gruß schenkte. Dann stieg sie in ihr Auto und steuerte zielstrebig den Südfriedhof an, wo die Trauerfeier um 11 Uhr angesetzt war.

Der Sachsenhäuser Berg zeigte sich immer wieder als ein Gesamtkunstwerk, wie es auch der genialste Stadtplaner nicht hätten besser erschaffen können. Links der Eingang zum Südfriedhof mit der kupfergrünen matt schimmernden Kapelle – eine byzantinische Kuppelkirche mit Goldkreuz en miniature, die einzige ihrer Art, die Frankfurt aufzuweisen hatte. Und rechts das Hochhaus einer internationalen Hotelgruppe, das zweite heimliche Wahrzeichen neben dem Henninger Turm mit seiner abgewirtschafteten Industriebrache einer früheren Großbrauerei. Den Hotelturm mit seinem schwungvollen Schriftzug konnte man bei gutem Wetter sogar schon von der Konstablerwache aus sehen. Mit dem Wetter hatte die Kommissarin jedoch kein Glück: Der Nebel war an jenem Dezembermorgen so dicht und tief hängend, dass sie die Sachsenhäuser Warte, das einzig wirklich historische Accessoire in diesem seltsamen Gesamtkunstwerk, im Hintergrund noch nicht einmal erahnen konnte.

Die Kommissarin parkte ihr Auto an der Zufahrt. Kaum war sie ausgestiegen, da kam bereits ein älterer Herr mit dem milden Blick einer guten Seele auf sie zu und zog respektvoll seine Mütze, die er bei dem ungemütlichen Wetter trug. „Guten Tag, entschuldigen Sie bitte, Frau Bechstein, mein Name ist Richard Kuhn vom Evangelischen Freundeskreis der Matthäuskirche. Ihre Dienststelle sagte mir, dass ich Sie hier finden könnte. Wir kennen uns vom Treffen letzten Sommer in der Kirche, bei dem es um soziale Probleme und Kriminalität im Bahnhofsviertel ging. Sie erinnern sich noch an mich?“

„Dunkel. Worum geht es denn bitte?“

„Ich kenne Priester Gregoriew ganz gut, da er mit seiner russischen Gemeinde zu Gast in unserer Kirche ist. Ich habe seinen heftigen Auftritt am Nachmittag zuvor erlebt und mache mir Vorwürfe, dass ich ihn nicht beruhigen konnte. Zur Beerdigung kann ich leider nicht mitkommen, da ich gleich einen Termin habe. Ich wollte nur sagen, er hat ihn ganz sicher nicht umgebracht. Soweit geht sein Jähzorn nicht. Schauen Sie sich doch noch mal genau bei den Nachbarn im osteuropäischen Sakralmuseum um.“

„Da wollte ich mich später mit meinem Kollegen Pokroff treffen und die Räume ausführlich besichtigen. Wir können vorher noch mal telefonieren.“ Bechstein gab Kuhn ihre Karte, verabschiedete sich kurz und schaltete in ihren Gedanken auf die Beerdigung um. Sie passierte sie den Haupteingang an der Kapelle und gelangte zum zentralen Hauptweg, der den Südfriedhof von West nach Ost durchquerte. Die Kommissarin empfand ihn als eine Art Walk of Fame für die kleinen und namenlosen Glanzlichter des Stadtteils, denen hier ein Denkmal gesetzt werden sollte. Obelisken und Marmorsteine mit Siegerkränzen flankierten den Hauptweg. Erinnerungen an jene, die in den Kriegen des 19. und frühen 20. Jahrhunderts den sogenannten Heldentod gestorben waren. Besonders eine Grabinschrift fiel Christiane Bechstein ins Auge:

Wer ernst gewirkt in segensvollem Streben,
Der wird verherrlicht im Gedächtnis leben.

Die Kommissarin bog an der zweiten Wegkreuzung nach rechts ab und fand schon bald den Weg zur Trauergemeinde, die vor dem frischen Grab stand und andächtig auf die wenigen Blumenkränze starrte: „Unserem lieben Werner Klotzhofer einen letzten Gruß ...", immerhin, so viel Pietät musste sein. Eine gezwungene laute und ungekonnt pathetische Stimme riss die Versammelten aus ihrer oberflächlichen Andacht: „Die Ikonen gehören zu den ältesten bildlichen Zeugnissen, die uns vom christlichen Glauben überhaupt zur Verfügung stehen. Doch manche sehen in ihnen nur reiche Schätze, die es zu sammeln und zu bewerten gilt. Zu den ganz wenigen Experten der Sakralkunst, die beides angemessen zu kombinieren verstanden, gehörte – auch – unser ... unter traurigen Umständen verstorbener ...... Direktor Werner Klotzhofer." Friedrich gingen die Worte der Grabrede zur Bestattung seines Chefs sichtlich schwer über die Lippen. Lag es nun mehr an der Anteilnahme, die angemessen aufrichtig sein sollte, oder doch am eigenen Zweifel über den Inhalt der gewählten Worte? Manch ein Zaungast der sehr überschaubaren Trauergemeinde mag sich darüber seinen Teil gedacht haben.

Nach dem evangelischen Gottesdienst in der Friedhofskapelle, den ein Pfarrer der Matthäuskirche mit Rücksicht auf die Nachbarschaft zum osteuropäischen Museum gehalten hatte, war der kleine Trauerzug etwa 20 Minuten über das Friedhofsgelände geschritten. Friedrich hatte den Südfriedhof extra mit Rücksicht auf Klotzhofers Wohnung im Deutschherrnviertel gewählt. Wenngleich Klotzhofer zuweilen angedeutet hatte, er könne sich auch eine Beerdigung auf dem Hauptfriedhof durchaus vorstellen – und dort am besten in der Nähe der romantischen Maler Heinrich Hasselhorst und Johann Heinrich Limpert, die der Direktor heimlich verehrte. Er selbst hatte den Porträtmaler Klaus Teschke ein paar Mal bedrängt, ihm doch eine romantische Ansicht vom Gallus mit „seinem" Museum und der Matthäuskirche im „Limpert'schen Stil" zu malen. Teschke hatte zögerlich abgelehnt, und Friedrich konnte seinem Chef die abstruse Idee nur mühevoll wieder ausreden.

Nur ein gutes Dutzend Trauernde hörte noch zu, als Friedrich seine vorbereiteten anerkennenden Worte über den Museumschef verlas. Christiane Bechstein musterte die Umstehenden aus einer gebührenden Distanz. Wollte sie noch einen potentiellen zweiten Tatverdächtigen finden, dann musste sie schon versuchen, sich etwas in Klotzhofers Privatleben hineinzufühlen. Außer einer Handvoll Trauernde aus dem engsten Familienkreis war auch Johannes Lemper anwesend, der offenbar zu den wenigen, wenn auch zerstrittenen Freunden gehörte. Zudem waren auch ein paar Kuratoren, Sekretärinnen und Pförtner der Frankfurter Museumswelt da. Eben jene, so schien es, die gerade für die kleine Trauerfeier entbehrlich waren, und die nun versuchten, andächtig und verhalten zu applaudieren. Darauf erhoben fünf Sänger ihre Stimme, sangen ein herzzerreißendes „Adnazvutshno gremit kalakoltschik“(Eintönig klingt das Glöckchen). Es waren jene fünf, die vom Sankt Petersburger Kosakenchor noch verblieben waren, weil sie noch ein paar Gastkonzerte in München und Berlin zu geben hatten. Der Rest war längst zurück in die Heimat gereist.

Friedrich blickte erwartungsvoll zum Kupferturm der Friedhofskapelle: Eigentlich sollte die Sterbeglocke im abgestimmten Rhythmus zum russischen Trauerlied spielen. Doch sie schwieg. Und der neue Direktor erkannte einmal mehr, dass man sich eben um solche Absprachen persönlich kümmern musste. Während die Museumsmitarbeiter mit offenen Mündern zur Kapelle blickten, tastete sich Kommissarin Bechstein langsam an die Trauergemeinde heran.

„Ach guten Morgen, Frau Bechstein. Wie aufmerksam, dass Sie auch hier sind“, grüßte sie Johannes Lemper. Wenigstens in seinem Gesicht war eine Spur von Anteilnahme zu erkennen. „Sehen Sie, ich bin ein alter Freund von Klotzhofer, und deshalb bin ich natürlich gerne gekommen. Auch wenn wir am Ende Streit hatten. Aber wir waren nun mal so was wie alte Kameraden. Wirklich ein Jammer, dass ich am Tage seines Todes mal wieder in der weiten Welt umhergeflogen bin. Sonst hätte ich ihm wenigstens noch etwas sagen können …“

„Vorsicht“, zischte Christiane Bechstein. „Ihr Alibi ist mehr als wackelig. Wo waren Sie denn wirklich? Bei Ihrer Fluggesellschaft jedenfalls konnte niemand nachvollziehen, dass Sie an jenem Abend auf dem Rückflug von Rio waren.“

„Aber Frau Bechstein, kennen Sie denn überhaupt keine Pietät“, entgegnete Lemper mit entsetzter Miene. „Ein Computerfehler, irgendwie falsch eingegeben, da hat einer gepennt oder sich irritieren lassen, weil ich die S-Bahn zum Flughafen verpasst habe.“ Dann wandte er sich ab. Die Kommissarin schaute ihm hinterher. War sie zu weit gegangen? Wohl schon, angesichts des traurigen und würdevollen Anlasses. Außerdem hätte sie sich den neuesten Stand

ihrer Ermittlungen besser verkniffen. Nein, klug war das wirklich nicht, einer spontanen Regung nachzugeben und Lemper ihre neuesten Kenntnisse auf die Nase zu binden.
Die Kommissarin ging weiter. Nun stand sie fast neben einem jungen hageren Mann mit Sommersprossen, der seine Mutter abstützte. Beide sahen nicht wie leidende Angehörige aus, fielen jedoch durch ihre blassen, fast fahlen Gesichter auf, die wenig Lebensmut ausstrahlten. Christiane Bechstein erinnerte sich, dass Pokroff sie gebeten hatte, besonders den mutmaßlichen Sohn des Toten in Augenschein zu nehmen. Warum, das hatte er wohlweislich verschwiegen. Manchmal redete ihr Chef eben in Rätseln.
„Entschuldigen Sie bitte, ich bin Kommissarin Christiane Bechstein. Auch ich wollte mich von Klotzhofer verabschieden, der ja doch bekannt und voller Verdienste war. Dabei wollte ich die Angehörigen kennenlernen und mir diskret ein Bild von seinen familiären Verhältnissen machen."
„Ja, sicher, ein tragischer Mord", antwortete der junge Mann. „Wenngleich ich das mit der aufrichtig aufgesetzten Trauer leider nicht so elegant hinbekomme wie der ehrenwerte Kurator", antwortete der junge Mann. „Ach ja, mein Name ist Bernd Gleichenberg, und neben mir, das ist meine Mutter, Elvira Gleichenberg. Ich bin der Sohn aus Klotzhofers erster und einziger Ehe. Meine Mutter und ich, wir leben seit Jahren in Köln und haben Herrn Klotzhofer nicht mehr gesehen. Sie müssen verzeihen, ein vorbildlicher Familienvater war er auch nicht gerade. Und das Museum konnte er sich nur deshalb leisten, weil er jahrelang an uns und den damit verbundenen finanziellen Verpflichtungen gespart hatte. Wenn wir es dabei bitte belassen könnten." Gleichenberg zückte eine Karte: „Für weitere Fragen stehe ich Ihnen gerne nach dem Begräbnis zur Verfügung."
„Ja, natürlich. Verzeihen Sie bitte." Dann fiel der Kommissarin eine weitere Dame auf, die ein paar kurze und höfliche, jedoch deutlich distanzierte Worte mit Friedrich zu wechseln schien. Der wiederum versuchte die Situation elegant zu retten und ging gleich in die Offensive: „Ja, guten Morgen, Frau Bechstein. Ich habe Ihnen noch nicht Milena Miltschewa vom Frankfurter Ikonenmuseum vorgestellt. Dort, wo ich früher einmal gearbeitet habe, Sie wissen schon. Aber machen Sie sich doch am besten selbst bekannt, ich muss noch mit ein paar weiteren Leuten sprechen. Immerhin ist Frau Miltschewa seit ein paar Jahren Chefkuratorin am Ikonenmuseum."
„Und stellvertretende Leiterin, die heute auch den Chef selbst vertritt. Der kann nämlich wegen Krankheit nicht anwesend sein", er-

gänzte Frau Miltschewa mit gestelzten staatstragenden Worten. Dabei rückte sie sich ihre gelehrte Doktorbrille auf der Nase zurecht.
„Entschuldigung bitte, das wusste ich jetzt nicht so genau", gab Christiane Bechstein etwas kleinlaut zu. Dann schaute sie sich noch mal kurz um: Friedrich war inzwischen ein Stück weiter gegangen. „Sagen Sie bitte, Frau Miltschewa, Herr Klotzhofer war doch auch für das Ikonenmuseum tätig, oder?"
„Klotzhofer war überhaupt nicht für uns tätig. Er ist öfter mal zu unseren Vorträgen gekommen, wo er angeregt und manchmal auch leidenschaftlich mitdiskutiert hat. Na ja, so manches Fachwissen hat er sich ja im Laufe der Jahre angelesen. Manchmal hat Klotzhofer bei uns ein paar Anregungen für sein eigenes Museum mitgenommen. Manchmal hat er aber auch für uns ein paar wichtige Kontakte hergestellt. Da gebietet es wohl die Höflichkeit und Dankbarkeit, dass man zur Beerdigung kommt."
„Das klingt zumindest so, als ob Sie Klotzhofer als Mensch nicht gerade besonders sympathisch fanden."
„Sagen wir es so: Ich fand seine Art unsympathisch, Ausstellungen einzurichten. Wie ein Elefant im Porzellanladen. Kein Wunder, dass er die russische Geistlichkeit gegen sich aufgebracht hat. Und dieser Priester hat ihn ja wohl offensichtlich auch umgebracht."
„Vorsicht bitte, noch ist das nicht bewiesen", insistierte Frau Bechstein. „Aber ich glaube, hinter mir verlangt gerade auch eine Dame ganz dringend nach Ihnen."
Die Chefkuratorin drehte sich um – und blickte in ein Gesicht mit Designerbrille. „Verzeihen Sie bitte, mein Name ist Lisa Naumann von Art of Frankfurt. Darf ich Sie kurz um eine persönliche Stellungnahme zu Klotzhofers Tod bitten?"
„Sie werden bitte verstehen, dass ich für Presseinterviews heute nicht zur Verfügung stehe", wies Frau Miltschewa sie bestimmt ab. „Außerdem spreche ich gerade mit der Kommissarin. Ach ja, Frau Bechstein, haben Sie noch weitere Fragen?"
„Ja, vielleicht eine Frage noch. Friedrich hat doch bis etwa vor zwei Jahren im Ikonenmuseum gearbeitet. Wie standen Sie zu ihm?"
„Herr Friedrich war zumindest ein korrekter und kompetenter Kollege. Nur mit meinem Chef hat er sich leider nicht so verstanden. Und dann lernte er Klotzhofer bei unseren Vorträgen kennen und glaubte plötzlich, er würde im Museum für Osteuropäische Sakralkunst eine ganz neue Chance bekommen. Na ja, die hat er ja jetzt gewissermaßen auch. Ehrlich gesagt, es war schwer, in ihn hineinzuschauen. Wie heißt es doch so schön: Stille Wasser sind tief."

„Ja, ich verstehe. Vielen Dank, Frau Miltschewa." Ein paar kleinere Interviews führte Christiane Bechstein noch auf dem Weg zurück zum Hauptportal des Friedhofs. Dann stieg sie in ihren Wagen und fuhr zu ihrem Kollegen Pokroff ins Präsidium.

Kapitel 14

Mal wieder schien der Straßenverkehr im Alleenring in ein unübersichtliches Chaos zu münden. Die erste Schicht von Erwerbstätigen in Teilzeit und Kurzarbeit drängte zurück nach Hause, während der zweite Schub nachmittags auf dem Weg zur Arbeit oder zum Shopping Richtung Innenstadt war. „Mann, warum nehmen die Leute nicht einfach mal die S-Bahn?", brummelte die Kommissarin vor sich hin. Sie fuhr kurz an die Straßenseite und schaltete ihr Handy an.
Tatsächlich hatte Sonja Bernburger sie kurz angesimst und mit Verweis auf den zuständigen Dienststellenleiter am Flughafen um schnelle Rückmeldung gebeten. Na endlich! Eine Bitte, der die Kommissarin ohne zu zögern nachkam. Die jetzige Nachricht könnte schließlich über weitere Verdachtsmomente entscheiden. Und über Gregoriews baldige Freilassung, falls das bröckelnde Alibi von Johannes Lemper tatsächlich in sich zusammenfallen würde. Schnell simste Christiane Bechstein zurück. Sonja Bernburger unterrichtete sie kurz über das Ergebnis, das ihr der zuständige Dienststellenleiter per Fax mitgeteilt hatte. Nur einen Flug nach Spanien oder Portugal mit Arnold Kirchner hatte sie nicht finden können. Schließlich schickte sie der Kollegin den Text des Faxes. Darin hieß es:

Georg Schmidt ist vorgestern mit Johannes Lemper nach Rio geflogen und kann das jederzeit auch vor Gericht bezeugen. Jeder Flugbegleiter, der für einen Einsatz vorgesehen ist, muss etwa zwei Stunden vor dem Start zu einem Briefing bei uns erscheinen. Wenn ein Kollege unentschuldigt fehlt, wird unverzüglich eine Vertretung angefordert und in den Computer eingeloggt, sobald sie hier am Flughafen ankommt. Das war in diesem Fall Herr Drescher, da Herr Lemper erheblich verspätet und durch ein Funkloch zwischenzeitlich mobil nicht erreichbar war. Wir entschuldigen uns noch mal für diesen Fehler, der eigentlich nicht passieren darf.

Sofort funkte die Kommissarin Pokroff an: „Waldemar, das Alibi von Klotzhofers Kumpel, dem Flugbegleiter Johannes Lemper, wurde

mir soeben bestätigt. Wenn auch nur per SMS. Aber die Steward, der mit Lemper gemeinsam geflogen ist, hält sich zu unserer Verfügung. Gibt es bei dir irgendwelche Neuigkeiten über Gregoriew und unsere gesuchte junge Russin?"
„Nein, leider noch nicht. Es bleibt weiter spannend. Aber wir werden jetzt ins Museum für Sakralkunst fahren und uns dort mit Friedrich treffen, um uns das Museum und seine ausführliche Geschichte noch mal detailliert erklären zu lassen."
„Ach nee, sag bloß, du interessierst dich für Kunst? Oder ist da noch was anderes, was deinen Spürsinn reizt?"
„Möglicherweise schon. Aber da sind unsere Experten noch dran. Kann ich dir jetzt nicht in wenigen Sätzen erklären, ohne dich zu irritieren. Das wäre strategisch und taktisch unklug."
„Aus dir spricht mal wieder der Militarist." Die Kommissarin schaltete ihr Handy wieder aus und versuchte, sich vorsichtig in die Fahrspuren auf dem Alleenring einzufädeln. Nun hatte sie ihren Kollegen gar nicht gefragt, ob sie in diesem Verkehrschaos überhaupt auf direktem Weg in die Friedrich-Ebert-Anlage kommen könnte. Also musste sie es einfach versuchen, ohne viel nachzudenken.
Bechstein zeigte sich zufrieden, als sie nach 20 Minuten endlich in der Friedrich-Ebert-Anlage parken und das Museum durch den Haupteingang betreten konnte. Pokroff war tatsächlich auch nicht viel früher gekommen. Über den Pförtner ließen die Ermittler nach dem neuen Stellvertreter Friedrich rufen, der schon kurze Zeit später die Treppen herunterkam.
„Ah, das routinierte Ermittlerteam von der Mordkommission", versuchte sich Friedrich jovial zu geben. „Was kann ich bitte für Sie tun?"
„Eigentlich ganz einfach", entgegnete Pokroff ungerührt. „Sie führen uns noch mal durchs Museum, zeigen uns Ihre Schatzkammer im Keller und erzählen noch mal alles, was es über die Ikonensammlung und vor allem über die Heilige Barbara zu berichten gibt."
„Das tue ich natürlich gerne für Sie. Aber sagen Sie mir bitte: Wollen Sie sich privat über russische und georgische Ikonenkunst weiterbilden, oder hat der ganze Rundgang immer noch dienstliche Hintergründe? Ich meine, jetzt, wo Gregoriew doch als Täter feststeht."
„Sie können ruhig von dem Zweiten ausgehen. In der Tat, wir ermitteln weiter. Noch steht nicht hundertprozentig fest, ob Gregoriew wirklich der gesuchte Täter ist. Deshalb müssen wir weiter prüfen, wer aus dem persönlichen und auch beruflichen Umfeld

hier im Museum einen derartigen Hass auf Klotzhofer hatte, dass er sich zu so einer Tat hinreißen lassen konnte."
„Aber wir wollen natürlich die Gelegenheit nutzen und uns Ihr Museum auch unter kunsthistorischen Aspekten etwas näher betrachten", schob Christiane Bechstein schnell hinterher. „Auch rationale Ermittler sind ja schließlich keine Kunstbanausen."
Friedrich zuckte leicht bei diesen Worten, hatte sich dann aber schnell wieder unter Kontrolle. „Na schön, dann kommen Sie mal bitte mit."
Der stellvertretende Direktor betrat mit den beiden Kommissaren die große Eingangshalle – und wieder konnte Pokroff nur den Kopf schütteln. Dort, wo er noch vor wenigen Jahren mit seinen Kollegen den täglichen Kampf gegen das Böse aufnahm, prangten nun Georgskreuze und Zarenadler von den Tapeten. „Hier haben wir zunächst ein paar georgische Ikonen. Die sind in Westeuropa immer noch eine Rarität", referierte Friedrich trocken. Nein, das Pathos seines ermordeten Chefs hatte er noch lange nicht erreicht. „Doch Michail Gurdenidse hat uns auch hier ein paar auserwählte Stücke hinterlassen." In bester Dozentenmanier erklärte Friedrich eine Ikone Unserer Lieben Frau aus Chachuli, ehe er auf die glorreichen Darstellungen des Drachentöters, des Königs Bagrat III. im 10. Jahrhundert und schließlich auf ein Bildnis der Heiligen Kethewan zu sprechen kam – jener Königin im 17. Jahrhundert , die sich dem Islam und dem persischen Schah Abbas verweigerte. „Immerhin waren die Georgier und Armenier schon Christen, als die Russen noch zu ihren heidnischen Götzen beteten."
Der benachbarte Raum war den liturgischen Gefäßen aus Georgien und Russland vorbehalten: Friedrich zeigte den Journalisten zunächst prunkvolle silbern-goldene Kelche sowie fein ziselierte Hostienschalen und Weihrauchgefäße. Weiter ging es zu einer silbernen gravierten liturgischen Schale aus Russland mit den Initialen eines Großfürsten und der Abbildung des Golgatha-Kreuzes vor dem Hintergrund Jerusalems. „Die Exponate in diesen Vitrinen kommen alle aus dem Großraum Moskau", erklärte Friedrich. „Natürlich wollten wir eine Steigerung in der Bedeutung und künstlerischen Ausarbeitung der Gerätschaften bis zum Ende des Rundgangs durch diesen Raum erreichen."
Langsam konnte sich auch Pokroff nicht mehr gegen eine gewisse Faszination wehren, die die ganze Gold- und Silberpracht auf ihn ausübte. „Fast wie das letzte Abendmahl im Himmel. Zum Glück konnten die Sowjets nicht alles zerstören", dachte er. Wie reich of-

fenbarte sich ihm seine heimische traditionelle Religion und wie nüchtern und profan schienen dagegen die evangelischen Gottesdienste in der modernen Stadtrandgemeinde in Frankfurt, die er manchmal mit Carola besuchte. „Schauen Sie sich nur mal diesen vergoldeten blaugrün glänzenden Leuchter mit Blumenmustern aus Niello an. Alles im Zarenauftrag zu Ehren der Gottesgebärerin geschaffen“, erklärte Friedrich weiter. „Und hier, dieses silberne Tabernakel mit den feinen vergoldeten Gravuren auf den vier Seitenwänden. Dargestellt wird die Reinigung des Tempels für ein Fest des Salomon.“

„Schon gut, schon gut.“ Pokroff zwang seinen Verstand zurück in die karge und wenig erbauliche Realität. „Wenn wir uns jetzt der Hauptattraktion widmen könnten, nämlich der Heiligen Barbara. Ich weiß ja nicht, ob Sie gestern die Fernsehdokumentation über die Umsiedlung ganzer Volksgruppen nach Sibirien gesehen haben. Aber sagen Sie bitte, wie kommt die Heilige Barbara eigentlich gerade in so ein entlegenes Dorf jenseits des Urals? Ich meine, ich habe ja auch russische Wurzeln, wie Sie an meinem Namen hören können. Aber ich wurde in meiner Kindheit immer mit anderen Heiligen konfrontiert, etwa der Katharina oder der Großfürstin Olga. Aber wieso gerade eine Heilige Barbara?“

„Nein, die Fernsehsendung habe ich nicht gesehen. Aber die Heilige Barbara ist als eine von 14 Nothelferinnen auch im russisch-orthodoxen Kirchenkalender bekannt und wird an manchen Orten besonders verehrt. Gut, vielleicht nicht ganz so mit all dem Volksglauben wie hier in Deutschland. Hier gibt es ja sogar ein Barbaralied. Auf russischen Ikonostasen wird die Heilige Barbara oft anderen Patronen hinzugesellt. Aber wenn Sie auf die deutschen Einwanderungen hinauswollen: Sogenannte Russlanddeutsche an der Wolga gab es schon seit Katharina der Großen. Vielleicht ist eine kleinere Gruppe schon vor den Deportationen unter Stalin ins westliche Sibirien gelangt und hat dort Elemente des katholischen Barbarakultes eingeführt.“

„Und diese paar Russlanddeutschen sollen ihre Heiligenfiguren ausgerechnet in so ein entlegenes Nest verpflanzt haben? Klingt das nicht doch ein bisschen an den Haaren herbeigezogen?“, hakte Christiane Bechstein nach.

„Wie gesagt, es ist nur eine vage Vermutung. So genau kann man das jetzt Jahrzehnte nach der Zerstörung des Klosters nicht mehr erforschen. Auffällig ist jedoch, dass die Region um Jekaterinburg ein Zentrum des russischen Bergbaus ist. Und die Barbara ist ja auch die Schutzpatronin der Bergleute. Da ist noch Platz für neue Theorien."

Friedrich führte das Team nun zur Schutzheiligen. „Ach, verzeihen Sie bitte, ich sehe ja, dass wir gar nicht die richtige Beleuchtung angeschaltet haben. Aber wir haben das Museum ja auch erst seit kurzem geöffnet. Und die Heilige haben wir den Besuchern noch gar nicht richtig zeigen können, weil immer noch Beamten von der Polizei einige Ermittlungen anstellen mussten."

„Ja, ja, alles muss seine Ordnung haben", kommentierte Pokroff. Für einen Moment herrschte betretenes Schweigen. Pokroff sah sie wieder vor sich, diese ergebenen Sitzungen im Stucksaal des früheren Polizeipräsidenten. Alle schienen sie ihm zu huldigen – wie die Tempeldiener – und seine Weisungen wie göttliche Gebote an die rangunteren Dienstgrade weiterzugeben. Und wenn der Herr Präsident mal schlecht drauf war, dann ließen es seine Untergebene vor allem die einfachen Polizisten spüren. Während sich Pokroff von seinen Erinnerungen loszureißen suchte, war es nun Christiane Bechstein, die sich der eigenartigen Faszination der Barbara nicht entziehen konnte. Trotzdem nahm sie wahr, dass der funkelnde goldene Hintergrund, der gleichsam eine jenseitige Welt symbolisieren sollte, in Wirklichkeit doch nicht frei von Rissen war.

„Sagen Sie bitte, Herr Friedrich, mir fallen zwei merkwürdige Dinge an dieser sonst doch so wunderschönen Ikone auf. „Ohne despektierlich sein zu wollen, aber der goldene Hintergrund wirkt bei genauerem Hinsehen im Vergleich zur Farbe des Gewandes doch etwas blasser. Und links unten, da muss man doch kein Kollege vom Erkennungsdienst sein, um zumindest leichte Brandspuren zu entdecken." Dann fixierte die Kommissarin zwei Stellen etwas genauer, betrachtete sie von verschiedenen Seiten und bat Friedrich, das Licht etwas zurückzufahren. „Schauen Sie mal, da oben und da unten blättert der Hintergrund ja fast schon etwas ab? Das wird aber durch die normale Beleuchtung überdeckt. Wie ist denn das zu erklären?"

Friedrich war peinlich berührt über diese Fragen und versuchte nicht einmal, dies zu verbergen. „Also die Brandspuren sind zumindest leicht zu erklären. Major Bocharin konnte das Heiligenbild zwar aus dem brennenden Kloster retten, aber von den Flammen des Brandes und der Kerzen hat es eben doch ein paar schwarze Stellen abbekommen. Das ist aber eigentlich gar nicht so schlimm. Ikonen, die immer von Dutzenden Bienenwachskerzen umringt sind, weisen solche Spuren öfters auf, manche werden sogar ganz schwarz." Die erste Etappe hatte Friedrich geschafft. Nun schluckte er erst einmal. „Der blassere Goldhintergrund hat zwei Ursachen. Zum einen ist die Ikone mindestens vierhundert Jahre alt. Da weist sie sicher eine gewisse Patina auf. Das macht sie alt und edel. Doch dann ist da natürlich das Problem, dass wir auch nicht sicher wussten, wo die Ikone all die Jahrzehnte lagerte. Vermutlich in irgend so einer dunklen und feuchten Kammer im Kreml. Auch das ist eigentlich verständlich. Aber besonders die deutschen Betrachter ..."

„... wollen natürlich lieber eine unversehrt und makellos funkelnde Goldikone sehen", hakte Frau Bechstein ein. „Aber man könnte doch die Ikone auch im richtigen Licht zeigen und auf Führungen entsprechend erklären. Gerade, weil sie durch die Patina und die Risse eine altehrwürdige Aura umgibt. "

„Man könnte sicher schon", meinte Friedrich kleinlaut. „Aber es würde vielleicht doch nicht jeder so nachvollziehen können. Aber ich wollte Herrn Klotzhofer trotzdem motivieren, mehr Mut zu dieser Lücke zu zeigen. Aber Klotzhofer suchte diese Spuren des Zeitlichen durch ein geeignetes Lichtprogramm schamhaft zu verbergen oder zumindest zu kaschieren. Er hatte eben seine ganz eigene Herangehensweise, unser Chef."

„Und als leitender Kurator waren sie bestenfalls sein Vize, der sich nie richtig artikulieren konnte. Aber jetzt sind Sie ja fast der designierte Direktor. Von Klotzhofers Frau und Sohn werden Sie wohl keinerlei Ansprüche zu befürchten haben. Die gehen längst ihre eigenen Wege in Köln. Und Sie, Sie werden jetzt alles hier anders machen?"

„Man wird sehen. Ich bin studierter Kunsthistoriker und qualifizierter Kurator. Klotzhofer hingegen kannte hauptsächlich den Reiz dieser üppigen Pracht und hatte sich vorher als cleverer Geschäftsmann nur mal gelegentlich im Kunsthandel versucht. Zunächst brauchte er meine Kenntnisse, um sich ins Thema Ikonenkunst überhaupt einarbeiten zu können. Dann hat er immer mehr seinen eigenen Kopf als Chef durchgesetzt und meine Ratschläge ignoriert. Jetzt muss ich hier meinen eigenen Weg finden."

„Das werden Sie in der Tat müssen", bekräftigte Pokroff. „Doch versuchen wir nun noch einmal, die Eröffnung der Ausstellung und die Szene zwischen Gregoriew und Klotzhofer zu rekonstruieren. Also, wann stürmte Gregoriew hier hinein?"

„So gegen 16.30 Uhr. Klotzhofer hatte gerade seine Dankesworte gesprochen, der Kosakenchor aus Sankt Petersburg erneut gesungen. Dann kam dieser verrückte Priester hier herein und verlor völlig die Beherrschung. Aber das wissen Sie ja bereits."

„Und dann hat Gregoriew seinen späten Besuch bei der Sekretärin angekündigt, sie hat Klotzhofer davon unterrichtet und den Termin in seinen Terminkalender eingetragen?"
„Nein." Gregoriew hat bei Klotzhofer auf dem Handy angerufen. Klotzhofer war verunsichert, wusste immer noch nicht, ob er sich ernsthaft bedroht fühlen oder das Ganze doch nur für einen schlechten Scherz halten sollte. Jedenfalls verständigte der Direktor umgehend Herrn Riestermann und Frau Miersch. Und die Frau Miersch hat erst dann eine Notiz in Klotzhofers Terminkalender eingetragen. Ich kann Ihnen die Eintragung im Terminkalender gerne noch mal zeigen."
„Nein, lassen Sie, das hatten wir ja schon. Aber mit Ihnen hat Herr Klotzhofer an jenem Abend nicht weiter über Ihren späten Termin mit Gregoriew gesprochen?"
„Nein, er hat ihn nur kurz erwähnt."
„Und er hat Sie gar nicht gebeten, länger im Museum zu bleiben und gemeinsam mit Gregoriew zu sprechen?", hakte Christiane Bechstein nach.
„Nein, nein, gar nicht." Friedrich schüttelte verkrampft mit dem Kopf. „Das wollte unser mutiger Chef natürlich selber erledigen. In diesem Punkt war einfach nicht an ihn heranzukommen."
„Ah ja, und Sie sind dann also ganz seelenruhig nach Hause gefahren? Und Sie haben sich gar nicht klargemacht, dass Klotzhofer womöglich in eine lebensgefährliche Lage kommen könnte?" Pokroff warf Friedrich einen mahnenden und moralischen Blick zu.
„Doch schon." Friedrich wurde kleinlaut. „Aber da war bei Klotzhofer nichts zu machen. Der wollte lieber alleine mit Gregoriew reden. Und wer konnte schon ahnen, dass der so austicken würde. Aber ich bin ja gar nicht gleich nach Hause gefahren. Ich wollte ja noch nach unserem Porträtmaler Teschke schauen, weil der doch so krank war ..."
„Was Teschke ja bei unserer ersten Befragung hier im Museum schon bezeugt hat", ergänzte Christiane Bechstein.
Für einen Moment wirkte Pokroff ein wenig ratlos, wollte schon weiter Richtung Ikonenmagazin im Museumskeller. Aber seine Partnerin schien noch zu zögern.
„Sagen Sie, gibt es da nicht auch noch einen Film über die Geschehnisse damals im Kloster des Propheten Elias?", erkundigte sie sich und spürte schon Pokroffs vielsagenden Blick von der Seite, als wolle er sagen: „Also, liebe Kollegin, jetzt noch irgend so eine populistisch aufgemotzte Dokumentation für sensationsgierige

Besucher und Journalisten, das ist doch nun wirklich reine Zeitverschwendung. Was hat das mit dem Mord an Klotzhofer zu tun?“ Doch Pokroff verkniff sich jegliche Bemerkung und ließ seine Kollegin gewähren. Stattdessen schaute er kurz auf das Display seines Handys. Er schien eine wichtige Nachricht zu erwarten – wichtig für die Ermittlungen im Museum. Da sie aber nicht kam, war es gut, etwas Zeit zu gewinnen.
„Klar, unseren spannenden Dokumentarfilm sollten Sie sich natürlich nicht entgehen lassen“, bekräftigte Friedrich. Er zeigte sich über Bechsteins Interesse ebenso erfreut wie über die damit verbundene Vernehmungspause und führte die beiden Kommissare in den Vorführraum. Zum Glück war der CD-Player inzwischen repariert und frei von Störungen.
So begaben sich Pokroff und Bechstein auf die Zeitreise in die Jahre des Bürgerkriegs, als das Plündern russischer Kirchen und Klöster bis in die Weiten Sibiriens vorgedrungen war. Was die beiden zu sehen bekamen, glich jedoch eher einem naiven Abenteuerfilm als einer wissenschaftlichen Dokumentation. Kurz vor dem dritten Jahrestag der Ermordung der Zarenfamilie in Jekaterinburg hoffte Jurij Bocharin auf einen hohen Verdienstorden und hatte die Operation im Kloster des Heiligen Propheten Elias mit Eifer angenommen. Denn die dortigen Mönche unterstützten den Widerstand gegen das neue Regime der roten Zaren. Außerdem hofften er und seine Soldaten auf fette Beute. Denn das Kloster besaß besonders prächtige Ikonen, wozu auch das Heiligenbild der Nothelferin Barbara gehörte. Was Bechstein und Pokroff nun zu sehen bekamen, war die wundersame Wandlung vom Saulus zum Paulus – oder besser gesagt die Erleuchtung des revolutionären, beutegierigen Major Bocharin durch den schönen Schein der Ikone. In letzter Minute schleuderte er das Heiligenbild zum Fenster hinaus, als wollte er es vor der Hölle retten – der Flammenhölle nämlich, denn mittlerweile hatte der listige Abt das Kloster mit Spiritus übergossen und in Brand gesetzt, auf dass keinem die Ikone gehöre. Dass Bocharin mit der hinausgeworfenen Ikone einen Hilferuf an seine Kameraden senden und vor allem seine eigene Haut retten wollte, blieb freilich unbeachtet. Am Ende verbrannten Abt und Major im feurigen Kloster, dessen Feuersäule bis zum Himmel stieg. Alleine die Ikone landete im nahe gelegenen Wald, wo sie nahezu unversehrt von einem unbekannten Soldaten gefunden und verwahrt wurde.
Der Film erinnerte jedenfalls an jene Art von Mittelalterkrimis, in denen Mönche zu cleveren Detektiven und Äbte zu verbohrten

Schatzhütern mutieren. Und in denen freilich niemand hinterfragt, wer das Objekt der Begierde eigentlich erschaffen hat. Denn der Diener, der das Werk im Auftrag seines Herrn angefertigt hat, bleibt gerne unbekannt und namenlos. Was zählt, ist das Bild als Motiv, das Menschen bis zum Äußersten treibt – bis zum Mord.

„Im Dorf glaubte man damals, die Heilige Barbara habe auch den unbekannten Soldaten erleuchtet, damit er die Ikone bis zur Neugründung des Klosters nach der kommunistischen Ära verwahrt. Wir gehen heute davon aus, dass der Besagte das gute Stück unterschlagen und später unter der Hand verkauft hat, bis es schließlich über mehrere Umwege in die Sammlung von Gurdenidse gelangte", ergänzte Friedrich die filmische Dokumentation.

„Wer's glaubt, wird selig. Eine ganz nette Soldatengeschichte, abgesehen vom Kommunismus." Mehr hatte Pokroff dazu nicht zu sagen.

„Der Film mutet zumindest reichlich heroisch an", kommentierte Bechstein die Dokumentation mit einem verhaltenen Augenzwinkern. „Wenn ich ehrlich sein darf, schon ein wenig überzogen."

„Gut, aber so wollte ihn Klotzhofer gerne haben", räumte Friedrich achselzuckend ein.

„Wenn Sie uns noch Ihre Ikonen unten im Depot zeigen würden", verlangte Pokroff. „Wir werden auch nur einen kurzen Blick hineinwerfen, um Ihre Zeit nicht übermäßig zu strapazieren."

Durch zwei steile Kellertreppen führte Friedrich die beiden Kommissare ins Depot des Museums. Hier lagerten etwa 50 weitere Ikonen und liturgische Gefäße aus Russland, Georgien und vereinzelt sogar aus Griechenland und Armenien. Friedrich führte Pokroff und Bechstein durch die überschaubar wirkenden Reihen, zog hier und da eine der mobilen Regalwände heraus. Dort konnte man die Ikonen bequem an Haken befestigen. Schon nach kurzer Zeit erhielt man einen interessanten Einblick ins Panoptikum des russischen Heiligenlexikons. Alleine mit den großformatigen Ikonen des Weltenherrschers Christus und der Heiligen Jungfrau als Heilerin und Gottesgebärerin hätte man zwei russische Kirchen ausrüsten können. Aber in der Sammlung befanden sich auch einige einfach und teilweise naiv wirkende Ikonen aus Ostpolen, Rumänien und dem Nahen Osten. Letztere waren an ihrem eindrucksvollen Wechselspiel aus griechischen, koptischen und arabischen Lettern und Schriftzeichen leicht zu erkennen.

„Sie verstehen schon", erklärte Friedrich nun wieder mit zunehmend versöhnlichem und huldvollem Lächeln. „Unsere kleine

Schatzkammer können wir unmöglich komplett oben im Museum unterbringen."
„Das ist mehr als einleuchtend. Aber noch mal zurück zu den russischen Ikonen: Warum zeigen sich manche Geistliche so unversöhnlich bei dem Gedanken, sie hier in einem deutschen Museum zu zeigen?"
„Nun, das sind die unversöhnlichen Fanatiker von der konservativen Liga. Besonders schlimm sind die Exilrussen von der Russischen Auslandskirche, die schon nach Lenins Machtergreifung nach Westeuropa oder in die USA geflohen sind. Sowjets und Kommunisten sind für sie Feinde, mit denen man keinen Frieden schließen kann. Alleine beim Verdacht, Stalin, Breschnew oder Andropow könnte eines dieser Kunstwerke auch nur von weitem gesehen haben, sträuben sich denen alle Nackenhaare. Vielmehr fordern sie, man müsste wenigstens einige der in Deutschland befindlichen Ikonen dem Mutterland zurückgeben, um die dortigen Kirchen auszustatten. Aber eine Ikone außerhalb einer Kirche als kunsthistorisches Exponat zu betrachten – das kann nicht sein, weil es nicht sein darf."
„Sagen Sie bitte, Herr Friedrich, und Sie haben mit all diesen Umständen keinerlei Probleme?"
„Nein, absolut nicht", gab sich Friedrich jetzt wieder sehr selbstbewusst. „Denn wir zeigen hier Ikonen, die man im heutigen Russland nirgendwo mehr zuordnen kann. Und die auch niemand in Kirchen vermisst, die es dort so eh nicht mehr gibt. Vielmehr sind uns viele Russen sogar richtig dankbar, dass wir diese für die kirchliche Heimatkultur verlorenen sakralen Kunstwerke hier einen so angemessenen und würdigen Raum bieten können."
Bechstein und Pokroff beließen es erst einmal bei dieser Darstellung. Sie baten den stellvertretenden Direktor nun in sein Büro, um sich dort sämtliche Gutachten und Ausfuhrpapiere der Ikonen und liturgischen Gegenstände zeigen und erklären zu lassen. Dabei sorgte die Heilige Barbara einmal mehr für Verwunderung.
„Sagen Sie bitte, es fällt doch auf, dass die Papiere fast aller Exponate von November 2004 bis März 2005 von denselben Gutachtern ausgestellt und vom selben leitenden Beamten abgezeichnet wurden. Nur die Ausfuhr der Heiligen Barbara hat am Ende ein anderer Kollege abgesegnet, der womöglich auch noch aus einer anderen Abteilung kam. Zumindest legen das diese Dokumente nahe, sofern ich sie mit meinen vagen Russischkenntnissen entziffern kann. Wie ist das zu erklären?"

„Na, Sie wissen doch, die Barbara wurde etwas später und völlig überraschend gefunden. Da lief der Vorgang wohl etwas anders. Wahrscheinlich hat jemand in Moskau eine Krankheits- oder Urlaubsvertretung übernommen."
„Ein Kollege auch noch aus einer anderen Abteilung?"
„Nun, so detailliert kann ich Ihnen das im Moment auch nicht erklären. Um die Barbara hat sich Herr Klotzhofer persönlich gekümmert. Und dann über Herrn Kirchner das Nötige in Moskau veranlasst."
„Herrn Kirchner suchen wir schon seit zwei Tagen. Er hat Herrn Klotzhofer eine nicht gerade schmeichelhafte E-Mail geschrieben. Sie wissen nicht zufällig, wo er sich gerade befindet?"
„Herr Kirchner ist geschäftlich verreist. Seine Sekretärin ist aber da, soviel ich weiß. Sonst werden Sie sich schon noch ein paar Tage gedulden müssen."
„Und Sie wissen nichts Genaueres über seinen Aufenthaltsort?"
„Nein, ich habe ihn seit über einer Woche nicht gesprochen."
Pokroff blickte links vorbei an den Bescheinigungen und Gutachten, die Friedrich herausgekramt hatte, und entdeckte hinter dem Schreibtisch den Kühlschrank. Dann fiel es ihm wieder ein: Ja, es war genau dasselbe Büro wie das seines früheren Oberkommissars Martin Gerdammer. Jener höherrangige Kollege, der immer seine Komplexe an ihm ausgelassen hatte, weil er es nicht bis an die Spitze schaffte. Und dann der erbarmungslose Dienst, die vielen Überstunden, erste Misserfolge. Das zerrte an den Nerven. Burnout. Gerdammer begann zu trinken, wurde noch unerträglicher. Und dann passierte es: Nach einer Dienstbesprechung beleidigte und beschimpfte er selbst die Gleichrangigen, um dann im eigenen Büro alles kurz und klein zu schlagen. Das war's dann wohl. Ende der Durchsage.
Plötzlich hörte Pokroff das Zirpen seines Diensthandys, das er für einen schnellen und routinierten Blick aus dem Jackett zog. Dann fixierte er erneut den stellvertretenden Direktor.
„Sind wir dann fertig?", fragte Friedrich ungeduldig. Ich habe wirklich noch viel zu tun. Sie wissen, meine Aufgaben in meiner neuen Position …"
Christiane Bechstein warf einen vorsichtigen Blick zu Pokroff hinüber.
„Nein, ich fürchte, das war es noch nicht."
„Was kann ich denn noch für Sie tun?" Friedrich beäugte den Kommissar mehr als irritiert.

„Sagen Sie, Herr Friedrich, sind Sie nun glücklich mit Ihrer neuen Aufgabe?"
„Ja, sicher, auch wenn sie viel Verantwortung bedeutet und man sich in einiges neu einarbeiten muss."
„Und mit ihrer vorherigen Aufgabe als leitender Kurator waren Sie auch einigermaßen zufrieden?"
„Ja, sicher", antwortete Friedrich zaghaft.
„Hat Sie Klotzhofer gut bezahlt?"
„Ja, schon. Aber warum ...?"
„Aber Sie hatten es doch schwer neben ihrem dominanten Chef, nicht wahr? Sie haben auch gerne Alkohol getrunken?"
„Was wollen Sie damit sagen? Nur zu feierlichen Anlässen, wie es alle tun." Hilflos drehte Friedrich seinen Kopf zur Kollegin. „Frau Bechstein, sie meinten doch, ehm ..."
„Herr Friedrich, Sie wissen, dass wir bei der Durchsuchung in Ihrem Büro auch Wodka gefunden haben." Pokroffs Ton wurde schärfer und bestimmender. „Die Flaschen haben eine verblüffende Ähnlichkeit mit denen vom Tatort."
„Ach so, die Wodkaflaschen, die sind von der russischen Gemeinde. Die hat mir Gregoriew mal vor ein paar Monaten geschenkt. Wie schon gesagt, eigentlich habe ich mich ganz gut mit ihm verstanden."
„Ah ja, Sie haben sich gut mit dem Hauptverdächtigen verstanden. Aber mit Klotzhofer wohl nicht, da er ja sein Personal wie ein Zirkusdirektor durch die Manege getrieben hat." Demonstrativ hielt Pokroff sein Diensthandy Friedrich vor die Nase. „Hier, diese Nachricht habe ich gerade von der Spurensicherung erhalten. In Klotzhofers Wohnung wurde ein Laptop gefunden, auf dem man die Nachrichten von seinem Sohn rekonstruieren konnte. Während der Eröffnung im Museum hat sich Gleichenbach mit einer Mail bei seinem Vater beschwert, dass Sie ihn mit Anrufen belästigt haben. Sie klagten über Klotzhofers Führungsstil, über seinen Umgang mit zwielichtigen Kunsthändlern und natürlich über die umstrittenen Ikonen, die Ihren Freund Gregoriew so erzürnen. Und Sie fragten sehr vertraulich nach, wie Klotzhofer die Nachfolge geregelt hat, falls ihm wegen seiner gefährlichen Machenschaften mal etwas passieren würde."
„Wie, was wollen Sie damit sagen? Gleichenbach hat bei uns mal angerufen, weil er seinen Vater gesucht hat. Und da hab ich einmal vorsichtig nachgefragt, weil ich mir wirklich Sorgen mache ..."
„Einmal vorsichtig nachgefragt? Das liest sich aber in der Mail ganz anders. Ich will Ihnen mal was sagen: Klotzhofer hat Sie rumkom-

mandiert, und Sie haben als ewig Zweiter davon geträumt, das Museum selber zu leiten. Nach dem Auftritt von Gregoriew wussten Sie, dass jeglicher Verdacht auf ihn fallen würde. Dabei teilen Sie seine Meinung, auch wenn Sie ihn für seinen Auftritt in der Öffentlichkeit lautstark zurechtweisen mussten. Herr Friedrich, Sie haben ein Motiv und Sie haben das passende Tatmittel. Und Sie waren nach Dienstschluss noch nicht sehr weit vom Museum entfernt. Frau Miersch meinte ja sogar, Sie sollten zurückgehen und nach dem Rechten sehen. Die Wodkaflasche hatten Sie dabei, für den entspannenden Schluck später zu Hause. Aber Sie sind zurückgegangen, haben Klotzhofer vor dem Museum abgepasst. Und dann? Ich höre ..."

Friedrichs Gesicht lief dunkelrot an, seine Tonlage schaltete von verhaltener Angst in offenen Zorn um. Es war die klassische Flucht nach vorne, die einem Überrumpelten in einer derart bedrängten Situation als einziger Ausweg blieb. „Also das ist ja, also das muss ich mir verbitten. So eine infame und unerhörte Unterstellung, die absolut unwahr ist! Ja, ich habe Gleichenbach mal angerufen und auf den Führungsstil seines Vaters angesprochen. Aber der Rest sind wilde Spekulationen, für die Sie nicht die geringsten Beweise haben."

„Nun, wir arbeiten dran." Pokroff fixierte Friedrich, der seinem Blick ausweichen wollte. „Noch ein letztes Mal: Sind Sie zum Museum zurückgegangen und haben Pokroff dort mit der Wodkaflasche abgepasst?"

„Nein. Um Gottes willen, nein. Ich werde doch ..., ich meine, ich werde völlig zu Unrecht verdächtigt." Friedrich biss sich auf die Lippen. Dann schnappte er nach Luft, war völlig außer Atem. In welche Zwickmühle war er da nur geraten? Fast hätte er gesagt, dass er in Wahrheit selbst erpresst wird. Aber das hätte noch viel schlimmere Folgen für ihn haben können.

„Ich hoffe für Sie, dass Sie die Wahrheit gesagt haben", erklärte Pokroff abschließend mit scharfem Ton. „Den Rückweg zum Museum und die Flaschen können wir leicht überprüfen. Komm, Christiane. Wenn Sie uns bitte noch nach unten geleiten können?"

Dieser Bitte kam Friedrich mit Erleichterung nach. Kurz vor dem Ausgang warf Pokroff einen prüfenden Blick in die Pförtnerloge. „Riestermann?"

„Ja bitte?"

„Wer hat vor dem Museum auf Klotzhofer gewartet? Wen haben Sie gesehen? Ich muss Sie auffordern, noch mal genau nachzudenken

und mich nicht länger zu belügen."
„Das war Herr Gregoriew, der russische Priester. Wie oft muss ich das noch sagen?" Riestermann antwortete spontan, auch wenn ihn die Frage ebenso überrumpelte.
„Ich hoffe, Sie wissen, was auf Falschaussage oder gar Meineid steht. Wir kommen wieder, sobald wir die Beweise haben. Auf Wiedersehen!"
„Man, Herr Friedrich, was ist denn da wieder schiefgelaufen?", fragte der Pförtner, sobald Pokroff und Bechstein aus dem Blickfeld verschwunden waren.
„Die verdächtigen mich, der Mörder zu sein. Nur wegen der Wodkaflaschen. Mann, ich halte das nicht mehr aus."
Riestermann setzte wieder sein spitzes Lächeln auf. Ein Seelentröster war er nun wirklich nicht. „Mal ruhig Blut, Herr Direktor. Die zwei da, die bluffen doch nur. Ich denke, die haben Gregoriew längst als Fanatiker und Mörder entlarvt."
„Offenbar doch nicht", räumte Friedrich ein. „Vielleicht konnten Sie sie bei der Gegenüberstellung nicht überzeugen?"
„Doch, doch. Ich habe Gregoriew so sicher erkannt und identifiziert, als hätte er mich selber bedroht. Auch wenn es schon ziemlich dunkel war und die Straßenlaternen auch nicht gerade hell leuchteten. Aber diese alte Schachtel, die ist plötzlich so unsicher geworden. Die scheint auch was an den Augen zu haben."
Der Direktor blickte den Pförtner irritiert an, dann ging er ins Museum zurück.
Kaum waren die beiden Polizisten außer Reichweite des Museums, da brach es aus Christiane Bechstein heraus. „Waldemar, was war denn das gerade für eine Nummer? Und was sollte ich da aus taktischen Gründen nicht wissen? Also, ohne dir zu nahetreten zu wollen, aber das kam mir wie ein ziemlich schneller und heftiger Schuss aus der Hüfte vor."
„Schon gut, schon gut. Aber die Spurensicherung konnte Klotzhofers Computer leider nicht eher knacken. Und so komisch und unsicher, wie sich Friedrich verhält, da liegt der Schluss schon nahe, dass er ordentlich was zu verbergen hat."
„Aber ich bitte dich. Der Täter soll schwarzgraue Haare und einen Vollbart haben. Friedrich hingegen ist eher weißgrau mit angedeutetem Kinnbart."
„Da bin ich mir nicht mehr so sicher. Frau Bachmann und Herr Riestermann haben uns ja offenbar sehr ungenaue Täterbeschreibungen geliefert. Und Riestermann lügt natürlich, weil ihn Friedrich

unter Druck setzt. Fragt sich jetzt nur, ob das mit dem Rückweg und den Wodkaflaschen hinkommt. Wie sahen die Flaschen genau aus, die ihr in Friedrichs Büro gefunden habt?"
„Nun, Gregoriew hat Friedrich natürlich Edelwodka geschenkt und nicht das billige Zeug, das wir am Tatort gefunden haben. Und mit dem Rückweg ..."
„Den können wir vermutlich auch vergessen. Es sei denn, Friedrich hätte Gregoriew oder sonst jemanden zur Tat angestiftet. Aber wie können wir das momentan beweisen? Verdammter Mist."
Auf dem Weg ins Präsidium stieß Christiane Bechstein ihren Kollegen mit einem Augenzwinkern von der Seite an: „Hast du gehört, was Friedrich da über seinen Chef gesagt hat? Er fühlte sich als der ewige Zweite behandelt, obwohl er doch der ältere und erfahrenere Kurator war und viel mehr von Ikonen als Klotzhofer verstand. Wie das wohl bei uns ist?"
„Was willst du damit wieder sagen?"
„Na ja, streng genommen bin ich ja auch nur die Zweite von uns beiden. Und wenn uns mal ein durchschlagender Erfolg gelingt, dann muss ich schon Sorge dafür tragen, dass nicht Du alleine die Lorbeeren dafür bekommst."
„Christiane, was soll jetzt das? Du weißt, dass du meine beste Teamkollegin bist. Manchmal wüsste ich gar nicht, was ich ohne deine weibliche Intuition anfangen sollte. Auch jetzt und in diesem Fall. Das werde ich auch jederzeit in meinen Polizeiberichten hervorheben. Und den Verdacht gegen Friedrich, den melden wir nicht an die obere Abteilung". Pokroff grinste. „Das ist ein Befehl."
Nun musste die Kommissarin lachen. „Aye, aye, Sir."

Anna Tschernowa war wie ein Blitz mit ihrem kleinen Lada durch die Stadt gesaust – vom Gallus über die Mainzer Landstraße Richtung Griesheim und Nied. Kurz vor der Sankt Markuskirche ging es links in die Neubausiedlung, einmal rund um die Dürkheimer und Alzeyer Straße. Wie so mancher fremder Autofahrer blieb auch ihr die unfreiwillige Kreisfahrt entlang der Rund- und Stichstraßen nicht erspart. Dann stand sie vor dem runden mehrstöckigen Wohnhochhaus, drückte mehrfach wie verrückt auf die Klingel. Als sie schon verzweifelt umkehren wollte, öffnete ihr eine untersetzte Frau mit grauen nach oben gebundenen Haaren.
„Sind Sie von allen guten Geistern verlassen, hier wie eine Wilde Sturm zu läuten? Die Frau blickte Anna Tschernowa entgeistert an. Woher wissen Sie überhaupt, wo ich wohne?"

„Frau Wiechert, entschuldigen Sie bitte, ich hab Gregoriews Büro auf den Kopf gestellt, weil es wirklich dringend ist und ich wusste, dass er Ihren Namen und Ihre Adresse irgendwo aufgeschrieben hat. Und in Ihrem Ausländerbüro konnte ich Sie nicht erreichen."
„Dort arbeite ich seit vorgestern nicht mehr. Altersteilzeit nennt man das. Aber was, um Himmels willen, ist denn los?"
„Das fragen Sie noch?" Anna Tschernowa wischte sich mit dem Taschentuch die Schweißperlen von der Stirn. „Unser Priester sitzt im Gefängnis, und bei mir war die Polizei und fragte nach diesen Studentinnen. Ich wusste nicht, was ich denen sagen sollte. Ich kenne ja nicht mal die Namen."
„Machen Sie sich um die keine Sorgen. Die Visa unserer Studentinnen werden verlängert, so dass sie weiterhin in der Stadt bleiben können." Sandra Wiechert blickte ihr Gegenüber teilnahmslos an.
„Und wo sind sie jetzt? Die Polizei sucht zumindest nach der einen aus Sibirien."
„Sie sind in Russland bei ihren Familien und freuen sich über vorgezogene Weihnachtsferien. Derweil wird der Papierkram erledigt. Das konnte ich alles noch unter Dach und Fach bringen, bevor ich meinen Schreibtisch räumen musste."
„Und Vater Gregoriew hat sich vor ein paar Tagen mit dieser Sibiriakin getroffen?"
„Schon möglich. Aber was geht mich das an? Ich habe mit dem ganzen Kapitel abgeschlossen."
„Und wo werden Sie jetzt arbeiten?"
„Sie stellen zu viele Fragen. Von diesem Theater hier werde ich mich jedenfalls verabschieden und eine begüterte Familie im Frankfurter Süden betreuen. Und jetzt lassen Sie mich in Ruhe."
Frau Wiechert schlug die Tür hinter sich zu und ließ Anna Tschernowa ratlos draußen stehen. Der blieb nichts weiter übrig, als in ihrem Lada in die Gemeinde zurückzudüsen.

Pokroff und Bechstein wollten sich nun selbst in der Bar Macao Bay überzeugen, ob Gregoriew dort wirklich am Tatabend eine junge Russin getroffen hatte. Die Bar war in einem der seit Jahren leerstehenden Bürohäuser auf der Mainzer Landstraße angesiedelt, schräg gegenüber von den großen Verlags- und Pressehäusern. Eine schummrig gedimmte Schänke, die ihre Akzente mit den monotonen Ohrwürmern der Flipperautomaten und den neonfarbenen Logos prominenter Bier- und Whiskymarken setzte. Die Spielautomaten und die internationale, meist ostasiatische Herkunft des Personals gaben dem Lokal seinen Namen – eine Hommage an das Glücksspiel, das in der ehemaligen portugiesischen Enklave Macao in Südchina immer wieder aufblühte.

„Ziemlich trostlos hier. Aber schau, Christiane, da drüben ist doch ein bunter Kanarienvogel." Damit meinte Pokroff freilich den sorgfältig gescheitelten Herrn im peppigen Business-Anzug mit knallrotem Hemd und zitronengelber Krawatte, der das Lokal gerade zum Nebenausgang verließ. Doch das Inventar hatte schon bessere Zeiten gesehen. Die verblassten graublauen Fließen und Kacheln an den Wänden erinnerten an die für Portugal so charakteristischen Azulejos, auf denen die Portugiesen sogar ganze Stadtlandschaften darstellen. Im Fall der Bar Macao Bay hatte es allerdings nur für ein paar schablonenhafte Drachenmuster vor einer beliebigen Küste mit Berglandschaft gereicht. Aus gutem Grund, denn der Drache ist in China ein altes Glückssymbol. „Ein schickes Nachtcafé sieht anders aus", dachte Pokroff. Er zog das erkennungsdienstliche Foto von Gregoriew aus seiner Aktentasche und wandte sich damit an die Chefin des Hauses, eine füllige, blondierte Mittfünfzigerin mit glatten Haaren und europäisch-asiatischen Gesichtszügen.

„Entschuldigen Sie bitte, kennen Sie diesen Mann hier auf dem Foto, Frau …?"

„Milù. Sagen Sie ruhig Milù zu mir. Ob ich den Herrn da kenne? Nun, dafür müsste ich das Foto erst mal bei hellerem Licht betrachten. Wenn Sie mich einen Moment entschuldigen würden."

Milù ging durch die halb geöffnete Tür ins Nebenzimmer, wo sie eine helle Arbeitslampe an ihrem Schreibtisch anknipste. Die aber schien nicht wirklich zu helfen. Mehrmals hielt sie das Foto weiter und näher an ihre Augen, ehe sie schließlich entnervt die Brille aus ihrer Handtasche zog. Pokroff schüttelte den Kopf: „Immer diese Eitelkeit", murmelte er halblaut. Bechstein stieß ihn sanft warnend mit der Schulter an.

„Nein, weshalb sollte ich diesen Kerl da kennen?" Milù konnte ihren launischen Unterton nicht unterdrücken. „Wann soll der denn hier gewesen sein?"

„Am vergangenen Sonntag, den 4. Dezember, am frühen Abend", antwortete Pokroff.

„Na ja, auf dem Foto sieht der aus wie ein Geistlicher." Milù schüttelte lachend den Kopf. „Nee, der war nicht hier. Was soll ausgerechnet so ein bärtiger Priester in unserer kleinen Spelunke? Das ist ja fast schon lächerlich."

„Nicht, wenn er eine Mission zu erfüllen hatte", entgegnete Pokroff.

„Aber fragen Sie doch Ihre Kolleginnen, ob der Herr vielleicht mit einer attraktiven jungen Dame mit schulterlangem rötlichem Haar hier war. Der Herr und wahrscheinlich auch die Dame müssten Russisch gesprochen haben."
„Im Moment bin ich noch alleine. Wir haben hier nur heute und morgen noch Gäste. Und dann war's das auch schon. Aus und vorbei. Wir sind eben hier doch nicht in Macao, wo die Leute im Kasino spielen gehen."
„Meinen Sie damit, das Lokal wird schon bald geschlossen?"
„Ja, allerdings. Der Laden läuft einfach nicht. Als Familienbetrieb lässt sich das nicht mehr stemmen. Da muss man sich eben anders orientieren."
„Aha, und wie geht es dann hier weiter?", wollte Christiane Bechstein wissen.
„Das Haus wurde an einen Projektentwickler verkauft, der es komplett umbauen lassen will." Milùs Erklärung klang sichtlich genervt. „Aber zunächst kommt das Lokal hier unten dran. Da kommt so ein Ami, der will Systemgastronomie mit Speisekarte einrichten. Diesen Kerl nennt man hier im Viertel den Goody, aber sorry, den richtigen Namen weiß ich auch nicht. Den wird er hier auch niemandem verraten."
„Das ist ja mehr als komisch. Und dazu so ein neumodischer Kram. Und was muss ich mir darunter vorstellen?", fragte Pokroff mit irritierter Miene. „Einen Geschäftemacher, der die Leute mit System am Spielautomaten abzockt und zähe Steaks mit versalzenen Fritten zu einem saftigen Preis anbietet?" Schon wieder erntete Pokroff einen warnenden Stups von der Kollegin. Dieses Mal jedoch etwas kräftiger und zugleich unauffälliger unterhalb der Bartheke.
Milù blickte den Kommissar pikiert an. „Nein, nein, da steckt schon ein seriöses System dahinter. Sagen wir mal, so eine Art stimmungsvolles Fast-Food-Lokal, in dem man auch etwas länger bleibt. Da kommt so ein ganz großer Investor jenseits des großen Teiches, der unseren Dämmerschuppen hier mal gehörig aufpeppen will."
„Was ja auch nicht das Schlechteste wäre", betonte Christiane Bechstein. „Spielsalons und auch Wettbüros haben wir in Frankfurt genug. Gerade auch im Gallus." Christiane Bechstein öffnete ihr Etui. „Aber Sie werden doch bis dahin noch in Erfahrung bringen, ob Herr Gregoriew hier vorgestern Nacht mit einer jungen Dame vorbeigekommen ist. Als Seelsorger, versteht sich. Hier haben Sie meine Karte, der Kollege gibt Ihnen seine gleich noch dazu. Es ist wirklich sehr dringend, da Gregoriew mordverdächtig ist."

Pokroff jedoch war noch nicht zum Weggehen zumute. Prüfend blickte er die Betreiberin des Bistros an. Ihr zickiges Benehmen ging ihm gehörig gegen den Strich. Irgendwie wollte er ihr nicht glauben. Oder hatte er doch so etwas wie Sympathie für den scheinbar sturen, aber doch prinzipientreuen Geistlichen gefunden? Pokroff beschloss, in die Trickkiste zu greifen.
„Wir haben in unserem Polizeicomputer eine Liste von ausländischen Investoren, die das Glücksspiel mit nicht genehmigten Salons unterstützt haben. Vielleicht ist ja Ihr neuer Superboss mit dabei. Auch wenn Sie nur Pächter sind und davon wissen, dann ist das illegal und kann Probleme für Sie bedeuten. Auch wenn Sie den Salon jetzt aufgeben."
Milù blickte Pokroff erschrocken an. „Was wollen Sie jetzt damit sagen?"
„Vielleicht, dass Sie noch mal überlegen, ob Sie uns nicht doch weiterhelfen können. Dann würden wir die Überprüfung der Genehmigung erst mal zurückstellen."

Milù stand auf. „Warten Sie mal, Herr Pokroff. Ich glaube, die Kollegin in der Küche ist inzwischen da. Wenn Sie mir das Foto noch mal geben könnten?"
Die Betreiberin nahm das Bild an sich. „Cristina, schau doch noch mal bitte." Eine Minute später erschien eine weitere blondierte Dame auf der Bildfläche. „Ach, Sie sind der Kommissar Pokroff", rief Cristina erwartungsvoll. „Ja, da war neulich abends so ein bärtiger Priester hier, zusammen mit einer jungen Russin. Zumindest glaube ich, dass es ein Priester war. Er hat die ganze Zeit von Jesus und der Bibel erzählt."
„Und was war mit der jungen russischen Dame? Wir glauben, dass sie in ernsthafter Gefahr ist", hakte Christiane Bechstein nach.
„Nun, eine solche junge rothaarige Dame mit russischem Akzent hat hier sogar bis vor zwei Wochen gearbeitet", berichtete Milù. „Wir haben sie Natascha genannt. Offiziell hieß sie wohl Nadja. Sie hat auch ganz gut hierher gepasst. Unsere Familie kommt aus Macao, hat deshalb chinesische und portugiesische Vorfahren. Und die Nadja, die sah irgendwie auch wie so eine Promenadenmischung aus Europa und Asien mit getönten Haaren aus." Milù grinste nun wieder. Ein bisschen Selbstironie konnte sie sich nie verkneifen, wenn sie über ihre Familie und ihr Personal sprach.
„Ah ja!", meinte Pokroff und sah Milù grimmig an. „Und warum wollten Sie uns das mit der Arbeit verschweigen?"

„Ich will keinen Stress, jetzt so kurz vor der Schließung. Und das mit der Nadja war auch mehr als ärgerlich. Plötzlich war sie sich nämlich zu fein für unsere kleine Spielhölle. Dabei war sie doch ohne fremde Hilfe total aufgeschmissen. Ha, ha, ich kann mir schon denken, dass die geistigen Beistand braucht."
„Und was bitte ist nun aus Nadja geworden?"
„Keine Ahnung. Aber es würde mich wirklich nicht wundern, wenn sie irgendwann verschwinden oder nach Russland abgeschoben würde. Oder sie taucht beim großen Boss wieder auf, der diesen Laden hier künftig schmeißen wird. Man sagt ihm ja auch nach, nebenher noch allerhand mit Kunst und kunstvollen Edelschuppen zu verdienen. Wobei ich freilich nur jene Etablissements meine, die den wirklich solventen Herren verwöhnen."
„Und wo werden Sie dann zukünftig arbeiten?"
„Schauen wir mal, irgendetwas wird sich schon finden. Ach, ich sehe gerade, der Gast am dritten Tisch hinten will noch ein Bier bestellen. Brauchen Sie noch etwas von mir?"
„Nein danke, im Moment nicht", antwortete Christiane Bechstein. Und Pokroff nickte wohlwollend „Na gut, das mit der Lokalgenehmigung, das vergessen wir erst mal."
Milùs Gesichtszüge entspannten sich. „Aber sagen Sie bitte, wer war dieser Mann mit den dunkelbraunen Haaren, der ebenso schnell das Lokal verließ?", fragte Christiane Bechstein.
„Das war Beermann, der zukünftige Geschäftsführer", erklärte Milù. „Und sobald ich die Schlüssel abgegeben habe, hab ich mit dem ganzen Kram zum Glück nix mehr zu schaffen."
Pokroff blickte zu seiner Kollegin hinüber, die diese Geste als dankbares Zeichen aufnahm, um ihrerseits noch eine wichtige Frage zu stellen. „Sagen Sie, Milù, kannten Sie eigentlich Leute vom Museum für Osteuropäische Sakralkunst, die gelegentlich kamen? Das ist ja nur ein paar Straßen weg von hier."
„Ja, dieser Klotzhofer, der war schon mehrmals hier. Einmal hatte er auch seinen Kollegen mit dabei."
„Friedrich?"
„Nein, den nicht. Der Partner, der ihm bei der Einrichtung des Museums mit diesen Ikonen geholfen hat."
„Also Herr Kirchner?"
„Ja, genau den. Ich hab mich noch gewundert, wie gut der sich in dieser Gegend hier auskennt. Der scheint sogar etwas von der Zukunft dieses Edel-Burger-Ladens zu wissen."
Pokroff und Bechstein verabschiedeten sich gemeinsam, trennten

sich jedoch schon wenige Meter nach dem Ausgang. Die Kommissarin konnte sich ein paar vorsichtige, wenn auch mahnende Worte nicht verkneifen: Musste er sich immer wie ein Elefant im Porzellanladen bewegen und seine Vorurteile über eitle Damen und überteuerte Nepp-Lokale bei jeder Gelegenheit ablassen? Damit komme man schließlich auch nicht weiter. Pokroff gelobte Besserung. Dann stieg er in den Dienstwagen und fuhr los.
Pokroff veranlasste nun auch bei der Sitte eine neue Fahndung nach Nadja, diesmal freilich mit genaueren Details. Vielleicht würde man ja schon bald ein Mädchen aufgreifen, auf das der Name und die Personenbeschreibung passte. Spätestens dann müsste aber auch Gregoriew Rede und Antwort stehen, was er an jenem Abend angeblich so Wichtiges mit Nadja zu bereden hatte – wenn das denn stimmte. Aber mit „Goody“ war ein ganz neuer Name ins Spiel gekommen. Ein mächtiger Gastronom aus Amerika mit Verbindungen zur Kunst und zum Rotlichtmilieu. Wenn er in Frankfurt lebte und ein neues Restaurant nahe dem Museum für Sakralkunst eröffnen wollte, dann könnte er Gregoriew ebenso gekannt haben wie Klotzhofer. Aber was hatte Nadja damit zu tun? Offensichtlich war sie in ganz anderen Nöten, wenn sie einen russischen Geistlichen in einer heruntergewirtschafteten Bar treffen musste. Die Gedanken in Pokroffs Kopf überschlugen sich.

Es dämmerte bereits, als Taigablume am späten Nachmittag jäh aus ihrem Schlaf erwachte. Sie erschrak, hörte von draußen die Schreie von Männern und jungen Mädchen. Da war sie wieder, diese unausstehliche Angst: Würden sie jetzt auch zu ihr hereinkommen und ihr das zufügen, wovor es ihr am meisten schauderte? Doch die Männer schienen den Mädchen keine sexuelle Gewalt anzutun, sondern sie nur gewaltsam in ihre Zimmer zerren zu wollen. Sie glaubte Leos Stimme zu erkennen, der sich ein paar starke Helfer zugelegt hatte. Doch auch die weiblichen Stimmen waren ihr nicht ganz fremd – waren das ihre Freundinnen, die sie von Partys kannten? So genau konnte sie das in ihrem halb benommenen Zustand nicht wahrnehmen. Taigablume fuhr hoch, stand auf und tappte auf die Tür zu, die natürlich verschlossen war. „Lasst mich hier raus!“, rief sie und rüttelte wie verrückt. Doch ihre eigene Stimme schien ihr so schwach, dass sie sich kaum hören konnte. Dann ertönte ein dumpfer Türschlag von nebenan, bevor wieder gespenstische Stille einkehrte. Sie bewegte sich langsam zu ihrem Bett zurück, als sie plötzlich glaubte, das Herunterdrücken einer Klinke

von außen zu hören. Würden sie jetzt kommen, sie gefügig, ja sogar willenlos machen?
Das russische Mädchen lief auf das Fenster zu und versuchte, den schweren Rollladen hochzuziehen. Nur nicht zu laut und nicht zu hektisch, damit sie keiner hören konnte. Sie schaffte es Stück für Stück. Dann heulte ein Motor auf, und sie sah eine dunkle Limousine, die in die Abenddämmerung entschwand.

An diesem Nachmittag wollte Klara Miersch den Rest ihres freien Tags nutzen, um sich noch etwas auszuruhen. Doch die Nachbarin hatte sie kurzerhand zur „Mission Schleichverkehr" eingeteilt. Wegen eines Unfalls war die Darmstädter Landstraße mal wieder schwer passierbar. Also durfte Klara Miersch, die im Mittleren Hasenpfad wohnte, fremde Autos für ihre Bürgerinitiative zählen, um sich später im Ortsbeirat 5 oder beim Straßenverkehrsamt zu beschweren. Eine wenig dankbare Arbeit im dämmerigen Feierabendverkehr, die keine Chance zur Entspannung ließ.
Plötzlich erblickte die Sekretärin ein großes schwarzes Auto mit Darmstädter Kennzeichen. Hatte nicht die Kommissarin mal gesagt, sie komme aus Darmstadt? Aber die würde bestimmt nicht so die Straße entlangschleichen. Das Fahrzeug, das im Schein der aufflackernden Straßenlampen die Konturen einer geheimnisvollen dunklen Karosse annahm, rauschte sanft den Mittleren Hasenpfad hinab, als wollte es möglichst wenig auffallen. Hinter den dunklen Scheiben war niemand zu erkennen. Dann fiel es der Sekretärin wieder ein: Sie hatte mal ein solches Auto in der Mainzer Landstraße nahe der Galluswarte parken sehen. Aber der Kommissarin konnte so ein Auto unmöglich gehören.. Die fuhr doch immer zusammen mit Kollege Pokroff, überlegte die Sekretärin. Und der hatte einen weißen BMW. So weiß wie die Unschuld.

Kapitel 15

Neun Tage waren vergangen und Pokroff war der Verzweiflung nahe. Keine neue Spur von Klotzhofers Mörder, keinen Hinweis darauf, was mit Nadja passiert war. Dafür ein Bandenkrieg in der Moselstraße und eine Schlägerei, bei der ein ukrainischer Zuhälter schwer verletzt wurde. Und zwei Anzeigen seitens der Wohnheimverwaltung: Zwei weitere russische Studentinnen galten seit einer Woche als vermisst, waren entgegen vorheriger Annahmen doch nicht vorzeitig in die Weihnachtsferien aufgebrochen. Pokroff ließ fünf Bordelle mit osteuropäischen Inhabern im Bahnhofsviertel durchsuchen – vergeblich.

„Mensch, Waldemar, wir müssen unbedingt was tun", insistierte seine beste Teamkollegin. „Nadja und zwei weitere Studentinnen werden versklavt, vielleicht brutal geschlagen und misshandelt. Und du setzt dich jetzt seelenruhig an deinen Schreibtisch, um Akten zu wälzen?"

„Christiane, ich verbitte mir diese Kommentare. Du weißt genau, ich habe alles in die Wege geleitet und werde nachher auch selber wieder raus an die Front gehen. Aber die unschönen Routinearbeiten zwischendurch müssen eben auch sein. Die Polizeiberichte erledigen sich schließlich nicht von alleine."

„Du hast was in die Wege geleitet? Du kennst doch die aktuellen Sozialuntersuchungen. Demnach kannst du die verdächtigen Bordelle rund um den Bahnhof an zwei Händen abzählen. Wenn überhaupt. Dort gibt es immer mehr reguläre Laufhäuser. Die illegalen Bars und Clubs, die sich irgendwo in Bockenheim, Sachsenhausen, oder was weiß ich wo, tarnen, die sind gefährlich. An die müssen wir ran."

„Was denkst du wohl, was ich veranlasst habe? Der Polizeipräsident hat die Sondersitzung vorhin schließlich nicht zum Spaß einberufen. Alles ist durchgeplant, unsere Leute sind offen oder verdeckt im Einsatz. Sicher, an einigen Orten unserer Stadt muss mal wieder aufgeräumt werden. Aber mir geht es auch nicht anders als dem Bundeskanzler. Der kann nur regieren, und ich kann nur ermitteln."

Mit diesen Worten verabschiedete sich Pokroff in sein kleines Reich und schlug die Tür hinter sich zu – mit der ganzen Kraft seines Amtes.

Pokroff schob den Aktenberg beiseite und starrte knurrend in seinen Rechner. Die Probleme im Bahnhofsviertel, die verschollenen Studentinnen und die schleppenden Ermittlungen im Fall Klotzhofer schlugen ihm ebenso aufs Gemüt wie das winterliche Schmuddelwetter, das allmählich frostig wurde. Jetzt mal Badeurlaub im Süden machen – von diesem Wunsch konnte der Kommissar derzeit nur träumen. Als einzige Alternative blieb ihm nur das Surfen im Internet. Und die Suche nach sonnigen Badeparadiesen. „Aber nein, nicht im Dienst", hörte Pokroff seine innere disziplinierte Stimme mahnen. Aber musste er sich nicht weiter in die Tiefen des Russischen Reiches begeben, um sich die nötige Landeskunde für seinen Fall anzueignen und dabei seiner eigenen Herkunft auf den Grund zu gehen? Klar, dass ihn die Reise durch das Internet geradezu an die südrussische Riviera führen musste – doch was er hier sah, riss ihn wie einen Orkan aus seinen schwermütigen Gedanken. Die Nachmittagssonne funkelte im tiefblauen Meer, das gegen die Brandung der schroffen Klippen brauste. Fast hätte man sich an der Côte d'Azur wähnen können, doch im Hintergrund waren die pseudoklassizistischen Villen der Neureichen Russlands zu erkennen – die typische Szenerie für die Steilküste nahe der Stadt Sotschi. Die perfekte Postkartenidylle, doch dann schwenkte die Kamera nach rechts zu einem brennenden Autowrack und Sonderkommandos der Polizei und des Rettungsdienstes, der zu retten suchte, was längst verloren war. Dazu die Erklärungen in russischer Sprache: Anatolij Karparow, vermögender Kunsthändler und potenter Pate der Moskauer Unterwelt, hatte sein Leben bei einem schweren Autounfall verloren. Oder war es gar Mord?

Das Klingeln des Telefons riss Pokroff aus seiner virtuellen mediterranen Winterreise, die soeben in einen Actionthriller umgeschlagen war. „Hallo Waldemar, da ist jemand für dich am Telefon", sagte Christiane Bechstein.

„Kannst du nicht mit dem reden?", brummte Pokroff. „Ich bin hier gerade bei einer wichtigen und spannenden Liveschaltung."

„Ja, ja von wegen da Akten sortieren. Ich wette, du surfst mehr oder weniger dort herum, von wo auch gerade der Anruf kommt. Es ist ein ganz hoher Herr, er ruft direkt aus Moskau an. Und er will wohl unbedingt einen gestandenen Mann sprechen."

Pokroff unterdrückte sein inneres Grinsen, um noch schnell schlagfertig zu kontern. Zu spät. Es klackte bereits in der Leitung, bevor sich eine Frau mit gebrochenem Englisch meldete und sich mit „Svetlana Alexejewa" vorstellte. Dann stellte sie das Gespräch zu ihrem Chef durch.

„Guten Tag, hier spricht Sergej Sarakow, leitender Sekretär im Russischen Kulturministerium. Spreche ich mit dem Chef der Frankfurter Kriminalpolizei, der die Ermittlungen im Mordfall Klotzhofer leitet?"

Pokroffs Herz ging auf, sah er sich doch plötzlich in der Rolle seines Chefs Sawinsky. „Höchst persönlich. Ich grüße Sie, Herr Sarakow. Was kann ich für Sie tun?"
„Fragen Sie besser, was ich für Sie tun kann. Anatolij Karparow, besser bekannt als das Schlachtross, ist in Südrussland ums Leben gekommen. Ein sehr prominenter Kunsthändler mit internationalen Kontakten, der wahrscheinlich die Ikonen für das Frankfurter Sakralmuseum beschafft hat."
„Unglaublich, das habe ich gerade im Internet gesehen." Pokroff räusperte sich. „Verzeihen Sie bitte, aber das wird bei uns aufgebauscht wie ein Skandalmord des Jetsets von Monaco. Im Ernst: Danke zunächst für ihren schnellen Anruf, Herr Sarakow. Wir vermuten seit langem, dass Karparow auch Verbindungen zur Frankfurter Unterwelt hat. Aber was hat er mit dem neuen Sakralmuseum zu tun?"
„Ihre russischen Kollegen konnten inzwischen Karparows Hotel in Sotschi ermitteln. Dort hat er aber mit einem falschen deutschen Pass eingecheckt, der auf den Namen Arnold Kirchner ausgestellt ist."
„Kirchner, sagen Sie?" Pokroffs Augen leuchteten. „So heißt bei uns ein zwielichtiger Kunsthändler im Frankfurter Zentrum. So, so, dort hat er sich also herumgetrieben und nicht in Spanien oder Iberien oder sonst wo. In der Tat, Herr Kirchner und seine Verbindung zu Klotzhofer beschäftigt uns schon seit einigen Tagen. Was aber hatte er in Südrussland zu suchen?"
„Er kam wahrscheinlich aus Georgien. Dort gibt es auch eine Region, die Iberien heißt. Man fand noch einen Apartmentschlüssel mit Kennzeichnung in georgischen Buchstaben. In seinem russischen Pass hatte er außerdem abchasische Visumsstempel. Wir vermuten, dass er sich auf einem kleinen Kurzurlaub befand, weil ihm seine Chefs in Moskau und womöglich auch in Frankfurt gewisse Schwierigkeiten bereiteten. Aber das ist natürlich nicht offiziell."
„Ich verstehe schon." Allzu gerne hätte der Kommissar seine dankbare Hand ausgestreckt. „Wenn ihm irgendwelche Frankfurter Bosse im Genick saßen, dann müssen wir das unbedingt wissen. Bei uns im Rotlichtmilieu brennt gerade die Hütte. Zwei Banden aus Osteuropa bekriegen sich. Drei junge Russinnen wurden entführt, ein Ukrainer brutal zusammengeschlagen. Karparow könnte durchaus der Boss einer dieser Banden sein."
Einen Moment lang blieb es ruhig in der Leitung. „Was Sie sagen, gibt uns allemal Anlass zur Sorge. Passen würden diese Methoden

zu einem Kriminellen mit diesem Format. Die Moskauer Kripo geht aber zu diesem Zeitpunkt davon aus, dass Karparow mit einem Geschäftsmann aus Amerika zusammengearbeitet hat. Nur so konnte er seine illegalen Schätze gewinnbringend im Westen absetzen. Und der hat ihm wohl bei der Beschaffung der Kunstwerke für das Museum geholfen."

„Moment, Moment. Karparow hat sich als Frankfurter Kunsthändler getarnt, um unserem Direktor mit seinem Museum zu helfen und gleichzeitig in unserem Kiez zu agieren. Das passt soweit zusammen. Aber Sie meinen, da gibt es noch einen großen unbekannten Boss aus Amerika?"

„Ja. Wahrscheinlich."

„Und Karparow, wurde er nun ermordet, wie es im Internet heißt? Oder war es doch nur ein schwerer Autounfall?"

Wieder war es ruhig in der Leitung. Dann schien Sarakow seiner Mitarbeiterin etwas zuzurufen, was aber durch das Rauschen übertönt wurde. Erst das Knacken einer Tür war wieder deutlicher zu hören. Dann meldete sich Sarakow zurück. „Zu den laufenden Ermittlungen kann ich Ihnen nichts sagen. Unsere Behörden arbeiten noch daran. Streng vertraulich, selbst für unsere Mitarbeiter. Nur so viel: Wir müssen abwarten, was die Untersuchungen des Autowracks und die Befragung etwaiger Zeugen am Unfallort ergeben. Und glauben Sie bitte nicht alles, was Sie über unser Land im Internet finden."

„In Ordnung, aber trotzdem besten Dank, Herr Sarakow. Ihr Anruf kommt wie bestellt. Das ist der entscheidende Anhaltspunkt, der uns für unsere Arbeit fehlt. Wir wussten bislang nur, dass Kirchner oder besser gesagt Karparow einen Kunsthandel in Frankfurt führte und Klotzhofer unter Druck setzen wollte. Nach Auskunft seiner Sekretärin sollte dieses Geschäft nach Andorra verlegt werden. Aber das war wohl nur vorgeschoben, um seine wirkliche Reise nach Russland und Georgien zu verschleiern."

„Möglich. Oder aber er wollte sich wirklich dorthin absetzen. Wie auch immer, diese ganze Geschichte um Karparow und den Mord in Ihrem Sakralmuseum betrifft Moskau ebenso wie Frankfurt. Daran soll die Verständigung zwischen unseren Ländern und Kulturen keinen Schaden nehmen. Ich werde deshalb sehen, dass ich so schnell wie möglich nach Frankfurt kommen kann. Ich gebe Ihnen Bescheid, wenn es soweit ist. Oh, ich sehe gerade, der nächste Termin ruft. Alles Gute und viel Erfolg bei Ihren Ermittlungen, Herr Pokroff."

„In Ordnung, vielen Dank. Und da es offenbar eine Verbindung zwischen dem potentiellen Täter in Sotschi und unseren zwielichtigen Leuten in Frankfurt gibt, werden wir Sie bei den Ermittlungen selbstverständlich tatkräftig unterstützen."
„Vorsicht, das ist noch nicht offiziell." Plötzlich hatte Sarakows Stimme so etwas wie einen mahnenden Unterton. „Ich meine, es gibt noch keine offizielle Vereinbarung über gemeinsame Ermittlungen zwischen unseren und Ihren Ermittlungsbehörden. Auf Wiederhören, Herr Pokroff."
Kaum hatte Sarakow den Hörer aufgelegt, da liefen die Drähte in Pokroffs Hirn heiß. „Kirchner ist also Karparow", hörte er sich immer wieder zu sich selbst sagen. Aber es musste noch einen zweiten Mann geben. Einen Mann, der Karparow bei seinen Geschäften mit Klotzhofer und auch in der Frankfurter Rotlichtszene unterstützt hat. „Das könnte erklären, warum sich Nadja plötzlich bedrängt fühlte und warum ihr Gregoriew angeblich helfen musste. Na, wenn das mal nicht unser Goofy ist."
War das die Wende im Fall Klotzhofer? Auf dem Präsidium hatte sich sowohl der Steward als auch die Kollegin des Macao Bay eingefunden und ihre Aussagen zu Protokoll gegeben. Somit war klar: Lemper war unschuldig, Gregoriew ganz offensichtlich auch. Jedenfalls hatten die Aussagen genügt, um beim Haftrichter die nun bevorstehende Freilassung des Untersuchungshäftlings zu veranlassen. Doch für die Leute vom K 11 stand fest: Sie mussten wieder von vorne anfangen und nach drei Russinnen suchen, von denen sich zumindest eine direkt an die russische Gemeinde in der Matthäuskirche gewandt hatte.
Während Pokroffs Kopf rauchte, platzte Christiane Bechstein wie von der Tarantel gebissen herein. Sie konnte ihre Neugierde einfach nicht länger zurückhalten.
„Und Waldemar, was gibt es Neues? Dieser Russe hatte ja wohl ganz hochoffizielle und brandaktuelle Nachrichten, dass er sie unbedingt dir selber verkünden musste."
„Nun, mit dem Brand liegst du schon ganz richtig. Kirchner ist in Wahrheit dieser russische Kunstmafioso Karparow, den sie nun aus seinem brennenden Autowrack in Sotschi gezogen haben. Aber deshalb hättest du trotzdem anklopfen können."
„Sorry, Sir. Aber wie gehen wir jetzt weiter vor?"
„Schon gut. Es muss hier einen zweiten Mann geben, mit dem Karparow zusammengearbeitet hat. Den Rest erzähle ich dir später. Jetzt müssen wir erst mal zu Gregoriew, damit wir ihn nicht verpas-

sen, während die ihn in Weiterstadt gerade auf seine neue Freiheit vorbereiten. Vielleicht weiß unser wortkarger Priester ja doch noch was."

Pokroff und Bechstein entschwanden eilig in ihre Dienstlimousine und drückten aufs Tempo, um noch rechtzeitig in Weiterstadt einzutreffen. Unterwegs setzte Pokroff seine Kollegin über die Details in Kenntnis. Noch bevor Christiane Bechstein richtig antworten konnte, bremste Pokroff bereits scharf vor dem Untersuchungsgefängnis ab.

In der JVA wurden Pokroff und Bechstein ohne größere Formalitäten durchgelassen, da man dort bereits die Entlassung des Priesters vorbereitete. „Herr Gregoriew, ich habe gute Nachrichten für Sie", verkündete der Kommissar und schüttelte dem Priester wohlwollend die Hand. „Aber bevor Sie die schwedischen mit Ihren eigenen Gardinen tauschen dürfen, müssen wir Sie noch einmal ganz eindringlich um Ihre Mithilfe bitten. Es geht um Nadja. Und Sie alleine können uns helfen, indem Sie uns einen Hinweis geben, wo wir sie finden können."

„Ich habe Ihnen schon ein paar Mal erklärt, dass das einem Vertrauensbruch gleichkäme."

Gregoriew setzte wieder seine beharrlich strenge und abweisende Miene auf.

„Jetzt nicht mehr. Die Dinge haben sich geändert. Nadja wurde entführt, und mit ihr zwei weitere Studentinnen. Mit dem Beichtgeheimnis hat das nichts mehr zu tun. Helfen Sie Ihrem Schützling und erinnern Sie sich! Nadja hatte bestimmt nicht nur Angst vor der Ausweisung. Hat sie mal den Namen von jemandem, der sie bedroht, oder gar eines Entführers genannt? Oder sogar einen Ort, wo dieser agiert?" Pokroff blinzelte Christiane Bechstein an, die ihm kurz und unauffällig zunickte.

„Wir haben vom Bistro Macao Bay verdeckte Hinweise bekommen, dass sie wahrscheinlich von einem Zuhälter verschleppt wurde, der dort jetzt groß einsteigen will. Einen Zuhälter, den man offensichtlich Goody nennt. Aber wer steckt wirklich dahinter?", hakte die Kommissarin nach.

„Was sagen Sie, man hat sie wirklich entführt?" Gregoriew gab sich noch immer zögerlich. „Einmal sagte sie einen Namen, den ich aber nicht richtig verstehen konnte. Goody war es jedenfalls nicht. Aber einen anderen komischen Namen hat auch Klotzhofer mal erwähnt, als er sich in meiner Gegenwart mit diesem Kunsthändler unterhalten hat."

„Und der lautete?“
„Oh, das kann ich nicht genau sagen. Sein richtiger Name war Ronald, glaube ich. Klotzhofer hat ihn aber immer als ‚Schwälmer‘ bezeichnet.“
„Aber wieso denn Schwälmer?“ Christiane Bechstein sah ihre innere Deutschlandkarte vor sich, die jedoch außerhalb des Rhein-Main-Gebietes nur grob in Bundesländer und Stadtstaaten untergliedert war.
„Das war wie so ein Spitzname. Vielleicht kam der dort irgendwo her. Oder so ähnlich.“
„Na ja, mühsam nährt sich das Eichhörnchen. Noch etwas, Herr Gregoriew: Kennen Sie diesen Mann?“, fragte Pokroff und legte dem Priester ein ausgedrucktes Foto von Anatolij Karparow auf den Tisch. Darauf war ein stämmiger groß gewachsener Mann mit Brille und Toupet zu sehen. Ein Mann, der als Russe ebenso durchgehen konnte wie als Deutscher. Gregoriew warf nur einen kurzen Blick auf das Foto und nickte.
„Ja, das ist Herr Kirchner.“
„Nein, das ist Anatolij Karparow, der heute bei einem Autounfall in der Nähe von Sotschi ums Leben gekommen ist. Wir wissen inzwischen, dass Karparow unter dem falschen Namen Kirchner in Frankfurt einen Kunsthandel betrieben und Klotzhofer bei der Einrichtung seines Sakralmuseums maßgeblich geholfen hat. Haben Sie diesen Mann mehrmals in oder vor dem Museum gesehen? Bitte erinnern Sie sich, Sie waren doch Nachbarn.“
Der Priester zögerte, räusperte sich nachdenklich. „Na ja, jetzt, wo Sie es sagen. Doch zweimal habe ich gesehen, wie ein Mann, der so ähnlich aussah, aus dem Museum herauskam. Der hatte aber eine Glatze.“
„Wahrscheinlich derselbe Mann ohne Toupet. Noch eine Sache: Wissen Sie, ob Nadja Herrn Klotzhofer oder Herrn Friedrich persönlich kannte?“
„Warten Sie, sie erzählte mal, sie habe sich dort an der Kasse beworben und mit Friedrich gesprochen. Der hat dann um eine Bewerbung mit schönem Foto gebeten und die Unterlagen an Klotzhofer weitergeleitet.“
„Mit schönem Foto. Na, wie auch immer. Danke jedenfalls, Gregoriew. Ach ja, und herzlich willkommen in Ihrer neuen Freiheit!“
„Danke.“ Zum erstem Mal seit langer Zeit huschte ein verhaltenes Lächeln über Gregoriews Gesicht, während er Pokroffs Hand schüttelte. Während der Priester in die Freiheit entlassen wurde, überlegten

Pokroff und Bechstein auf dem Weg ins Präsidium krampfhaft, was sie mit Ronald und diesem Spitznamen „Schwälmer“ anfangen sollten. Wieder hatten sie einen neuen Hinweis bekommen, der am Ende doch in einer Sackgasse zu münden schien. Vor allem der Kommissar schien derart angestrengt nachzudenken, dass seine Kollegin glaubte, sie könne imaginäre Rauchwolken aus seinem Hirn aufsteigen sehen.

„Dieser unbekannte Ronald ist also wie Karparow ein Hintermann, der Klotzhofer unterstützt hat“, versuchte Christiane Bechstein das Schweigen zu brechen. „Wenn für den Mord an Klotzhofer alle anderen Täter aus der Familie und dem Freundeskreis sowie die Kollegen vom Museum ausscheiden, dann müssen wir irgendwie an diesen Roland und seine Kollegen rankommen.“

Zwischenzeitlich war Pokroff in den Innenhof des Polizeipräsidiums eingefahren und murmelte noch auf dem Weg in die Kriminalabteilung halblaut seine unverständlichen Gedanken vor sich hin – wie ein angehender Forscher, der die Grundthesen für seinen neuen Denkansatz erst einmal ins Unreine spricht. „Nun, ganz so einfach wird das sicher nicht“, meinte er schließlich zu seiner Kollegin. „Aber mit viel Mühe haben wir Gregoriew nun doch einen wichtigen Hinweis entlocken können. Nun heißt es überlegen und weitersuchen. Vielleicht habe ich eine Idee. Aber ich brauche jetzt unbedingt etwas Ruhe.“

Mit diesen Worten entschwand Pokroff in sein Büro. Etwa nach 10 Minuten kam er wieder heraus und orderte bei der Sekretärin einige Akten.

„Hier liegen noch die Ausdrucke zu dem Mord an Karparow“, rief die Kollegin ihm nach.

„Damit beschäftigen wir uns später noch einmal. Die Kollegen in Sotschi leisten ja offensichtlich gute Arbeit. Aber jetzt muss ich hier etwas nachgucken.“

Pokroff studierte die Akten ganz genau. Immer wieder wälzte er die Seiten vor- und rückwärts und buchstabierte die Namen vor seinem inneren Auge. Mit etwas Heimatkunde fiel es ihm wieder ein: „Schwälmer“ verwies auf eine Landschaft in Nordhessen, die im Schwalm-Eder-Kreis aufgegangen war. Dort gab es viele kleine und mittelgroße Städtchen. Und vor vielen Jahren war tatsächlich mal ein zwielichtiger Gastronom aus dieser Gegend wegen seiner nicht ganz koscheren Machenschaften beschuldigt und verurteilt worden. Er musste sich nur an den Fall und den genauen Namen erinnern. Langsam rekapitulierte er die Verdächtigen von damals mit ihren einschlägigen Karrieren. Verschwommen sah er einen jungen bis mittelalten Mann vor seinen Augen: Im Frankfurter Hof hatte er im jugendlichen Alter eine Ausbildung begonnen, war aber dort schon bald wegen Betrügereien an der Hotelkasse rausgeflogen. Seitdem hatte er einige Zeit in diversen Spelunken gejobbt und sich damit mehr schlecht als recht über Wasser gehalten, bis er sich als Rausschmeißer in einer großen Disco bewährte, dort fest angestellt wurde und schließlich sogar in die Geschäftsführung einsteigen konnte. Ein langsamer, aber stetiger Aufstieg – bis der Schuppen nach fünf Jahren wegen angeblichen Drogenhandels in die Schlagzeilen kam. Auch der Rausschmeißer hatte seine Finger mit im Spiel, verdiente gehörig am Umsatz mit. Aber etwas Genaues konnte man ihm nicht beweisen. Er kam mit einer mittelhohen Geldstrafe davon und setzte sich bald darauf nach Amerika ab.

„Verdammt, wenn ich doch nur auf den Namen käme", schimpfte Pokroff vor sich hin. Er schob die Akte hin und her, bis es endlich Klick machte. Dann riss er die Tür auf und rief seiner Kollegin entgegen: „Gudensberg, Gudensberg. Mensch, Christiane, wo liegt denn Gudensberg?"

Christiane Bechstein fuhr erschrocken zusammen, dann holte sie einen Straßenatlas und schaute angestrengt im Ortsregister nach. „Du, das liegt irgendwo in der Gegend von Kassel."

„Kassel, Nordhessen. Ja, das ist es. , Goody, Goodberger, Gudensberger. Unser Mann heißt Gudensberger. Der Mann, der aus der Schwalm kam, in Frankfurt scheiterte und dann in Amerika das große Geld machte. Und uns jetzt mit einer offiziellen Lokalkette und vielen inoffiziellen Rotlichtbars überziehen will. Da hat er die Nadja versteckt und kontrolliert wahrscheinlich sogar den russisch-deutschen Kunsthandel."

„Moment mal, das ist jetzt aber ein bisschen viel auf einmal."

„Erklär ich dir im Auto. Hopp, wir müssen in die Mainzer Landstraße, dort eröffnet doch heute dieses neue Fast-Food-Lokal. Über den dortigen Geschäftsführer müssen wir Gutburger, äh ich meine Gudensberger finden. Er hat das Mädchen verschleppt und unsere beiden Toten auf dem Gewissen."

Während der Autofahrt erzählte Pokroff, wie er nach langer Grübelei auf die Verbindung zur Stadt Gudensberg im Schwalm-Eder-Kreis und somit auf den Namen des amerikanischen Systemgastronomen gekommen war. Was der Kommissarin nach anfänglicher Skepsis schließlich einleuchtete. Zwar wusste ad hoc niemand so ganz genau, wo Gudensberger nun wirklich geboren

und aufgewachsen war, aber einen Familiennamen, der auf die nordhessische Stadt zurückgeht und bis heute im Raum Kassel existiert, konnte sich Christiane Bechstein dann doch vorstellen.
„Die Million aus dem Fernsehquiz hat doch niemals gereicht. Gudensberger hat das Museum finanziert, und Karparow hat die Ikonen für den Aufbau von Klotzhofers Sammlung beschafft. Ich denke, Gudensberger selbst ist der heimliche Chef dieses Musentempels“, insistierte Pokroff. Wahrscheinlich ist er sogar der große unbekannte Investor, der mit dem Gelände unseres alten Polizeipräsidiums den dicken Reibach machen will. Doch Klotzhofer und Karparow wussten zu viel und wurden gierig. Deshalb musste er sie beide beseitigen lassen.“
Ein paar Anrufe vom Diensthandy bei den einschlägigen Fluggesellschaften genügten. Mit Hilfe der Kriminaldirektion am Flughafen konnte Christiane Bechstein in Erfahrung bringen, dass am Tag zuvor tatsächlich ein Herr Gudensberger aus den USA eingeflogen war. Volltreffer. Es erwies sich als nützlich, dass sie bereits eineinhalb Wochen zuvor mit der Kollegin Sonja Bernburger bei der gleichen Fluggesellschaft das Alibi eines Johannes Lemper überprüft hatte. Nun mussten sie Gudensberger nur noch finden. Irgendwo in den Straßenschluchten von Mainhattan – aber sie hofften vielleicht sogar direkt in der Mainzer Landstraße.
Im Eiltempo ging es nun Richtung Galluswarte zur Neueröffnung des Lokals. Schon am Eingang in der Mainzer Landstraße blinkte ihnen das neu montierte Werbelogo in Form eines fetten Grillsteaks und den grellen Lettern „G.G's“ entgegen. Daneben stand der Name „Goody's Grillhouse“ in geschwungenen Lettern. „Schau mal“, meinte Christiane Bechstein. „Die Konturen des Steaks bilden die Umrisse des Frankfurter Stadtgebiets nach. Was meinst du, ob die das wohl in Hamburg und München entsprechend angleichen?“
Pokroff grinste. Die beiden Kommissare waren kaum zur Tür hereingekommen, als eine Vierergruppe knackiger Servierdamen die Hüften zu einem amerikanisch-karibischen Popsong schwang. Dabei rutschten die knapp bemessenen Tops der Cheerleader-Uniformen mehrmals hin und her und ließen wie auf einer Linie eine attraktive bauchfreie Nabellandschaft erkennen.
Pokroff versuchte angestrengt, seinen inneren Regungen zu widerstehen und seine Eindrücke unter rationalen Gesichtspunkten zu sortieren. Der neue Investor hatte neben dem Macao Bay gleich noch das Nachbarhaus hinzugekauft und sämtliche Zwischenwände entfernen lassen. Dort, wo sich noch vor einer Woche Spiel-

automaten, blaugraue Drachenmuster und eine enge Durchreiche befanden, bestimmte nun eine weitläufige Westerntheke mit charakteristischer Saloon-Tür das Bild. An den Wänden wechselten sich Fotos der Girls von Goody's Grillhouse mit denen von hungrigen Cowboys ab, die gierig in überdimensionierte Steakburger bissen. Derweil schwirrten die Serviererinnen wie die Bienen um die Gäste, mehrheitlich junge oder jung gebliebene Männer.
Nach einigen Sekunden kam schließlich ein weiteres Mädchen vom Serviceteam zu den beiden neuen Gästen und blickte sie mit einladender Miene an.
„Hallo, ich bin die Lina, euer Goody-Girl. Darf ich euch einen Platz anbieten? Und wenn ihr schon was trinken wollt?"
„Nein, nein, bitte keine Umstände", wies Pokroff die nette Einladung zurück. „Wenn wir bitte nur den Chef sprechen könnten." Erst jetzt fand der Kommissar, der sich von der kleinen Darbietung irgendwie überrumpelt fühlte, den rechten Moment, um den Dienstausweis zu zücken. „Und wenn wir bitte beim ‚Sie' bleiben können?"
Lina setzte ihr lieblich gestelltes Servicelächeln auf. „Schon gut, Entschuldigung. Darf ich trotzdem was zu trinken bringen?"
„Wenn Sie wollen, dann zwei stille Mineralwasser ins Büro des Chefs, den Sie jetzt bitte unverzüglich rufen."
„In Ordnung, wird sofort erledigt."
Einen Augenblick später kam Hans Beermann aus der Küchentür in den Serviceraum und schüttelte Bechstein und Pokroff betont dienstlich die Hand. „Was kann ich denn für Sie tun?", wollte er wissen.
„Christiane Bechstein und Waldemar Pokroff vom K 11. Wenn wir Sie bitte einen kurzen Moment in Ihrem Büro sprechen könnten. Sie haben doch eins, oder?"
„Aber selbstverständlich. Ist etwa irgendetwas mit mir oder meinem Lokal nicht in Ordnung?"
„Doch, mit Ihnen schon. Das hoffe ich zumindest für Sie. Aber Ihren obersten Chef, den müssten wir bitte mal dringend sprechen. Und sollte er nicht hier sein, dann geben Sie uns bitte seine Adresse."
Beermann setzte ein indifferentes Pokerface auf. „Ich bin hier jedenfalls nur der Filialleiter. Über mir gibt es den Leiter von Goody's Grillhouse Germany in Hamburg, dem ich meinen Job verdanke. Aber der ist gerade gegangen. Und darüber gibt es nur noch die zentrale Geschäftsführung der Goody's Company im fernen Chicago, Illinois."
„Mit Ronny Goodberger als imaginärer Werbeikone." Christiane

Bechstein zeigte auf den verschmitzt lächelnden Cowboy im Texas-Hut, der gerade energiegeladen in seinen Steakburger biss. „Also auf den Arm nehmen können wir uns auch ganz alleine.“
„Aber wieso, ich verstehe nicht?“
„Sie verstehen sehr gut“, betonte Pokroff mit Nachdruck. Und wir haben längst herausgefunden, dass sich hinter ihrem Maskottchen ein amerikanisierter Ronald Gudensberger verbirgt. Ein Mann, der dieses fragwürdige Lokal für Mannschaftssport betreibt und sonst lieber unbekannt bleiben möchte, weil er in Frankfurt in gewissen Dingen nicht gerade ein unbeschriebenes Blatt ist.“
Beermanns Pokerface begann sich zu röten. „Gudensberger, also, Sie meinen, mein oberster Chef, der hat bestimmt niemandem etwas getan.“ Während der Filialleiter noch verkrampft nach Worten suchte, brachte Lina die beiden Mineralwasser ins Büro und entkrampfte die Situation für einen kurzen Moment. „Aber ich kann Ihnen gerne die Telefonnummer von Goody's in Hamburg geben.“
„Nein danke, wir sprechen lieber mit dem großen Bruder selbst. Und zwar so schnell wie möglich, dank Ihrer Hilfe.“ Pokroff trommelte mit den Fingern auf Beermanns Schreibtisch. „Also, wo können wir Ihren Chef erreichen?“
„Was verlangen Sie da von mir? Ich habe doch keine Privatnummer von ihm. Und selbst wenn, ich könnte sie Ihnen nicht geben. Wollen Sie etwa, dass ich meinen Job verliere?“ Nervös zupfte sich Beermann seine zitronengelbe Krawatte zurecht.
„Sie können wählen, ob Sie lieber Gefahr laufen wollen, Ihren Job zu verlieren, oder Ihre Freiheit, wenn Sie unsere Ermittlungen behindern oder Ihren Superboss gar bei irgendeiner Schandtat decken.“
„Aber wo denken Sie denn hin? Meinen Sie wirklich, Gudensberger hält sich hier in Frankfurt auf und erscheint auch noch auf dem Präsentierteller zu dieser Einweihungsparty hier? Nein, in Frankfurt ist er so gut wie unsichtbar. Er hat Verwandte in Stuttgart und Freunde in München, über die er in die dortige Kunstszene eingestiegen ist. Schwabing, Sie verstehen schon. Aber in Frankfurt lässt er sich, wenn überhaupt, dann erst zum Wochenende blicken. Und nicht an einem ganz gewöhnlichen Wochentag wie heute.“
„Ach ja, und wo bitte können wir ihn am Wochenende finden?“
Beermann zögerte, zupfte sich schwitzend erneut seine zitronengelbe Krawatte zurecht. „Im Ostend nahe der Großmarkthalle gibt es ein russisch-georgisches Nachtlokal. Dort, wo roter Wein in bauchigen Kaukasusbembeln serviert wird. Heißt ‚Olga's Red Star' oder

so ähnlich. Dort ist er zumindest mit beteiligt. Ganz selten taucht er auch mal persönlich vor Ort auf. Aber die könnten Ihnen zumindest weiterhelfen. Fragen Sie nach einem Privatclub auf dem Sachsenhäuser Berg."

„Wo auf dem Sachsenhäuser Berg?"

„Keine Ahnung. Und überhaupt: Von mir haben Sie das alles nicht."

„Ja, ja, schon klar, verbindlichen Dank." Pokroff und Bechstein gingen zur Tür des Büros hinaus Richtung Theke. Pokroff sah sich kurz im Lokal um. „Lina, wir möchten gerne bezahlen."

„Lassen Sie mal stecken, das geht natürlich aufs Haus", gab sich Beermann generös.

„Zu gütig", schmunzelte Pokroff. Beermann verabschiedete sich mit einem kurzen Nicken. Kaum hatte er die Tür hinter sich geschlossen, da kam Lina auch schon mit der Rechnung herbeigeeilt. Pokroff zückte sein Portemonnaie, kramte ein paar Münzen hervor. „Das mit der Rechnung hat sich erledigt, meint Ihr Chef. Aber für den netten Service geben wir natürlich gerne etwas." Lina nahm die Münzen und bedankte sich artig mit einer geschickten Verbeugung, die auf Augenhöhe gewisse Einblicke in die Körperzone oberhalb der Taille zuließ. Doch Pokroff hätte sich lieber den Hals verrenkt, als sich in dieser prekären Situation solchen visuellen Freuden hinzugeben. Bevor Lina zum nächsten Gast eilte, ließ sie, wie so oft in solchen Lokalen, eine Kopie der schon bezahlten Rechnung mit einer netten Empfehlung an der Theke liegen.

„Du Waldemar, ich glaube, die mag dich", meinte Christiane Bechstein und hielt ihrem Kollegen den Zettel hin, nach dem sie instinktiv gegriffen hatte.

„Wieso das denn?"

„Na lies doch mal, was da draufsteht." Während der Kommissar große Augen bekam, hielt sie sich die Hand vor den Mund, um ihr Kichern zu verkneifen. Auf den Zettel war ein Smiley gemalt. Darunter stand: „Vielen Dank für deinen netten Besuch. Ich wünsche dir noch einen ganz tollen Abend!"

Kapitel 16

Lisa Naumann kannte sich aus in der Frankfurter Museumsszene – in manchen der Musentempel fühlte sich sogar richtig zu Hause. Und so wunderte sie sich auch nicht, als sie Riestermanns Gesicht im Museum für Osteuropäische Sakralkunst wiedererkannte. Lange hatte sie nicht recherchieren müssen, um herauszufinden, wann er wo zusätzlich arbeitete, um seinen Lebensunterhalt aufzubessern. Das Archäologische Museum bot ihr einen wesentlichen strategischen Vorteil: Hier konnte sie mit Riestermann auf neutralem Terrain sprechen, konnte ihren ganzen weiblichen Charme einsetzen, um ihm doch das ein oder andere Geheimnis über die Ikonen und besonders über die Heilige Barbara zu entlocken. Die ehrgeizige Journalistin war sich sicher: Wenn Riestermann überhaupt irgendwo auspacken würde, dann sicher hier, wo er nicht unter der ständigen Beobachtung seines neuen kommissarischen Direktors stand.

Für diesen Donnerstag hatte sich Lisa Naumann fest vorgenommen, am späten Nachmittag im Archäologischen Museum vorbeizuschauen. Doch sie musste bald erkennen, dass sie den angestrebten Zeitpunkt ihres Besuches nicht einhalten konnte. Die Pressekonferenz über eine Designausstellung im Museum für Angewandte Kunst dauerte einfach zu lange. Und sie musste den Artikel für „Art of Frankfurt“ unbedingt noch fertigschreiben. Vor 16.30 Uhr war das einfach nicht zu schaffen. So ein Mist! Wenn Riestermann gerade an diesem Tag die mittlere Schicht übernommen hatte, dann hatte sie verloren.

Doch Riestermann arbeitete wie immer in der Spätschicht und saß dieses Mal an der Kasse, als der rätselhafte Besucher, den er bereits vor einigen Tagen kennengelernt hatte, gegen 16 Uhr erneut im Museum erschien. Doch dieses Mal sah er anders aus. Irgendwie bleich und fahl und auch ein wenig ausgemergelt. Sicher noch nicht so schlimm wie die sprichwörtliche wandelnde Leiche, doch gesunde Menschen sehen besser aus, dachte Riestermann.

„Guten Tag, Herr Riestermann“, grüßte der Besucher.

„Guten Tag. Was ist denn mit Ihnen passiert? Verzeihen Sie bitte, wenn ich so direkt frage. Aber Sie wirken ein wenig mitgenommen.“

„Nein, nein. Ich bin nur etwas überarbeitet.“

„Ach so. Und ich dachte schon, Sie seien krank.“

„Nein, ich habe nur in den vergangenen Nächten wenig und schlecht geschlafen. Natürlich muss man bei diesem unwirtlichen

Wetter aufpassen, dass man sich nichts einfängt.“
„Ich verstehe. Haben Sie etwas für mich dabei?“
„Nein, heute nicht. Aber glauben Sie mir, es wird nur noch wenige Tage dauern. Dann bekommen auch Sie Ihren gerechten Anteil.“
„Schon gut. Aber irgendwie verstehe ich das alles nicht, mit dieser Ikone. Und was Ihnen jemand dafür geben soll, damit Sie Ihr angebliches Geheimnis um dieses Heiligenbild bewahren.“
„Das kann man auch nicht so leicht verstehen. Die Ikonenkunst ist einfach etwas ganz Besonderes und Einzigartiges. Da kann man sich als Westeuropäer nicht so schnell hineindenken. Aber ich werde Ihnen mal eine Denkhilfe geben, damit Sie wenigstens eine kleine Ahnung davon bekommen, worum es hier geht. Dafür müssten Sie nur kurz einen Kollegen bitten, Sie an der Kasse zu vertreten.“
Riestermann winkte einen jüngeren großgewachsenen und dunkelblonden Mann herbei und bat ihn, für einige Minuten die Stellung an der Kasse zu halten. Dann sah er den rätselhaften Besucher mit verwunderten Augen an. „Mann, Sie machen es aber wirklich spannend. Sie kommen mir fast vor wie der Copperfield oder einer dieser anderen großen Magier. Ganz nach dem Motto: Man kommt zwar darauf, aber niemals dahinter.“
Der Besucher grinste. „Nun, mit dem Magier liegen Sie gar nicht so falsch. Kommen Sie mal mit. Dann zeige ich Ihnen etwas.“
Die beiden Männer gingen durch die Zwischentür in den Kreuzgang des Karmeliterklosters. Dort blieben sie vor dem großflächigen Wandbild von Jörg Ratgeb stehen, das sich links über die Wand erstreckte. Das eindrucksvolle Bild zeigte die Anbetung Jesu durch die Heiligen Drei Könige.
„Schauen Sie sich dieses wundervolle Bild einmal genau an“, forderte der Besucher Riestermann auf. „Es ist zwar keine Ikone, aber solche Wandbilder gibt es auch in orthodoxen Kirchen. Und sie werden von den Gläubigen dort besonders verehrt.“ Dann erklärte der Besucher alles, was er über dieses eindrucksvolle Bild von Ratgeb wusste. Über die Entstehungszeit und die biblische Überlieferung, in der die Könige als „Magier“ bezeichnet werden. Über die Ausführung, über die Motivation des Künstlers, aber auch über einen kleinen Hinweis in der Ecke. Riestermann hingegen vermochte den Ausführungen nicht so recht zu folgen. Nur die Aura der Könige, wie sie das Kind anbeteten, übte auch auf ihn etwas Magisches aus. Obwohl er sich eigentlich immer einredete, nicht besonders religiös zu sein, sondern nur mit dem geringsten Widerstand irgendwie seinen Alltag zu bewältigen.

Nach einigen Minuten bat der rätselhafte Besucher, sich nun verabschieden zu dürfen. „Für heute muss ich leider gehen. Alles wird seine Ordnung finden. Und ich werde wiederkommen, das verspreche ich Ihnen." Damit grüßte er höflich und wankte langsam auf den Ausgang zu. Riestermann schüttelte den Kopf. „Man, der hat ja kaum die Wegsteuer. Warum erzählt er mir, er sei nur überarbeitet und übernächtigt?" Riestermann konnte sich keinen Reim darauf machen, wo und wie der Besucher das restliche Geld für ihn auftreiben wollte. Er konnte nur abwarten.
Etwa 20 Minuten später kam Lisa Naumann ins Museum. Sie fragte nach Riestermann und ließ sich in den Kreuzgang verweisen. Dort wollte der Aufseher offenbar den Rest seines Dienstes verbringen. Der junge Kollege half dafür an der Kasse aus. Riestermann blickte noch immer fasziniert auf die Anbetung der Heiligen Drei Könige, als die Journalistin hereinkam.
„Guten Tag, Herr Riestermann. Sie wissen ja, ich bin Lisa Naumann von ‚Art of Frankfurt'."
„Ja, ich weiß."
„Die Wandmalerei hat Sie wohl ganz in Ihren Bann gezogen. Was gefällt Ihnen daran denn so besonders?" Die Journalistin merkte, dass der routinierte Aufseher, der sonst immer ungerührt Dienst nach Vorschrift tat, irgendwie fasziniert war. Oder gab er sich nur so scheinheilig?
„Die Ausführung, die Szene, die Gesichter der Figuren. Ich bin nicht besonders gläubig, aber jetzt zur Weihnachtszeit berührt mich das schon."
Die Journalistin stutzte. „Hat denn der Ausdruck der Gesichter etwas mit dem Charakter russischer Ikonenporträts gemeinsam?"
„Das ist schon möglich. Zumindest wenn man sich in die Rolle des Künstlers versetzt."
„In welcher Rolle befand sich denn der Künstler, als er die Heilige Barbara erschaffen hat? Sie haben doch die ganze Vorgeschichte mitbekommen. Wissen Sie, Ihre Erinnerungen könnten für einen Aufmacher in meinem Journal sehr interessant sein."
„Ich selber verstehe wenig davon. Aber ein Freund, der sich damit auskennt, der hat mir ein bisschen etwas erzählt." Dann gab Riestermann die Erklärungen des Besuchers wieder. Er tat dies jedoch so schematisch, dass der Anschein von Bewunderung, der für einen Moment sein Gesicht gezeichnet hatte, fast wieder verschwand. Riestermann verzichtete auch nicht auf die vielen kleinen Hinweise des Besuchers, obwohl er diese offenbar nicht verstanden hatte.

Lisa Naumann hingegen versuchte die Hinweise zu einem Puzzle zusammenzusetzen. Sie bedankte sich bei Riestermann und eilte nach Hause, um festzustellen, dass sie in der Eile vergessen hatte, ihren Computer auszumachen. Umso schneller konnte sie sich nun zu den wichtigsten Begriffen durchsurfen: Heiliger, Fresko, Ikone, Ikonenmalerei und so weiter. Dann rief sie Christiane Bechstein an. „Guten Abend, Frau Bechstein. Ich hoffe, ich störe Sie nicht. Aber ich war heute im Archäologischen Museum, wo der Pförtner Riestermann immer mittwochs aushilft. Und dort habe ich mir von ihm im Kreuzgang des Karmeliterklosters das Wandbild der Heiligen Drei Könige erklären lassen. Ich glaube, diese Wandmalerei kann uns helfen, die Ikonen im Museum für Osteuropäische Sakralkunst zu verstehen. Sie wissen ja, dass der Erhaltungszustand der Malereien im Karmeliterkloster recht unterschiedlich ist. Manche wären ohne fremde Hilfe für immer verloren. Zum Glück sind die Bildmotive an den Wänden auch auf Fotos oder abgemalten Bildern erhalten." Dann versuchte Lisa Naumann, der Kommissarin eine vorsichtige eigene Theorie zu erklären, die zunächst noch reichlich gewagt und etwas unausgegoren klang. Trotzdem schenkte ihr die Kommissarin aufmerksam Gehör. Sie reagierte dann aber am Ende doch sehr verhalten. „Sie wissen, in unserem Beruf zählen nur Zeugen und Beweise. Und wenn ich Herrn Pokroff mit vagen Theorien komme, dann wird er mich leicht für verrückt erklären."

Für Friedrich ging ein langer und anstrengender Arbeitstag zu Ende. Sein Aufgabengebiet als kommissarischer Direktor hatte er wohl doch deutlich unterschätzt. All die vielen Anrufe und Anfragen, vor allem von der nervigen Presse. Alle wollten sie wissen, wie es im Museum nun mit der Verwaltung und Leitung weitergeht und ob man die Ikonen nach diesen schrecklichen Vorgängen überhaupt noch zeigen konnte. Nach Berichten über dem Mord an Karparow in den Fernsehnachrichten und wilden Spekulationen über die Zusammenhänge und die Machenschaften des Kunsthändlers in den Zeitungen gab es gar kein Halten mehr. Würde überhaupt noch jemand den religiösen und kunsthistorischen Wert all dieser wunderschönen Bilder und funkelnden Liturgiegefäße zu schätzen wissen? Warum eigentlich nicht, dachte Friedrich. Irgendwann würden die Leute schon begreifen, dass die Kunstwerke schließlich nichts dafür können, wenn einige Habgierige ihr Temperament nicht zügeln können und gleich mit Mord und Totschlag reagieren müssen, wenn sie für ihr Verhalten kritisiert werden.

Friedrich war gerade nach Hause gekommen und hatte den Fernseher angestellt. Ein komödiantischer Krimi von Pater Braun kam ihm jetzt gerade recht. Eigentlich wollte er dazu einen schweren italienischen Rotwein öffnen. Oder besser gleich einen teuren Single Malt Whiskey? Der würde zu der Handlung des Films sicher viel besser passen. Aber dann blieb er doch bei dem Rotwein. Der neue Direktor öffnete die Flasche, ließ sich auf dem Sessel nieder und streckte dabei langsam und gemächlich seine Beine auf dem flachen Couchtisch aus. Zu dumm aber auch, dass er diese Chefpose nicht im Museum ausleben konnte.
Doch besonders weit kam Friedrich bei seinen Überlegungen nicht. Gerade war der Vorspann über die Mattscheibe geflimmert, als er zum ersten Mal das Telefon surren hörte. Wer mochte ihn jetzt noch bei seiner wohlverdienten Ruhe stören? Friedrich nahm sich vor, hart zu bleiben und nicht ranzugehen, zumal das Fernsehbild soeben eine jener wunderschön schlichten frühromanischen Kirchen Irlands zeigte, die sich romantisch in die sanften Hügel der Insel einfügten. Genau das konnten seine strapazierten Augen jetzt brauchen. Denn schmucküberladene Kirchen und Kathedralen aus den Weiten Russlands hatte er in den vergangenen Tagen mehr als genug gesehen.
Eben kam der Dorfpfarrer im einfachen Gehrock aus seiner Kirche, als das Telefon zum fünften und schließlich zum sechsten Mal klingelte. Warum schaltete sich der automatische Anrufbeantworter nicht ein? Friedrich sah ein, dass er verloren hatte. Entnervt nahm er den Hörer ab: „Ja, hallo."
„Guten Abend, Herr Friedrich. Hier Lisa Naumann. Entschuldigen Sie bitte die späte Störung. Aber Ihre Sekretärin konnte mich den ganzen Tag nicht zu Ihnen durchstellen."
„Guten Abend, Frau Naumann. Woher haben sie denn meine Privatnummer?"
„Aus dem Telefonbuch."
Auch das noch. Hatte er doch glatt vergessen, rechtzeitig mitzuteilen, man möge die Nummer bitte herausnehmen. „Also gut, was wollen Sie bitte so spät noch?"
„Man hört ja, Herr Karparow hätte einige Ikonen für das Sakralmuseum auf eigene Rechnung beschafft. Auch wenn Herr Klotzhofer tatsächlich so viel Geld gewonnen und zurückgelegt hatte, standen da nicht noch Schulden aus? Müssen Sie die nun bezahlen? Und wenn, dann an wen? Da hat sich doch jetzt für Sie vielleicht eine völlig neue Situation ergeben."

„Was wollen Sie damit denn sagen? Also Frau Naumann, ich muss schon sehr bitten. Von mir erfahren Sie jetzt dazu gar nichts. In ein paar Tagen werden wir eine Pressekonferenz anberaumen und über all diese Dinge informieren. Und jetzt lassen Sie mich bitte in Ruhe!“
Verärgert legte Friedrich den Hörer auf. Mit der Ruhe und der entspannten Stimmung wenigstens am Abend war es nun dahin. Mühsam versuchte sich der Direktor, wieder in die Handlung einzufinden, die nun sogar spannend zu werden versprach. Doch es dauerte nicht lange, bis sein Handy klingelte.
„Guten Abend, Herr Friedrich. Na, wie geht es Ihnen denn heute so?“ Der inzwischen bekannte Ton einer alten Frauenstimme hatte schon fast einen zynischen Klang. Wie konnte er diese Frau nur verdrängt, ja vielleicht sogar vergessen haben?
„Ach Sie sind es. Guten Abend. Ich frage auch gar nicht, woher Sie meine Handynummer haben.“
„Das wäre auch eine dumme Frage. Die habe ich von meinem Mann. Und der hat sie irgendwann mal von Klotzhofer bekommen. Also, wie sieht es aus?“
„Wie sieht was aus?“
„Das wissen Sie ganz genau. Also, sagen wir mal, 50.000 Euro sollte Ihnen die Heilige Barbara schon wert sein. Eine Anzahlung, versteht sich. Über die Rente reden wir später. Sie müssten mir das Geld bis spätestens übermorgen übergeben. Ich könnte es sogar noch schneller brauchen. Aber ich will ja kein Unmensch sein.“
„Also jetzt reicht's! Woher soll ich denn so viel Geld nehmen? Wissen Sie, wie es auf den Geschäftskonten des Museums aussieht? Von wegen der große Glücksritter und clevere Geschäftsmann. Klotzhofer hatte doch am Ende nichts als Schulden. Also 50.000 Euro sind nun wirklich zu viel.“
„Ich bin sicher, Sie haben noch ein Reservekonto. Oder gute Freunde. Klotzhofer hatte doch auch so viele gute Freunde, die ihm immer gerne finanziell ausgeholfen haben. Tja, damit müssen Sie jetzt zurechtkommen als neuer Direktor. Wie heißt es so schön: Wer die Würde hat, hat auch die Bürde. Entweder ich habe das Geld bis übermorgen, oder aber die Presse kriegt so viel Futter über ihre hochheiligen Ikonen, dass Sie daran förmlich erstickt. Und glauben Sie ja nicht, dass Ihnen die Barbara als Nothelferin beisteht.“
„Und wie geht es dann weiter? Wo werden wir uns treffen? Bitte nur nachts an einem dunklen und unauffälligen Ort.“
„Nix da. Dunkle und unauffällige Orte gibt es hier nicht mehr. Seit dem Mord an Klotzhofer und den Übergriffen im Rotlichtviertel gibt

es keine Nacht mehr, in der ich kein Tatütata von Polizei oder Feuerwehr höre. Unauffällig ist nur der ganz normale Alltag. Ich melde mich noch mal und nenne Ihnen den Ort und den Zeitpunkt der Geldübergabe."
Damit klackte es in der Leitung. „So ein verdammter Mist!", schimpfte Friedrich und knallte den Hörer auf. Der schöne entspannende Abend war gelinde gesagt gehörig im Eimer. Wie hatte er diese verdammte Alte nur als verwirrte Spinnerin abtun und still und heimlich hoffen können, sie würde sich nicht mehr melden? Nun musste Friedrich schleunigst überlegen, wie er so schnell an das geheime Geschäftskonto mit den stillen Reserven herankommen sollte. Sonst hatte er ein ganz gewaltiges Problem.

Es war das erste Mal, dass Taigablume mit den Mädchen nachts an der Bar sitzen durfte. An ihren neuen Namen hatte sie sich inzwischen gewöhnt. Und nicht nur das. Sie hatte die ersten Tage überstanden, in diesem neuen Etablissement, und auch die ersten Männer, die man zu ihr hinauf aufs Zimmer gebracht hatte. Wie, das wusste sie selbst nicht mehr. War ihr Wille etwa schon gebrochen? Eine Frage ohne Antwort. Nur so viel war klar: Der blaugrüne Baikalsee war in ihrer Phantasie längst einem roten See der Liebe gewichen.
„Na Schätzchen, hast dich inzwischen wohl bei uns eingelebt", klopfte ihr eine Kollegin auf die Schulter. War es eine blonde oder brünette, mit echten oder gefärbten Haaren, oder gar mit Perücke? Das spielte hier ebenso wenig eine Rolle wie ihre selbstironische, antrainierte Antwort: „Klar, ich schlag hier noch richtig Wurzeln."
Immerhin musste sie an diesem Abend nur Cocktail schlürfen – zwar Alkohol, jedoch ohne zusätzliche Substanzen. Irgendwo hinter der stilvollen holzgetäfelten Wand verbarg sich eine unauffällige Musikbox, aus der – passend zum anspruchsvollen Nachtprogramm – Claude Debussys Interpretation von Homers Sirenen erklang. Aus dem Nebenraum, in dem ein Vortrag zu den amourösen Abenteuern von Katharina der Großen gehalten wurde, kam die Serviererin mit leeren Schwenkern heraus, füllte armenischen Armagnac edelster Sorte nach. Über das Wochenende, so hatte Taigablume gehört, hatte sich die Belegschaft einer kleinen Firma eingemietet. Den Namen kannte sie freilich nicht. Hinter ihr ließen sich Gespräche zwischen dem Chef und seinen Compagnons erahnen. Einer dieser Herren säuselte ihr ins Ohr: „Bist du bereit? Gleich kommt die Kundschaft."

Keine fünf Minuten später ging die Nebentür erneut auf, und einige Herren verschiedenen Alters betraten die Bar. Zwei von ihnen suchten das angeregte Gespräch mit der Weiblichkeit im rötlichen Schein, zwei weitere nahmen sich ihre Gespielinnen gleich mit aufs Zimmer. Neben sie setzte sich ein gutaussehender junger Kerl, der sie zunächst fragend ansah.

„Hallo, ich bin der Jean", stellte er sich vor. Doch der französische Name klang nicht gerade echt und die lässige Art wirkte nur vorgespielt. Vielmehr schien es ihm an der einschlägigen Erfahrung in solchen Häusern fehlen.

Taigablume stand jedoch unter strenger Beobachtung. Sie sollte endlich lernen, selbst solvente Typen anzumachen und zu animieren. Sie erinnerte sich, was sie bei den Kolleginnen beobachtet hatte: Bei den schüchternen Typen zunächst sehr einfühlsam sein, ruhig einmal Händchen halten und sich liebevoll anschmiegen. Der Rest würde sich von alleine ergeben.

„Hi, schön, dass du bist gekommen zu mirr", hauchte sie zurück. Sie lehnte sich an seine Schulter, studierte genau sein Gesicht. „Du hast serr schöne Augen. Und hast du auch Familie?"

„So etwas ähnliches. Schwestern, Brüder, Cousins", scherzte Jean und orderte zwei Gläschen Krimsekt. „Und du?"

„Irgendwo zwischen Ural, Taiga und Baikalsee vergessen." Sie lächelte und führte ihren Zeigefinger genau auf die Mitte seiner niedlichen Stupsnase. Auch so ein Trick, um Verlegenheit zu überbrücken.

Doch die Blicke um sie herum wurden immer strenger und kritischer. Langsam war Schluss mit dem Aufwärmtraining. Wann würde sie endlich den alles entscheidenden Satz sagen? Sie musste es probieren. „Du, wie siehtt es aus, ich meine, du kommst mit ..." Die Worte wollten ihr im Hals stecken bleiben.

Doch Jean legte seine Finger mit einem vielsagenden „Psst!" auf ihre Lippen, während er mit der anderen Hand über ihre Wangen streichelte und sie sanft hinunter zu den Schultern in Richtung Ausschnitt ihres knapp geschnittenen Kleides gleiten ließ. Beide spürten sie, wie die Blicke um sie herum für einen Moment gespannter und erwartungsvoller wurden.

Dann lächelte er. „Ich würde so gerne. Aber heute, ich meine heute Abend spüre ich noch meine Wintermigräne. Morgen, morgen komme ich wieder zu und in dir."

„Hey, nimm den Mund nicht so voll", kam es von nebenan. „Erst mal 'ne Aspirin?"

„Nein, danke“, sagte Jean und verschwand, noch während Debussys Sirenen zu Höhenflügen ansetzten. Und Taigablume war wiederum um ihren Satz gekommen. Doch bald würde sie ihn sagen müssen, notfalls auch auf Englisch: „Would you come into my private room?“

Kapitel 17

Evangelos Zorbas war ein junger und lebenslustiger Kollege. Er wohnte im Ostend und ging abends gerne aus. Einen Umstand, den sich die K 11 zu Nutze machte, als sie am folgenden Morgen ihren Großeinsatz im Frankfurter Nachtleben plante. Als dunkelhaariger und schlanker Grieche mit 28 Jahren passte Zorbas gut in ein Nachtlokal, das vor allem junge Aufsteiger in den Nachtstunden nach einem überlangen Bürotag mit einem unterhaltsamen Programm beglücken wollte. Nach außen gab sich „Olga's Red Star“ zwar betont russisch, um so einen größeren Kundenkreis im Frankfurter Raum anzusprechen, doch der Manager war georgischer Herkunft. Und als Grieche hatte Zorbas einen gewissen Zugang zu dieser speziellen Kultur aus dem Kaukasus, die etwa ebenso alt und ähnlich südländisch geprägt war wie seine eigene.

Pokroff hatte schon oft gehört, dass die Georgier sogar eher einen Draht zu den Griechen als zu den benachbarten Russen haben, mit denen es zudem ständig Streitigkeiten um Grenzverläufe und nationale Minderheiten gab. Griechen und Georgier scheint dagegen trotz der völlig unterschiedlichen Sprachen das südländische Temperament und so etwas wie eine kulturell-religiöse Verwandtschaft zu verbinden. Eine Verwandtschaft, die bis in die Anfänge der Orthodoxen Kirche zurückreicht, vielleicht sogar bis in die frühe Antike, als der sagenhafte Jason mit den Argonauten ins Land Kolchis segelte, um dort nach dem Goldenen Vlies zu suchen. So gab es auch in Frankfurt ein paar beschauliche Lokale, die von griechisch-georgischen Mischfamilien betrieben wurden. Zudem hatte sich eine kleine Gemeinde gebildet, die gelegentlich die griechische Kirche im südlichen Bockenheim oder im Grüneburgpark für ihre Gottesdienste nutzte. Zu den hohen Feiertagen trafen sich dort auch Griechen und Georgier zu gemeinsamen Messen – Zorbas lernte bei solchen Gelegenheiten die ein oder andere reizvolle Dame aus Tiflis kennen. Meist musste er sich jedoch zurückhalten, weil der Vater oder ein älterer Bruder dafür sorgte, dass zu Weihnachten oder

Ostern nicht zu intensiv geflirtet wurde.
Zorbas zeigte sich auch unter der Woche nach Dienstschluss noch recht unternehmungslustig und ließ in Sachen Frauen selten etwas anbrennen. Mit Ausnahme der Kolleginnen von der K 11, versteht sich. Die wiederum schätzten den sympathischen griechischen Kollegen wegen seiner Lebensart und kommentierten sein Casanova-Verhalten gerne mit einem Augenzwinkern. „Hat der nicht auch auf Christiane Bechstein ein Auge geworfen?" Dieser Satz war mittags in der Polizeikantine immer mal zu hören. Niemand dachte sich etwas Ernsthaftes oder gar Böses dabei. Und Christiane Bechstein, die bei allem Charme als eine seriöse und professionelle Kollegin bekannt war, konterte mit einem Routinesatz: „Da läuft niemals mehr als die Polizei erlaubt."
Pokroff hingegen dachte ernsthaft darüber nach, sich den feurigen Geist seines jungen Nachwuchstalents für seine Ermittlungen zunutze zu machen. „Wenigstens eine Zeitlang kann der sich in gewissen Lokalitäten unauffälliger bewegen als ich mit meiner polizeidienstlichen Miene", machte er sich klar. Wenn ein gesetzter Ermittler der Mordkommission notfalls mit Gefahr im Verzug auf die Adresse eines diskreten Privatclubs drängen würde, müsste man sie ihm zweifellos geben. Was aber, wenn sich vor Ort alle höflich und kooperationsbereit zeigten und dann doch mit zwei Anrufen alle weiteren Beteiligten warnten – oder den Ermittler gar völlig in die Irre führten? Jeder weiß, dass sich gewisse Kreise der Staatsgewalt gegenüber nur zum Schein hilfsbereit zeigen und in Wahrheit ihre Freunde und Helfershelfer rechtzeitig verständigen, damit diese sich schnell in Sicherheit bringen können. Doch konnte Pokroff seinen jungen Kollegen wirklich mit dieser heiklen Mission betrauen? Der Kommissar hatte sich bei ein paar Kollegen aus dem Präsidium umgehört. „Olga's Red Star" war zwar ein spezielles Insiderlokal, jedoch hatte es dort bisher keine kriminellen Zwischenfälle gegeben. Jeder schien darauf zu achten, dass das Nachtleben dort einem gewissen Stil folgte. Ein Stil, der jedenfalls keine Polizeieinsätze erforderlich machte.
Am Ende rang sich Pokroff dazu durch, es wenigstens auf einen Versuch ankommen zu lassen. Im Ernstfall würde er mit seinen Kollegen in der Nähe zur Bar bereitstehen. „Wie sieht es aus, Evangelos?", erkundigte sich der Kommissar. „Bist du bereit für deinen kleinen Sondereinsatz heute Nacht? Die Spesen für Getränke gehen selbstverständlich auf Kosten des Steuerzahlers. Vorausgesetzt, du leerst nicht gleich ganze Karaffen Rotwein."

„Na klar, das mache ich doch gerne. Ich hab schon immer ein Gespür dafür gehabt, wann es gefährlich wird. Und dann simse ich Sie sofort an."
„Okay, also ich bleibe mit Christiane und zwei Streifenbeamten einige Meter vor der Haustür in Bereitschaft. Dein Job ist kein anderer, als die Lage auszukundschaften und unauffällig die Adresse dieses Privatclubs in Sachsenhausen herauszufinden. Wichtig ist also, dass du dich so verhältst, wie die Leute, die gezielt in dieses Lokal im Ostend gehen. Lass ruhig den rassigen Südländer raushängen, der nach einer blonden russischen oder kaukasischen Schönheit für ein paar heiße Stunden sucht. Die Hauptsache ist, dass keiner Verdacht schöpft."
„Klar, Sie kennen mich doch. Also, in zwei Stunden haben Sie Ihre Geheimadresse." Zorbas warf seinem Freund einen letzten selbstsicheren Blick zu, bevor er sich ins Abenteuer stürzte.
Olga's Red Star lag in der Nähe der Ostendstraße und hatte das Ambiente eines sinnlich beleuchteten Empfangssalons. Als Blickfang prangten die Gemälde mehrerer wohlgeformter und dekolletierter Rotarmistinnen in laszíver Pose an den Wänden – offenbar die Arbeit eines russischen Auftragskünstlers. Auf manchen der Bilder konnte man sogar den Kreml im Hintergrund erkennen. Eine seltsame Mischung aus Erotik und Sowjetnostalgie, in der ein paar unscheinbare Geschäftsleute nach Feierabend ihren Absacker nahmen. Dazu erklangen Ruslanas feurige Popsongs, zu denen eine Gruppe junger Go-Go-Tänzerinnen zackig die Hüften schwang. Wie ihre Kameradinnen an den Bildwänden trugen sie niedliche Schirmmützen in Militärfarben – und ansonsten nur knapp geschnittene Bikinis.
Evangelos nahm auf einem samtbezogenen Diwan an einem Couchtisch aus Rattanholz Platz und wartete auf die Bardame im tief ausgeschnittenen roten Kleid, die den gleichen Namen wie das Lokal führte. Lange ließ sie sich nicht bitten, kam mit elegantem Hüftschwung zu Zorbas und fragte unschuldig, welchen exquisiten Getränkewunsch sie ihm erfüllen könnte.
„Oh, ich hätte gerne einen Wodka-Martini", antwortete Zorbas der rotgewandeten Schönheit.
„Gerührt und nicht geschüttelt?"
„Vor allem mit viel Wodka. Den Rest nehme ich nicht ganz so genau."
Nach ein paar Minuten kam Olga mit der Bestellung zurück. Zorbas bedankte sich, nahm das Glas an sich und nippte bedächtig. „Alle

Achtung, die Zutaten sind vom Feinsten. Geht runter wie aphrodisierende Lakritze.“ Zorbas fixierte Olga mit seinen dunklen Augen und setzte ein schmeichelndes Lächeln auf. Er wusste genau, worauf die Frauen standen. „Genau im richtigen Verhältnis gemixt und eiskalt eingeschenkt. Könnte der Lieblingswodka von Tamas sein.“
„Du meinst unseren Chef?“
„Ja, wir kennen uns von den gemeinsamen Messen in der Prophet-Elias-Kirche und haben uns neulich auf der Eröffnungsfeier im Museum für Osteuropäische Sakralkunst wieder getroffen. Dort waren viele Russen und Georgier eingeladen. Wir haben uns angefreundet, und Tamas hat mich eingeladen, einmal im Red Star vorbeizuschauen. Nun würde ich ihm gerne mal kurz ‚Guten Abend‘ sagen.“
„Das ist ja alles sehr schön, aber ich fürchte, es geht heute Abend nicht. Tamas Temaschwili gibt nämlich gerade im Nebenhaus eine kleine Feier zu seinem Geburtstag.“
„Ach bitte, Ihr werdet mir doch diesen kleinen Wunsch nicht abschlagen. Ich bleibe auch gewiss nicht lange. Ich würde dann vorher schon mal bezahlen.“ Evangelos Zorbas zog seine Geldbörse aus der Hosentasche und wedelte huldvoll lächelnd mit ein paar Scheinen. Olga erwiderte das sanfte Lächeln. „Na schön, ich werde mal sehen, was ich für dich tun kann.“
Die russische Bardame ging zurück zum Tresen, wo sie kurz telefonierte. Dann winkte sie Zorbas herüber.
„Na schön, Tamas ist im Hinterhaus. Du weißt, wie man dort hinkommt?“
„Du kannst es mir ja sicherheitshalber noch mal sagen.“
Olga wies Zorbas an, einmal schräg über den Hof zu gehen. Dort kam er zu einem kleinen alten Fachwerkhaus, das noch den morbiden Hinterhofcharme des späten 19. Jahrhunderts ausstrahlte. Irgendwie merkte man schon, dass man sich in einem hafennahen Arbeiterquartier im Ostend befand. Doch zweifellos war das Häuschen hübsch herausgeputzt: ein paar Herzchen, ein paar Blumenranken mit Enzianblüten und ein paar strahlende pausbackige Mädchen auf der Fassade, und alles wirkte schon viel einladender. Wenn auch nicht gerade russisch oder georgisch.
Ein Butler empfing Zorbas an der Tür und führte ihn zu einer kleinen Tischgesellschaft, an der ein „Tamada“ – so heißt der Chef de Plaisir auf Georgisch – mit traditionellen Trinksprüchen durch den Abend führte. Die kürzeren Formeln erklangen meistens auf Georgisch, die längeren Reden freilich auf Deutsch, um der Gäste willen. Als Evangelos hereinkam, hob gerade ein deutscher Gast zu einer

inszenierten Lobrede an: „Ich darf nun einen Toast ausbringen, auf unseren allseits geschätzten und geachteten Hausherrn und Freund, auf unseren lieben Tamas, der ein überaus kleines, aber feines Stück unserer schönsten und allerwertesten Heimat aus dem Kaukasus hierher nach Frankfurt gebracht hat. Trinken wir auf Tamas, den Freund unserer georgischen Kultur und Lebensfreude, und den Freund all der bezaubernden Frauen aus unserem Land, die in Frankfurt ebenso ihre charmanten Reize entfalten wie in Tbilisi. Gaumardschos."
„Gaumardschos" antwortete die Runde, was auf Deutsch „Prost" bedeutet. Darauf nahm ein jeder einen kräftigen Schluck lieblichen Rotweins aus seinem Glas, worauf der Kellner geflissentlich die blau-weißen Karaffen nachfüllte. Derweil setzte schon der nächste Gast zu seiner Rede an, beglückwünschte den Gastgeber zu seinem Lokal im Vorderhaus und zu seiner Olga, die ja immerhin aus Suchumi und somit aus dem georgischen Teil des wilden Kaukasus kam. „Olga ist ja unerbittlich sexy, aber sie braucht Verstärkung durch eine rassige dunkelhaarige Schönheit aus Tbilisi." Gelächter. Auch Evangelos musste schmunzeln, während der Kellner abermals nachfüllte. Diese antik-orientalisch anmutenden Gefäße erinnerten bei näherem Hinschauen tatsächlich an heimische Bembel in Bocksbeutelform. Derweil wurden schon die ersten Vorspeisen aufgetischt: Würzige Teigtaschen mit Koriander, die zudem herrlich nach Knoblauch dufteten. Doch wie sollte sich Zorbas hier verhalten?
„Sie wünschen, junger Mann?", fragte ihn ein nobel gekleideter Herr, der direkt neben dem Tamada saß, mit dezenter Stimme.
„Ich bin ein alter Bekannter von Tamas und möchte gerne kurz vorbeischauen, um ihm zu seinem Geburtstag zu gratulieren."
„Kurz vorbeischauen? Das wird bei uns aber schwierig. Wie auch immer, Sie müssen bei Josip, unserem Tamada, darum ersuchen, ihren Freund Tamas zu begrüßen und einen Toast auf seinen Geburtstag ausbringen zu dürfen. Josip wird Ihnen dann alles Weitere erklären."
Glücklicherweise war der Herr behilflich, um die Prozedur zu erleichtern. Josip führte Zorbas in die Runde ein und gab ihm Gelegenheit, einen besonders blumigen Geburtstagsgruß an den jungen oder zumindest jung gebliebenen Jubilar zu richten. Wie auch die deutschen Gäste versuchte sich Evangelos Zorbas in seiner Rede den Sitten aus dem Land des Gastgebers wenigstens etwas anzupassen.
„Mein lieber und werter Freund Tamas, wenn sich ein Grieche und ein Georgier in geselliger Runde treffen und auf Anhieb gut verste-

hen, so ist dies gewiss kein Zufall. Denn wir lieben beide die lebensfrohe Kultur, die schon unsere antiken Vorväter verband – damals, als Jason Medea betörte, um von ihr verzaubert zu werden. Lieber Tamas, wir kennen uns erst seit ein paar Tagen, es war ja nur für einen Moment bei der Eröffnung im Sakralmuseum. Dort waren so viele Leute, aber Ihr habt in unsere Runde eine so herzliche Einladung zu Eurem Geburtstag ausgesprochen, dass ich einfach nicht widerstehen konnte, heute Abend vorbeizuschauen. Ihr seht mir nach, wenn ich in Eurem jugendlichen Antlitz Euer wahres Alter nicht mit der Treffsicherheit eines bogengewandten Odysseus bestimmen kann und wenn ich etwas die Redekunst des altgriechischen Symposions bemühe, weil ich die genauen Formeln in Georgien nicht so gut kenne. Aber es ist mir eine überaus große und unbeschreibliche Freude, schon nach unserer ersten Begegnung heute Abend Euer werter Gast sein zu dürfen. Möget Ihr mir nachsehen, wenn ich nicht bis zum Ende Eurer köstlichen Runde bleiben kann."

Das Geburtstagskind fühlte sich offenbar geschmeichelt, blickte ein wenig erstaunt und bat den jungen Griechen, an seiner Seite Platz zu nehmen. Als ihm Evangelos die Hand schüttelte, musterte ihn der Georgier mit der Adlernase etwas prüfend. Eigentlich glaubte er sich eher an einen etwas jüngeren Griechen mit Namen Nikos erinnern zu können. Doch am Ende hatte Evangelos mit seiner Ausstrahlung und seinem Charme gesiegt. Schließlich war er ein Typ, wie ihn sich Tamas immer zum Sohn gewünscht hatte. Und überhaupt: Welcher ehrenwerte Gastgeber würde sich in diesem Moment schon eine Blöße geben?

„Sehr erfreut, mein lieber Evangelos, dass du es noch geschafft hast. Dann fühle dich herzlich willkommen in unserem Kreis und nimm an meiner Seite Platz. Aber du wirst mir wenigstens die Freunde machen und noch auf ein paar Trinkrunden bleiben, oder?"

Zorbas nickte lächelnd, zählte nicht mehr so genau nach, wie oft er noch das Glas erhob. Immer wieder erkundigte sich Tamas, ob der Wein und das Essen dem jungen Freund auch munden würden. Evangelos nickte abermals. Dann wandte er sich mit gedämpfter Stimme an seinen neuen Gönner, um es mit einer vorsichtigen Frage zu versuchen.

„Tamas, habt Ihr von dem tragischen Unfall von Karparow gehört? Manche spekulieren ja, da hätte jemand nachgeholfen. Wie denkt Ihr darüber?

Für einen Moment schaute Temaschwili irritiert, um dann wie auf Kommando eine erschrockene und betroffene Miene aufzusetzen.

„Willst du etwa sagen, er wurde ermordet? Das wäre ja ganz schrecklich.“ Doch dann umspielte ein scheinheiliges und weinseliges Lächeln den doppeldeutigen Gesichtsausdruck. Tamas galt als trinkfest, doch nach einigen Gemäßen schien der liebliche georgische Rebensaft immer mehr seine Zunge zu lösen „Weißt du, Evangelos, Karparow hat sich einfach zu viele Probleme gemacht. Er ist immer mal entgleist oder abgerutscht. So wie mit dem Auto an jenem Hang. Das musste wohl mal so enden. Aber das macht vieles für uns hier auch einfacher.“
„Ihr kanntet ihn persönlich, nicht wahr? Die Verrückten im Internet behaupten ja sogar, er sei vorher in Georgien gewesen. Man hat sogar einen Schlüssel von ihm gefunden. Die Zimmernummer hatte diese seltsamen Zeichen, ich meine, das könnten doch georgische Buchstaben ...“
„Wir kannten uns nur flüchtig“, unterbrach der Hausherr. Übrigens, Evangelos, sollte es dich mal in den wilden Kaukasus verschlagen, ich habe da ein hübsches Häuschen, gar nicht so weit weg von der russischen Grenze. Da ist gerade ein Gästezimmer frei geworden.“ Tamas zwinkte Evangelos mit einladender Geste zu. „Es wäre mir eine große Freude, dein Gastgeber zu sein.“
Evangelos lächelte zurück. Hatte der großherzige Georgier seinen Köder nun endlich geschluckt?
„Aber nun wollen wir uns erfreulicheren Themen zuwenden“, versuchte Tamas, das Thema zu wechseln. „Ich glaube, da wird gleich unser Hauptgericht serviert. Wer von euch kennt ein Hirtengedicht, das dazu passt?“
Doch der verlockende Duft nach Knoblauch und Koriander ließ der Tafelrunde derart das Wasser im Munde zusammenlaufen, dass sich niemand mehr auf die Poesie zu konzentrieren vermochte. Denn nun wurde Chanachi aufgetischt, zartes Lammfleisch mit allerhand Gemüse im Römertopf geschmort. „Du siehst, junger Freund, alles hier ist perfekt. Nur das Häuschen passt nicht so recht ins Ambiente. Du musst wissen, ich habe es gerade erst von meinem Vorgänger übernommen, der für gewöhnlich bayerische Partydiscos am Hauptbahnhof und in Sachsenhausen betreibt.“
Tamas hatte noch nicht ausgesprochen, als sich ein weinseliger Tischnachbar abermals zu Wort meldete: „Nicht doch Tamas, nicht doch. Wir wollen vielmehr einen Toast ausbringen auf das Tischlerhandwerk und die alte Holzbaukunst, die georgische und russische Holzhäuser mit diesem herzigen Chalet aus gutem deutschen Fachwerk verbindet. Gaumardschos!“

Während die Runde schallend lachte, schaute Zorbas genervt auf seine Uhr. Aus den veranschlagten 20 Minuten waren fast eineinhalb Stunden geworden. Am Ende wandte er sich mit diskreter Stimme an Josip und fragte mit einem Augenzwinkern: „Wissen Sie eigentlich, was Griechen und Georgier sonst noch gemeinsam haben?“
Josip schüttelte unwissend den Kopf. „Nun, Sie werden es mir sicher gleich sagen.“
„Na, die Liebe zum Gold, zum Goldenen Vlies und zu goldblonden Mädels. Aber echte blonde Schönheiten sind in unseren mediterranen Kulturen ja etwas selten. Und selbst die jungen Frankfurterinnen blondieren sich ja immer mehr mit diesen künstlich wirkenden Farbtönen. Aber irgendwo im südlichen Sachsenhausen, wo es schon Richtung Neu-Isenburg geht, soll wohl am Stadtrand ein kleiner, aber feiner Club liegen, wo auch die Mädels außer blonden Haaren noch etwas mehr zu bieten haben.“
Josip blinzelte kurz. „Wo haben Sie denn das gehört?“
„Ein Geheimtipp von der Eröffnungsfeier im Sakralmuseum. Ich weiß, eigentlich nur für Insider. Der Chef in diesem Club ist wohl gut mit Tamas befreundet. Und da ja der Hausherr heute seinen kleinen Ehrentag hat, dachte ich ...“
„Schon gut, ich frag mal.“ Josip flüsterte Tamas etwas ins Ohr. Dann drehte er sich wieder hinüber zu Evangelos. „Also pass auf, wir rufen Ihnen unser Edeltaxi. Ein Chauffeur wird Sie hinauffahren. Am nötigen Kleingeld wird es Ihnen ja sicher nicht mangeln, oder?“
„Gewiss nicht. Okay, ich gehe kurz in den Hof, eine rauchen. Bis ich damit fertig bin, wird das Taxi wohl hier sein.“
Zorbas verabschiedete sich noch mal mit einer großen und aufrichtigen Geste von seinem Gastgeber, bevor er das Fachwerkhäuschen verließ. Er ging mit vorsichtigem Blick über den dunklen Hof und schaute, ob sich dort irgendwo jemand aufhielt, der ihn beobachten könnte. Er sah aber nur einen Kollegen in Zivil mit Zigarette, der den Hof vom Eingang zur Straßenseite hin absicherte. Just in diesem Moment öffnete sich die Tür von „Olga’s Red Star“, und ein Kellner lief mit einer neuen Rotweinflasche über den Hof. Evangelos zündete sich eine Zigarette an und wartete, bis die Luft wieder rein war. Dann zog er kurz das Handy aus der Tasche und simste Pokroff an:
In etwa 5 Minuten kommt ein sogenanntes Edeltaxi und chauffiert mich zum Privatclub. Achten Sie auf einen auffälligen Wagen.
Pokroff antwortete:

Na, das wurde aber auch Zeit. Also gut, wir fahren unauffällig hinterher und funken dann die Kollegen in der Mörfelder Landstraße an. Aber sei vorsichtig.

Etwa 8 Minuten später hielt tatsächlich das bestellte „Taxi“ vor Olga’s Red Star. Es war ein mittelgroßer dunkler Mercedes, zwar elegant, aber auch nicht zu auffällig. Evangelos schaute noch einmal in den sinnlich roten Salon der Russenbar und verabschiedete sich charmant von Olga. Die anregenden Rotarmistinnen an der Wand wurden inzwischen von einem Live-Video überdeckt, in dem eine Gruppe zackiger Kosakinnen die Gläser zu einem wohlbekannten Moskau-Song an die Wand warf. Am Ausgang bat der Chauffeur Evangelos in seinen Wagen und fuhr mit ihm an der Großmarkthalle vorbei die Sonnemannstraße hinunter. Dann überquerte er die Flößerbrücke und passierte das Deutschherrnviertel Richtung Mörfelder Landstraße.
Kaum war das „Taxi“ außer Reichweite, da rief Christiane Bechstein ihre Mannschaft zum Einsatz. Ein paar Stichworte, die Zorbas und Bechstein vorher vereinbart hatten, genügten ihr, um über seine neuesten Erkenntnisse im Bild zu sein. Innerhalb weniger Minuten leuchteten die blinkenden Blaulichter sämtliche Häuserblocks zwischen Ostend- und Sonnemannstraße aus. Olga rief verzweifelt nach ihrem Chef – doch bevor der reagieren konnte, stand die Kommissarin mit zwei Spezialisten des Präsidiums für Prostitution auch schon mitten in seiner Schlemmerparty. Der Georgier konnte schnell eins und eins zusammenzählen und sich denken, wem er da auf den Leim gegangen war. Doch Tamas Temaschwili hatte nicht die geringste Lust, sich als Spielverderber zu gerieren.
„Ah, einen schönen guten Abend, die Frau Kommissarin. Je später der Abend, desto angenehmer die Gäste. Herzlich willkommen! Dann war unser junger Freund Evangelos mit dem gewissen griechischen Temperament also auch ein Kollege von Ihnen? Gratulation, der hat seine Rolle gut gespielt. Fast wär ich sogar drauf reingefallen.“
„Ihre blöden Sprüche werden Ihnen nichts nutzen“, zischte Christiane Bechstein wütend. „Sie merken wohl auch nicht, wann Sie verloren haben. Also raus mit der Sprache: Wo sind die drei entführten Studentinnen? Wir nehmen hier jeden Stein auseinander!“
„Keinen Schimmer, wovon Sie reden.“
„Die drei Mädchen, die Sie entführt haben. Schaffen die etwa dort an, wo Sie meinen Kollegen hingeschickt haben? Tun Sie nicht so

blöd, Sie machen doch im horizontalen Gewerbe gemeinsame Sache mit Gudensberger. Und die Mordaufträge an Karparow und Klotzhofer werden wir Ihnen auch nachweisen, nachdem Sie freundlicherweise von Ihrem Aufenthalt in Georgien in Grenznähe zu Russland erzählt haben. Das kann doch kein Zufall sein." Christiane Bechstein schaute auf ihr Handy-Display, auf dem ein „x" zu erkennen war. Das Geheimzeichen, das sie mit Evangelos vereinbart hatte, falls er bei seinem Besuch etwas Auffälliges im Zusammenhang mit dem Mord an Karparow und dem gefundenen Schlüssel erzählen würde.

„Jetzt mal ganz ruhig. Ich habe weder irgendwas mit Morden oder Mädchen zu tun noch mit irgendwelchen Aktivitäten auf dem Sachsenhäuser Berg."

„Und das Taxi, das Sie freundlicherweise geordert haben?"

„Ich habe nur meinen Wagen zur Verfügung gestellt. Eine Gefälligkeit, weil ich Gudensberger ebenso von früher kenne wie Karparow."

„Das können Sie erzählen, wem Sie wollen. Sie haben die Mädchen fortschaffen lassen. Ich werde Sie wegen Förderung der Zuhälterei drankriegen."

„Machen Sie sich nicht lächerlich, Frau Kommissarin. Mein Geschäft sind Russendiscos, kaukasische Lokale und Kulturfeiern für deutsche und georgische Geschäftsfreunde. Mit Prostitution hab ich nix am Hut."

„Ach nee! Unsere Ermittlungen vor Ort haben ergeben, dass Sie Karparows heftigster Konkurrent im Kampf um die Nachtlokale zwischen Ostend und Innenstadt waren. Das haben mehrere Angestellte der Etablissements so ausgesagt."

„Unsinn, das sind nichts als Lügen und Verleumdungen. Ein freundlicher Tipp: Nehmen Sie sich mal den Chauffeur von Gudensberger und Karparow vor. Der ist eher fürs Grobe zuständig."

„Schluss jetzt mit Ihren Ausflüchten und Ablenkungsmanövern!" Die Kommissarin ließ nicht nur Olga's Red Star auf den Kopf stellen, sondern auch sämtliche Wohnungen darüber. Doch außer ein paar zweifelhaften Roulettespielern, die sich an der Mini-Version aus der Spielesammlung vergnügten, ließ sich weit und breit nichts Verdächtiges finden. Sogar an den Papieren der Bediensteten in der Bar war nichts zu beanstanden. Christiane Bechstein atmete tief durch, bevor sie überlegte, wie sie das am besten ihrem Vorgesetzten beibringen sollte.

„Na, sind Sie jetzt endlich zufrieden?" Temaschwili grinste über das ganze Gesicht, als er die Kommissarin mit etwas ratloser Miene

Richtung Ausgang laufen sah. Doch sie hatte noch ein Ass im Ärmel.
„Noch nicht ganz, Herr Temaschwili. Wir haben nämlich noch mal die Gästeliste von Klotzhofers Eröffnungsfeier überprüft und ein paar der Anwesenden befragt. In Wahrheit waren Sie dort ziemlich lange, auch als Klotzhofer sich schon verabschiedet hatte. Der Direktor war ja bekanntlich sehr aufgebracht an jenem Nachmittag. Und ein Zeuge erzählte uns, dass Sie wohl am Ende auch einen ziemlich heftigen Wortwechsel mit dem Direktor hatten. Worüber haben Sie denn gestritten?"
„Wir haben gar nicht gestritten. Wenn überhaupt, hatten wir eine kleine Meinungsverschiedenheit. So belanglos, dass ich das fast schon wieder vergessen habe. So was kann doch passieren, oder?"
Christiane Bechstein musterte den Georgier genau. Etwas stämmig, älter, dunkelhaarig, kaukasische Adlernase. Glatt rasiert. Aber Letzteres konnte vor einigen Tagen noch ganz anders gewesen sein.
„Passieren kann viel. Aber wenn anschließend jemand sterben muss, dann hat alles seine besondere Bedeutung. Herr Temaschwili, wo waren Sie am Eröffnungstag zur Tatzeit zwischen 20 und 21 Uhr?"
Temaschwili zögerte einen Moment. „Ich bin über den Römer geschlendert, habe mir die schöne Weihnachtsbeleuchtung angesehen und noch einen Glühwein getrunken."
„Gibt es dafür auch irgendwelche Zeugen?"
„Nein. Ich war nämlich alleine dort. Und ich bin ja nur mal so durchgelaufen."
Christiane Bechsteins Augen leuchteten. „Eben sagten Sie doch, Sie haben einen Glühwein getrunken. Wo denn bitte genau?"
Temaschwili zögerte erneut. „Hm, weiß nicht mehr. Und so voll, wie es da war, erkennen die mich bestimmt nicht mehr."
„Herr Temaschwili, Sie halten sich für brillant, doch Sie sind ein schlechter Lügner. Am 4. Dezember war der Weihnachtsmarkt wegen Dauerregen leer und überschaubar. Und viele Stände hatten bereits gegen 20 Uhr geschlossen. Herr Temaschwili, Sie sind wegen des Tatverdachtes an Direktor Klotzhofer vorläufig festgenommen."
Der sonst so joviale Georgier stand da wie versteinert. Die Überrumpelungstaktik der Kommissarin hatte gewirkt. Erst als ihn die Kollegen in Handschellen abführten, fand er wieder zu seinem Grinsen zurück. „Hätte ich Ihnen denn sagen sollen, dass ich den Abend alleine zu Hause wie ein Trauerkloß verbracht habe? Frau Bechstein, was gilt die Wette, dass ich bis morgen Vormittag wieder draußen bin?" Damit verschwand Temaschwilis Kopf im Polizeiauto.

Kapitel 18

Evangelos Zorbas' „Taxi" hatte derweil längst die Mörfelder Landstraße hinter sich gelassen und begab sich über die Darmstädter Landstraße Richtung Sachsenhäuser Berg. Evangelos wechselte ein paar belanglose Worte mit dem Fahrer, drehte sich von Zeit zu Zeit zaghaft um und vergewisserte sich wie ein Fahrschüler mit einem vorsichtigen Schulterblick, dass ihm Pokroff in seiner Dienstlimousine in gebührendem Abstand folgte.

Südwestlich von der Sachsenhäuser Warte hielt der Chauffeur in einer kleinen Stichstraße an, einer jener unscheinbaren Gassen im Übergang zum Lerchesbergring. Evangelos traute seinen Augen nicht: Hinter den dunklen Nadelbäumen befand sich ein nagelneues Tempelchen aus weißem Kalkstein mit Säulenpergola. Das Anwesen war in helle, aber milde Gartenbeleuchtung getaucht, wie sie eher zu einer Sommerparty passte. Erst auf den zweiten Blick waren auch ein paar weihnachtliche Lichterketten erkennbar, die daran erinnerten, dass das Fest der Liebe unmittelbar vor der Tür stand.

Mittlerweile war Pokroff abgebogen und über einen unauffälligen seitlichen Waldweg soweit mit seinem Wagen herangefahren, dass er das Tempelchen zwischen den Bäumen erkennen konnte – und gleich doppelt überrascht war: Das Häuschen passte genau auf die Beschreibung von Carola und ihrer Freundin Silvia. Doch damit nicht genug. Pokroff stieß Polizeihauptmeister Schubert an, der ihn begleitete: „Mensch, das ist doch die Villa von Professor Reiffenstein. Dieser Archäologe hatte sich jahrelang mit wenig Erfolg als Ausgräber in Unteritalien und Anatolien versucht. Nein, ein zweiter Schliemann sollte aus ihm nicht werden. Dafür trat er eine Erbschaft in seiner Familie an und konnte sich wenigstens seinen Lebenstraum erfüllen, ein Landhäuschen nach griechischem Vorbild im neoklassizistischen Stil zu bauen."

Pokroff erinnerte sich weiter, dass der überschuldete Professor inzwischen verkaufen musste – auch wenn das nicht groß durch die Zeitungen ging. Jedenfalls hatte sich die Villa sehr verändert. Orientierte sich Reiffenstein ursprünglich noch weitgehend am Muster des Nebbienschen Gartenhauses im Anlagenring, so fiel die Villa jetzt durch die zusätzliche Pergola mit Brunnen, die Mäandermuster und die stattlichen, eher chinesisch anmutenden Marmorlöwen als Türwächter auf. Offenbar hatte der neue Bauherr noch mal angebaut und das gesamte Repertoire an Kitsch ausgeschöpft.

Während Pokroff den ersten Eindruck auf sich wirken ließ, meldete sich Kollegin Bechstein zu Wort und berichtete kurz über ihren Einsatz in Olga's Red Star. Pokroff raufte sich die Haare. „Rede Temaschwili auf dem Präsidium noch mal gehörig ins Gewissen, bevor du ihn in Gewahrsam nehmen lässt. Mach ihm klar, auf welch dünnem Eis er sich bewegt. Seine beste Zeit ist erst mal vorbei. Trotzdem: Wenn wir keine zusätzlichen Beweise finden, werden wir ihn wohl wieder laufen lassen müssen." Dann sprach der Kommissar seiner Kollegin ein paar ermutigende Worte zu, die am Sinn und Erfolg ihres Einsatzes immer mehr zweifelte.
Derweil machte sich Evangelos Zorbas bereit zum Ausstieg. „So, mein Bester", meinte der Chauffeur und zog verheißungsvoll seine Geldbörse. „So eine Sonderfahrt kostet normalerweise mindestens zwischen 40 und 50 Euro. Aber Tamas macht dir ein kleines Geburtstagsgeschenk. Weil wir bald Weihnachten haben, kostet es nur die Hälfte."
„Zu gütig", schmunzelte Zorbas und drückte dem Herrn den gewünschten Betrag fein abgezählt in die Hand. „Wenn die Beleuchtung noch ein wenig festlicher wäre, würde ich dieses Bauwerk für den Tag des Denkmals vorschlagen. Doch halt, es gibt ja auch diese Energiespartage, zu denen selbst am Kölner Dom und Brandenburger Tor die Lichter ausgehen."
Der Chauffeur grinste, nahm das Geld, verabschiedete sich artig und wollte auch schon seine Karosse starten. Evangelos Zorbas schaute um die Ecke und bemerkte erst jetzt den BMW von Pokroff, der sich von der anderen Seite näherte und schließlich kurz vor dem Griechen zum Stehen kam. Mit routiniert schnellem Schritt sprang der Kommissar heraus und eilte mit gezücktem Dienstausweis auf den Chauffeur zu. „Halt, hier Polizei!", rief er, ließ sich den Personalausweis aushändigen, und schon wenig später klickten die Handschellen. „Wen haben wir denn da? Leonid Seschenko, unser Mädchen für alles. Sehen Sie das Blaulicht hinter mir? Meine Freunde und Helfer werden sich um Sie kümmern. Wir reden dann später."
Dann klopfte er seinem jungen Freund auf die Schulter.„Na, du alter Schürzenjäger. Die Firma dankt dir für deinen großartigen Einsatz. Aber ich denke, für heute Abend sollte deine Mission auch beendet sein."
„Aber jetzt wird mein Einsatz hier doch erst richtig spannend", versuchte Zorbas zu widersprechen.
„Nein, du gehst jetzt schön heim in die Heia. Das ist ein Befehl", grinste Pokroff. „Ich schaff das mit meinen Spezis vom horizontalen

Gewerbe hier auch alleine. Pass auf, ich schlage vor, du läufst jetzt ein wenig sportlich Richtung Sachsenhäuser Warte. Dort erwischst du mit etwas Glück sogar einen Bus Richtung Innenstadt. Und wenn nicht, dann bestell dir halt noch mal ein richtiges Taxi. Mit der Abrechnung, das regeln wir morgen."

In gewissen Momenten konnte der Kommissar ganz gut verdrängen, dass die Staatsgewalt eigentlich zum Sparen angehalten war. Das schlechte Gewissen würde den korrekten Beamten erst später ereilen. Der Grieche lachte und schüttelte seinem väterlichen Freund die Hand. „Schon klar", meinte er und verschwand in der Dunkelheit.

Erst jetzt hatte Pokroff die Gelegenheit, das schmucke Tempelchen aus der Nähe zu bestaunen. Aber da die Zeit drängte, ging er mit seinem Team alsbald zur Eingangspforte und drückte auf den Klingelknopf. Zunächst meldete sich eine ältere Frauenstimme über die Sprechanlage.

„Ja bitte", gab sich die Stimme distanziert und verhalten.

„Guten Abend, hier ist Waldemar Pokroff von der Kriminalpolizei. Wenn Sie uns bitte öffnen, wir müssen das Haus durchsuchen und den Inhaber des Clubs sprechen."

„Warten Sie, ich glaube, da liegt ein Irrtum vor", sagte die Frauenstimme und schaltete die Anlage aus. Kurze Zeit später öffnete sich die Haustür, und eine unscheinbare grauhaarige Frau trat mit ihrem Morgenmantel heraus und schritt zum Eingangsportal.

„In diesem Haus wohnt nur das Ehepaar Reiffenstein. Ich bin Frau Burger, die Haushälterin."

„Passen Sie auf, was Sie sagen, Frau Burger. Ich weiß von einem Kollegen, dass Reiffenstein längst verkaufen musste. Wir suchen Herrn Gudensberger und seinen Privatclub, den er ganz offensichtlich in diesem Haus betreibt."

„Ich sagte doch, hier wohnen nur die Reiffensteins. Und wissen Sie überhaupt, wie spät es ist?"

Pokroff hielt Frau Burger seinen Dienstausweis fast schon mit bedrohlicher Geste vor die Nase. „Den Trick kennen wir zu Genüge. Wir haben keine Zeit zu verlieren, und wenn Sie uns nicht augenblicklich hereinlassen, muss ich deutlicher werden."

Mit erschrockenem Blick öffnete die grauhaarige Frau das Portal und schließlich auch die Haustür. Hier war nur der Name „Reiffenstein" zu lesen. Pokroff entdeckte jedoch schnell einen weiteren Eingang an der anderen Hausseite mit zwei Anwaltsschildern und einem weiteren Schild mit der Inschrift „Russisch-Kaukasisches

Freundschaftsforum".
„Wenn Sie bitte auch hier öffnen möchten", forderte Pokroff Frau Burger auf, die der Anweisung nun unverzüglich nachkam. Dem Ermittler folgten fünf weitere Streifenbeamte, Verstärkung aus dem Revier in der Mörfelder Landstraße. Die Polizeitruppe betrat das Tempelchen durch ein Atrium mit nachgezeichneten Fresken, die den pompejanischen Stil einigermaßen authentisch imitierten. Vor allem die Alexanderschlacht bei Issos war hier dargestellt, der stolz und siegreich galoppierende Herrscher ließ sich im Meer der Speere, Schilder und Lanzen deutlich erkennen. Reiffenstein hatte offenbar die Leerstellen der originalen Vorlage großzügig ergänzen lassen. Und doch hatte sich hier ein Könner verewigt, dem auch Pokroff einen kurzen respektvollen Moment schuldete – auch wenn er dazu weder Zeit noch Muße hatte.
Im Atrium konnten die Ermittler Eingänge zu einem Konferenz- und Bibliotheksraum erkennen, dahinter eine holzgetäfelte Bar, die eine einsame Serviererin gerade aufräumte. In der Mitte der Eingangshalle befand sich eine Wendeltreppe, die in den Keller führte.
„Auf, hier geht es herunter", forderte der Kommissar seinen Trupp auf und versuchte, einen ersten Blick durch die Windungen des Treppenhauses zu erhaschen. Doch von dort kam eine Hostess mit Tunika hinaufgeeilt – ihr Gewand war zwar weit ausgeschnitten, doch der purpurrote Streifen, der eher an eine römische Staatstoga erinnerte, gab ihr das Aussehen einer Schaffnerin.
„Halt, Sie können hier nicht weiter. Wir haben heute eine geschlossene Veranstaltung", versuchte sie den Polizeitrupp aufzuhalten.
„Was meinen Sie, was wir alles können!", fuhr Pokroff die Schaffnerin an und schob sie unsanft beiseite.
Nach etwa 20 Stufen begann eine neue Serie mit Fresken, die der Qualität des Alexanderbildes bereits deutlich nachstanden: Darauf sprangen nackte Flussnymphen kreuz und quer in der Landschaft umher, denen wild gewordene Faune unbarmherzig hinterherrannten. Die Szene mit einer zuckersüß blondierten Baumgöttin, die ein Satyr von hinten wollüstig um die wohlgerundeten Hüften packte, grenzte bereits ans Kitschig-Obszöne. Pokroff konnte sich seinen Kommentar nicht verkneifen: „Schaut euch das an, das ist doch bestenfalls einem billigen Erotikfilm entnommen!"
Im Keller angekommen, stieß Pokroff die Tür auf, auf der ein von Meeresgöttinnen umgarnter Neptun mit Dreizack den Eingang in die Badelandschaft markierte. Was der Kommissar dahinter im Dunst erkennen konnte, verschlug ihm die Sprache: In einem pom-

pösen Whirlpool saßen zehn wohlsituierte Herren und ließen sich von blutjungen Mädchen oben ohne verwöhnen. Das Programm reichte von der einfachen Massage verspannter Muskeln bis zur speziellen Behandlung ganz besonderer Gliedmaßen, die man unter Wasser freilich nur erahnen konnte. Aus dem Whirlpool stiegen dicke Dampfschwaden auf, die immer wieder die Gesichter verdeckten. Trotzdem konnte der Kommissar mit etwas Mühe einen aufgedunsenen Schädel, eine Rübennase und ein Doppelkinn ausmachen, die er einer bekannten Persönlichkeit zuzuordnen suchte. Derweil entschwanden zwei weitere Herren mit ihren Damen in die benachbarten Saunakabinen und Massageräume im Rotlichtschein. Die Herren waren noch notdürftig mit unförmigen Shorts bekleidet, die sie verklemmt nach oben zogen. Die Badenixen hingegen trugen nur hauchdünne silbrig schimmernde Tangaslips. Das Angebot hinter den verschlossenen Türen ließ sich trotz Dampfschwaden an Wandgemälden mit eindeutigen Darstellungen ablesen: Antike Liebeswerbung in eigener Sache, wie sie Pokroff vor Jahren im Lupanare gesehen hatte, dem unter Vulkanasche vollständig erhaltenen Bordell von Pompeji.
Inzwischen war bei Pokroff der Groschen gefallen – oder besser gesagt der Denar: „Man glaubt es ja nicht, Gerhard Kayser, Vorsitzender der Albinia-Versicherung und Präsident der gleichnamigen Kulturstiftung. Ich wette, Ihre Firma deklariert diese Party beim Finanzamt auch noch als Spesen. Und ich Hornochse mach mir ein schlechtes Gewissen, wenn ich meinen Kollegen auf Kosten des Steuerzahlers undercover ins Nachtleben schicke."
Reflexartig tauchte Kayser seinen Kopf ins Wasser und hoffte, beim erneuen Auftauchen würden die Dampfschwaden seinen majestätischen Körper verdecken. Er wollte sich am liebsten einfach im Dampf auflösen. Doch es wurde noch peinlicher für ihn: Seine Nixe, die erschreckt aus dem Pool sprang, trug als einzige einen goldschimmernden Slip und hatte die größten Brüste, die besonderen Ansprüchen entsprachen. Keine Frage, das musste die Königin sein, die sich nur der Chef höchstpersönlich leisten konnte.
„Okay, meine Herren die Party ist vorbei", rief Pokroff nun laut hörbar durch den Baderaum. „Wir kommen von der Kriminalpolizei und suchen den Clubinhaber Ronald Gudensberger. Und eine junge Russin mit Namen Nadja. Weglaufen oder Verstecken ist sinnlos." Dabei verwies er auf seine uniformierten Mannen, die bereits die Kabinen und Séparées stürmten.
„Einen Moment mal, mit der Ruhe. No problem, boys and girls, die

Party geht gleich weiter." Mit diesen Worten entstieg dem brodelnden Pool ein breitschultriger Herr mit graublondem Haarschopf und Gastgeberpose. Er blickte noch einmal in die Runde, taxierte Pokroff und sein Team. Keine Frage, in diesem überdimensionierten Bassin saß er in der Falle – förmlich eingekesselt. Es blieb nur die Flucht nach vorne.

„Gestatten, Sir, mein Name ist Ronald Gudensberger. Oder Goody, wie mich meine Partner und Freunde nennen."

„Guten Abend. Mein Name ist Pokroff. Wir haben berechtigten Grund zur Annahme, dass Nadja in ihrem Club gegen ihren Willen festgehalten wird."

„Nadja. Nadja? Welche Nadja denn?" Mit aufgesetzter treudoofer Miene blickte Gudensberger noch einmal umher. „Davon haben wir hier zwei. Aber ich weiß nicht, wen sie meinen."

„Tun Sie nicht so unschuldig. Wir meinen eine junge rothaarige Dame aus Sibirien, die vor etwa ein bis eineinhalb Wochen zu Ihnen gebracht wurde. Vorher arbeitete sie in einer Bar mit Namen Macao Bay, die jetzt Ihnen gehört und als Fast-Food-Lokal die Hamburger, äh, ich meine Goodburger Ihrer Marke servieren."

„Ja, Goody's Grillhouse gehört mir. Von dort haben wir eine sehr hübsche Dame übernommen, die aber Natascha heißt. Doch glauben Sie mir bitte, sie ist rein freiwillig hier."

„Davon möchte ich mich gerne selber überzeugen, sobald sie hier ist. Lassen Sie die Dame lieber freiwillig kommen, bevor sie meine Jungs aus irgendeinem Winkel ihres Etablissements zerren müssen."

Doch in diesem Moment brachten bereits zwei Polizisten eine blondierte Dame mit schulterlangen Haaren die Treppe hinunter. Allerdings war in dem hellen Engelsgold noch ein ganz leichter Rotstich zu erkennen. Offenbar musste sich das Mädchen die Haare schnell umfärben lassen, um für ihre Kunden attraktiver auszusehen. Aber sie hatte weder die Hautfarbe noch die Gesichtszüge einer europäischen Blondine. Pokroff versuchte, sich zu erinnern, was er über die sogenannten „Sibiriaken" im Internet gefunden hatte. Als Nachfahren von Russen und einheimischen Völkern in Sibirien neigten sie eher zu dunkelbraunen Haaren.

„Ah, da ist ja unser Darling. Ja, ich hatte unserer Taigablume für heute Abend freigegeben. Sie fühlte sich nicht gut und wollte sich lieber etwas hinlegen." Gudensberger versuchte es nun mit den Gesten eines sorgenvollen Vaters. Er ging einfach über den Umstand hinweg, dass sein Schützling nicht etwa freiwillig gekommen war,

sondern mit leicht benommenem Gesicht von zwei Polizisten hereingeführt wurde. „Hi Natascha, sag mal den Herrn von der Polizei, wie gut wir hier für euch sorgen. Weißt du noch, wie du meinen stellvertretenden Clubmanager gefragt hast, ob du hier arbeiten kannst?"
Nadja lächelte nervös. „Ja, es geht mir hier gut", sagte sie kurz und einsilbig. Doch ihr verschüchterter Gesichtsausdruck ließ auf etwas anderes schließen.
„Sie erwarten nicht wirklich, dass ich das hier weiter kommentiere", bemerkte Pokroff gegenüber Gudensberger. „Sie sind vorläufig festgenommen, wegen des dringenden Verdachts der Entführung und Freiheitsberaubung sowie des Mordes in zwei Fällen. Zu den Vorwürfen des illegalen Kunst- und Menschenhandels kommen wir später."
Die uniformierten Beamten ließen den Club räumen, führten die Mädchen hinaus und den Hausherrn ab. Einer der jüngeren Herren, der mit den Mädchen herauskam, hielt die Hände vors Gesicht und versuchte seinen Oberkörper notdürftig mit einem Handtuch zu bedecken. „Ich hab das hier nicht gewollt! Wir wurden dazu gezwungen. Sonst wären wir in Ungnade gefallen."
„Behalten Sie Ihre fadenscheinigen Erklärungen für sich!", rief Pokroff dem Herrn zu und versuchte, durch die Handflächen die Gesichtszüge zu erkennen. Der Mann erinnerte ihn an jemanden. Doch er wusste nicht, an wen. Und er hatte gerade überhaupt keine Zeit, um es herauszufinden.
Gudensbergers Miene blieb regungslos, als die Handschellen klackten. Viele der jungen Damen waren ohne gültige Papiere, mussten mit der Abschiebung rechnen. Es stellte sich heraus, dass auch die beiden anderen Studentinnen darunter waren. Wie Nadja besaßen sie zwar noch ein Visum, das jedoch nur noch wenige Wochen lang gültig war. Nadjas Visum würde sogar schon in wenigen Tagen ablaufen.
Bei der Durchsuchung wurden verdächtige Briefe aus Gudensbergers Büro beschlagnahmt. Gudensberger drehte sich im Vorbeigehen nur noch einmal um und warf dem Kommissar einen vernichtenden Blick zu. Derweil kam auch die grauhaarige Frau aus dem Nebenzimmer, die sich den Beamten mit dem Namen „Burger" vorgestellt hatte.
Plötzlich sah eine der beiden Studentinnen der Frau unvermittelt ins Gesicht. In diesem Moment lösten sich all ihre Ängste, und sie rief Pokroff zu: „Herr Kommissar, das ist diese Frau!!! Jeder nennt

sie hier Frau Burger, uns hat sie sich als Frau Wiechert vorgestellt. Sie ist zu uns in die Kirche gekommen und hat gesagt, sie arbeite in der Ausländerbehörde. Sie hat sich unsere Geschichten angehört, wohlklingende Ratschläge gegeben und uns zu einem angeblichen Rechtsanwalt bringen lassen."

Die schöne Dunkelhaarige, die Anastasia hieß, sprach in sehr klarem, fast akzentfreiem Deutsch, was den Kommissar und seine Kollegin erstaunte. „Statt bei einem Rechtsanwalt sind wir dann hier gelandet. Gefahren hat uns der Chauffeur und Türsteher dieses Hauses. Sie sehen ja selbst, was hier mit uns geschieht."

„Vielen Dank für Ihre Erklärung", entgegnete Pokroff und schaute kurz auf die als Presseverteiler getarnten Kundenlisten, die einer der Beamten aus einem Versteck geborgen hatte. „Sie werden es nicht glauben, aber ihre Helferin heißt in Wirklichkeit Wiechert und hat bis vor kurzem tatsächlich in der Ausländerbehörde gearbeitet. Hier auf dieser Liste stehen nämlich auch zwei Herren, die dort in leitender Funktion tätig sind. Womit sich auch die unbürokratische Verlängerung der Visa leicht erklären lassen dürfte." Pokroff konnte sich die Geste eines Triumphes nicht verkneifen. Dass sich Frau Wiechert wegen Beihilfe zum erpresserischen Menschenraub verantworten musste, versteht sich von selbst.

Pokroff blickte Frau Wiechert fassungslos an. „Warum? Sagen Sie mir einfach, warum."

Sandra Wiechert riss die Augen auf, zeigte erstmals so etwas wie eine emotionale Regung. „Was wissen Sie schon, wie es bei uns zugeht. Vor ein paar Jahren habe ich einmal beide Augen zugedrückt und einer jungen Moldawierin geholfen, die abgeschoben werden sollte. Doch dann ist die gute Frau einfach abgetaucht und wurde sogar straffällig. Aber man konnte ihr nichts nachweisen. Sie hat dann geheiratet und ist seitdem auf der sicheren Seite. Mir aber ist ein Kollege auf die Schliche gekommen. Seitdem haben die mich in der Hand."

Pokroff schüttelte den Kopf: „Abführen!"

Als man Gudensberger draußen ins Auto zerrte, schrie er Pokroff entgegen: „Ihr Feldzug führt in die Irre, Herr Oberpolizist. Das sage ich Ihnen: Sie werden hier nichts erreichen und können mir gar kein Verbrechen nachweisen." Damit war er im Wagen verschwunden.

Kapitel 19

Die Neonröhren flackerten, als müssten sie mal wieder ausgewechselt werden. Eine schwere und schneidende Stimmung lag frühmorgens über dem Vernehmungsraum des Polizeipräsidiums in der Adickesallee. Pokroff und Sawinsky hatten für alle Fälle auch die Arbeitslampe auf dem Schreibtisch angeschaltet. Da saß Gudensberger ihnen nun gegenüber, blickte sie mit cooler und doch angespannter Miene an, als erwartete er, jeden Moment mit der Lampe ins Gesicht geblendet zu werden. Natürlich hoffte der zweifelhafte Megagastronom immer noch, man werde ihm kaum etwas wirklich Kriminelles nachweisen können. Was er nicht wusste: Bechstein und Zorbas hatten bereits eine halbe Stunde zuvor Seschenko vernommen. Und der hatte unter dem Druck der Beweislast dann doch gestanden, hin und wieder Mädchen in den Privatclub von Gudensberger transportiert und dort mit Lebensmitteln versorgt zu haben – als Nebenerwerb zu seinem Hauptjob in der Großdruckerei.

Gudensberger hatte wiederum seinen Anwalt mit zum Verhör gebracht: Gotthilf Schmitz war dem Team von der K 11 ein Dorn im Auge. Denn der Herr mit Spitzbärtchen im fortgeschrittenem Alter war für seine Unberechenbarkeit bekannt: Mal preschte er schnell vor und haute den Ermittlern seine Paragraphen um die Ohren. Dann schwieg er wieder für lange Zeit, wartete den Gang der Vernehmung ab und versuchte, mit Emotionen und scheinbaren Beweisen für die Unschuld seiner Klienten zu plädieren. Wie er gerade drauf war, wusste vorher niemand.

Endlich brach Gudensberger das Schweigen. „Sie müssen verzeihen, aber meine Augen tun weh in diesem Flackerlicht. Mein Gesicht haben Sie ja nun erkennungsdienstlich bearbeitet.“ Da von seinem Gegenüber kein Protest kam, zog er sich seine silberumrandete Sonnenbrille auf. Pokroff blickte seinem Gegenüber eindringlich ins Gesicht: Es war zu lange her, dass sie sich zuletzt gesehen hatten. Mit klatschnassem Haar und in der Badehose hätte er ihn nicht erkannt. Nun aber, da Gudensberger sein graublondes Haar zurückgescheitelt trug und seine Augen verdeckte, um seine Anspannung wenigstens einigermaßen zu kaschieren, war es für den Kommissar auch noch schwer genug.

„So meine Herren“, eröffnete Hauptkommissar Sawinsky die Vernehmung mit amtlicher Stimme. „Es sieht nach sehr viel Arbeit aus. Wir haben mindestens zwei Morde und drei Entführungen aufzuklären. Gar nicht zu sprechen von der Betreibung eines illegalen Clubs und illegalem Kunsthandel." Dann rückte er sich noch einmal seinen Stuhl zurecht und überließ es Pokroff, die zur Last gelegten Tatvorwürfe protokollgerecht zu verlesen und Gudensberger über seine Rechte zu belehren. Schmitz saß aufmerksam daneben, machte sich angeregte Notizen. Die Kommissare wussten: Bei der kleinsten Unsauberkeit würde er dazwischenfahren und die Vernehmung torpedieren. Doch Schmitz wartete mit seinem Plädoyer, bis Pokroff seine Ausführungen beendet hatte.

„Also, nun mal ganz mit der Ruhe", sagte der Anwalt mit erhobener Stimme. „Mein Mandant ist nicht selbst der Betreiber des Clubs auf dem Sachsenhäuser Berg, sondern hat den geschäftsführenden Gesellschafter Karparow nur beratend unterstützt. Dafür hat er dort zum Dank eine Festivität mit Geschäftsfreunden der Versicherungsbranche gegeben. Die Mädchen wiederum befanden sich in einer Notlage, mein Mandant hat bei der Vermittlung geholfen, damit sie wenigstens eine Unterkunft und sogar ein kleines Einkommen hatten. Entführung nach Paragraph 237 und Zwangsprostitution nach Paragraph 180 kommen hier nicht in Frage. Und für die beiden Morde haben Sie schon mal gar keine Anhaltspunkte."

„Der Reihe nach", versuchte Pokroff den Anwalt zu beruhigen. „Der sogenannte Geschäftsfreund Karparow aus Moskau ist alles andere als ein unbeschriebenes Blatt. Wir kennen zudem den geschäftlichen Werdegang Ihres Mandanten ganz genau und wissen, dass er an den Lokalen und auch am Museum zumindest finanziell mitbeteiligt ist. Der sogenannte geschäftsführende Gesellschafter ist eindeutig der kriminellen Szene zuzurechnen. Und die Festivitäten haben den Charakter von Sexpartys, für die der Beschuldigte Leonid Seschenko nach eigener Angabe junge Studentinnen zu einem Privatclub chauffiert hat, der als Geschäftsimmobilie mit Kulturzentrum und Anwaltskanzleien getarnt ist, um falsche Tatsachen vorzuspiegeln."

Schmitz stutzte. Gudensberger rieb aufgeregt seine Handflächen, bis ihm sein Anwalt beruhigend auf den Oberarm klopfte.

„Es verdichten sich zudem die Anhaltspunkte, dass Ihr Mandant und Herr Karparow den Handel mit jungen Mädchen und mit Kunst gemeinsam in krimineller Absicht organisiert haben. Herr Seschenko bestätigt, dass es dabei oft auch zu Streitigkeiten kam. Herr Karaparow wollte Herrn Klotzhofer unter Druck setzen und schließlich das Museum nach dem Ikonenskandal ganz aufgeben. Ihr Mandant wollte aber gerne an Herrn Klotzhofer festhalten, weil der über sein Museum half, junge Mädchen für seinen Club anzuheuern. Herr Gregoriew hat berichtet, dass Nadja sich auch mal in Klotzhofers Museum beworben hat, bevor sie sich vertrauensvoll an ihn wendete."

„Davon weiß ich nichts!", rief Gudensberger dazwischen, doch sein Anwalt mahnte ihn sofort zur Ruhe und Besonnenheit.

„Seschenko berichtet jedenfalls von handfesten Rivalitäten, da Karparow immer mehr seinen eigenen Kopf durchsetzen wollte: zwei Gleichgestellte, die um die Macht kämpfen, und ein Direktor, der mit einem Skandal das Geschäft im Museum und auch im Rotlichtmilieu schädigt, wenn die Polizei die Schandtaten erst mal aufdeckt. Es gäbe durchaus hinreichende Motive für Sie, um Klotzhofer und Karparow zu beseitigen. Es wurden schon Morde aus weitaus geringeren Gründen begangen."

„Das ist ja ungeheuerlich, was Sie mir da anhängen wollen", empörte sich Gudensberger. „Klotzhofer und Karparow kennen sich von früheren Auktionen. Und ich habe Karparow wiederum den ein oder anderen Gefallen getan, wenn es um den Handel mit so fernen Ländern wie den USA ging. Aber ich habe keinen von den beiden umgebracht oder umbringen lassen."

„Mein Mandant kann es gar nicht gewesen sein", ergänzte Schmitz. „Er war bis vorgestern in Chicago, um dort die Geschäfte seiner Lokalkette in Amerika zu erledigen. Ich war ständig mit ihm in Kontakt. Hier sind einige Ausdrucke der E-Mails, die wir gewechselt haben. Er war also gar nicht in Deutschland und kann unmöglich etwas mit den beiden Morden zu tun haben."

„Das wird sich erst noch zeigen müssen. Die Morde können Sie auch aus Übersee veranlasst haben. Und sei es aus rein geschäftlichen Interessen, damit Sie sich mit Ihren Nachtlokalen ebenso ausbreiten können wie mit Ihren Grillhäusern. Und wer weiß, was Sie auf dem Areal des ehemaligen Polizeipräsidiums noch weiter aushecken."

„Klar, hier ist doch eine Gegend mit Zukunft. Auch wenn man ihr das jetzt noch nicht ansieht. Die Idee, in Ihrem alten Revier ein stattliches Museum unterzubringen, ist doch grandios. Trotzdem ist in dem Komplex immer noch Platz genug für ein weiteres schönes Lokal. Und gleich neben der Kirche ein Hochhaus, das bringt dann erst richtig Kohle." Gudensbergers Augen blitzten. „Der Turm mit dem goldenen Kreuz ist doch unser bestes Aushängeschild. Aber gleich nebenan muss Platz für neue Projekte geschaffen werden. Und dann ..."

„Sie werden doch meinem Mandanten nicht seine geschäftlichen Interessen vorwerfen?“, fuhr Schmitz dazwischen. Und warf Gudensberger einen mahnenden Blick zu. „Ihre Pläne gehen die Polizei im Übrigen überhaupt nichts an.“
„Nein, natürlich nicht. Aber mit Ihnen Geschäfte zu machen ist offenbar nicht ungefährlich. Klotzhofer und Karparow mussten ihr Leben lassen, weil sie nicht mehr nach Ihrer Pfeife tanzen wollten.“
„Ich sagte, doch, mit dem Tod der beiden habe ich nichts zu tun“, rief Gudensberger wütend und haute mit der Faust auf den Tisch, dass die Neonröhre von der Erschütterung noch mehr flackerte. „Wieso auch? Wenn es Leichen gibt und sich deshalb die ganze Stadt aufregt, was habe ich davon? Abgesehen davon weiß doch inzwischen jeder, dass dieser russische Priester mit dahintersteckt.“
„Mein Mandant hat recht. Diese Anschuldigungen sind völlig haltlos. Es fehlt jedes Motiv, ganz anders als bei dem Priester Gregoriew und seinem angeblichen Aufenthaltsort. Haben Sie denn überprüft, ob die Damen im Bistro Macao Bay wirklich glaubhaft sind? Sie hätten durchaus ein Interesse, den Priester zu decken und dafür meinem Mandanten zu schaden. Herr Gudensberger hatte ihnen das Lokal nämlich in Wahrheit verpachtet, auch wenn sie das Ihnen so nicht gesagt haben. Aber die Damen konnten es nicht wirtschaftlich führen. Also hat ihnen mein Mandant gekündigt. Sie hatten ein Motiv, sich dafür zu rächen und mit einem falschen Alibi für Herrn Gregoriew den Verdacht auf meinen Mandanten zu lenken. Haben Sie das wirklich überprüft?“
Einen Moment lang zögerte Pokroff. Hatte er wirklich etwas übersehen? Aber dann besann er sich, dass Schmitz nur darauf aus war, ihn an einer schwachen Stelle zu packen. Der clevere Anwalt spürte, dass die wochenlangen Ermittlungen und der zweite Mord an den Nerven des Kommissars gezerrt hatten. Er durfte sich von diesem Winkeladvokaten nicht ins Bockshorn jagen lassen.
„Wir haben die Angestellten des Bistros mehrfach befragt und ihre Aussagen genau mit den Zeugen aus der russischen Gemeinde und der älteren Augenzeugin verglichen, die den Priester Gregoriew bei der Gegenüberstellung nicht identifizieren konnte“, entgegnete er mit klaren und selbstsicheren Worten. „Alles passt zusammen. Wir konnten Gregoriews Alibi lückenlos überprüfen. Ebenso das anderer früherer Tatverdächtiger.“ Dann holte Pokroff zum Gegenschlag aus: „Dafür haben wir mehrfache Hinweise, dass die Spielhöllen und Wettbüros zwischen Hauptbahnhof und Gallus hart an der Grenze der Legalität arbeiten. Wie das genau im Bistro Macao Bay war und

was Herr Gudensberger davon wusste oder ob er es sogar unterstützte, das wird später noch zu klären sein."
„Den Ausführungen von Herrn Pokroff ist nichts hinzuzufügen", lobte Sawinsky. „Und Ihre kriminelle Vorgeschichte vor Ihrer Karriere in Amerika spricht für sich, Herr Gudensberger. Das wird auch Ihnen nicht entgangen sein, Herr Schmitz. Und die Zeugen des Macao Bay in Frage zu stellen, ist gelinde gesagt eine sehr ungeschickte und zudem infame Nummer."
Tatsächlich schwieg sich Schmitz zu diesem Punkt aus. Er rückte seine Brille zurecht und wandte sich nun dem Beschuldigten zu. „Was auch immer in den Wettbüros vorgefallen ist, Ihnen kann man nichts vorwerfen und erst recht nichts Unrechtes nachweisen, Herr Gudensberger. Deshalb müssen Sie jetzt zu diesem Punkt auch keine weiteren Fragen mehr beantworten."
„Karparow und ich waren loyale Partner", betonte Gudensberger. „Aber er hätte sich eben nicht mit Gurdenidse und seinen Leuten anlegen dürfen. Natürlich lässt es sich Gurdenidse nicht gefallen, wenn jemand so einfach mir nichts dir nichts aussteigt und wegen einer verrückten Ikone die gesamte Sammlung und den Sammler in Verruf bringt."
Schmitz warf seinem Mandanten einen mahnenden Blick zu. Musste der sich denn mit wilden Spekulationen um Kopf und Kragen reden?
„Aha, jetzt muss also dieser Gurdenidse als der große Unbekannte herhalten", stellte Pokroff fest. „Herr Karparow war doch offenbar Ihr Geschäftsfreund, auf den dieser Club lief, wie Ihr Anwalt richtig festgestellt hat. Aber die Freundschaft hört bekanntlich auf, wenn es um handfeste Machtinteressen geht ..."
„Wie oft soll ich es noch sagen, ich habe sie nicht umgebracht. Und ich hätte mich wahrscheinlich sogar von Karparow überzeugen lassen, das Museum aufzugeben, wenn es uns nur noch Scherereien bringt."
„Gut, stellen wir diesen Punkt zurück." Pokroff atmete durch, erntete einen anerkennenden Blick von Sawinsky. Doch hatte er Gudensberger zu einem Punktsieg verholfen? Ein kurzes Schweigen, eine kurze Zwangspause, die Gudensberger jedoch zum Auftanken nutzen konnte. „Aber aus der Nummer mit den Mädchen und dem handfesten Vorwurf, sie entführt und zur Prostitution gezwungen zu haben, kommen Sie nicht mehr raus", setzte Pokroff das Verhör fort.
Gudensberger lächelte kurz, ließ seine schneeweißen Zähne und

goldenen Kronen durchblitzen. Er spürte nun, wie er langsam an Selbstbewusstsein gewann und seine Strategie ändern konnte. „Aber was denken Sie, Herr Kommissar? Ich brauche doch keine Mädchen zu entführen. Die werden mir gebracht und bleiben ganz freiwillig, weil sie bei mir gutes Geld verdienen. Was auch dem Direktor nützlich war. Nur weil Klotzhofer etwas gespart und in diesem Fernsehquiz gewonnen hat, hatte er noch lange nicht genug Geld, um so ein Museum zu mieten und einzurichten. Aber kein Problem. Ich bin geduldig und helfe gerne. Auch mit den Penunzen. Aber dafür hat mir Klotzhofer eben auch noch einen Gefallen geschuldet. Und finden Sie nicht? Dafür, dass die kleine Süße eigentlich Museumspädagogin werden wollte, macht sie sich doch hervorragend in meinem Club?“

„Also Herr Gudensberger, ich muss Sie eindringlich auffordern, Ihre Zunge zu hüten“, mahnte Pokroff.

„Trotzdem steht fest, dass mein Mandant Fräulein Nadja nicht gegen ihren Willen eingesperrt und festgehalten hat.“ Schmitz setzte seine Brille bedächtig auf die Nasenspitze. „Das können Sie ihm nicht vorwerfen. Nadja hat vielleicht am Anfang etwas Bedenken gehabt. Doch sie erklärte bei Ihrer mehr als überzogenen Razzia in Ihrem Beisein, dass mein Mandant sie gut behandelt hat. Die Arbeit in einem solchen Privatclub mag vielleicht nicht Ihren Vorstellungen von Moral entsprechen, Herr Pokroff. Aber Nadja hat dieses Angebot angenommen, weil sie keine andere Möglichkeit hatte, Arbeit und Unterkunft zu finden, ohne den Behörden in die Hände zu fallen, die sie nach den Gesetzen unseres Rechtsstaats rücksichtslos abgeschoben hätten.“

„Nadja hat keineswegs aus freien Stücken gehandelt. Sie haben ihre Zwangslage schamlos ausgenutzt, Herr Gudensberger“, insistierte Pokroff. „Erst haben Sie Herrn Klotzhofer und Herrn Friedrich instrumentalisiert, um Stellen im Museum auszuschreiben. Klotzhofer hat Ihnen die Mädchen ausgesucht und empfohlen, die Ihnen Frau Wiechert von der Ausländerbehörde als Beraterin der russischen Gemeinde zugeführt hat. Wir haben mittlerweile die geschäftlichen Unterlagen aus Ihrem oder auch Karparows Club genau durchsucht. Unter ihren regelmäßigen Besuchern sind auch zwei führende Leiter aus der Ausländerbehörde.“

„Das sind infame Unterstellungen“, protestierte Gudensberger. „Vor allem, warum sollte ich gerade Klotzhofer und Friedrich instrumentalisieren? Die verstehen bestenfalls was von gemalten Frauen, sprich Ikonen. Von lebendigen Frauen verstehen sie jedenfalls nichts.“

„Das sind nichts als haltlose Mutmaßungen. Und Ihre sogenannten geschäftlichen Unterlagen haben vor Gericht keine Beweiskraft", schob Schmitz augenzwinkernd hinterher.
„Also das wollen wir doch bitte dem Richter und dem Staatsanwalt selbst überlassen", intervenierte Sawinsky. „Herr Gudensberger, Ihre Erklärungen zum Thema Frauen und Frauenhandel sind ebenso wenig glaubhaft und angebracht wie Ihre geschmacklosen Scherze. Wenn ich Ihnen einen guten Rat geben darf: Sie erklären uns jetzt ganz genau, woher die Ikonen für das Sakralmuseum kommen, was es mit der Barbara auf sich hat und welche Rolle Karparow und Sie dabei spielen. Vor allem: Was ist an den Spekulationen der russischen Medien dran, Karparow habe einer Zeitung seine Exklusivstory über die wahre Herkunft der Barbara verkauft? Wenn Sie uns das alles schlüssig darlegen, können wir darüber reden, ob wir die Mordvorwürfe weiter aufrechterhalten müssen."
Gudensberger bat nun, sich kurz mit seinem Anwalt beraten zu dürfen. Draußen vor der Tür verständigte man sich offenbar auf eine neue Strategie. Wenn Gudensberger schon voreilig irgendwelche Storys über Gurdenidse preisgegeben hatte, dann hatte er nur zwei Möglichkeiten: Entweder er versuchte, schnellstmöglich zurückzurudern, aus Angst vor dem langen Arm der russischen Mafia, oder aber er packte nun als Kronzeuge aus, weil er selbst zumindest in Amerika genug Bewacher und Beschützer hatte und nicht denselben dummdreisten Fehler wie Karparow machen würde, den Medien lukrative Exklusivstorys zu verkaufen. Als Gudensberger wieder zur Vernehmung hereinkam, war dem Kommissar klar: Er hatte sich offenbar für die zweite Variante entschieden. Mit überlegenem Blick setzte Gudensberger sich Pokroff und Sawinsky gegenüber und hob zu seiner nächsten Aussage an:
„My God, was denken Sie denn, wie das alles läuft? Karparow hat eine unscheinbare Halbschwester, die in der Abteilung des Kultursekretärs Sarakow arbeitet. Diese Schwester schaut, dass der Transport der Ikonen problemlos seinen Weg geht. Natürlich sehr diskret an Sarakow vorbei und zu einem angemessenen Preis. Ausgerechnet dieser Sekretär muss nun seinen Kopf hinhalten, nur weil sich dieser Idiot von Karparow mit der Zeitungsstory eine goldene Nase verdienen wollte. Und das Sakralmuseum in Frankfurt kann endgültig dichtmachen, wenn der ganze Schwindel um die Ikonen auffliegt, die Gurdenidse beiseite geschafft hat."
„Aha", merkte Pokroff auf. „Der angebliche Geschäftsfreund, der das Museum aufgeben wollte und Nadja entführen ließ, war also ein

Idiot, der gegen Ihren Willen und Ihre Anordnungen handelte. Wir haben außerdem die Mail von Karparow an Klotzhofer gefunden, in Sachen Museum und Barbara einen Gang zurückzuschalten und sich Ihren Unterweisungen zu unterwerfen. Wahr ist doch, Herr Gudensberger, dass Ihnen Karparow und Klotzhofer lästig wurden. Und Temaschwili? Stand der auch unter Ihrer Fuchtel?"
Schmitz warf Sawinksy einen kurzen, aber vielsagenden Bick zu. Dann meinte er zu Gudensberger: „Darauf müssen Sie nicht antworten. Niemand darf Ihnen suggerieren, Ihre Partner wie willenlose Untergebene zu behandeln. Und Temaschwili ist zudem nicht Gegenstand dieser Vernehmung."
Über den letzten Punkt war Pokroff ziemlich irritiert. „Gut, Herr Gudensberger. Dann erklären Sie uns jetzt bitte, was es mit dieser sensationellen Heiligen Barbara auf sich hat. Wie ist sie plötzlich in Gurdenidses Sammlung gekommen, nachdem sie jahrzehntelang verschollen war?
Gudensberger zwinkerte mit den Augen. „Sehen Sie, da sind Sie erneut auf dem falschen Dampfer. Ich kann Ihnen zu dieser Ikone gar nichts sagen. Außer, dass Sie nicht ursprünglich aus der Sammlung von Gurdenidse stammt, sondern auf einem Umweg über irgendeinen Antiquar aus Sankt Petersburg dorthin gelangt ist. Und zu dem war sie wohl nach der sagenhaften Rettung aus diesem sibirischen Kloster gekommen. Doch diesen Antiquar hatten sie inzwischen wegen anderer Machenschaften festgenommen. Niemand durfte wissen, dass er die Barbara hatte. Schließlich gelangte sie im Transport der Sammlung von Gurdenidse nach Frankfurt."
„Und die Ausfuhrpapiere?"
„Das haben die Untergegebenen von Sarakow geregelt. My God, ich hoffe, der Arme kriegt keinen Herzinfarkt, wenn er mitkriegt, wohin in seiner Abteilung überall das ganze Schmiergeld geflossen ist."
Pokroff hatte keine Lust mehr. „Ach, hören Sie doch auf mit Ihren abenteuerlichen Geschichten. Wie auch immer, Sie haben Klotzhofer auf dem Gewissen. Und je eher Sie die ganze Wahrheit ausspucken, desto besser für Sie."
„Da gibt es nichts auszuspucken. Dieser Idiot hat sich sicher jemand anderen zum Feind gemacht, der ihm nach dem Leben trachtete. Und was ich zu der Ikone weiß, habe ich Ihnen gerade gesagt."
„Die Geschichte mit Klotzhofer werden wir Ihnen schon noch nachweisen. Verlassen Sie sich darauf. Und ansonsten haben Sie ja auch genug Dreck am Stecken." Pokroff suchte den Blickkontakt zu seinem Vorgesetzten.

„Herr Gudensberger, wir sind jetzt alle Punkte noch mal durchgegangen. Aber wir kommen nicht weiter. Es sei denn, Sie haben uns noch etwas zu sagen“, appellierte Sawinsky noch ein letztes Mal an den Verdächtigen.
„Nein. Beim besten Willen nicht.“
Sawinsky nickte Pokroff zu. Der rief einen uniformierten Kollegen.
„In Ordnung. Genug für heute. Abführen.“
Gudensberger setzte das arrogante Grinsen eines scheinbar Unbesiegbaren auf: „Sperren Sie mich nur weiter ein. Den wahren Mörder werden Sie suchen ohne Ende.“
Pokroff ließ sich jedoch von diesem Gehabe nicht irritieren. „Sie können gerne weiter Ihren Rechtsbeistand zu Rate ziehen. Doch bei dem dringenden Tatverdacht und all den anderen Vergehen, die man Ihnen noch zu Last legen wird, müssen Sie sich schon dauerhaft auf ein Zimmer mit Aussicht durch die Gitterstäbe einstellen. Kein Haftrichter wird Ihnen unter diesen Umständen die Untersuchungshaft ersparen.“
„Das werden wir noch sehen. Lange werden Sie meinen Mandanten mit Ihren vagen Verdächtigungen und Anschuldigungen sicher nicht festhalten können“, erwiderte Schmitz.
Sawinsky und Pokroff verließen das Vernehmungszimmer und liefen über den langen Korridor, auf dem Gudensberger gerade abgeführt wurde. Am Ende des Flurs traf sich sein Blick mit dem von Temaschwili, der gerade aus der Gegenrichtung in die Freiheit geführt wurde. Beide Herren setzten ihr unbesiegbares Pokerface auf, begleitet von einem Augenzwinkern. Und Pokroff blickte Sawinsky ungläubig von der Seite an.
„Temaschwili kommt frei?“, fragte er vorsichtig.
„Allerdings. Anweisung von ganz oben. Aber der Fehler liegt bei Frau Bechstein, die ihn erst gar nicht hätte verhaften dürfen. Wie konnte sie nur? Klar schweigt Temaschwili zu den wichtigen Punkten wie ein Stein. Das würde ich an seiner Stelle auch tun. Temaschwili ist ein angesehener Bürger dieser Stadt, eine prominente Freundin von ihm wird mit einem Literaturpreis ausgezeichnet. Und unsere Anhaltspunkte über seine mögliche Schuld in den Fällen Klotzhofer und Karparow sind viel zu unsicher. Darüber werden wir noch zu reden haben.“
„Herr Sawinsky, ich kann Ihre Einstellung gut nachvollziehen. Meine Kollegin mag etwas sehr eifrig gehandelt haben. Es gab zwischen uns nur grobe Absprachen. Aber bei allem Respekt, ich glaube nicht, dass sie einen Fehler gemacht hat.“ Höflich salutierend

wandte er sich von seinem schweigenden Vorgesetzten ab und lief Christiane Bechstein entgegen, die ihm mit Evangelos Zorbas von einem Nebenflur entgegenkam.
„Waldemar, habe ich da richtig gehört? Temaschwili kommt frei?", fragte Christiane Bechstein.
„Ja, hast du. Keine glückliche Aktion. Aber habt ihr im Verhör mit Seschenko neben dem Geständnis in Sachen Entführung auch etwas aus ihm rauskriegen können, das bei Temaschwili auf einen Mordverdacht hinweist?"
„Nee, nix da", antwortete Evangelos. „Das wäre zu schön, um wahr zu sein."

Anna Tschernowa nutzte den frühen Morgen, um im Gemeindebüro noch einige Liturgieblätter für die nächste Messe zu kopieren. Der Kopierer war für die Gemeindesekretärin das, was für viele Hausfrauen der morgendliche Abwasch ist: eine Gelegenheit, um über Vergangenes und Zukünftiges nachzudenken und die Gedanken neu zu ordnen. Und Anna Tschernowa musste vor allem die Begegnung mit Sandra Wiechert vor einigen Tagen verarbeiten. Warum konnte ihr die städtische Beamtin so kurz und klar antworten und blieb dabei doch so kalt und ausdruckslos in ihrem Gesichtsausdruck? Da konnte etwas nicht stimmen. Alleine, es fehlte der Sekretärin die letzte Portion Mut, um der Sache weiter nachzugehen. Die frühe Kopieraktion hatte allerdings auch noch einen praktischen Grund. Viele Gastgemeinden und Gastprediger, die die Matthäuskirche gelegentlich mit ihrem Besuch beehrten, mussten sich diesen einen Kopierer teilen, der zudem noch oft genug seinen Dienst versagte. Da konnte es schon mal zu Engpässen kommen. So auch an diesem Morgen. Doch nun hatte es jemand besonders eilig, für den die Sekretärin alles andere als spontanes Verständnis oder sogar Sympathie aufbringen konnte.
„Entschuldigung, ich bin Doktor Voigt. Ich müsste schnell mal einige Seiten kopieren. Die Sache ist dringend und duldet keinen Aufschub."
Doch Anna Tschernowa kannte keinen Doktor Voigt. Und hatte erst recht kein Verständnis für einen Akademiker, der so unhöflich und unfreundlich war. Also hörte sie, wie immer in solchen Fällen, einfach nicht hin.
„Ich habe mich wohl nicht klar ausgedrückt", hakte Voigt nach. „Es ist sehr dringend."
„Doch, das haben Sie", räumte die Sekretärin ein. „Aber erstens

muss ich erst meinen Kopiervorgang abschließen. Sonst kommt das Gerät durcheinander. Und zweitens kann hier nicht jeder einfach so zum Kopieren reinkommen, den ich nicht kenne."
„Ob Sie mich kennen, ist unerheblich. Aber ich muss Ihnen als evangelischer Theologe wohl nicht sagen, dass der Kopierer, den Sie als Orthodoxe benutzen, von meinen Kirchensteuern finanziert wird. Und jetzt lassen Sie mich ran, ich habe keine Zeit."
„Schon gut, schon gut." Der Klügere gibt bekanntlich nach. Doch während sie ins Nebenzimmer ging, konnte sie sich ein halblautes „Unerhört!" doch nicht verkneifen. Mochte es Voigt hören oder nicht.
Der unfreundliche Herr hatte bereits einige Seiten durch die Maschine rattern lassen, als plötzlich sein Handy klingelte. Nun konnte Anna Tschernowa ihre Neugierde doch nicht zügeln und schlich sich auf Zehenspitzen an den Kopierraum heran – in der Hoffnung, hier und da ein paar Worte von diesem ungehobelten Lümmel zu erhaschen. Dabei stellte sie sich durchaus geschickt an.
„Wie, es geht dir nicht gut? Verschieben? Unmöglich, wir müssen das Ding mit der Barbara jetzt durchziehen. Schon dich und ruh dich aus, dann wird's auch wieder besser."
Die Sekretärin horchte auf. Doch als Voigt sich kurz umdrehte, konnte sie gerade noch ihren Kopf zurückstecken. Hatte sie dieser seltsame Kerl etwa doch bemerkt? Jedenfalls schob er die folgenden Worte nur noch vorsichtig flüsternd nach, so dass Anna Tschernowa doch nicht mehr alles verstehen konnte.
„Schon dumm genug, dass sie diesen Gregoriew wieder rausgelassen haben. Aber noch haben wir gute Chancen. Die Bullen sind abgelenkt, dürften den Täter vorerst im Rotlichtmilieu suchen. Kein Wunder bei den zwielichtigen Typen, mit denen Klotzhofer Geschäfte gemacht hat. Das müssen wir ausnutzen, bevor die checken, was wirklich Sache ist."
Voigt legte auf und jagte die letzten Zettel durch den Kopierer. Er schien es jetzt noch eiliger zu haben als vorher. Nach einigen Minuten schaute er noch einmal im Sekretariat vorbei. „Hallo Frau Tschernowa. Mir scheint, Sie sind doch nicht so schwerhörig, wie ich dachte. Aber kein Problem. Gregoriew und ich, wir kennen uns gut. Wir vertrauen uns. Ich weiß, dass Gegoriew seine Schäfchen nicht immer alle in die Kirche kriegt. Und dass er seinen Chefs sicher noch die ein oder andere Monatsmiete schuldig ist. Haben wir uns verstanden?" Dann zückte Voigt seinen Geldbeutel, suchte einen Fünf-Euro-Schein und einige Münzen zusammen. „Hier, ich

will Ihnen nichts schuldig bleiben. Der Rest ist eine Spende für Opferkerzen. Mit herzlichem Gruß an das Patriarchat Moskau." Mit diesen Worten war er verschwunden und ließ eine ratlose Sekretärin zurück.

Kapitel 20

Es war etwa 11 Uhr morgens, als Kommissarin Bechstein vor der Katharinenkirche ankam. Wie so oft musste sie erst ins Parkhaus an der Hauptwache fahren, weil mal wieder weit und breit keine Lücke für Ihren Dienstwagen zu erspähen war. Die Kommissarin hatte sich mit Gregoriew in der evangelischen Hauptkirche Frankfurts verabredet. Hier gastierte nämlich seit langem eine koptisch-orthodoxe Gemeinde aus Eritrea. Gregoriew war der Einladung seines koptischen Amtsbruders zu einer Morgenmesse gefolgt und hatte im Anschluss mit ihm das weitere Vorgehen gegen die Ausstellung des Museums für Osteuropäische Sakralkunst abgesprochen. Inzwischen suchte Gregoriew nämlich Verstärkung, um zum öffentlichen Protest aufzurufen.

Christiane Bechstein stieg aus dem Auto aus und steuerte zielsicher auf den Westeingang der Katharinenkirche zu. Kurz darauf kreuzte ein Skater mit Affenzahn ihren Weg, so dass sie gerade noch ausweichen konnte und vor Schreck fast ihre Handtasche verlor. Ihr wurde bewusst, wie wenig sie doch als Polizistin in Zivil im gewöhnlichen Frankfurter Stadtbild auffällt.

„Hey, mal langsam, was soll das?! Das nächste Mal kommst du mir nicht so ungeschoren davon", zischte sie dem Radler entgegen, der Richtung Café Hauptwache davonsauste und kurz vor der B-Ebene eine ältere korpulente Frau streifte. Diese schrie dem Radler hinterher, was für ein unverschämter Flegel er sei und dass er sich zum Teufel scheren solle. Christiane Bechstein hielt einen Moment inne und besann sich: Irgendwo hatte sie diese mit einem langen Kopftuch bekleidete Matrone, die sie nur aus einigen Metern Entfernung von hinten betrachten konnte, schon mal gesehen. Aber wo? In der Innenstadt jedenfalls nicht. Doch die Erleuchtung wollte ihr einfach nicht kommen.

Als Christiane Bechstein die Katharinenkirche betrat, kamen ihr einige weiß gewandete Frauen entgegen, die sich auf dem Weg Richtung Ausgang bekreuzigten. Vor dem mächtigen Bronzealtar mit den Szenen aus dem Garten Gethsemane war eine Ikone aufgestellt, in der Christiane Bechstein die Gesichtszüge und Attribute eines Heiligen erblickte, die sie vorerst nicht zuordnen konnte. Verdutzt blickte sie auf ihre Armbanduhr, die das Datum des 15. Dezember anzeigte. Dann fiel es ihr wieder ein: Wie die meisten Orthodoxen rechnen auch die Eritreer nach dem traditionellen julianischen Kalender, der gegenüber dem gregorianischen Kalender um 13 Tage nachgeht. Demnach stand der Nikolaustag noch unmittelbar bevor.

Schließlich entdeckte Christiane Bechstein Vater Gregoriew auf einer der vorderen linken Kirchenbänke und begrüßte ihn freundlich, aber bestimmt. „Guten Morgen, Herr Gregoriew. Ich habe zunächst eine gute Nachricht für Sie. Wir haben Nadja gefunden. Sie ist froh und dankbar, dass wir sie durch Ihre Hilfe aus diesem zwielichtigen Privatclub befreien konnten. Dafür hat nun auch Nadja den gemeinsamen Kneipenbesuch mit Ihnen in der Mordnacht bestätigt und Sie somit endgültig entlastet."

„So, das hat sie getan. Na, dann ist es ja gut." Gregoriew schien mal wieder ganz in seine eigene Welt versunken und die frohe Botschaft nicht recht wahrzunehmen.

„Ich habe aber auch eine schlechte Nachricht. Ich weiß, hier ist nicht der Ort für eine Vernehmung. Aber Ihre Vertrauensdame aus der Ausländerbehörde hat in Wirklichkeit der Gegenseite zugearbeitet und bei der Entführung der Mädchen in den Privatclub geholfen. Ich fürchte, Sie werden sich dafür verantworten und erklären müssen, wie das in Ihrer Gemeinde und vor Ihren Augen passieren konnte. Das könnte bitter werden, nicht zuletzt auch für Ihre Schäfchen."

Gregoriew schreckte aus seiner meditativen Haltung empor, zeigte sich nun wahrhaft erschreckt und verstört. „Wie bitte, was hat Frau Wiechert getan? Das ist ja ungeheuerlich. Glauben Sie bitte, mir ist davon nichts bekannt. Ich habe sie nicht ausgewählt, sondern der Kirchenvorstand. Das heißt, eigentlich war es ein rumänischer Kirchenvorsteher, der in der Nähe der Gutleutstraße wohnt."

Beim Namen dieser Straße hörte Christiane Bechstein etwas läuten. „Was sagt Ihnen der Name Valeria Lemper?"

Gregoriew überlegte kurz. „Ich glaube, eine Dame mit diesem Namen kommt manchmal in die rumänischen Gottesdienste. Warum?"

„Frau Wiechert hat einmal einer jungen zwielichtigen Frau geholfen und ihre Abschiebung nach Moldawien verhindert. Dafür wurde sie später von den Kollegen der Ausländerbehörde erpresst. Bekannt-

lich spricht man in Moldawien auch rumänisch. Deshalb müssen wir annehmen, dass wenigstens der rumänische Kirchenvorsteher von dem Fall gewusst hat und mit drinsteckt."
Gregoriew schaute die Kommissarin mit betretener Miene an. „Ich fürchte, das werden Sie nicht mehr aufklären können. Ich wollte es nicht sagen, weil, es ist so peinlich – aber dieser Vorsteher, er heißt übrigens Constantinescu, hat sich an einen unbekannten Ort in seiner Heimat abgesetzt."
„Er hat was?!"
„Ja, er ist abgehauen. Und die Gemeindekasse hat er gleich mitgenommen. Ein unglaublicher Skandal! Man wird von allen nur noch getäuscht und ausgenutzt. Nicht einmal den eigenen Glaubensgeschwistern kann man mehr glauben. Oh mein Gott, verzeih ihnen, denn sie wissen nicht was sie tun ..." Gregoriew senkte seinen Kopf, wollte augenblicklich wieder in seine starre Haltung zurückfallen. Da schien plötzlich die Sonne durch eines der südlichen Katharinenfenster und warf ein mystisches Licht- und Farbenspiel an die gegenüberliegende weiße Wand. Eine Erscheinung, die Gregoriews Augen sofort in Verzückung geraten ließ.
„Sehen Sie da drüben? Schauen Sie in die Gesichter dieser jungen Damen. Das göttliche Zeichen eines bedeutenden Bibelgleichnisses. Glauben Sie an göttliche Zeichen, Frau Bechstein?"
„Ich glaube wohl, dass es so etwas wie einen Gott gibt. Aber ich sehe nicht in jedem physikalisch erklärbaren Farbenspiel eine göttliche Vorsehung", erklärte die Kommissarin in eher nüchternem Ton. „Aber was soll da Ihrer Meinung nach zu sehen sein?"
„Sie kennen das Gleichnis von den klugen und den törichten Jungfrauen, das im Fenster gegenüber dargestellt ist? Dann schauen Sie genau auf die gegenüberliegende Wand. Die Sonne lässt die eine unbekrönte Jungfraue über die weiße Fläche huschen. In der klassischen Ikonographie ist das eine törichte Jungfrau, die uns hier als Lichtgestalt mit eindeutiger Botschaft erscheint. Und was will sie uns sagen?" Die Gesichtszüge des Priesters verzerrten sich. „Wir haben uns wie eitle und selbstgefällige Dummköpfe durch den Glanz einer Ikone blenden lassen, die hier nicht hingehört. Und dafür mussten nun schon zwei Menschen mit ihrem Leben bezahlen. Und die arme Nadja ..."
Doch Christiane Bechstein war schon wieder abgelenkt, erkannte unter den Jungfrauen eine weitere seltsame Figur: eine pausbackige Putte, die Trauben verschlang, daneben ein weißer Vogel. „Kirchner", durchfuhr es sie. „Das ist das Bild im Büro der Galerie von un-

serem vermeintlichen Kirchner." Hat es dieser ominöse Künstler Borsalini gemalt, und warum hat er sich die Darstellung im Katharinenfenster zum Vorbild genommen?
„Wie bitte, was meinen Sie?", fragte Gregoriew irritiert nach.
„Ach nichts, es geht nur um ein Bild in dem Frankfurter Büro von Karparow", erklärte Christiane Bechstein und versuchte schnell, den Faden ihres vorherigen Gedankenganges wieder aufzugreifen. „Karparow ist ja nun tot. Aber Gudensberger hat mit Frau Wiecherts Hilfe Nadja verschleppt und zusammen mit Karparow den Ikonenhandel für Klotzhofers Museum arrangiert. Dafür hat er von Klotzhofer viel Geld und hübsche Mädchen für seine Clubs und Bars verlangt."
„Gudensberger. Das sieht ihm ähnlich. Ich habe ihn ja nur einmal ganz kurz gesehen. Das war vor etwa zweieinhalb Wochen, als er Nadja bei einem gemeinsamen Besuch mit Klotzhofer im Macao Bay begutachtet hat. Dabei wollte ich kurz vorher Nadja zu einem Gespräch dort aufsuchen."
„Ah ja. Und wie hat er sich da verhalten? Und was hat Nadja Ihnen später erzählt?"
„Die Nadja arbeitete dort als Kellnerin, wollte aber gerne als Kunstpädagogin ins Museum. Doch dann sagte Klotzhofer plötzlich, er hätte schon eine andere Bewerberin gefunden. Und Gudensberger machte ihr so ein richtig gutes Angebot, wie sie bei ihm im Service gutes Geld verdienen kann. Seine Augen dabei hätten Sie sehen sollen."
„Und da bekam es Nadja mit der Angst zu tun?"
„Sie wusste wohl auch über eine Freundin, wie seine guten Angebote so aussehen. Am Anfang dürfen sie ihren Kunden an der Bar schöne Augen machen und sie im Swimmingpool massieren. Doch dann geht es immer mehr zur Sache. Jede Art von Liebe, wenn der Preis stimmt. Ein Glück, das Nadja da nicht mehr mitmachen muss. Danke an Sie und Ihren Kollegen."
„Bitte. Das ist schließlich unsere Pflicht." Christiane Bechstein zögerte einen Moment. „Sagen Sie bitte mal, Herr Gregoriew, woher aus Russland kommen Sie eigentlich?"
„Ich bin nicht in Russland, sondern in Frankreich geboren und dort auch aufgewachsen. Mit 25 Jahren kam ich zunächst nach Berlin und dann nach Frankfurt."
„Und warum steigern Sie sich so in Ihre Wut über das Museum für Sakralkunst hinein?"
„Wissen Sie, vielleicht bin ich als Exilrusse besonders sensibel.

Meine Eltern mussten vor den Kommunisten fliehen. Unsere Kirchen im Ausland waren unsere einzige Hoffnung. Und dann sehen wir hier, wie unsere goldenen Ikonen wie eine Sensation ausgestellt werden, damit sich so ein hergelaufener Direktor eine goldene Nase verdienen kann."

„Ja, das kann ich natürlich verstehen. Aber wer kann und darf in den orthodoxen Ländern eigentlich die Ikonen malen?"

„Früher waren das meistens die Mönche selbst. Später auch weltliche orthodoxe Maler, die dazu besonders berufen waren. Doch die aufrichtigen Maler blieben anonym, da ihr Name keine Rolle spielte. Es war nämlich Gott persönlich, der ihnen die Hand führte."

„Und ein Westeuropäer könnte diese besondere religiöse Kunst nicht erlernen?"

„Er kann die Maltechnik imitieren, mehr nicht. Es hat hier schon so komische Ikonenmalkurse gegeben, von denen ich überhaupt nichts halte. Was soll denn dabei rauskommen? Diese nachgepinselten Ikonen haben nur kalte und starre Gesichtszüge, weil der nötige orthodoxe Glaube an den Schöpfer als Spiritus rector fehlt. Wie heißt es bei Ihnen im Gesangbuch: Auf sein Werk musst du schauen, wenn dein Werk soll bestehen."

„Wir haben neulich mit der Journalistin Lisa Naumann gesprochen, die sich wohl in der religiösen Kunst Osteuropas recht gut auskennt. Und die soll schon bei der Pressekonferenz festgestellt haben, dass die Heilige Barbara auch nicht so ganz nach dem traditionellen Formenkanon gemalt wurde. Ob da der gläubige Künstler einmal neue Wege gehen wollte?"

„Das kann ich Ihnen nicht sagen, weil ich diese Ikone nicht anschaue. Diese Schmach einer Heiligen in einem aufgemotzten sogenannten Kunsttempel will ich meinen Augen ersparen."

Christiane Bechstein konnte eine gewisse Enttäuschung nicht verbergen. „Das ist zu bedauerlich. Sie als orthodoxer Theologe hätten uns da bestimmt weiterhelfen können. Zudem berichtete mir Frau Naumann, dass Herr Klotzhofer die Barbara voller Stolz präsentierte, sich aber um entscheidende Fragen zu ihrer Herkunft immer herumdrückte."

„Möglich. Diese Barbara-Ikone ist alleine wegen dieses schrecklichen Massakers in Sibirien und der ungeklärten Wege über verbrecherische Hehler eines der schlimmsten Exponate in diesem Museum. Mehr kann ich dazu nicht sagen. Wenn Sie mich jetzt bitte wieder alleine lassen könnten."

„Ja sicher. Sagen Sie, der Turmeingang zur Katharinenkirche ist von

außen geschlossen?“
„Das ist nur vorübergehend wegen der dort gelagerten Lebensmittel für die nächste Obdachlosenspeisung. Warum?“
„Ich wollte mir nur die Katharinenstatue kurz anschauen. Das wird ja wohl möglich sein. Leben sie wohl, Herr Gregoriew.“
Die Kommissarin bedankte sich höflich und verließ den Kirchenraum. Der russische Priester versank sofort wieder in seine Meditation. Ein komischer Heiliger, dachte Christiane Bechstein, stieg über die innere Absperrung in den Turmeingang und kämpfte sich durch die Stapel von Apfelsinenkisten, bis sie der Heiligen von Angesicht zu Angesicht gegenüberstand. Die Statue aus rotem Sandstein, die den Triumpf der ägyptischen Märtyrerin über den heidnischen römischen Kaiser Maxentius darstellte, hatte schon etwas sehr Anmutiges. Und die Gesichtszüge waren mit so viel Liebe zum Detail aus dem Stein herausgemeißelt, dass die Kommissarin glaubte, die Heilige wolle sie huldvoll anlächeln. Katharina? Oder war es doch Barbara? Diese Frage sollte die Kommissarin noch lange beschäftigen.
Am späten Vormittag war kaum etwas los im Frankfurter Sakralmuseum. Riestermann nutzte die Gelegenheit für eine kleine Zigarettenpause am Ausgang zur Friedrich-Ebert-Anlage. Fast schon gelangweilt beobachtete er den, regen aber routinierten Autoverkehr auf der Frankfurter Ausfallstraße, die die Kernstadt begrenzt und zum Straßensystem des Alleenrings gehört. Jener äußerer Ring um die erweiterte Innenstadt, der ähnlich wie der Moskauer Gartenring angelegt ist und unter anderem auch am neuen Polizeipräsidium in der Nibelungenallee vorbeiführt. „Schon komisch, die Polente residiert jetzt in dieser neuen Festung, während ich quasi vor dem alten Bullenkloster sitze und die Stellung halte“, murmelte der Pförtner in seinem seltsam bissigen Humor, den außer ihm selbst nur wenige richtig verstehen konnten.
Riestermann träumte vor sich hin, war schon fast auf dem Weg zurück in seine Pförtnerloge, als er erst nach genauerem Hinschauen auf dem rechten Randstreifen einen Radler bemerkte, der taumelnd in Schlangenlinien fuhr, scheinbar jedes Gefühl für Verkehrssicherheit verloren hatte. Die Körperfigur kam ihm nicht unbekannt vor, doch die Form des Kopfes, die sich unter einer Mütze verbarg, konnte er von hinten nicht erkennen. „Mann, wenn der mal nicht in ein Auto fährt“, dachte er kopfschüttelnd und ging endgültig hinein.
Riesermann erschrak als er etwa 15 Minuten später die laut und un-

erbittlich plärrenden Sirenen der Martinshörner hörte. Kein Zweifel, das waren die Einsatzwagen von der Feuer- und Rettungswache in der Heinrichstraße nahe der Frankenallee. War etwa irgendwo das passiert, was Riestermann zu erahnen glaubte?
Es war passiert. Ein paar hundert Meter weiter auf der Miquelallee stand eine kleine, aber hinderliche Traube von Passanten, die von den Rettungskräften beiseitegeschoben wurde. Schaulustige unerwünscht, lautete die eindeutige Botschaft. „Aber wie konnte das passieren? Hat der etwa getrunken? Der hat doch kaum noch die Wegsteuer gehabt?“ Wie so oft waren die Leute schnell dabei, wenn es darum ging, jemanden mit gängigen Klischees abzustempeln und abzuurteilen.
Keine Frage, ein Mann war zusammengebrochen. Ein älterer Mann wie du und ich, so schien es. Die Einsatzkräfte merkten sofort, dass er nicht einen einzigen Tropfen Alkohol getrunken hatte. Er hatte, scheinbar grundlos, die Kontrolle über sein Rad verloren.
„Können Sie mich hören?“, fragte ein Rettungssanitäter.
„Verständigen Sie meine Frau“, antwortete der Mann mit schwacher Stimme. Und fügte hinzu, während er schon fast das Bewusstsein verlor: „Die Heilige Barbara ist unerbittlich. Nun fordert sie auch mein Leben.“

Kapitel 21

Wenige Tage vor Heiligabend glänzte und glitzerte der gesamte Frankfurter Hof im weihnachtlichen Festgewand. Es schien, als wollten üppig dekorierte Christbäume selbst kurz vor der Mittagszeit den klassizistischen Lüstern in der Lobby ernsthaft Konkurrenz machen. Kommissar Pokroff saß bei einem Cappuccino in der Halle und wartete auf seinen Ehrengast: Kultursekretär Sarakow weilte seit vergangener Nacht in Frankfurts erstem Haus, um zum Mittag im Auftrag seiner Regierung die Ergebnisse der jüngsten Ermittlungen persönlich zu überbringen. Ergebnisse, die die heilige Kunst seines Landes nicht gerade in rühmlichem Licht erscheinen ließen. Auch wenn man dem Sekretär gemeinhin abnahm, dass er selbst von seinen Untergebenen hintergangen worden war, so würde er in seinem Heimatland bald vor einem Ausschuss aussagen müssen. Bis dahin war es gut, zu den Ermittlungen etwas beizutragen.
Kommissar Pokroff wartete und wartete. Mindestens eine halbe Stunde hatte sich der Sekretär nun schon verspätet. Je höher der

öffentliche Posten, desto mehr gehört es offenbar zum guten Ton, den Gesprächspartner eines Termins wegen anderer Dringlichkeiten warten zu lassen – diese Erfahrung, die Pokroff schon oft gemacht hatte, bewahrheitete sich einmal mehr. Zum Glück klimperte der Pianist im Hintergrund ein Auszüge aus den Goldberg-Variationen – oder kam die Musik doch von der CD aus dem Lautsprecher? So genau war das in diesem optimierten ersten Haus am Platz nicht zu hören.

Der Kommissar blickte hinüber zu einer Gruppe junger Asiatinnen, die sich als Stewardessen aus Singapur entpuppten. Die fernöstliche malaysische Tracht trugen sie einfach als ihre Dienstuniform. Etwas weniger streng und militärisch, dafür entsprechend reizvoll und gefällig. Allerdings fiel es ohne den geübten Blick für fernöstliche Schönheiten schwer, die reizenden Ladys voneinander zu unterscheiden. Alle trugen sie diesen aufgesetzten und bis zur Profession perfektionierten Gesichtsausdruck einer Miss Saigon. Und selbst das Nippen an den Teetässchen schien einem eingespielten Ritual zu folgen, einem Knigge aus Fernost, der jungen Flugbegleiterinnen genaue Leitlinien an die Hand gibt, wie sie sich in einer kreativen Pause in der Hotelhalle zu bewegen haben.

Immerhin: Pokroff ließ sich vom Anblick der Damen dazu anregen, noch einen weiteren Cappuccino zu bestellen. Dann endlich kam der Kultursekretär zur Tür herein. Auch er lächelte sympathisch – freilich nicht so gefällig, dafür jedoch entsprechend staatstragend.

„Verzeihen Sie bitte meine Verspätung, Herr Kommissar“, entschuldigte sich Sarakow. „Noch ein wichtiges Dienstgespräch mit meiner Heimat. Man kann es organisieren, wie man will. Immer rufen die genau zum falschen Zeitpunkt an.“

„Ja, ja, natürlich, kein Problem.“ Pokroff versuchte sich so verständnisvoll wie möglich zu zeigen. Andererseits: Würde ihn jemals ein Täter fragen, ob er seinen Mord gerade kurz vor dem überfälligen Jahresurlaub begeht? Ganz sicher nicht. Vielleicht hätte Pokroff doch besser beizeiten eine politische oder diplomatische Karriere anstreben sollen.

„Ich denke, dieses Hotel ist für uns beide ein würdiger und angenehmer Treffpunkt“, räumte Sarakow ein. „Oder finden Sie nicht?“

Pokroff zuckte etwas verunsichert mit den Achseln. „Nun, soweit ich weiß, ist es im Stil der Neurenaissance mit Anleihen an den französischen Barock eingerichtet. Meine Frau hat mir das mal so erklärt. Sie hat Kunstgeschichte studiert, müssen Sie wissen. Aber Sie haben in Moskau sicher ähnliche Palasthallen, würde ich mal

diskret vermuten."
„Gewiss, gewiss. Jedenfalls ist es hier etwas stilvoller als in den funktionalen Büros des Russischen Konsulats. Und weihnachtlicher ist es zudem auch. Bei uns beginnt das Fest ja erst am 6. Januar. Davon abgesehen bin ich wirklich froh, wenn wir an einem neutralen Treffpunkt reden können." Sarakow blickte auf die Tasse Cappuccino, die Pokroff gerade geleert hatte. Dann winkte er einer Kellnerin, die augenblicklich die Rechnung brachte.
„Wenn Sie mich bitte in den kleinen Salon Nummer 17 begleiten möchten. Ich denke, dieser Konferenzraum ist für unser Gespräch gerade angemessen", meinte Sarakow. Der Salon lag schräg gegenüber der Lobby. Der Sekretär schloss die Tür, nahm am großen Konferenztisch Platz und öffnete seinen Aktenkoffer.
„Wie stehen die Ermittlungen im Fall Karparow?", kam Pokroff gleich auf den Punkt.
Sarakows Gesichtsausdruck wechselte von einem freundlich diplomatischen Lächeln zu einer sehr ernsten Miene. „Nun, ich habe gehört, es ist bei Ihnen zu Verhaftungen gekommen. Verhaftungen, die auch mit dem Vorfall in Sotschi zu tun haben?"
„Nein, nicht wirklich", versuchte Pokroff schnell zu beschwichtigen. „Gut, wir mussten einen georgischen Nachtclubbesitzer vorläufig festnehmen lassen. Aber es ging dabei hauptsächlich um die Entführung von Prostituierten und einen Frankfurter Krieg im Rotlichtmilieu. Auch wenn Georgien nicht weit von Sotschi entfernt liegt."
„Herrn Tamas Temaschwili?" Pokroff war verblüfft, kam doch der Name wie aus der Pistole geschossen. Sarakow räusperte sich: „Das ist, gelinde gesagt, überhaupt nicht gut. Voreilige Aktionen, die mit unserer Polizei nicht abgestimmt sind, schaden den Beziehungen unserer Länder. Zumal die Ursache für den Sturz des Autos von den Klippen noch immer nicht einwandfrei feststeht. Derzeit hat man sich auf die Sprachregelung verständigt, dass es wohl doch eher ein Unfall war. Und an der professionellen Ausbildung und Organisation des russischen Polizeiwesens besteht nicht der geringste Zweifel."
„Gut, es war vielleicht etwas übereilig mit der Verhaftung Temaschwilis, aber wir sahen Gefahr im Verzug", versuchte sich Pokroff zu rechtfertigen. „Aber die Sache ist bereinigt, Herr Temaschwili ist wieder auf freiem Fuß. Wir wollten Ihren Behörden ganz sicher nicht zuvor kommen. Es könnte ja auch ein ganz anderer Täter gewesen sein, der nichts mit der Frankfurter Unterwelt zu tun hat. Irgendwie mutet das mit diesem Sturz von den Klippen schon seltsam an."
„Nun ja, auch unsere Einsatzkräfte sind nicht völlig unfehlbar."

Sarakows Stimme klang nun wieder versöhnlicher. Mit gedämpfter Stimme, fast flüsternd, meinte er: „Sicher, so ganz einfach ist das nicht, da wirklich nur an einen Unfall zu glauben. Karparow könnte, ich meine, rein theoretisch, vielleicht doch gerammt worden sein, weil man ihn ..."
„... loswerden wollte?"
„Das ist, wie soll ich sagen, sicher nicht ganz auszuschließen. Aber unsere Behörden werden das sicher noch klären." Sarakow wandte sich nun dem Inhalt des Koffers zu. „Hier haben Sie jedenfalls die Unterlagen unserer Ermittlungen zu den Ikonen, die für Sie ins Deutsche übersetzt wurden. Tatsächlich hätten einige der Exponate aus dem Museum für Osteuropäische Sakralkunst unser Land niemals verlassen dürfen. Das ist wirklich alles sehr unangenehm. Und das wurde alles erst möglich durch, nun, sagen wir ..."
„... einer Ihrer Mitarbeiterinnen, die Karparows Mittelsmännern half, die Exponate von Gurdenidses Sammlung aus der Asservatenkammer des Kremls zu bringen", ergänzte Pokroff.
„Ja, das war Svetlana. Eine meiner Sekretärinnen und somit meiner engsten Vertrauten. Die hat wiederum die Papiere einem leitenden Mitarbeiter meiner Abteilung vorgelegt, der sie gegen ein, sagen wir, gewisses Entgelt, abgezeichnet hat. Es ist wirklich eine Schande, so von seinen eigenen Leuten hintergangen zu werden."
„Aber woher stammen nun die Ikonen, und worin lag der Betrug an der Kultur Ihres Landes?", wollte Pokroff wissen.
„Michail Gurdenidse hat seine Ikonen angeblich über eine Stiftung aus den Sammlungen von Klöstern aufgekauft, die unter dem Druck des kommunistischen Regimes geschlossen werden mussten. Tatsächlich stammen sie aber aus besagtem Depot im Kreml und sollten zur Einrichtung ehemals zerstörter Gotteshäuser verwendet werden, die in den nächsten Jahren rekonstruiert werden sollen. Unser Staat führte entsprechende Verhandlungen mit der Russischen Kirche. Tatsächlich waren die Ikonen, die letztlich in der Sammlung von Direktor Klotzhofer landeten, niemals zur Ausstellung in ausländischen Museen bestimmt. Das kommt einem Diebstahl gleich."
„Das ist ja allerhand. Und was können Sie mir über die Ikone der Heiligen Barbara sagen?"
„Nun, die war nicht dabei."
„Wie, die war nicht dabei? Was soll das heißen?"
„Diese Ikone kann so niemals aus Sibirien stammen. Wir können nicht einmal mit Sicherheit sagen, ob es an diesem Ort überhaupt

eine Ikone der Heiligen Barbara gegeben hat."
„Wie bitte? Jetzt verstehe ich gar nichts mehr. Bitte, Herr Sarakow, machen Sie es nicht so spannend, zumal auch meine Zeit etwas begrenzt ist." Pokroff schaute nervös auf seine Armbanduhr – die russische Armbanduhr versteht sich, die er extra für den hohen Staatsgast angelegt hatte. Sie zeigte genau 11.55 Uhr. Mechanische Präzision nennt man so etwas."
Sarakow blickte zunächst etwas irritiert auf seinen Zeitmesser – eine elegante, aber sehr funktionale Rado-Quarzuhr, die genau 10.54 Uhr anzeigte. Sarakow war über einen Zwischenstopp in London eingeflogen, weil er noch etwas mit Sotheby's zu verhandeln hatte. Aufgrund seiner überstürzten Reise hatte er ganz vergessen, dass die Uhren in Frankfurt wieder anders gehen. „Ich bitte Sie, Herr Kommissar, wenn es bei Ihnen fünf vor zwölf ist, dann ist es in Moskau schon zwei Stunden später", versetzte er mit einem Schmunzeln. „Aber ganz im Ernst, man kann die Sache wie folgt erklären: Das Kloster des Propheten Elias und die Mönche, die sich gegen das Sowjetregime aufgelehnt haben, hat es ganz bestimmt gegeben. Die sind in den Aufzeichnungen aus jener Zeit belegt. Aber unsere Theologen und Kunsthistoriker konnten in der Region kein Kloster nachweisen, in dem es eine ausgeprägte Verehrung der Heiligen Barbara gab, zu der eine derart große und prächtige Ikone passen würde. Hinzu kommt ein anderer Punkt: Die Heilige Barbara ist bei uns eine der Nothelferinnen. Es gibt in Sibirien zwar Bergbau, aber keine dazu passende Verehrung der Barbara als Schutzpatronin der Bergleute, wie man es aus den katholischen Gegenden Europas kennt. Eher hatte das Kloster neben dem Propheten Elias noch eine andere Schutzpatronin, nämlich die Heilige Paraskeva. Die konnten wir inzwischen sogar finden."
„Aber warum wollte Klotzhofer für sein Museum dann unbedingt eine Ikone der Heiligen Barbara? Und woher kommt die Ikone, so wie sie dort in der Dauerausstellung zu sehen ist?" Pokroff sah den Kultursekretär mit rätselnden Augen an.
Der Kultursekretär zog noch eine weitere Aktenmappe aus seinem Koffer. Darin lagen einige zusammengeheftete Seiten, die er eilig durchblätterte, bis er den Fotoausdruck einer altehrwürdigen Ikone gefunden hatte, die allerdings einen sehr ramponierten Eindruck machte. „Hier, lesen Sie sich diese Seiten einmal in Ruhe durch und schauen Sie sich diese Fotografie an. Diese Ikone der Heiligen Paraskeva befand sich nach einstimmiger Meinung unserer Experten bis zum Jahr 1921 in jenem sibirischen Kloster. Vermutlich konnte

sie der Abt schon vor dem Überfall retten und an einen vertrauensvollen Kurier nach Sankt Petersburg weitergeben. Gurdenidse konnte sie dort später für seine Sammlung erwerben. Ein Schnäppchen, wie er glaubte. Doch sie wurde offenbar jahrelang in einem feuchten Keller gelagert. Sehen Sie selbst: Diese Ikone kann man wirklich keinem Museum mehr anbieten. Zum Glück hatte Klotzhofer in seinen Presseverlautbarungen die Ikone seines sibirischen Klosters noch nicht namentlich benannt. Deshalb konnte er ziemlich schnell Ersatz finden."
„Ah, ich verstehe. Also musste schnell eine neue Heilige her. Und mit ihr am besten ein Mythos, wie heroisch sie aus den Flammen des Klosters gerettet wurde. Also beauftragte Klotzhofer seine Leute, möglichst schnell eine andere passende und wertvolle Ikone zu suchen. Doch warum ...", Pokroff merkte mal wieder, wie wenig er sich doch mit den Heiligen auskannte, „warum nun gerade eine heilige Barbara? Eine solche katholische Heilige habe ich mal im U-Bahnhof am Schweizer Platz gesehen. Das ist im südlichen Frankfurt, in Sachsenhausen."
„Das kann sehr gut sein, denn die Heilige Barbara ist nach katholischem Glauben nicht nur die Schutzpatronin der Bergleute, sondern auch der Tunnelbauer. Doch die Wahl der Ikone für die Ausstellung hat vermutlich einen anderen Grund. Vergessen Sie nicht, dass das Museum für Osteuropäische Sakralkunst zum zweiten Adventssonntag am 4. Dezember eröffnet wurde. Das ist der Namenstag der Heiligen Barbara. Ein wunderschönes Aushängeschild in der romantischen Adventszeit. Nur die genaue Herkunft von Klotzhofers Barbara-Ikone müsste noch geklärt werden. Unsere Kunsthistoriker haben bereits eine vage Vermutung. Leider konnte niemand von ihnen mitreisen. Aber wenn ich mir das gute Stück im Museum anschauen und Ihre Spezialisten es für unsere russischen Experten zumindest abfotografieren könnten, dann können wir auch etwas zur Künstlerschule sagen. Vorher jedoch nicht. Das müssen Sie schon verstehen."
„Wir müssten unseren Erkennungsdienst beauftragen, die Ikone mitzunehmen und genau zu untersuchen. Und zwar so schnell wie möglich. Aber um die laufenden Ermittlungen nicht zu gefährden, dürfen wir nichts überstürzen. Ich werde meine Kollegin schon mal beauftragen, die nötigen Genehmigungen von oben einzuholen. Mit ihrem Charme könnte sie das noch heute schaffen. Dann können wir die Ikone zur Überprüfung mitnehmen."
„Das hört sich gut an", bekräftigte Sarakow.
„Gut, dann wollen wir keine Zeit mehr verlieren." Pokroffs Augen

wurden energisch. „Wir müssen sofort ins Museum für Osteuropäische Sakralkunst. Ich hatte ja dem Kurator Friedrich eingeschärft, sich dort zu unserer Verfügung zu halten. Ich werde eben noch meine Kollegin Christiane Bechstein verständigen."

Kommissarin Bechstein befand sich noch mitten in einer Zeugenvernehmung zu einem Bankraub. Sie ließ Pokroff mitteilen, er könne sie in einer halben Stunde im Polizeipräsidium abholen. Sie würde sich vorher um die nötigen Formalitäten für eine Beschlagnahmung der Ikone kümmern. Der Kommissar ließ den Kellner kommen und wollte gerade seinen Geldbeutel zücken. Sarakow bestand jedoch darauf, ihn einzuladen, was er als diplomatische Geste der Russischen Föderation verstanden wissen wollte. Pokroff hatte seine Gedanken jedoch schon ganz woanders: Was würde wohl der Kurator zu dem erneuten Besuch sagen?

Pokroff und Sarakow gerieten auf dem Weg ins Präsidium in einen heftigen Schneeregen und verspäteten sich deshalb um wenige Minuten. Als sie ins Büro der Mordkommission kamen, wartete Christiane Bechstein schon ganz ungeduldig.

„Das mit der Genehmigung kriegen wir hin. Waldemar, ich müsste dich wegen zweier Angelegenheiten noch mal einen Augenblick alleine sprechen. Du weißt schon. Es dauert auch nur wenige Minuten."

„Ist das jetzt wirklich so dringend?" Pokroff stutzte. „Du weißt, wir haben nicht viel Zeit. Wir wollen doch Herrn Friedrich noch erwischen, bevor er sich in irgendein Bistro zur Mittagspause verabschiedet."

„Es ist wirklich auch nur ganz kurz." Christiane Bechstein verschwand mit ihrem Kollegen in ein Nebenzimmer. Erst als die Tür sicher geschlossen war, redete sie weiter. „Pass auf, Waldemar. Es geht zum einen um Nadja. Wir haben sie noch mal genau überprüfen lassen. Bis vor kurzem arbeitete sie tatsächlich legal in der Bar Macao Bay und versuchte, ein Studium aufzunehmen. Ihr Visum ist noch ein paar Tage lang gültig. Außerdem besteht ja wirklich der begründete Verdacht, dass sie entführt und zur Prostitution gezwungen wurde. Bist du deshalb einverstanden, wenn sie vorerst in einem Frauenhaus bleibt und wir versuchen, sie zur Kooperation mit uns zu bewegen? Vielleicht können wir sie ja in ein Schutzprogramm aufnehmen und so ihre vorzeitige Abschiebung verhindern."

Pokroff runzelte die Stirn.„Solange ihre Papiere noch gültig sind, spricht nichts dagegen, wenn wir dort ihren Schutz gewährleisten

können. Und was war der zweite Punkt, weshalb du mich sprechen wolltest?"
„Ich habe gestern etwas in der Zeitung gelesen vom Städel. Die bieten in Zusammenarbeit mit der Volkshochschule öfters mal Rundgänge mit Bildbetrachtungen an. Kürzlich ging es um Sandro Botticellis Idealbildnis einer schönen Frau. Diese Bilder sind dann Anregungen für eigene Porträts."
„Okay. Und was willst du mir damit sagen?"
„Vielleicht muss man kein großer Künstler sein, um so ein Bild zu malen. Wenn unsere Barbara nicht wirklich aus Sibirien stammt, wer weiß, wer sie wann gemalt hat. Vielleicht ein zeitgenössisches Talent aus Moskau, das so einen Kurs besucht hat. Oder vielleicht ein Russe, der in Frankfurt lebt. Wenn also die Ikone nicht wirklich aus der Gegend von Jekaterinburg kommt, dann könnte sie doch jemand ... ich meine im Auftrag von ... du weißt schon?"
„Christiane, noch sind das alles nur vage Vermutungen. Unser Freund wird sich jetzt die Ikone im Museum noch mal genau ansehen, sie abfotografieren lassen und seine Meinung dazu mit seinen Experten in Moskau besprechen. Erst dann können wir weitersehen."
Christiane Bechstein nickte zustimmend. Die beiden Kommissare wollten nun keine weitere Zeit mehr verlieren. Zusammen mit Sarakow und zwei Spezialisten vom Erkennungsdienst steuerten sie schnellen Schrittes auf den Ausgang und dann auf Pokroffs Dienstwagen zu. Pokroff schaute während der Fahrt bei jeder roten Ampel auf die Uhr. Am Ende war es fast 12.45 Uhr, als die drei den Wagen wenige Meter vor dem Museum für Osteuropäische Sakralkunst parkten. Noch bestand die Hoffnung, Friedrich vor der Mittagspause zu erwischen.
Wie gewöhnlich streckte Pförtner Riestermann neugierig seinen Kopf aus dem Fenster, bevor er seinen Chef pflichtbewusst und willfährig anklingelte. „Herr Friedrich, da kommen schon wieder die beiden von der Polizei. Und sie haben noch einen dritten Mann dabei. Wenn das mal nix Ungutes bedeutet."
„Ruhig, ganz ruhig, Riestermann", entgegnete Friedrich scheinbar gelassen. In Wirklichkeit versuchte er sich selbst eine Ruhe zu suggerieren, die er doch niemals erreichen würde. Eigentlich wollte er schon seit langem einen Yogakurs besuchen. Doch daran war bei der momentanen Anspannung nicht zu denken. Friedrich war froh, wenn er abends nach Hause kam und dort völlig erschöpft vor dem Fernseher alle Viere von sich strecken konnte.

„Bleiben Sie ruhig und bedenken Sie, was wir die vergangenen Tage besprochen haben. Wenn Sie sich daran halten, kann Ihnen und mir überhaupt nichts passieren. Nicht einmal durch eine resolute alte Dame, die immer wieder glaubt, mich um einen kleinen Obulus bitten zu müssen."
„Ihr Wort in Gottes Gehörgang", erwiderte Riestermann mit seiner seltsamen Art von Humor. Auch er hatte eben seinen Weg gefunden, unsichere Momente zu überspielen. Doch im gleichen Moment näherten sich Pokroff, Bechstein und Sarakow schon der Tür.
„Ah, die beiden Herrschaften wünschen noch einmal den Direktor zu sprechen", begrüßte sie Riestermann. „Dann nur mal hereinspaziert. Noch ist er oben in seinem Büro. Ich sage ihm sofort Bescheid."
Zwei Treppen weiter, und die drei standen direkt vor Friedrichs Büro. Pokroff klopfte kurz und energisch an seine Tür.
„Ja, bitte", kam es verhalten und bedächtig aus dem Raum dahinter.
„Wir sind es noch einmal", erwiderte Pokroff, nachdem er die Tür geöffnet hatte. „Wir haben den russischen Kultursekretär Sarakow mitgebracht, der sich die Heilige Barbara noch mal genau ansehen und für Forschungszwecke abfotografieren lassen möchte."
„Aber bitte. So einem hohen russischen Staatsgast können wir doch so gut wie keinen Wunsch abschlagen. Wenn Sie bitte mitkommen möchten."
Sarakow betrat die mächtige Eingangshalle und konnte sich zunächst ein großes Staunen nicht verkneifen. „Die Marmorsäulen erinnern mich an unser Außenministerium in Moskau", stellte er fest.
„Schon majestätisch, nicht wahr. Und oben im großen Sitzungssaal musste ich immer bei unserem obersten Boss zum Rapport antreten", ergänzte Pokroff. „Hier war nämlich früher unser altes Polizeipräsidium untergebracht."
Friedrich führte den Kultursekretär und die beiden Kommissare in den großen Ausstellungsraum, in dem sie die Heilige Barbara mit ihrem huldvollen Gesicht anstrahlte. Der Kultursekretär betrachtete das Exponat lange und andächtig, dann holte er einen kleinen Stenoblock aus seiner Jackentasche und machte sich angeregt Notizen. Derweil suchten die Spezialisten vom Erkennungsdienst die optimale Einstellung mit der Digitalkamera. Pokroff versuchte hin und wieder ein paar Zeilen von Sarakows Notizen zu erhaschen, so wie es Fahrgäste in den S- und U-Bahnen gerne bei ihrem Nebenmann oder ihrer Nebenfrau versuchen. Der Sekretär blickte etwas unwillig, ließ sich davon jedoch nicht aus der Ruhe bringen. Er wusste zwar inzwischen, dass Pokroff russische Vorfahren hatte und auch

das ein oder andere Wort in seiner Muttersprache verstand. Doch eilig hingekritzelte kyrillische Schreibschrift würde er bestimmt nicht entziffern und verstehen können.
„Sehen Sie sich das Kunstwerk nur ganz in Ruhe an. Es ist eine unserer ganz hervorragenden Arbeiten. Wenn Sie weitere Hilfe benötigen, dann stehe ich natürlich gerne zu Ihrer Verfügung", versuchte sich Friedrich besonders hilfsbereit zu geben.
„Wir haben hier freilich sämtliche Räume genau durchsucht und uns alle relevanten Informationen zu dieser hervorragenden Ikone und dem dazugehörigen sibirischen Kloster geben lassen", ergänzte Pokroff eilig. Er hatte selbstverständlich mit dem Kultursekretär vereinbart, dass niemand merken sollte, dass sie die wahre Heilige des Klosters längst ermittelt hatten. „Es ist schon sehr bedauerlich, dass dieses schöne Heiligenbild offenbar zum Motiv für einen oder sogar zwei schreckliche Morde wurde. Aber dies zu ermitteln, ist nun einmal die undankbare Aufgabe der Polizei."
Nachdem Sarakow seine Inspektion abgeschlossen hatte, kam Pokroff zum schwierigen Teil seiner Mission. „Da ist noch etwas, Herr Friedrich. Wir müssen Ihnen die Ikone der Heiligen Barbara leider für ein paar Tage entführen. Wir haben oberste Anordnung, sie von den Fachleuten unseres Präsidiums untersuchen lassen."
„Unmmööglich!!!", protestierte Friedrich mit knallrotem Kopf. „Das ist unsere Attraktion schlechthin. Da kann ich das Museum ja gleich dichtmachen."
„Sie wissen doch, Befehl ist Befehl!", versetzte Pokroff nun mit militärischer Miene. „Hinterher können Sie sich beschweren!" Pokroff staunte selbst, wie prompt ihm das Zitat aus Carl Zuckmayers „Hauptmann von Köpenick" einfiel. „Aber Reklamationen richten Sie bitte an den Polizeipräsidenten, von dem die strenge Anweisung kommt." Dann schaute Pokroff kurz auf das Zifferblatt und die Datumsanzeige seiner Poljot-Fliegeruhr, bevor er versöhnlich hinterherschob: „Spätestens zum Heiligabend, wenn nach der alten Legende die Barbarazweige blühen, haben Sie Ihre Ikone wieder." Worauf Friedrich nichts anderes übrig blieb, als gute Miene zum bösen Spiel zu machen.
Die ganze Zeit stand Christiane Bechstein neben ihrem Kollegen und hörte angestrengt zu. Dann meldete sie sich mit dem Blick zu Sarakow zu Wort: „Wenn Sie mich bitte einen Moment entschuldigen möchten. Ich fühle mich heute nicht besonders wohl. Aber ich bin gleich wieder bei Ihnen." Sie sah das gefällige Nicken von Pokroff und Sarakow und verließ den Raum.

Christiane Bechstein hatte schon beim Betreten des Gebäudes genau darauf geachtet, wo sich die Toiletten befinden. Nämlich schräg gegenüber der Pförtnerloge. Nun steuerte die Kommissarin zielstrebig das stille Örtchen an. Und ihre Rechnung ging auf: Als sie wieder aus der Toilette herauskam, war Riestermann gerade von seiner Mittagspause zurückgekehrt.
„Guten Tag, Herr Riestermann. Ich muss Sie wohl doch noch mal etwas fragen. Vielleicht haben Sie mitbekommen, dass wir Herrn Gregoriew vor ein paar Tagen wieder aus der Untersuchungshaft entlassen mussten. Sicher, er hatte ein Motiv. Und zwei Augenzeugen haben ihn gesehen, darunter auch Sie. Aber am Ende mussten wir ihn mangels genauer Beweise dann doch wieder freilassen."
„Gut, und was wollen Sie dann noch von mir wissen?", fragte Riestermann überrascht.
„Ehrlich gesagt, die zweite Zeugin, also Frau Bachmann, war sich am Ende wohl doch nicht mehr ganz so sicher. Es war ja schließlich sehr dunkel. Doch inzwischen hat sich eine Entlastungszeugin gefunden, die dem Priester ein Alibi gibt. Wenn sie uns die Wahrheit sagt, wovon wir derzeit ausgehen, dann haben Sie offenbar doch nicht Gregoriew gesehen."
„Aber ich habe ihn doch eindeutig erkannt, auch bei der Gegenüberstellung im Präsidium. Wer soll es auch sonst gewesen sein? Riestermann gab sich alle Mühe, möglichst naiv und ahnungslos zu wirken.
„Gut, Sie sagen also, Sie hätten Gregoriew eindeutig erkannt. Manchmal scheint das so. Aber jeder kann sich auch mal täuschen und hinterher seinen Fehler erkennen und zugeben. Nur, wenn Sie bei Ihrer Aussage bleiben und das auch vor Gericht so bestätigen, könnten Sie wegen Falschaussage oder sogar wegen Meineids belangt werden."
Nun kam in die naive Miene von Riestermann schon etwas Verunsicherung. „Wer kann mir schon etwas anhaben, wenn ich sicher bin, jemanden genau erkannt zu haben? Nur weil es draußen stockfinster ist oder die Person so etwas wie einen Doppelgänger hat?"
„Lieber Herr Riestermann, ich kann mir gut denken, wen man Ihnen eingeschärft hat, gesehen zu haben. Aber der Mensch hat ja nicht nur zwei Augen, sondern auch zwei Ohren. Versuchen Sie sich doch bitte noch mal genau zu erinnern, welchen Namen Sie gehört haben? War das wirklich Gregoriew?"
„Auf jeden Fall war es Gregor. Davor oder danach kann es auch etwas anders gelautet haben."

„Dann erinnern Sie sich bitte genau."
Riestermann feixte. Plötzlich war es, als würde ihm wieder der Schalk im Narren sitzen. „Nikolaus. Wahrscheinlich war es der Heilige Nikolaus. Das passt wenigstens in die Adventszeit."
„Nach Späßen ist mir nun gar nicht zumute", erklärte Christiane Bechstein und warf dem Pförtner einen kurzen, strengen Blick zu. Doch dann besann sie sich, dass sie nicht als Spielverderberin dastehen sollte, wenn ihr Riestermann vielleicht einen verdeckten Hinweis gab. „Gut, dann suchen wir also keinen Nikolaus, sondern einen Gregor Klaus. Aber Gregor, das ist der erste Name und somit der Rufname. Also, Herr Riestermann, unser Täter wurde an jenem Abend nicht mit Gregoriew angesprochen, sondern mit Gregor?" War es so?"
Riestermann zuckte ahnungslos mit den Schultern.
Christiane Bechstein gab sich alle Mühe, ihn noch ernster und eindringlicher anzublicken. „Wie schon gesagt, Sie werden spätestens vor Gericht Farbe bekennen müssen, Herr Riestermann. Sonst haben Sie verdammt schlechte Karten."
Der Pförtner schaute sichtlich verstört. Mit dem ursprünglich angegebenen Namen konnte er eindeutig besser leben. Dann erinnerte er sich wieder: Er hatte die Kommissarin wirklich schon mal beim Museumsuferfest getroffen. Damals war sie ähnlich hartnäckig gewesen, weil er sie abends 10 Minuten vor Toresschluss nicht mehr reinlassen wollte. „Meine Güte, Frau Bechstein, was verlangen Sie da für Sachen von mir? Wollen Sie denn wirklich, dass ich meine Rente aufs Spiel setze?"
„Also, Herr Riestermann, ich höre?"
„Wie schon gesagt, so richtig erinnere ich mich nur an den Namen Gregoriew." Er zwinkerte der Kommissarin zu. „Aber da der Richter bestimmt ebenso an den Weihnachtsmann glaubt wie Sie, noch ein Vorschlag zur Güte: Stellen Sie sich einen italienischen Nikolaus mit Pseudonym vor, der die Kinder gerne in seinen Sack stopft. Vielleicht ist das ja des Rätsels Lösung."
Christiane Bechstein stutzte. Sie musste nun wieder an die trottelige italienische Sekretärin aus der Galerie des vermeintlichen Herrn Kirchner denken, unterdrückte aber wohlweislich ihr Grinsen. „Herr Riestermann, Sie verstehen wohl nicht, dass ich Ihnen mit diesem Gespräch unter vier Augen einen Weg aus der Sackgasse zeigen wollte, in die Sie sich gehörig hineinmanövriert haben. Aber gut, Sie wollen es nicht anders. Wir werden Sie noch einmal aufs Präsidium vorladen, wo Sie Pokroff und sein Chef noch persönlich

vernehmen werden. Und dann ist Schluss mit dem Rätselraten."
Gerade in diesem Moment sah sie Pokroff und Sarakow mit der beschlagnahmten Barbara-Ikone die Treppe herunterkommen. Die Kommissarin warf dem irritierten Riestermann einen letzten mahnenden Blick zu. „Sie haben Glück, dass wir im Moment Dringenderes zu tun haben. Nutzen Sie die Chance und überdenken Sie Ihre Aussage noch einmal. Wir sehen uns wieder. Arrivederci, Signore."

Kapitel 22

Im westlichen Gallus gab es ein paar Wohnsiedlungen, die damals generell für Ruhe und Beschaulichkeit standen, nach Einbruch der Dunkelheit jedoch einladend für Jugendliche wirkten, deren Trinkgelage durchaus bis tief in die Nacht dauern konnten. Doch im Winter kam so etwas eher selten vor. Auch die „mobilen Migranten", die ihre bunte, lebensfrohe, aber für viele Zeitgenossen ungewohnte Kultur gerne auf der Straße ausbreiteten, verlegten sich mehr auf die Sommermonate und hielten sich in der nasskalten und unfreundlichen Jahreszeit zurück. Dies galt auch für die Siedlung in der Rebstöcker Straße mit ihren Nebenstraßen.
Umso mehr fiel es dafür auf, als am frühen Nachmittag eine korpulente Frau plötzlich die Fenster aufriss und in südländischer Manier ihren Emotionen freien Lauf ließ. Was natürlich prompt die Nachbarinnen von der Mittagsruhe aufschreckte, die sich daraufhin lauthals beschwerten.
„Kümmern Sie sich doch um Ihren Kram, verdammt noch mal! Darf ich denn nicht mal schreien und heulen, wenn bei uns etwas Schreckliches passiert?! Wir sind doch alle nur Menschen!", rief die alte Frau zurück.
Und so wusste man es bald bis hinauf in die Idsteiner Straße: Besagte Frau, die man in diesem Viertel nur unter ihrem Spitznamen „dicke Bertha" kannte, hatte gerade eine schlimme Nachricht erhalten. Ihr Mann war zusammengebrochen. Am hellichten Tag und auf offener Straße. Sicher, ihre Reaktion war menschlich. Und doch konnte sich Bertha im Gallus, auch wenn man dort einiges gewohnt war, nicht so verhalten, als lebte sie im sommerlichen Neapel auf offener Straße.
„Jetzt reicht es aber", rief ein verärgerter Nachbar hinüber. „Bei allem Verständnis für schwere Schicksalsschläge: Ihr Privatleben geht nicht halb Frankfurt etwas an."

Die korpulente Frau brummte laut etwas Unverständliches und schlug wütend ihr Fenster zu. Dann warf sie sich auf ihr Bett und wollte erneut beginnen zu heulen. Sie besann sich aber, dass sie sich besser zusammenreißen und zum Telefon greifen sollte. Vielleicht war ihrem Mann ja doch noch zu helfen. Jedenfalls musste sie überlegen, wie der Plan jetzt ausgeführt werden sollte. Noch war nicht alles verloren.

Am späten Nachmittag schaute Christiane Bechstein noch im Frauenhaus in Fechenheim vorbei. Sie fand Nadja im hellen und freundlich möblierten Gemeinschaftsraum. Die junge Russin hatte es sich auf dem Sofa bequem gemacht. Als die Kommissarin zur Tür hereinkam, begrüßte Nadja sie mit einem Lächeln. Nadja hatte sich in den vergangenen Tagen offenbar ein wenig ausruhen und entspannen können. Trotzdem wirkte sie noch immer reichlich nervös.

„Nadja, ich weiß, dass das alles für Sie sehr schwer ist", ermunterte sie Christiane Bechstein. „Und ich verstehe nur zu gut, dass Sie Angst haben, nach dem Ablauf Ihres Visums nach Russland zurückkehren zu müssen. Aber wenn Sie mit uns zusammenarbeiten, können wir Sie sicher in unser Zeugenschutzprogramm aufnehmen. Oder wir können Ihnen sonst irgendwie helfen. Doch dafür müssen Sie uns vertrauen und alles sagen, was Sie wissen."

„Sie haben gut redden", entgegnete Nadja mit ihrem russischen Akzent, der jetzt in der Aufregung wieder deutlicher hervorkam. „Wer weiß, wie viele es sind und wo sie in Frankfurt sind. So ein Boss hat überall seine Helfer. Bei Ronny hatte ich es nicht so schlecht. Aber jetzt ich bin von ihm weggelaufen, und ich weiß nicht, was passiert." Das Gesicht der jungen Russin errötete, und ein paar Tränen kullerten über ihr Gesicht, während die Hände zitterten.

„Nadja bitte, beruhigen Sie sich. Sie reden wie jemand, der unter Schock steht. Sie hatten sich Herrn Gregoriew anvertraut, weil sie wussten, dass Gudensberger Sie entführen und zur Arbeit in seinem Club zwingen wollte. Aber wir wissen jetzt, dass Gudensberger mit Leuten aus Ihrem Land zusammengearbeitet hat. Einer davon war Karparow, der kürzlich in Sotschi ermordet wurde. Dann ist da der Chauffeur Seschenko, der Sie in die Villa nach Sachsenhausen gebracht und dort versorgt hat. Aber es gibt da noch einen dritten Mann, der hier in Frankfurt ein Nachtlokal unterhält und vielleicht für den Mord an Karparow und an Museumsdirektor Klotzhofer verantwortlich ist." Damit zückte die Kommissarin ein Foto aus ihrer

Handtasche und zeigte es der jungen Russin.
„Kennen Sie diesen Mann? Bitte nehmen Sie sich Zeit und schauen sich das Foto in Ruhe an."
„Nein." Nadja schüttelte mit dem Kopf.
„Sicher nicht?", hakte die Kommissarin nach.
Nadja schaute Christiane Bechstein mit irritierten Augen an. Ihr Blick verriet, dass sie Angst hatte.
„Er ist vielleicht ein Freund von Gudensberger. Einmal ich habe gehört, wie Gudensberger hat etwas erzählt. Er und Karparow waren alte Bekannte, vielleicht sogar alte Freunde. Sie kannten sich, so hat er gesagt, vom Kreml in Nidderrat. Das habe ich so gehört. Aber ich weiß nicht, was es bedeutet."
„Kreml von Nidderrat? Er meinte wahrscheinlich den Niederräder Kreml. So hat man bei uns in Frankfurt umgangssprachlich die Sowjetische Militärmission genannt, die es bis zum Ende der 80er Jahre im Stadtteil Niederrad gab. Dort hatte Karparow offensichtlich gedient. Diese Militärmission war wie eine Welt für sich. Die Offiziere dort hatten nur wenig Kontakte zur Bevölkerung der Stadt."
Christiane Bechstein überlegte einen Moment lang. „Aber ein Major war bekannt dafür, dass er gerne die Antiquitätengeschäfte in der Altstadt südlich des Doms besuchte und sich dort nach wertvollen Kunstgegenständen umsah. Diese Beschreibung könnte auf Karparow passen. Aber hier auf dem Foto ist ein anderer zu sehen. Schauen Sie bitte noch mal genau hin."
Nadja zögerte noch immer. „Ich weiß nicht Namen, aber ich glaube doch, ich kenne das Gesicht. Einmal war zusammen mit Gudensberger bei uns im Club. Kommt, ich glaube, aus Georgien."
„Sehr gut. Und was haben die beiden dort geredet? Erinnern Sie sich noch?"
„Der Georgier sagte, er, Leo und Karparow sind alte Freunde von Militär. Wollten zusammen das große Geschäft machen. Aber Leo ist nur der Diener. Karparow ist interessiert an Kunst, der Georgier mehr an schöne Mädchen und gutem Essen, glaube ich."
Christiane Bechstein schmunzelte. „Und, haben sie auch über Klotzhofer gesprochen?"
„Klotzhofer ist wie ein Idiott, für sie. Aber Karparow ..." Nadjas Gesicht begann sich langsam aufzuhellen, man spürte, wie sie ihre Scheu verlor, sogar ein wenig stolz wurde, sich doch noch an das ein oder andere Detail erinnern zu können. „Einmal der Georgier hat Gudensberger etwas geflüstert, als L eo war auf der Toilette. Karparow muss weg, nach Russland, und dann – weiß nicht, aber

besser, Karparow kommt nicht mehr zurück."
„Offenbar war er ihnen im Weg. Der Georgier, von dem wir sprechen, heißt Tamas Temaschwili. Derzeit haben wir nicht genug Anhaltspunkte, um gegen ihn zu ermitteln. Aber es gibt Hinweise, dass er den Mord an Karparow und auch an Klotzhofer in Auftrag gegeben hat."
„Sie glauben, dass Temaschwili hat beide umbringen lassen?" Nadja sah die Kommissarin mit fragendem Blick an.
„Das wissen wir leider noch nicht genau. Möglicherweise gab es auch noch einen unbekannten Dritten, der sich mit dem Direktor über die Ikone der Heiligen Barbara gestritten hat. Sie jedenfalls haben uns mit Ihrer Aussage sehr geholfen. Und deshalb werde ich auch Ihnen helfen, dass Sie außerhalb von Frankfurt in Sicherheit gebracht werden und erst einmal keine Abschiebung mehr befürchten müssen." Christiane Bechstein schluckte etwas nervös. Hatte sie da nicht doch mehr Hilfe versprochen, als sie letztlich leisten konnte?
Nadja hingegen fasste zusehends mehr Mut. Als die Kommissarin ihre Hand drückte, lächelte sie lieb und dankbar zurück. „Besten Dank, Frau Kommissarin. Besten Dank."

Am Samstagmorgen hatte Hauptkommissar Heinrich Sawinsky die außerplanmäßige Besprechung im Präsidium pünktlich um 10 Uhr angesetzt. Die Zeit drängte. Die Aufklärung der Fälle Klotzhofer und Karparow kam und kam nicht voran. Bald war Weihnachten. Die Befürchtung, die Ermittlungen könnten durch die bevorstehenden Feiertage verzögert werden, schien sich immer mehr zu bewahrheiten. Es mussten endlich konkrete Ergebnisse her.
Gerade kam Pokroff zur Bürotür herein und öffnete seinen Aktenkoffer. Auf ihm und seinen Ergebnissen, die er nun präsentieren würde, lagen sämtliche Erwartungen der Mordkommission. Doch bevor er loslegen konnte, hob der Hauptkommissar zu einer Standpauke an.
„Frau Bechstein, die Verhaftung von Tamas Temaschwili war unglücklich, übereilt und am Ende auch skandalös. Wir mussten uns persönlich und aufrichtig für dieses Missgeschick entschuldigen, als wir ihn freigelassen haben. Wie konnte das passieren?"
„Das kann ich Ihnen erklären." Christiane Bechstein wartete nicht eine Sekunde ab, sondern antwortete wie aus der Pistole geschossen: „Es gibt neue Erkenntnisse über unseren Lokalboss Tamas Temaschwili, die auch die Ermittlungen von Herrn Zorbas bestätigen.

Tamas Temaschwili ist weiterhin ein Hauptverdächtiger, der Karparow und möglicherweise auch Klotzhofer ermordete – oder ermorden ließ. Temaschwili war am Tag von Klotzhofers Tötung abends sehr lange im Museum und hat für die Tatzeit kein Alibi. Er, Anatolij Karparow und Leonid Seschenko kennen sich aus der Sowjetzeit, als alle drei in der Militärmission in Niederrad dienten. Seschenko war schon damals nur der Handlanger, aber Temaschwili und Karparow waren älter und hatten höhere Dienstgerade. Nach der Wende blieben die drei in Kontakt. Sie alle wollten das große Geld machen und schreckten dabei auch vor kriminellen Handlungen nicht zurück. Deshalb …"
„Frau Bechstein, das sind absolut keine Beweise, sondern bestenfalls Mutmaßungen. Und so, wie Sie Temaschwili um ein Alibi gedrängt haben, war er ja gezwungen, den Weihnachtsmarkt zu nennen. Sicher hat er seinen Glühwein zuhause getrunken." Sawinsky streckte die Hand nach oben, als wollte er sich seine wenigen verbliebenen Haare raufen. Doch er schaffte es, die Contenance zu behalten.
„Nein, da ist schon mehr dran. Während Seschenko eine Anstellung in der Großdruckerei fand und als Mann für das Grobe die Drecksarbeit erledigte, zog Karparow von Moskau aus einen internationalen Kunst- und Mädchenhandel auf und verbündete sich mit Gudensberger. Temaschwili kümmerte sich um die Nachtlokale in Frankfurt, wollte aber aufsteigen und Karparow als seinen Konkurrenten ausschalten. Unsere Zeugin Nadja hat entsprechende Pläne bei Gesprächen in ihrem Club mitbekommen. Der waghalsige Direktor Klotzhofer war ihm ebenso im Weg wie Karparow. Wir wissen, dass Karparow kurz vor seinem Tod in Temaschwilis Haus war. Er hat Herrn Zorbas erzählt, dass er in Georgien ein Haus hat, und den zugehörigen Schlüssel, der wohl zu einer Einliegerwohnung gehörte, hat man in seinem Auto in Sotschi gefunden. Temaschwili hat den als Unfall getarnten Mord in Sotschi in Auftrag gegeben. Und für Klotzhofer hat er einen Killer in Frankfurt engagiert."
„Gut, werte Kollegin, sagen wir mal, Sie haben aus Ihren Beobachtungen und Aussagen ein paar Anhaltspunkte." Sawinskys Stimme klang nun ruhiger, fast sogar etwas aufmunternd. „Aber das sind keine Beweise. Und es ist leider viel zu wenig im Hinblick auf die Anordnungen von oben. Temaschwili ist ein verdienter Kunst- und Kulturförderer mit hochrangigen Geschäftsfreunden, der morgen geehrt wird. Die Gastronomie spielt dabei kaum eine Rolle. Zumal uns das Ordnungsamt mitgeteilt hat, dass dieses Nachtlokal im Os-

tend gar nicht auf seinen Namen läuft. Es gehört einem Freund ..."
„Aber Herr Sawinsky, die Anhaltspunkte sind doch mehr als evident", insistierte Christiane Bechstein.
„Womit die Kollegin durchaus Recht hat", pflichtete ihr Pokroff bei.
Sawinsky zog ein Kuvert aus der Jackentasche seines Anzugs. „Hier ist die Einladung zur Verleihung des deutsch-georgischen Kulturpreises. Die Oberbürgermeisterin und Vertreter der Hessischen Staatskanzlei sind auch dabei. Sogar wir haben eine Einladung bekommen. Meine Frau wäre gerne mit mir hingegangen, aber nach dieser Blamage! Jedenfalls, wie auch immer, Finger weg von Tamas Temaschwili! Er wird sich bei der Ehrung sowieso von unserer Stadt verabschieden und zurück in sein Heimatland gehen. Aus familiären Gründen, wie es heißt."
Pokroff und Bechstein blickten sich ratlos an. Offenbar hatte die Vetternwirtschaft mal wieder gesiegt.
„Also vergessen Sie Temaschwili! Bleibt nur noch die Frage, ob es Neuigkeiten und Zusammenhänge zwischen den Übergriffen im Bahnhofsviertel und dem Mordfall Klotzhofer gibt. Und überhaupt: Was machen unsere jungen Russinnen jetzt?"
„Nadja ist im Frauenhaus in Fechenheim untergebracht, wo sie erst einmal bleiben kann, solange ihr Visum noch gültig ist. Und die beiden anderen Studentinnen wollten nach dem ganzen Schock tatsächlich ihre Familien in Russland besuchen", erklärte Christiane Bechstein protokollarisch und versuchte dabei, jede weitere Emotion zu unterdrücken. Zumal den Aussagen ihrer Zeugin derzeit offenbar keine Beachtung geschenkt wurde.
Pokroff runzelte die Stirn. „Wenn Temaschwili definitiv ausscheidet oder zumindest ausscheiden soll, dann gibt es auch keine weitere Verbindung zum Bahnhofsviertel. Wahrscheinlich tragen die Zuhälter dort ihre eigenen kleinen Fehden aus."
Sawinsky hob den Zeigefinger, als wollte er auf seine plötzliche Eingebung hinweisen. „Der Täter ist dann also im Umfeld des Sakralmuseums zu suchen. Was gibt es Neues über die Ikone der Barbara?"
Pokroff holte Luft. Nun konnte er endlich mit seinen Ausführungen beginnen: „Hier sind sämtliche Gutachten, die uns Herr Sarakow vorerst zur Verfügung stellen kann. Wir haben zudem die Ikone der Heiligen Barbara beschlagnahmen lassen, die gestern noch einmal für Sarakows Mitarbeiter abfotografiert wurde. Die Ikone wird gerade von unseren Experten untersucht und mit UV-Licht durchleuchtet. Vorhin habe ich noch mal eine E-Mail von Sarakow bekommen. Nach der gestrigen Begutachtung, den Meinungen der

russischen Spezialisten und unseren ersten Ergebnissen steht es nun so gut wie fest: Die Ikone der Heiligen Barbara wurde definitiv gefälscht. Und das sehr wahrscheinlich bei uns in Deutschland."

„Was!?" Sawinsky blickte Pokroff entgeistert an. Diese neue Nachricht traf ihn wie ein Blitz, ließ selbst den Skandal um Temaschwili in den Hintergrund treten. „Aber wie konnte das gelingen, ohne dass es die Gutachter gemerkt haben? Sämtliche Ikonen für so eine Ausstellung werden doch durch ausgewiesene Kunsthistoriker begutachtet. Und dann müsste doch ein solches Falsifikat sofort auffallen und moniert werden. Es sei denn ..."

„... die Experten werden geschmiert, weil entsprechende Größen der russischen Kunstmafia im Hintergrund die Fäden ziehen. So wie auch in unserem Fall. Klotzhofer und der Fälscher besprechen die wichtigsten Merkmale des Bildes, und die Experten stellen daraufhin ein Blankogutachten aus. Gehört alles mit zum Service. Bei der Heiligen Barbara hat sich der Fälscher allerdings einige Freiheiten erlaubt. Auch wenn Klotzhofer feste Vorstellungen hatte, wie die Ikone auszusehen hatte, um seinen Anforderungen zu entsprechen."

Pokroff schaltete den Beamer ein und warf das abfotografierte Bild der Ikone an die Wand. „Sehen Sie selbst: Eine leuchtendes und kostbar glänzendes Heiligenbild, bei der das Gold abblättert, damit es besonders alt aussehen soll. Da hat der Fälscher natürlich entsprechend nachgeholfen. Er hat den Holzgrund für die Ikone grundiert und mehrere Schichten aufgetragen. Dann hat er dem goldenen Hintergrund des Bildes mehrere Schnitte und Kratzer zugefügt. Dann erst hat er die Figuren und die weiteren Details gemalt. Klotzhofer wollte diesen scheinbaren Makel später kaschieren und hat die Ikone deshalb so von der Seite ausleuchten lassen, dass man die Schnitte und das abblätternde Gold nicht so sieht. "

Christiane Bechsteins Augen leuchteten. Denn nun sah sie den Moment gekommen, ihre neueste Entdeckung einzubringen. „Schauen Sie sich vor allem das liebliche Gesicht der Barbara einmal an. Das ähnelt vielmehr der Heiligen Katharina in unserer Frankfurter Katharinenkirche als dem strengen Gesichtsausdruck einer russischen Ikone. Der Fälscher hat offenbar in der Katharinenkirche noch mehr Vorlagen gefunden. So malte er für das Atelier unseres falschen Herrn Kirchner ein Bild mit traubenessenden Putten, die unter den klugen und törichten Jungfrauen im südlichen Kirchenfenster von Charles Crodel dargestellt sind."

„Schon gut, schon gut, Ihr Forscherdrang in Ehren. Aber welcher Fälscher wäre zu solchen Leistungen fähig?", fragte Sawinsky kritisch.

Ohne respektlos sein zu wollen, aber wir haben in den vergangenen Wochen etwas übersehen“, antwortete Christiane Bechstein. Nun sah sie den Moment ihres Triumphes gekommen. „Wir haben uns nur auf die Hauptpersonen konzentriert: Auf die Direktoren, Kuratoren, Priester und Mafiabosse. Was ist mit den Pförtnern, Sekretärinnen, Passanten und den fliegenden Händlern, die sich zwischen dem Museum und der Messe aufhalten? Ich glaube, unter denen gibt es viele verkannte Talente. Und die passenden Kurse dazu gibt es auch. Ich habe gerade noch mal im Ikonenmuseum angerufen. Da hat ein gewisser Herr ...“

In diesem Moment summte Pokroffs Handy. Mit routiniertem Blick überflog er den Inhalt seiner SMS. „Entschuldigung“, fuhr er dazwischen. „Aber für diese Ausführungen haben wir keine Zeit mehr. Friedrichs Sekretärin meldet, dass ihr Chef gerade überstürzt und aufgeregt sein Büro verlassen hat. Sie konnte noch sehen, wie er einen mit Geldumschlägen gefüllten Koffer zumachte. Er wird offenbar erpresst.“

„Sehen Sie, ich sage ja, die Spur führt zum Sakralmuseum. Dann schneiden Sie Friedrich den Weg ab, und zwar schnell! Ich lasse derweil die Innenstadtreviere verständigen, dass sie Ihnen genügend Einsatzkräfte zur Verfügung stellen. Der ausführliche Polizeibericht wird selbstverständlich nachgeholt.“ Mit diesen fordernden und mahnenden Worten entließ Sawinsky seine beiden treuesten Mitarbeiter zu ihrem Noteinsatz. Und die hatten wirklich keine Zeit zu verlieren. Sie galoppierten nahezu die hintere Treppe hinunter zum Betriebshof, wo die Dienstwagen schon bereitstanden.

„Wir sollten uns Richtung Archäologisches Museum orientieren, also Karmeliterkloster.“ Christiane Bechstein blickte ihren Kollegen mit Nachdruck an. „Wie gesagt, dort arbeitet Riestermann auch noch, um die Rente aufzubessern. Der kommt mir schon die ganze Zeit so komisch vor. Das kann doch kein Zufall sein.“

Pokroff schickte einen Rundruf durch den Polizeifunk und forderte die uniformierten Kollegen auf, sich bereitzuhalten. Doch an einen Großeinsatz, gar eine Räumung eines Museums, wollte er noch nicht denken. Das würde bei den unsicheren Angaben mehr Aufsehen und Panik erregen als der Sache förderlich war. Pokroff blickte seine Kollegin fragend an. „Schon richtig, aber hast du noch konkreterer Anhaltspunkte?“

„Die Journalistin Naumann hat da was Auffälliges beobachtet und mir mitgeteilt. Dort gibt es doch diese schönen Ratgeb-Bilder. Und somit ungeahnte Ideen und Vorlagen.“

„Und davon sagst du mir nichts?"
„Wollte ich ja schon zweimal. Aber du hast mich ja immer unterbrochen und gesagt, wir müssten erst die Untersuchungen zu unserer Barbara abwarten. Die Kommissarin blinzelte ihren Chef an. „Aber für lange Erklärungen ist jetzt keine Zeit. Den Rest erzähle ich dir im Auto."
Nun mussten sich die Kollegen der K 11 effizient aufteilen. Pokroff und Bechstein bestiegen mit zwei Streifenpolizisten den einen, Zorbas mit ebenso viel Mann den anderen Wagen. Sie besprachen sich noch kurz und vereinbarten, den Komplex des Karmeliterklosters von zwei Seiten anzusteuern. Die Sekretärin hatte noch gesimst, dass Friedrich ihr etwas von einem wichtigen Termin im Historischen Museum erzählt hatte. Woraus die Kommissare den Schluss zogen, dass Friedrich sein wahres Ziel verschleierte und einfach das nächstgelegene Museum am Römer als Fahrtziel angab. In Wahrheit, so vermuteten sie, sollte Riestermann bei der Geldübergabe im Archäologischen Museum behilflich sein.
Pokroff und Bechstein wollten Friedrich an der Nordseite am Eingang des Instituts für Stadtgeschichte abfangen – wenn sie das überhaupt noch schaffen konnten. Immerhin hatte das Institut wegen einer Sonderausstellung auch am Samstag geöffnet. Zorbas sollte dafür schnell, aber möglichst unauffällig den Eingang zum Archäologischen Museum betreten und dort in der Dauerausstellung beobachten, wie sich Riestermann verhalten würde. In einem der beiden Klosterteile musste die Übergabe schließlich stattfinden. Doch die Zeit drohte den Einsatzkräften unbarmherzig davonzulaufen.
„Ich habe heute Morgen noch im Ikonenmuseum angerufen", berichtete Christiane Bechstein hastig, als der Kommissar gerade angefahren war. „Dort habe ich erfahren, wer vor fünf Jahren einmal an einem Fortgeschrittenenkurs für Ikonenmalerei teilgenommen hat. Und jetzt überleg mal, wer da so gut malen konnte, sich immer in der Nähe des Museums aufhielt und Gregoriew tatsächlich zum Verwechseln ähnlich sah? Na?"
„Keine Zeit für Ratespielchen, die Pflicht ruft", fuhr ihr Pokroff in die Parade. „Außerdem kennst du meine Devise: Keine voreiligen Namen und Verdächtigungen. Und jetzt müssen wir erst mal sehen, dass wir Friedrich den Weg abschneiden. Ich hoffe, das mit dem Archäologischen Museum stimmt überhaupt. Wir konnten ja nicht einmal mehr überprüfen, ob Riestermann dort auch wirklich arbeitet."

„Doch, das konnte ich. Das hat mir nämlich die sonst so wenig freundliche Sekretärin im Ikonenmuseum bestätigt. Man kennt sich schließlich in Kollegenkreisen.“
„Alle Achtung.“
Mit Blaulicht auf dem Dach versuchte sich der Kommissar so gut wie eben möglich einen Weg durch den Großstadtverkehr zu bahnen. „Verdammt!“, raunte er seiner Kollegin zu, „ich hoffe, wir kommen nicht zu spät. Friedrich können wir jedenfalls nicht mehr einholen.“
Und mit dieser Einschätzung lag Pokroff leider völlig richtig. Friedrich erreichte den Klosterkomplex schon 15 Minuten vor ihnen – und entschied sich für den Nordeingang, den er mit dem Koffer in der Hand passierte. Friedrich schaute an sich herunter und überprüfte das Namensschild, das er sich extra ans Revers geheftet hatte. Vorher rief er sich noch einmal die letzte Botschaft der Erpresserin ins Gedächtnis: „Ich ermahne Sie Friedrich, erledigen Sie alles so wie besprochen. Und denken Sie bei der Übergabe ans Trinkgeld.“
Am Eingang des Instituts für Stadtgeschichte traf der kommissarische Direktor zunächst eine leicht ergraute, korrekt gescheitelte Rezeptionistin, die an der Empfangstheke alle Besucher in Augenschein nahm und genau nach ihrem Anliegen fragte. Nun wandte sich diese Empfangsdame mit prüfendem Blick an Friedrich.
„Sie wünschen?“
„Ich möchte gerne in den Lesesaal, wo ich in einem für mich bereitgelegtem Buch noch mal schnell etwas nachlesen möchte. Wenn Sie mir bitte einen Schlüssel für ein Schließfach geben möchten?“ Friedrich öffnete den Koffer und holte einen Umschlag heraus. „Ach ja, und dann ist hier noch ein wertvoller Umschlag, den ich für Herrn Riestermann abgeben möchte, Frau ...“
„Häfner ist mein Name.“ Die Dame überlegte einen Moment. „Herr Riestermann? Gehört habe ich den Namen schon. Arbeitet der vielleicht drüben im Archäologischen Museum?“
„Ja, genau dort“, versicherte Friedrich mit bestimmter, aber höflicher Betonung. Mit einem Taschentuch tupfte er sich die nasse Stirn ab. Zum Glück war es draußen so nasskalt, dass der Angstschweiß im Gesicht nicht so auffiel.
„Dann gehen Sie doch bitte erst rüber und geben den Umschlag dort für ihn ab. Sie müssen allerdings außen herumgehen. Die Unsitte mit der Abkürzung über den Kreuzgang reißt hier immer mehr ein.“
„Oh, verzeihen Sie bitte, aber ich bin wirklich sehr knapp mit mei-

ner Zeit. Wenn Sie das bitte für mich erledigen würden, dann könnte ich gerade meine Sachen einschließen und dann in den Lesesaal gehen." Friedrich griff in seine Hosentasche und tastete mit der Hand nach dem Portemonnaie. „Ich hätte da noch für Sie ..., äh, ich meine, eine kleine Aufmerksamkeit."
Doch mit dieser Geste erntete der Kommissar bei der graugescheitelten Frau nur einen befremdenden, ja sogar fast verachtenden Blick. „Wie bitte? Was denken Sie, wer ich bin? Gut, geben Sie mir den Umschlag, dann werde ich Herrn Riestermann später anrufen."
„Wenn Sie es bitte in ein paar Minuten probieren können? Riestermann hat nämlich bald Dienstschluss."
Friedrich händigte das Kuvert aus, nahm den Schlüssel in Empfang und steuerte über die Treppe im Flur die Garderobe im ersten Stock an. Er schloss sein Fach auf, deponierte den Mantel und öffnete vorsichtig seinen Aktenkoffer. Zum Glück war der Flur leer. Er warf einen flüchtigen Blick in den Inhalt des Koffers, den er hastig umräumte. Friedrich schloss den Koffer ein, schaute kurz zum Eingang in den Lesesaal auf der anderen Seite des Treppenhauses. Dann drehte er den Kopf. Durch den Eingang zum hinteren Korridor, zweite Tür rechts, rief er sich ins Gedächtnis. Vorsichtig klopfen. Würde ihn jemand fragen, dann sollte er sich an eine gemeinsame Ausstellung zwischen Archäologischem Museum und Ikonenmuseum erinnern, wo er schließlich bis vor wenigen Monaten noch arbeitete. Er würde sich dann nach einer wichtigen Inventarliste erkundigen, die dort lagerte. Friedrich schlug seinen Weg ein, spulte sein Programm ab, handelte wie in Trance. Zwischendurch zupfte er sich sein Jackett zurecht, das er über dem Bürohemd trug. Dann ging er zur Toilette gegenüber. Erst mal Druck ablassen, das war sein einziger Gedanke.
Friedrich hatte gerade seine Notdurft verrichtet, als er hinter der Kabinentür etwas fallen hörte. Er zuckte zusammen. Dem Geräusch nach könnte das nur ein Schraubenschlüssel gewesen sein, dachte Friedrich. Dann hörte er die Klospülung und die Verriegelung, die von innen geöffnet wurde. Heraus kam ein mittelgroßer Mann mit einer blauen Arbeitsjacke, aus der ein glitzerndes Werkzeug herausschaute.
„Wie ist es gelaufen?", wollte der Mann wissen.
„Hier im Haus ganz nach Plan", entgegnete Friedrich gefasst. „Aber ich glaube, meine Sekretärin hat Verdacht geschöpft. Sie hat mich so komisch angesehen, als ich aus dem Büro ging. Ich hoffe, sie hat nichts unternommen. Ich konnte keinen Wagen hinter mir

sehen, der mich verfolgt hat. Aber wir müssen abwarten und sehr vorsichtig sein."
„Immer mit der Ruhe", meinte der Mann und öffnete kurz die Toilettentür zum Flur. Alles ruhig. „Und die Dame am Empfang, bringt die den dicken Umschlag zu Riestermann rüber? Oder versucht die blöde Kuh etwa, sich selbst daran zu bedienen?"
Friedrich schmunzelte verlegen. „Dafür ist die viel zu akkurat. Das hat sie völlig kalt gelassen. Aber was sollte sie auch mit dem Inhalt anfangen? Selbst das Trinkgeld, das hat sie verschmäht. Wie auch immer, ich geh dann mal rüber." Friedrich verabschiedete sich und lief über den Flur zurück Richtung Lesesaal.
Derweil hatte Zorbas den Südeingang zum Museum betreten und beobachtete Riestermann, der in Eingangsnähe auf und ab ging und einen prüfenden Blick zu der alten römischen Wasseruhr warf. Dann klingelte das Telefon, und Riestermann wurde zur Empfangstheke gerufen. Mit vorsichtig wachenden Augen ging der Grieche nun durch die Karmeliterkirche und ließ die Hintertür zum Kreuzgang nicht mehr aus den Augen. Als er sah, wie sich Riestermann auf eben diese Pforte zubewegte, holte er sein Handy aus der Hosentasche. „Riestermann geht Richtung Stadtarchiv", simste er an Pokroff. Dann drehte er sich um und bemerkte hinter sich in ein paar Metern Abstand noch einen weiteren Aufseher. Schnell packte er das Handy weg. Nein, er konnte Riestermann durch diese Tür in den Kreuzgang, die nur dem Personal vorbehalten war, nicht folgen. Das wäre zu auffällig gewesen.
Pokroff und Bechstein saßen noch immer im Auto vor dem Nordeingang, als Zorbas seine zweite SMS sendete. „Riestermann passiert gleich die Archivtür." Der Kommissar blickte motivierend zu seiner Kollegin hinüber. „Zugriff!"
Christiane Bechstein nickte kurz. Dann stiegen sie in Begleitung der beiden Streifenpolizisten aus und marschierten zielstrebig durch die Eingangstür. Dort nahm Riestermann gerade den für ihn bestimmten Umschlag in Empfang. „Einen guten Tag, Herr Riestermann", grüßte Pokroff. „Ich sehe, sie haben hier einen zweiten Job und brauchen trotzdem immer noch jede Menge Geld. Öffnen Sie doch bitte mal den Umschlag!"
Riestermann tat, wie ihm geheißen, stieß dazwischen ein genervtes „Bitte sehr, wenn es sein muss", hervor. Dann riss er den Umschlag auf und hielt den Inhalt in der Hand: ein Bündel voller kleinformatiger kopierter Zeitschriftenartikel über Ikonenkunst, speziell aus Nordrussland.

Pokroff verstand die Welt nicht mehr. „Das ist alles? Wir hatten Hinweise, dass hier eine wesentlich wertvollere Sendung übergeben werden soll.“

„Ich weiß wirklich nicht, was Sie meinen. Ich bat Herrn Friedrich nur um diese Artikelsammlung, weil ich mich speziell in die nordrussische Ikonenmalerei einarbeiten wollte. Davon haben wir einige Exponate in unserer Sammlung. Das ist doch nicht verboten, oder?“

„Natürlich nicht. Trotzdem muss ich Sie bitten, mit meinen Kollegen nach draußen zu kommen, um die Angelegenheit aufzuklären.“

„Ich bin sicher, hier handelt es sich um ein großes Missverständnis“, beteuerte Riestermann. Doch es half nichts: Er musste mit zwei der drei Streifenpolizisten den Weg nach draußen antreten und wurde schließlich abgeführt. „Wo ist Herr Friedrich?“, wollte Pokroff schließlich wissen. Riestermann zuckte einmal mehr scheinbar ahnungslos mit den Achseln. Doch da schaltete sich die korrekte Empfangsdame ein: „Gerade vor ein paar Minuten ist noch ein zweiter Herr im Jackett zum Lesesaal hinaufgegangen. Es war der Herr, der mir den Umschlag gegeben hatte. Das ist wohl der Herr Friedrich, den Sie meinen. Offenbar hatte er es sehr eilig.“

„Danke“, murmelte Pokroff und steuerte direkt die besagte Treppe zur oberen Etage an. Ein kurzer Blick zur Dame genügte: Diese Person hatte tatsächlich nichts mit der Angelegenheit zu tun und folglich auch nichts zu verbergen.

Christiane Bechstein begleitete Riestermann und die beiden Beamten in den Wagen. Zusammen mit dem dritten Polizisten ging Pokroff nun in den Lesesaal, wo er Friedrich in einer hinteren Ecke sitzend über einem Werk zur osteuropäischen Kunstgeschichte brütend vorfand. Pokroff blickte in die Gesichter der drei Mitbenutzer des Lesesaals und ahnte, wie sich ihre Münder zu einem unmissverständlichen „Pssst!“ formen wollten. Ihre teils neugierigen, teils genervten Gesichter verstärkten die angespannte Atmosphäre, die nun im Lesesaal lag. Doch darauf konnte Pokroff in diesem Moment keine Rücksicht nehmen. Er zückte seinen Dienstausweis.

„Entschuldigen Sie bitte, dass ich Sie für einen kurzen Moment stören muss. Mein Name ist Pokroff von der Kriminalpolizei. Herr Friedrich, ich muss Sie bitten, mit mir nach draußen zu kommen. Dort erkläre ich Ihnen dann alles.“

Der kommissarische Direktor klappte das Buch zu, erhob sich zögerlich und ging mit bedächtigem Schritt zur Glastür. Ein weiterer Besucher mit grauem Schnauzbärtchen blickte kurz auf, um sich dann wieder in sein voluminöses Werk zu vergraben – offensicht-

lich ein Atlas mit historischen Weltkarten. Doch Pokroff war hauptsächlich auf Friedrich konzentriert, der nun direkt vor ihm stand. Gemeinsam gingen die beiden hinaus.
„Herr Friedrich, was wird hier eigentlich gespielt? Dass Sie sich für die gefälschte Barbara-Ikone mitverantworten müssen, reicht Ihnen wohl noch nicht. Nun verlassen Sie Ihr Museum ganz offensichtlich mit einem Geldkoffer und übergeben Herrn Riestermann nichts als einen Umschlag mit Zeitungsartikeln? Wo haben Sie das Geld?"
„Von einer gefälschten Ikone ist mir nichts bekannt. Auch sonst weiß ich nicht, wovon Sie reden. Wie kommen Sie auf eine solch absurde Idee?" Friedrich versuchte freilich, das ahnungslose Unschuldslamm zu spielen.
„Dass Klotzhofer die Ikone ohne Ihr Wissen und Zutun fälschen ließ, glaubt Ihnen kein Mensch. Und nun öffnen Sie mal bitte Ihr Jackett."
„Bitte sehr." Friedrich ließ die Knöpfe durch die Löcher gleiten. Fehlanzeige.
„So oder so, Leugnen ist zwecklos. Sie wurden mit den Umschlägen und dem Koffer gesehen. Aber Sie wollten wohl besonders schlau sein und uns ablenken. So funktioniert das aber nicht. Sie zeigen mir jetzt sofort, wo sie den Koffer und das Geld deponiert haben."
Friedrich schüttelte ahnungslos den Kopf. „Wahrscheinlich glaubt meine Sekretärin, sie hätte mal wieder irgendetwas bemerkt. Das ist doch absurd. Die hat schon immer Gespenster gesehen. Aber bitte, wenn Sie darauf bestehen." Die beiden gingen nun wieder Richtung Garderoberaum. Der Kommissar spürte, wie man ihn hier regelrecht vorführen wollte. Aber ein Geldkoffer konnte sich schließlich nicht einfach in Luft aufgelöst haben. Pokroff hatte Christiane Bechstein bereits angewiesen, Verstärkung von den Kollegen der Spurensicherung anzufordern. Nur noch wenige Minuten, dann gab's hier das volle Programm: von den Schließfächern und Toilettenkästen über die Grabsteine im Kreuzgang bis hinauf zum Lesesaal. Auch wenn die Benutzer dort abermals protestieren würden. Aber was soll's? Ordnung ist schließlich nicht nur das halbe Lesen, sondern auch die halbe Ermittlungsarbeit.
Doch nun kam noch einmal Spannung auf, als Friedrich den Schlüssel zum Schließfach drehte. Vor allem beim Kommissar. Friedrich war nicht mehr ganz so nervös, konnte er doch präsentieren, womit der Kommissar fast schon gerechnet hatte: einen Aktenkoffer, den man sogar ohne aufwendigen Zahlencode öffnen konnte. Doch dieser war leer.

„Okay, okay, Friedrich, Sie sind ein Genie, ich geb's zu. Aber gewinnen können Sie ja doch nicht. Also, geben Sie schon zu, wo haben Sie das Geld versteckt? Etwa oben? Und wer soll es abholen?"
„Das wird mir jetzt langsam zu albern. Niemand erwartet mich, um irgendetwas abzuholen." Fast gelang es Friedrich, jene überlegene Siegerpose aufzusetzen, die sein Chef bei der Eröffnung des Museums an den Tag gelegt hatte. Was auch Pokroff freilich nicht entging.
„Sie gucken so überlegen, weil Sie denken, Sie könnten mich reinlegen. Und natürlich, weil Sie sich als Chef fühlen, der da anknüpfen kann, wo Ihr so wenig beliebter Vorgänger leider unterbrochen wurde. Ich weiß, dass Sie ihn nicht leiden konnten. Und dass Sie ihm am liebsten in den Rücken gefallen wären. Sie tun so arrogant und selbstsicher, weil Sie denken, Sie wären inzwischen über jeden Verdacht erhaben. Aber ich habe Sie noch lange nicht von meiner Liste gestrichen. Sie dachten wohl, Sie hätten den perfekten Mord begangen oder zumindest in Auftrag gegeben. Aber irgendwer hat Lunte gerochen. Und deshalb werden Sie jetzt erpresst."
„Also, das ist doch unerhört. Kein Mensch erpresst mich. Und ein Mörder bin ich schon mal gar nicht. Ich werde mich bei Ihren Vorgesetzten beschweren, wenn Sie nicht auf der Stelle damit aufhören, mir hier ständig irgendwelche neuen Kapitalverbrechen anzuhängen."
„Also gut, dann machen wir jetzt mit der Suche in der Toilette weiter." Das Hin und Her dauerte noch ein paar Minuten an, während der Kommissar demonstrativ die Kabinentüren öffnete. Dann traf endlich die Verstärkung ein. Und nun ging's richtig zur Sache. Frau Häfner musste die wenigen verschlossenen Schließfächer öffnen, während die Kollegen der Spurensicherung die Spülkästen und Seifenspender prüften und den Abwurf für die Einweghandtücher auseinandernahmen.
Im Kreuzgang kam derweil Hauptmeister Schubert mit seinem Team zum Einsatz. Dort hatten die Mitarbeiter des Archäologischen Museums zur Aufwertung des Gangs Grabsteine und Urnen aus der Römerstadt Nida aufgestellt. Sämtliche schweren Deckel wurden nun von den Polizisten angehoben. Nichts. Dann sah Schubert hinter einem Reliefstein ein Stück Papiertüte hervorluken. „Achtung Männer, da drüben", spornte er sein Team an. „Ich spüre, dass wir dort finden, wonach wir suchen."
Mit seinen Einweghandschuhen zog Schubert vorsichtig die Tüte hinter dem Stein heraus. Er hörte es förmlich knistern. Dann kam

der vielversprechende Blick ins Innere: nichts als ein Haufen Taschentücher und Papierservietten.
„Mist, welcher Schmutzfink war denn das?“, schimpfte Schubert. „Also los, dann eben rauf in den ersten Stock!“ Durch den Vorder- und Hintereingang stürmten die Kollegen auf einmal die Treppe hinauf, durchstöberten sämtliche Ablagen, Regale und Papierkörbe im Lesesaal und dem Vorraum. Auch die Besucher, die abermals aus ihrer Lektüre herausgerissen wurden und das Geschehen mit verärgerten und zugleich neugierigen Mienen verfolgten, mussten sich der Visitation unterziehen – wenn auch nicht gründlich genug, wie sich bald herausstellen sollte. In den oberen Toilettenräumen hatte sich tatsächlich jemand an einem Spülkasten zu schaffen gemacht. Offenbar ein Klempner im Blaumann, den der ein oder andere Besucher gesehen hatte. Aber die Suche blieb auch hier erfolglos. Auf einer Tür schräg gegenüber stand schließlich das hoffnungsvolle Schild: „Archiv- und Lagerraum.“
Schubert stieß energisch die Tür auf, stolperte fast über Eimer und Putzwedel. Hinter Bergen von Klopapier ließen sich ein paar Regale mit Aktenordnern ausmachen. „Durchsuchen!“, befahl der Hauptmeister. Derweil kam von hinten die Aufsicht aus dem Lesesaal angestürmt. „Was soll denn das? Das ist unser Putzraum, da haben wir für unseren Umzug nur ein paar Abrechnungen zwischengelagert.“ Unwillig nahmen die Polizisten die Ordner von den Regalen an der Hinterwand, blätterten und wühlten sie durch. Vergebliche Liebesmühe.
„Wie lange wollen Sie das gesamte Karmeliterkloster denn noch auf den Kopf stellen?“, fragte Friedrich unwillig, während die ersten Fahnder bereits in die Ausstellungsräume im Archäologischen Museum stürmten. Selbst der einst geweihte Raum der Klosterkirche, der längst den Altären der antiken heidnischen Götter Raum geben musste, verwandelte sich nun in ein Trainingsfeld akribischer Spurensuche.
„Wir suchen so lange, bis wir das Geld gefunden haben“, insistierte Pokroff.
„Ich bitte Sie noch ein letztes Mal, Herr Kommissar, Sie haben da wirklich eine völlige Fehlinformation bekommen“ – Friedrich setzte nun fast eine beschwörenden Miene auf – „ich habe nicht so viel Zeit, bis Sie sich hier zu Tode gesucht haben. Ich muss dringend ins Museum zurück.“
„Also gut, ein Angebot zur Güte. Wir fahren jetzt ins Präsidium, wo Riestermann bestimmt schon auf Sie wartet. Dort reden wir noch

mal in Ruhe über alles. Wenn wir in der nächsten Stunde nichts finden und Sie mir die Geschichte hier schlüssig erklären, können Sie vorerst an Ihren Arbeitsplatz zurückkehren."
Pokroff griff nach seinem Handy, tippte eilig die Nummer von Zorbas ein. „Okay, ich rausch dann mal ab. Aber du hältst hier noch bis auf Weiteres die Stellung. Ich bin sicher, hier passiert noch etwas."
Eine knappe Dreiviertelstunde verging, bis die Beamten mit ihrer Durchsuchung fertig waren. Zorbas bekam von alldem scheinbar nichts mit – natürlich hatte Bechstein die Kollegen im Museum zwischenzeitig instruiert, den griechischen Kommissar wie einen ganz normalen Museumsbesucher zu behandeln, den man scheinbar zufällig in der Dauerausstellung antrifft. Zorbas versuchte seinerseits, die nervtötende Zeit der Ungewissheit zu überbrücken, indem er immer wieder die Ratgeb-Malereien im Kreuzgang betrachtete.
Diese wunderschönen Malereien erinnerten ihn an ähnliche Darstellungen in den Athos-Klöstern oder im bulgarischen Rila-Kloster in den Bergen südlich der Hauptstadt Sofia, das er durch einen Bildungsurlaub kannte. Kein Wunder, dachte Zorbas, dass die Ratgeb-Bilder zu den schönsten ihrer Art nördlich der Alpen zählen. Zusammen mit dem Klostergarten innerhalb des verglasten Kreuzgangs sowie der Kirche des historischen Konvents strahlten sie doch eine besinnliche Ruhe in der geschäftigen City aus, die nun durch die Spezialeinheit der Polizei gestört wurde. „Eigentlich eine Sünde", dachte Zorbas. „Aber der Zweck heiligt bekanntlich die Mittel, auch im Polizeidienst." Doch das Geheimversteck für die Beute wollte einfach nicht ans Tageslicht kommen.
Kaum hatte die Polizei die Gebäude wieder freigegeben, da drängte eine Gruppe wohlsituierter und anzugbekleideter Herren in den Kreuzgang. Es handelte sich hierbei um eine interfraktionelle Gruppe von Abgeordneten aus dem Römer, die sich vor dem anstehenden Umbau ein Bild vom Gesamtensemble des Karmeliterklosters machen wollten. „Wissen Sie eigentlich, dass hier das Gedächtnis unserer Stadt ruht?", meldete sich ein Fraktionschef mit pathetischer Stimme zu Wort. „Drüben im Museum lagern die ältesten archäologischen Funde aus dem römischen Nida bis zurück ins erste nachchristliche Jahrhundert. Und im Institut für Stadtgeschichte dokumentieren unzählige Regalmeter die wechselvolle Geschichte unserer Stadt von Karl dem Großen über die Kaiserkrönungen bis zur bewegten Zeit des Wiederaufbaus und des Wirtschaftswunders." Der Vorsitzende hielt einen Moment lang inne, genoss die ehrfurchtsvollen Blicke seiner Zuhörer. „Und das in

einem so einzigartigen Klostergebäude. Wussten Sie eigentlich, dass man das Karmeliterkloster im 19. Jahrhundert fast abgerissen hätte, ähnlich wie die Leonhards- und die Alte Nikolaikirche?
Verständnisloses Achselzucken. „Ich kann's mir vorstellen, das ist ja hier wie in der freien Hanse- uns Abriss-Stadt", warf ein graublonder Hüne, offensichtlich norddeutscher Abstammung dazwischen und erntete dafür leises Gelächter. Nur Zorbas fand dieses amüsante Zwischenspiel langsam nicht mehr komisch. „Mann, Mann, die haben mir gerade noch gefehlt. Heute kommt aber auch wirklich alles zusammen", dachte er.
Derweil klappte der ältere Herr mit dem Schnauzbärtchen im Lesesaal seinen historischen Weltatlas zu. Er raffte seine Notizzettel zusammen und schob sie in den mittelstarken Aktenordner, der rechts neben ihm lag. Noch einmal blickte er sich prüfend um, ob er auch nichts vergessen hatte. Dann ging er mit leisen Schritten Richtung Ausgang. Er gab sich dabei sichtlich Mühe, jegliche Störgeräusche zu vermeiden. Denn von denen hatte es an jenem Tag schließlich schon genug gegeben. Der Herr gab den Atlas an der Aufsichtstheke zurück und verwies dabei auf den Leitzordner.
„Sie wissen ja, diese Mappe hatte ich bereits von zuhause mitgebracht. Wenn Sie mir bitte noch die Tüte mit meiner Anzugjacke, die ich bei Ihnen gelassen habe, zurückgeben würden?"
„Selbstverständlich", nickte ihm sein Gegenüber zustimmend entgegen. „Ich wünsche Ihnen noch einen schönen Tag."
Der Herr klemmte sich seinen Ordner unter den Arm und ging mit der Tüte die Treppe hinunter, schräg vorbei an der Empfangstheke und dann in den Kreuzgang. Die Empfangstheke ließ er links liegen – Frau Häfner, die ihm fassungslos hinterherblickte, hatte ihre preußische Hausordnung längst aufgeben müssen. Da der Herr selbst einen graublauen Sakko trug, fiel er in der Gruppe der Parlamentarier aus dem Römer, die teilweise noch ihre Mappen mit Sitzungsanträgen spazieren trugen, kaum auf. Gezielt näherte er sich der Zwischentür, passierte Zorbas, der ihn zunächst kaum wahrnahm. Der Herr öffnete die Tür, ging hinüber ins Archäologische Museum und dann durch den dortigen Ausgang. Zorbas sah ihm eine Weile hinterher, bemerkte, wie der Herr sich immer schneller vom Museum entfernte und sich nur am Ende noch einmal mit absicherndem Blick herumdrehte.

Kapitel 23

Als der Herr hastig die Tür seines grünen Kombis zuschlug, fiel es dem Griechen wie Schuppen von den Augen. Er ließ ihn gerade noch um die Ecke biegen, stieg schnell zu seinen Kollegen in den zivilen Dienstwagen und fuhr hinterher. Die Zielperson fuhr zunächst durch den Theatertunnel Richtung Hauptbahnhof, um sich dann weiter Richtung Mainzer Landstraße zu orientieren. Auch Zorbas musste stärker ins Gaspedal treten, um dranzubleiben, warf dabei einen kritischen Blick auf sein Tachometer. Aber hier war schließlich Gefahr im Verzug. Nachdem er das Funkloch im Tunnel überwunden hatte, meldete er sich bei Pokroff: „Sie haben uns perfekt an der Nase herumgeführt. Der ältere Besucher aus dem Lesesaal ging scheinbar unauffällig an mir vorbei, dann verschwand er mit schnellem Schritt und Plastiktüte in der Hand durch das Archäologische Museum. Er fährt Richtung Westen, aber wir bleiben ihm dicht auf den Fersen."

„So ein Mist! Okay, Evangelos, wir kommen gleich hinterher. Nun muss Friedrich sein aberwitziges Schweigen brechen. Wo genau seid ihr gerade?"

„Inzwischen auf der Mainzer. Die Zielperson fährt geradeaus in Richtung Galluswarte."

„Okay. Bleib an ihm dran!"

Hatte der Unbekannte im Wagen vor ihm die Verfolger bemerkt? Urplötzlich bremste er scharf, bog rechts in eine Seitenstraße ein, um seinen Weg über die Frankenallee und die Idsteiner Straße fortzusetzen. Wohin mochte die Reise gehen? Fast hätte Zorbas seine Zielperson doch noch aus den Augen verloren. Erst nach ein paar Minuten erblickte er den Kombi wieder, der ruhig vor einem schmucken Haus in der Alten Hellerhofsiedlung stoppte, offenbar in der Annahme, seine Verfolger abgeschüttelt zu haben. Zorbas bremste den Wagen etwas ab, überlegte derweil kurz. Er hatte einen Schulfreund, der aus dieser Gegend kam. Wegen den Giebelhäusern, die fast in holländischer Art mit Backsteinklinkern gemauert waren, hatten sie dieses Viertel spaßeshalber „Little Amsterdam" genannt. Nun ging seine Verfolgungsjagd hier zu Ende.

Kaum war der Verfolgte ausgestiegen, da legte der Grieche eine Vollbremsung hin und sprang aus dem Wagen. Doch der Mann war schnell losgelaufen, erst in die Eppenhainer und dann in die Ruppertshainer Straße. Erst dort konnte ihn Zorbas schließlich stellen. „Zorbas, Kriminalpolizei. Ihre Papiere bitte."

„Moment mal, was ist los? Mein Name ist Kurt Voigt“, antwortete der Verfolgte kurz und hielt Zorbas seinen Personalausweis hin.
„Ich stelle hier die Fragen. Was haben Sie so lange im Institut für Stadtgeschichte und dann im Archäologischen Museum getan?“
„Ich arbeite im Institut und bereite gerade eine Sonderausstellung mit historischen Karten vom Raum Frankfurt und vom Rhein-Main-Gebiet vor.“
„Und dafür haben Sie den Archivordner unter Ihrem Arm mitgenommen und sind wie ein Irrer durch die Stadt gerast? Die haben doch eine sehr ruhige Präsenzbibliothek. Warum sind Sie nicht im Institut geblieben und haben Ihre Arbeit dort zu Ende gebracht?“
„Ich habe mir extra Freistunden genommen, um früher nach Hause zu gehen. Als Mitarbeiter darf ich den Ordner ausnahmsweise mitnehmen. Ich muss zu meiner Schwester. Sie ist sehr krank.“
„Aber erst geben Sie mir diesen Ordner.“ Inzwischen war auch Pokroff gekommen, während Frau Bechstein immer noch Friedrich verhörte. Zusammen inspizierten sie nun die Mappe. Die sauber kopierten Karten auf den ersten Seiten wiederholten sich zur Mitte, dann folgten wahllose Kopien aus Geschichtsbüchern. In der Mitte war nur noch eine Klarsichtfolie zu sehen, in der eine mehrfach und kompliziert zusammengefaltete und offenbar hochempfindliche Karte des Belagerungsplans von Faber steckte – und in ihr verbarg sich ein unauffälliger weißer Umschlag. Darin war das lange gesuchte Geld: 50.000 Euro in größeren Scheinen.
„Na, da haben wir ja den Beweis“, meinte Zorbas zufrieden. „ Eine hübsche Summe, die Sie sich da gesichert haben. Wenn Sie mir jetzt bitte auch noch die Plastiktüte geben würden.“
Zorbas ließ sich die rote Tüte aushändigen und gab sie an Pokroff weiter, der darin zunächst eine weitere, blaue Tüte vorfand. Diese beinhaltete eine blaue Arbeitsjacke, sogar mit Schraubenzieher und Schraubenschlüssel. „Tja, ich sehe, Sie sind sehr begabt und vielseitig. Bei uns zuhause ist auch ein Wasserrohr undicht. Kommen Sie doch bitte morgen Nachmittag mal vorbei und schauen Sie sich das an. Da habe ich nämlich früher Dienstschluss.“
Voigt stand wie versteinert da.
„Sauber, sauber.“ Pokroff klopfte seinem griechischen Kollegen auf die Schulter. „Friedrich gibt zur Tarnung am Empfang einen Umschlag für Riestermann ab, der nur mit Zeitungsartikeln gefüllt ist. Den zweiten Umschlag holt er unbeobachtet im Raum mit den Schließfächern aus dem Koffer, steckt ihn unauffällig ins Jackett und geht in einen unscheinbaren Lagerraum auf dem gegenüber-

liegenden Flur des Lesesaals. Von Riestermann weiß Friedrich, dass darin umzugsbedingt neben dem Putzzeug auch Aktenordner zwischengelagert sind und dass die Tür nicht abgeschlossen wird. Hier hat Riestermann auf Anweisung unseres Erpressers einen präparierten Ordner platziert. In eine leere Klarsichthülle in der Mitte schiebt Friedrich den Umschlag mit dem Geld."
Pokroff blickte Voigt an. „Und jetzt kommen Sie ins Spiel. Da in der Mittagspause kaum jemand im Haus ist, können Sie unbehelligt schräg gegenüber in der Toilette warten und die Ausführung Ihres Plans beobachten. Falls doch mal jemand reinkommt, haben Sie natürlich Ihre blaue Arbeitsjacke an und schrauben am Spülkasten rum. Dann kommen Sie im richtigen Moment heraus und nehmen im Raum gegenüber den Ordner mit dem Geld an sich. Dort tauschen Sie auch die Arbeitsjacke gegen einen Sakko aus. Weil Sie das von der Polizei umstellte Institut nicht fluchtartig verlassen können, gehen Sie unauffällig zum Lesesaal, deklarieren bei der Aufsicht den Ordner als ihren eigenen Ordner mit Kartenmaterial, den Sie von zuhause mitgebracht haben. Als ich mit einem Polizisten in den Saal komme, wissen Sie, was die Stunde geschlagen hat. Sie bleiben unscheinbar und regungslos sitzen, während ich auf Friedrich fixiert bin und Sie nicht weiter bemerke. Ebenso unauffällig mischen Sie sich später im Kreuzgang unter die Gruppe, die aus dem Römer kommt."
Voigt blieb stumm und rührte sich noch immer nicht. Offenbar hatte er den Ausführungen des Kommissars nichts hinzuzufügen.
„So, Herr Voigt, und welchen Lebenstraum wollen Sie sich nun mit der Kohle erfüllen?"
„Das Geld ist nicht für mich, ich … ich helfe nur einer Verwandten, ich meine meiner Schwester."
„Die Sie dafür angemessen beteiligt, verstehe schon. Okay, Sie sind vorläufig festgenommen. Die Kollegen kümmern sich um Sie."
Gerade hatten die Streifenpolizisten Voigt die Handschellen angelegt und ihn in den Wagen geschafft, da ging das Fenster auf, und eine kräftige ältere Dame mit feurigen Augen und wild gestikulierenden Händen steckte den Kopf heraus. Man hätte sie wirklich für eine temperamentvolle Süditalienerin halten können, hätte sie nicht so eine unverwechselbare Berliner Schnauze gehabt.
„Wat is denn da unten nur los?", schrie die Frau, die man im Viertel nur als die „Dicke Bertha" kannte, über die halbe Straße hinweg.
Pokroff hatte keine Lust mehr auf das ganze Theater. „Frau Teschke, ich weiß ja, sie sind ein Sprachtalent und eine Meisterin der Tar-

nung. Aber das Spiel ist aus, und Sie haben verloren. Und nun wollen wir gerne reinkommen, und zwar ein bisschen plötzlich. Oder müssen wir etwa erst die Tür aufbrechen?"
„Nee, nee, is schon jut." Bertha Teschke drückte auf den Türöffner. Kurze Zeit später war das gesamte Team in der Wohnung und schaute sich mit hastig prüfenden Blicken um. Auf den ersten Blick war jedoch nichts zu entdecken. Doch das Beste sollte erst noch kommen. Zorbas hatte noch einen Geheimtipp für seinen Chef auf Lager. Er kannte diese Siedlungshäuser mit ihren geheimen Lagerstätten und konnte den Kommissar schnell überzeugen. „Wenn Sie uns jetzt bitte mal den Keller aufsperren könnten", insistierte Zorbas. Was Bertha Teschke auch umgehend tat. Denn jeder Widerstand war zwecklos geworden.
Pokroff blickte in einen dämmrigen Kellerraum. „Und jetzt bitte mehr Licht!", forderte er mit pathetischer Miene. Er merkte, wie ihn trotz der ernsten Lage ein leichtes Grinsen überkam. Fürwahr, der große Dichterfürst hätte diese Anweisung nicht klarer geben können. Bertha Teschke drückte auf den Lichtschalter. Was Pokroff in dem zum Atelier umfunktionierten großzügigen Kellerraum nun zu sehen bekam, übertraf selbst seine kühnsten Vorstellungen: Die Passion Christi, das Weltengericht und die heiligen Apostel leuchteten in den herrlichsten Farben und setzten einen kräftigen Gegenakzent zu diesem sonst so kühlen und zweckdienlich weiß gekalkten Kellergewölbe. Versuchte man sich statt des grellen Neonlichts ein paar flackernde Kerzen vorzustellen, dann hätte man sich fast in einer römischen Katakombe wähnen können. Für einen Moment verschlug es selbst dem Kommissar die Sprache.
„Sieh an, sieh an. Das verborgene Talent eines Porträtmalers. Könnte man wenigstens meinen. Oder haben Sie diese wunderschönen Werke doch irgendwo gekauft?"
„Von wegen, das hat alles mein Gregor jemalt", sagte Bertha Teschke mit tränenerstickter Stimme. „Er war doch so begabt. Klar, dass der mehr kann als nur einfache Stadtporträts."
„Schon klar. Nicht Klaus Teschke, sondern Gregor Klaus Teschke. Eigentlich ist Gregor der Rufname. Aber meine kunstversierte Ehefrau hat mir neulich einen halben Vortrag gehalten über einen Berliner Grafikkünstler mit Namen Gregor Deschke. Um Verwechslungen auszuschließen, hat Ihr Mann einfach die Reihenfolge der beiden Vornamen umgedreht. Aber Klotzhofer, der Ihren Mann kennengelernt hatte, bevor er sich Klaus nannte, sprach ihn natürlich weiterhin mit Gregor an. Wie lange kannte Klotzhofer Ihren Mann schon?"

„Seit ein paar Jahren. Die beiden sind sich zum ersten Mal bejegnet, als wir noch in Berlin wohnten. Dann kamen wir nach Frankfurt, wo sie sich wiedertrafen“, erinnerte sich Bertha Teschke.

„Von der Statur und dem Bart kann man Ihren Mann beim Vorbeigehen im Dunkeln leicht mit Gregoriew verwechseln und deshalb glauben, man hätte die Namensendung -iew nur nicht richtig gehört. Als das Originalbild der Heiligen Paraskeva für die Ausstellung ausschied, beauftragte Klotzhofer Ihren Mann mit der Fälschung einer Heiligen Barbara. Ihr Mann präparierte die Ikone glaubhaft mit Brandspuren und einem abblätternden goldenen Hintergrund, damit sie auch richtig echt und alt aussah. Die richtigen Papiere zu der gefälschten Ikone gab’s dann von den Brüdern des Karparow-Clans aus Moskau. Aber der Herr Direktor ist ihrem Mann wohl das Honorar schuldig geblieben. Und als er dann tot war, kamen Sie auf die Idee, mit verstellter Stimme Friedrich zu erpressen.“

„Aber et ging doch nur um dat Jeld, dat meinem Mann und mir sowieso zustand“, schluchzte Frau Teschke. „Kaum hatte mein Gregor seine Schuldigkeit für Klotzhofer jetan, da war er für ihn keen Pfifferling mehr wert. Die jroße Kohle verdienen doch immer nur die anderen. Nicht mal einjeladen hat er uns zu seiner glorreichen Eröffnungsfeier. Seine Gönner, die hat er mit Kaviar und Krimsekt bewirtet. Und uns, seine Tempeldiener, hat er mit so ’nem bissken Trinkjeld und ‘nem einfachen Stand vor seinem privaten Musentempel abjespeist.“

„Trotzdem, was Sie uns hier vorgeführt haben, das ist eiskalte Erpressung. Und dafür müssen Sie sich vor Gericht ebenso verantworten wie Ihr Bruder.“

„Wer weeß schon, wie viel Jeld Friedrich auf dem jeheimen Konto seiner Museumsbank jebunkert hat. Wir wollten doch nur unseren Anteil.“

„Eben das Geld, das Klotzhofer nicht zahlen konnte, weil er den finanziellen Verpflichtungen des Karparow-Clans nachkommen musste. Darüber haben sich die beiden gestritten, und Ihr Mann hat dann den Direktor erschlagen. So oder so, Erpressung bleibt Erpressung. Aber jetzt mal raus mit der Sprache: Wo zum Kuckuck hat sich Ihr Mann versteckt?“

„Wat wollen Sie? Et kam zum Kampf. Er wollte ihn bestimmt nicht umbringen. Mein Gregor ist doch kein Mörder.“

„Na, das soll er mir mal schön selber erklären. Also, wo versteckt er sich?“

„Er hat sich nicht versteckt, sondern ist im Krankenhaus. Er hatte

einen Rückfall an Leukämie."
„Leukämie?"
„Vor fünf Jahren hat das anjefangen mit dem verfluchten Krebs. Aber dann ist mein Mann zu einem Spezialisten in die Uniklinik , und der konnte ihm helfen. Gregor war so jut wie jeheilt. Vor ein paar Tagen fing dann allets wieder an. Er fühlte sich plötzlich schlecht, wie bei einer Grippe, wurde immer schwächer und musste sich dann medizinisch versorgen lassen."
„In welchem Krankenhaus können wir Ihren Mann jetzt finden?"
„Er liegt im Bürjerhospital. Aber er ist sehr schwach."
„Im Bürgerhospital? Warum gerade dort?"
„Dort jibt es eine jute Klinik für Unfallchirurgie. Mein Mann brach jestern auf offener Straße zusammen und fiel dabei aufs Jesicht. Er brach sich sein Nasenbein und renkte sich den rechten Arm aus. Man hat ihn zunächst ins Bürjerhospital gebracht, da der Unfall nur wenige Meter vor Ihrem Präsidium passierte. Mein Mann wollte sich stellen. Abends nach den ersten operativen Eingriffen konnte ick ihn kurz sprechen. Er wollte mir diese janze Sache hier ausreden. Aber ick sagte ihm, ick würde et mit meinem Bruder auf jeden Fall zu Ende bringen, da sonst allet umsonst jewesen wäre."
„In Ordnung, Sie kommen jetzt mit. Dann fahren wir eben zusammen dorthin. Ich werde meine Kollegin anrufen, die bestimmt von Friedrich auch gerade die ganze Wahrheit erfahren hat. Dann soll uns Ihr Mann selbst berichten, was sich in jener Nacht zugetragen hat."
Pokroff und Zorbas führten Bertha Teschke aus der Wohnung. Für einen Moment lugte sogar die Sonne hinter den Giebeln der Hellerhofsiedlung hervor, als die Polizisten mit Frau Teschke losfuhren. Die Kollegen waren mit Voigt im Streifenwagen bereits zum Präsidium unterwegs, um erkennungsdienstliche Maßnahmen einzuleiten. Pokroff funkte seine Kollegin Bechstein kurz an: „Okay, Christiane, Zugriff erfolgt. Wir haben Kurt Voigt festgenommen, den Helfer der Erpresserin Bertha Teschke. Ihr Mann hat Klotzhofer erschlagen. Hat Friedrich inzwischen gestanden?"
„Was, die beiden? Na ja, Friedrich hat nur sehr zögerlich gestanden. Aber dann konnte er nicht mehr verbergen, wie er das ganze Karmeliterkloster mit seinen präparierten Umschlägen und mit seinem Namensschild zum Narren gehalten hat. Und so konnten wir auch Riestermann knacken. Aber wo ist Klaus Teschke jetzt?"
„Offenbar ist er nach einem Rückfall an Leukämie zusammengebrochen und ins Krankenhaus eingeliefert worden. Ruf doch mal

im Bürgerhospital an und frag nach, wo genau er dort liegt. Ich würde vorschlagen, wir treffen uns dort in circa 20 Minuten." Pokroff blickte hinüber zu Bertha Teschke. „Vorausgesetzt, die Sache stimmt, und Frau Teschke erzählt uns keine Märchen."
Kurze Zeit später meldete sich die Kommissarin kurz zurück und bestätigte die Angaben von Frau Teschke.

Kapitel 24

Die Fassade des Bürgerhospitals strahlte mit ihrem Zwiebeltürmchen, Kreuzen und Heiligenstatuen fast wie der Eingang zu einem Kloster. Trotz seiner modernen Anbauten war das Bürgerhospital keine sterile Klinik, sondern ein Spital mit Stil und Tradition – auch wenn der Eingang nebenan zeitgemäß gehalten war und jeder Träumer durch die vielen wartenden Patienten und die emsig umherlaufenden Ärzte in den Alltagsbetrieb rationeller medizinischer Versorgung zurückgeholt wurde.
Christiane Bechstein und Waldemar Pokroff fragten am Empfang nach Klaus Teschke. Sie wurden auf die Unfallstation verwiesen. Dort fragten sie sich durch, konnten Teschke jedoch nicht finden. Der leitende Stationsarzt appellierte an den Kommissar, die Befragung wegen des schlechten Zustandes seines Patienten besser auszusetzen – vergeblich. Schließlich sagte die Stationsschwester, der Kommissar solle mit seiner Kollegin in die Kapelle des Krankenhauses gehen.
Einsam saß der Porträtmaler in der dritten Bankreihe und starrte zum schlicht gehaltenen Altar des Gottesdienstraumes. Nein, hier gab es keine Ikonen, Wandfresken, barocken Altäre oder sonstigen Schmuck, die das Auge von den wesentlichen Gedanken ablenken könnten. Als einzige Zierde und moralische Stütze diente eine in warmen Holztönen getäfelte Altarwand, die von himmlischen Gewalten auf Erden kündete und die Mühseligen und Beladenen zur Erquickung einlud. Hier befand man sich in einem Raum, in dem man ganz zur Ruhe kommen und zu sich selbst finden sollte. Und genau das versuchte Klaus Teschke, da er nur noch gelegentlich zwischen den Behandlungen und Untersuchungen aufstehen konnte und nicht mehr wusste, wie viel Zeit ihm noch bleiben würde. Denn die Wunden und Frakturen waren ja nicht das Schlimmste. Entscheidender waren die Geschwüre und Geschwulste, die ihn von innen immer mehr auffraßen.

Pokroff und Bechstein betraten die Kapelle mit verhaltener Würde, während es für Bertha Teschke kein Halten mehr gab: „Gregor, mein Gregor, wie jeht et dir? Du solltest besser im Bett bleiben. Dass dich die Ärzte überhaupt aufstehen lassen!"
„Du ahnst es schon, et jeht mir nicht besonders jut", entgegnete Teschke. Ein kurzes Lächeln huschte über sein blasses, eingefallenes Gesicht. Doch irgendwie schien er sich in seiner inneren Zwiesprache gestört zu fühlen. „Deshalb wird es ooch Zeit, dass ich endlich mit mir ins Reine komme."
„Guten Tag, Herr Teschke. Hauptkommissar Waldemar Pokroff von der Mordkommission K 11. Und das ist meine Kollegin Kommissarin Christiane Bechstein. Wir hatten uns bisher nur kurz und flüchtig kennengelernt."
„Ja, sicher, ick erinnere mich", entgegnete Teschke. „Aber wat wollen Sie noch groß von mir? Et war keen Mord, sondern Notwehr. Wollen Sie mir etwa festnehmen? Ick werde dieses Krankenhaus nicht mehr lebend verlassen. Sie können mir bestenfalls noch einen Polizisten zur Bewachung ans Bett stellen."
„Dafür, dass Sie sich jetzt so schwach fühlen, hatten Sie offenbar noch vor einigen Tagen die Kraft, einen Menschen zu erschlagen, wie und mit welchem Motiv auch immer", stellte Pokroff relativ nüchtern fest.
„Ja, dat kann bei Leukämie manchmal so passieren. Man denkt, man hätte sie überwunden. Und dann kommt sie plötzlich nach Jahren doch wieder zurück."
„Zum Zeitpunkt der Tat fühlten Sie sich aber noch fit und glichen im Aussehen und Temperament dem zornigen Gregoriew so sehr, dass selbst Klotzhofer Sie im allerersten Moment für den Priester hielt. Er hat sie dann zwar schnell erkannt, aber wie Ihre Frau mit Gregor angesprochen und angeschrien. Und als sich Klotzhofers Stimme beim Schreien fast überschlug, konnte unsere einzige Tatzeugin irgendwann nicht mehr richtig hören, ob Klotzhofer nun Gregor, Gregory oder Gregoriew rief. Was man so einer alten Frau ja auch nicht verübeln kann. Aber woher kannten Sie beide sich eigentlich so gut und waren so miteinander vertraut?"
„So vertraut waren wir jar nicht. Zu DDR-Zeiten war ick Anstreicher in Berlin in einem Farbenkombinat. Aber ick habe in meiner Freizeit schon immer leidenschaftlich jerne Porträts und Stadtansichten jemalt. Auf einer Dienstreise als Auktionator hat mich Klotzhofer kurz nach der Wende auf dem Alex jetroffen. Wir sind ins Gespräch jekommen, und ick hab ihm meine Lebensjeschichte erzählt. Er hat

jemeint, ick sollte doch nach Frankfurt kommen, da kenne er jemanden und könnte mir einen neuen Job bei einem großen Farben- und Einrichtungsjeschäft vermitteln. Hat er dann ja ooch. Nur dat Jeschäft ging pleite. Klotzhofer hat mir hin und wieder Geld jeliehen, ick hatte dann ja diesen Kurs in Ikonenmalerei besucht. Aber dafür hat er natürlich verlangt, dass ich ihm mit ein paar Kollegen kostenlos seine Bude renoviere. So sind wir in Kontakt jeblieben und haben uns irgendwann ooch anjefangen zu duzen."

„Herr Pokroff erzählte mir auf dem Weg hierher, dass Sie in dieser Zeit Ihren Rufnamen von Gregor zu Klaus geändert haben", griff nun Christiane Bechstein den Faden auf. „Und weil Sie irgendwann ein richtig klangvolles Pseudonym wollten, wurde aus Klaus Teschke sogar Nicola Borsalini. Wenigstens für die berühmten Bilder in der Galerie im Nordend. Und dann kam die Idee mit der Ikone. Klotzhofer hat regelmäßig das Archäologische Museum besucht und dort Riestermann kennengelernt, den er als Pförtner für sein eigenes Privatmuseum brauchen konnte. Aber dort hat er auch das Ratgeb-Wandbild der Heiligen Drei Könige gesehen, eine geniale Rekonstruktion des bulgarischen Malers Georgi Takew. Seitdem wusste er, dass man Heiligenbilder, die es in Wirklichkeit nicht mehr gibt, nach einer Vorlage nahezu perfekt nachempfinden kann. Wie ist es gewesen? Hat er Sie von sich aus angesprochen und darum gebeten?"

„Klotzhofer brauchte einen Eyecatcher für sein Museum. So wie dat Städel Goethe in der Campagna hat, so brauchte ooch Klotzhofer einen ähnlichen Höhepunkt. Die Heilije Paraskeva aus dem zerstörten Kloster wäre die perfekte Lösung jewesen. Die künstlerisch hochwertije Ikone einer beliebten russischen Heiligen. Doch dann sah Klotzhofer dieset verrottete Bild, das jahrelang in einem feuchten Keller in Petersburg lagerte und nur noch ein Schatten seiner alten Herrlichkeit war. Eine Ersatzlösung musste her. Klotzhofer erinnerte sich an dat Wandbild der drei Magier, das Takew wie aus dem Nischt erschaffen hatte. Da sprach er mich an. Ick sagte, dat is verrückt, so wat kann man doch nicht einfach machen. Und dann gab es da noch ein Problem: Wir hatten jar keene richtije Vorlage mehr, nach der man die Heilige Paraskeva hätte rekonstruieren können. Nicht einmal ein Katalogfoto. Und da ...

„Da nahmen Sie sich ein altes Ikonenfoto der Heiligen Barbara zum Vorbild", hakte Bechstein ein. „Und da die Heilige darauf allzu streng schaute, ließen Sie sich zusätzlich von der lieblichen Katharina im Turm in der Sankt Katharinenkirche inspirieren. Und dann kamen Sie auf die Idee, den goldenen Hintergrund Ihrer Barbara absichtlich mit Ruß- und Kratzspuren zu beschädigen. Im richtigen Licht der Museumsbeleuchtung lässt dieser scheinbare Makel das Bild älter und edler aussehen. Die Barbara hatte sogar noch einen weiteren Vorteil. Sie ist in Deutschland durch den Bergbau in katholischen Kreisen sehr bekannt. Und da ihr Namenstag am 4. Dezember dieses Jahr auf einen Adventssonntag fiel, ließ sich ihre Ikone hervorragend mit der Eröffnung des Museums in der Vorweihnachtszeit verbinden."

„Et war eine absolut tolle und perfekte Arbeit, die du dem Direktor da jeliefert hast", redete Bertha Teschke dazwischen. Und für einen Moment kehrte auch in Teschkes krankes Gesicht das Lächeln eines selbstbewussten und souveränen Schöngeistes zurück. „Doch dieser verrückte und arrogante Fatzke ist dir den Lohn für deine Anstrengung einfach schuldig jeblieben."

„Bertha, nicht, nu hör doch bitte auf. Ick will diesen Hass endlich in mir begraben. Dat bringt doch allet nischts mehr", wehrte Teschke ab.

„Dass Klotzhofer Sie nicht auszahlen konnte, ist auch kein Wunder nach all den anderen finanziellen Verpflichtungen, die er gegenüber dem sogenannten Russisch-Kaukasischen Freundschaftsverein hatte", stellte Christiane Bechstein fest. „Diese ehrenwerte Gesellschaft verlangte einen hohen Jahresbeitrag als Sicherheit dafür, dass sie Klotzhofer den Aufbau seines Museums ermöglichte. Denn die ersparten Rücklagen und der Gewinn aus dem Millionenquiz reichten natürlich hinten und vorne nicht. Das Einzige, was Ihnen Klotzhofer noch anbieten konnte, war ein Stand vor seinem Museum, auf dem Sie Ihre Porträts und Ansichten verkaufen konnten. Zudem regelte er für Sie die nötigen Formalitäten mit der Stadt."

„Aber wie lange wollte Sie der Direktor noch auf sein Geld warten lassen?", wollte nun Pokroff wissen. „Zwei, drei, fünf, zehn Jahre? Sie wurden alt und älter und hatten die Warterei irgendwann satt. Und als der Direktor von diesem fanatischen Priester bedrängt wurde, der Ihnen im Dunkeln zum Verwechseln ähnlich sieht, sahen Sie Ihre Chance gekommen."

„Für mich jibt es keene Chance mehr. Bestenfalls noch für meine Frau. Wenn icck noch etwas jetan habe, dann für sie. Ick ahnte, dass meine Krankheit zurückkommen würde und dass für mich bald andere Maßstäbe gelten würden. Denn Werke, die aus Gott jetan sind, können Menschen nicht belohnen und bezahlen. Gott lohnt sie selbst im Geiste und in der Ewigkeit. Haben Sie diesen Spruch gelesen? Er steht auf der Wand im Außenflur, vor dem Eingang zur Kapelle."

„Welcher Geist Sie getrieben hat, werde ich sicher nicht beurteilen. Wahr ist jedoch, dass Sie Klotzhofer mit allem drohen konnten, sogar mit dem Tod. Würde es wirklich zu einem Mord kommen, dann würde der Verdacht automatisch auf Gregoriew fallen."
Teschke wurde kreidebleich im Gesicht. Dann begann er am ganzen Körper zu zittern. „Wer spricht denn von Mord? Klotzhofer wollte mit mir im Hinterhof des Museums sprechen, weil uns da keener hören konnte. Und als ick ihm noch mal unmissverständlich zu verstehen gab, dass meine Frau das Jeld braucht, eskalierte der Streit. Klotzhofer schrie mir wie ein Verrückter an, packte mir am Hals und begann mir zu würgen. Da sah ick die leeren Flaschen, die im Hof neben dem Container standen. Während ick fast keene Luft mehr bekam und regelrecht um mein Leben fürchten musste, schnappte ick eine dieser Flaschen und schlug mit aller Kraft zu, die ick noch in den Knochen hatte. Wahrlich, ick schwöre Ihnen, jetzt mit der Krankheit könnte ick dat gar nicht mehr. Ick wollte ihn nur k.o. schlagen, hab ihn aber unglücklich am Kopf getroffen. Klotzhofer taumelte und stürzte zu Boden. Der Kampf, die Schreie – die Zeugin muss dat allet jehört haben."
Pokroff nickte. „Zweifellos. So laut, wie ihr Dobermann auch bellen konnte, dieses Kampf im Innenhof unseres alten Präsidiums konnte er einfach nicht übertönen. Aber was haben Sie mit dem abgebrochenen Flaschenhals gemacht?"
„Den habe ick irgendwo in der Friedrich-Ebert-Anlage in tausend Splitter zertreten, nachdem ick ungesehen über die Absperrung des Hinterausgangs im Museumshof entkommen konnte."
„Moment noch. Vorher sahen Sie die zweite Flasche, die genau von der gleichen Marke stammte wie Ihr Tatmittel. Sicher hatten Sie Taschentücher dabei, griffen diese Flasche und zerschlugen sie mehrmals auf dem Boden, so dass auch davon nur der Hals übrigblieb. Den legten sie neben die Leiche Klotzhofers. Sie wussten, dass der Verdacht auf den fallen würde, der die Flasche zuletzt mit bloßen Fingern am oberen Ende angefasst hatte."
„Nein, dat stimmt so nicht. Ich habe da zwar mehrere Flaschen gesehen. Aber ick hatte doch in der Eile gar keene Zeit, um so weit zu denken, da die alte Frau bereits um Hilfe schrie und die Polizei kurz darauf eintraf."
„Gut, stellen wir diesen Punkt zurück. Doch zu den Zeugen. Der Einzige, der Sie noch erkannte und Ihnen beiden gefährlich werden konnte, war Riestermann. Also mussten Sie ihn einweihen. Doch damit nicht genug. Nachdem Klotzhofer tot war, nahm Ihre Frau die

Erpressung gezielt in die Hand und bedrängte nun Friedrich. Selbst dann, als sie sah, dass Sie einen Rückfall hatten und eh bald sterben würden." Pokroff wandte sich nun zur Ehefrau. „Bei aller Fürsorge, Bertha Teschke, das Geld war Ihnen nicht weniger wichtig."
Teschke zitterte immer mehr, begann nun regelrecht zu beben. Nur noch mit Mühe konnte er seine Stimme kontrollieren. „Ick muss bald sterben. Ick brauche nichts mehr. Aber ick habe meine Frau ermutigt, sich das zu holen, was ihr zusteht, damit wenigstens sie abgesichert ist und noch einen schönen Lebensabend hat. Sie hat schließlich ihr ganzes Leben lang hart jeschuftet und in der DDR ebenso wenig Anerkennung erfahren wie ick, die arme Bertha. Und dieser blöde Friedrich, der dachte nun, er könnte einfach den Chef spielen und wäre aus allem fein raus, dieser feige Möchtegerndirektor. Der hat sich doch immer hinter Klotzhofer verkrochen, den er jehasst hat, und uns kein bisschen jeholfen, damit wir endlich unseren Anteil bekommen. Wir haben doch auch Schulden. Verdammt, wie sss...soll dd...as alles werden?" Teschke rang nach Luft, hielt sich die Hand vor den Brustkorb, konnte kaum noch reden. Dafür begann er nun, angestrengt zu röcheln.
Christiane Bechstein rannte aus der Kapelle heraus. „Schnell, er braucht sofort einen Arzt. Schweeester ...!" , rief sie durch den Gang. Zwei Minuten später kamen zwei Pfleger mit einer Liege herbeigestürmt, auf der sie den Schwerkranken umbetteten. „Mensch, was haben Sie denn nur gemacht?", rief einer der Pfleger Pokroff vorwurfsvoll zu. „Sie sehen doch, dass dieser Mann um sein Leben kämpft und praktisch nicht vernehmungsfähig ist."
„Schon gut, schon gut", versuchte Pokroff zu beschwichtigen. „Herr Teschke hat eben noch ganz normal mit uns geredet. Kein Mensch konnte ahnen, dass er kurz vor einem weiteren Zusammenbruch steht."
Teschke wurde zurück auf die Intensivstation verlegt, wo er Stunden später zu Bewusstsein kam und immer wieder seine Unschuld beteuerte. Er habe ganz sicher niemanden töten und sich am Ende nur verteidigen wollen. Pokroff hatte noch einmal mit dem zuständigen Arzt gesprochen, sich für den Zusammenbruch nach dem langen und anstrengenden Gespräch entschuldigt. Der Arzt hatte den Kommissar vorwurfsvoll angesehen und ihm nur mit Mühe abgenommen, dass sich der Zustand Teschkes erst während des Verhörs drastisch verschlechtert hatte. Dafür bestand er darauf, dass Teschke keine polizeiliche Bewachung mehr benötigte. Denn er würde das Krankenbett nicht mehr verlassen können. Kurz bevor

der Porträtmaler wenige Tage später seine Augen für immer schloss, äußerte er noch einen letzten Wunsch: „Schenkt doch bitte die Ikone der Heiligen Barbara, die hier niemand mehr braucht, einem Kloster in Russland. Damit macht ihr wenigstens etwas das Unrecht der damaligen Plünderungen gut."
Die Ärzte leiteten diesen Wunsch nach bestem Gewissen an die russische Gemeinde in Frankfurt weiter. Kurz nach Weihnachten bekam Pokroff schließlich einen aufgeregten Anruf von Sarakow. Der Kultursekretär bedankte sich für die Zusammenarbeit und berichtete von einer sensationellen Online-Meldung, kurz nach der Enthüllung von Teschkes meisterhaften Fälschung in den russischen Fernsehnachrichten: Angeblich werde in einer westsibirischen Bezirksstadt das wahre goldene Abbild der Nothelferin Barbara unter Verschluss gehalten. Kurzerhand verabredete sich Pokroff mit seiner Kollegin auf einen Main-Spaziergang, um ihr diese und eine weitere Nachricht zu verkünden.
„Sarakow schenkt dieser Meldung übrigens keinen Glauben und geht von einem sensationsgierigen Trittbrettfahrer aus, der sich im Winterloch in Szene setzen will", resümierte Pokroff. Derweil schaute die späte Nachmittagssonne aus den Wolken und streifte kurz das Kreuz der Paulskirche, bevor sie sich rotgold im Main spiegelte.
„Und was erzählt er von Karparow und Temaschwili?"
„Temaschwili hat unser Land vor wenigen Tagen verlassen. Für immer. Und Karparow ist auf russischem Territorium gestorben. Unsere russischen Kollegen behaupten allerdings, sie könnten Mord nun endgültig ausschließen. Die Rammspuren, die an Karparows Autowrack noch nachgewiesen werden konnten, sollen wohl von einem älteren Unfall stammen."
„Wer's glaubt, wird selig." Christiane Bechstein zuckte mit den Achseln. „Andererseits, irgendwie hast du Recht: Damit sollen sich nun die Kollegen in Russland beschäftigen. Seit Klotzhofers Tod aufgeklärt ist, wir die übrigen Täter haben und ich Nadja in Sicherheit weiß, ist der Fall für mich eigentlich abgeschlossen. Dienstlich und auch menschlich."
„Da bin ich nicht ganz so sicher. Nun, ich weiß nicht recht, wie ich es dir sagen soll. Aber bei unseren Einsätzen im Fall Klotzhofer ist mir kurz vor Weihnachten jemand begegnet, den du kennst. Sozusagen der falsche Mann am falschen Ort. Aber wahrscheinlich ein Mann, der dir sehr nahesteht."
Nachdem Pokroff die näheren Umstände der Begegnung kurz erläutert hatte, brach seine Kollegin in lautstarkes Weinen aus. Als sie

sich wieder halbwegs beruhigt hatte, bat sie Pokroff, sie vorsichtshalber nach Hause zu fahren. Kurz vor Silvester meldete sie sich krank. Eine verschleppte Wintergrippe tat ihr Übriges, um sie für mehrere Tage ans heimische Bett zu fesseln.

Kapitel 25

Frankfurt am Main, 24. April 2010, kurz vor der Nacht der Museen

Eigentlich wollte Christiane von Erbenstein die Pressekonferenz aus persönlichen Gründen absagen. Den Fall der Heiligen Barbara hatte sie vor fünf Jahren hinter sich gelassen – und wollte auch nicht mehr daran erinnert werden. Ein Fall, der sie an die Abgründe des menschlichen Daseins und in eine schwere Krise geführt hatte. Nadja und die beiden anderen Studentinnen konnte sie retten – doch wer rettete sie aus jener Verzweiflung, die man empfindet, wenn man einer neuen Liebe vertraut und dabei so bitter enttäuscht wird? Nein, das wollte sie sich nie wieder antun. Nicht umsonst hatte sie vor zwei Jahren einen älteren gesetzten Grafen geheiratet, der sich schon bald standesgemäß im Mühlbergschloss einkaufen würde – betreutes seniorengerechtes Wohnen für Begüterte, mit sozialer Kontrolle durch das Personal und neugierige Mitbewohner. Frau von Erbenstein würde sich dann eine kleine Dienstwohnung im Nordend leisten, in der Nähe zum Präsidium. Etwas Distanz unter der Woche konnte ihrer Ehe durchaus förderlich sein. Wer weiß, vielleicht ging es ja gut.

Eine halbe Stunde lang war die Kommissarin mit Herzklopfen und feuchten Händen durch den schwülen Großstadtdschungel gebrettert. Nun saß sie im Kriminalmuseum im abgedunkelten Keller des Präsidiums, zusammen mit ihrem ehemaligen Kollegen im Unruhestand, der immerzu auf und abging. Nervös blickte sie auf diese Ikone in ihrer Vitrine und spürte förmlich, wie ein innerer Film in ihr abzulaufen begann. Ein Film, auf den sie sich vor lauter Anspannung aber nicht konzentrieren konnte. In einer knappen halben Stunde würde das Kriminalmuseum seine Tore öffnen und die gierige Meute hereinstürmen. Der erste Pulk würde sie und die Heilige Barbara mit voyeuristischen Stielaugen begaffen, der Shuttle-Bus derweil im festen Zeittakt für Nachschub sorgen und den nächsten Schwung beflissener Bildungsbürger herankarren – oder zumindest solche, die sich dafür hielten. In Wahrheit hieß es zur Museumsnacht ja doch nur Party feiern vom Bibelhaus bis zum Geldmuseum.

Und sie hatte diesen Voyeuren auch noch Rede und Antwort auf deren neugierige Fragen zu stehen. Die Vorstellung war einfach nur grässlich.
„Mann, Herr Schubert, könnten Sie sich nicht einfach einen Stuhl nehmen und ruhig hinsetzen", bat sie den Kollegen inständig. Sie träumte sich auf den Balkon im Mühlbergschloss, von wo aus man einen herrlichen Blick auf den Garten und das Goethetempelchen hatte, abgeschottet von all dem Stress und Rummel des Alltags.
„Verzeihung, Frau von Erbenstein, ich stehe lieber, ich kann auf diesen komischen Stühlen nicht sitzen, ohne dass mir das Kreuz wehtut", entschuldigte sich Helmut Schubert. Und stiefelte dabei weiter von einem Endpunkt des Kellers zum anderen. Der Hype um die Dauerausstellung und die Ikone der Heiligen Barbara ging auch dem Polizeihauptmeister a. D. erheblich auf die Nerven. Hin und wieder ein paar kleine Gruppen durch das Kriminalmuseum führen, den Mord an Rosemarie Nitribitt oder die Einsätze an der Startbahn West mit spannenden Geschichten ausschmücken, das war für ihn okay. Oder aber jenen tollkühnen Häftling vorstellen, der mit einer Pistolenattrappe aus Marmeladendosen tatsächlich die Wachen überwältigt hatte, um sich einen Fluchtweg aus der JVA in Preungesheim zu bahnen.
Doch mit dem Gebäude und der Gegend um das alte Polizeipräsidium hatte Schubert weitgehend abgeschlossen. „Das ist ja doch nur noch eine Spielwiese für Spekulanten, die einen Wolkenkratzer nach dem anderen hochziehen wollen", sagte er immerzu vor sich hin. Gerade wuchs der Rohbau des „Tower 185" über die Häuserblocks, irritierte selbst die abgebrühten Jungs und Mädels der Falkschule. Sogar die Matthäuskirche neben dem alten Präsidium hatten die Investoren schon opfern wollen. Wären nicht die Wirtschaftskrise und die Einwände namhafter Architekten dazwischengekommen, er würde sein früheres „Revier" im östlichen Gallus nicht mehr wiedererkennen.
„Das mit dem Sakralmuseum und diesen komischen Ikonen war doch nur eine kurze Episode", brummelte er unwillig, während er die besagte Vitrine aufschloss und die Heilige Barbara ein paar Zentimeter nach rechts rückte. Sozusagen ins rechte Licht, wie es seine Vorgesetzten für die Pressekonferenz angeordnet hatten. Denn Dienst nach Vorschrift tat Schubert auch noch im Unruhestand. „Aber diese Scheinheilige wird das Gallus ebenso wenig schützen wie all diese Sozialprojekte und Bürgerinitiativen." Zum Glück wohnte er weit weg, in der Friedrich-Ebert-Siedlung, wo die Klein-

gärten näher an Griesheim als an der Skyline lagen. Keine Frage: Rosemarie Nitribitt war Schuberts heimliche Favoritin. Die zugehörigen Fotos und Zeitungsartikel kannte er in- und auswendig. Zumal er sich selbst zu jener Generation zählte, die der schillernden Lebedame noch persönlich bei den Straßenkontrollen in der Innenstadt begegnet waren – zumindest behauptete er das gerne.
Dass diese Dame, diese Ikone des Wirtschaftswunders , nun Konkurrenz von einer „echten" gefälschten Ikone bekam, an diesen Gedanken musste er sich erst einmal gewöhnen. Während Schubert in seinen inzwischen ansatzweise vorhandenen Dreitagebart hineinbrummelte, kam plötzlich Hauptkommissar Waldemar Pokroff die Treppe herunter. Der korrekt gekleidete Chefermittler strich sich durch das graumelierte Haar, erfasste mit seinem analytischen Blick kurz und präzise die Lage vor Ort: Zielort im Museumskeller fast menschenleer, noch niemand da – außer Schubert und seiner Kollegin, die sich doch unbedingt von dieser Veranstaltung fernhalten wollte.
„Hallo, Christiane, ich sehe, du hast es ja doch geschafft. Prima!"
Verlegen setzte die Kommissarin ihr antrainiertes Amtslächeln auf, das sich jedoch unverzüglich in ein selbstironisches Grinsen verwandelte. „Na ja, was bleibt mir auch anderes übrig. Schließlich haben wir Frauen ja unseren gehörigen Anteil daran, dass der Fall überhaupt aufgeklärt wurde."
„Aha, deshalb lautet das Motto der Pressekonferenz also ‚Mit Frauenpower die Barbara entlarvt'", fragte Schubert nach und zwinkerte die beiden Damen an. „Nur, dass Sie es damals nicht geschafft haben, Herrn Pokroff frühzeitig von Ihren Theorien zu überzeugen."
„Bei so einem strengen Chef hätten Sie das sicher auch nicht getan. Aber es war ja letztlich meine Wenigkeit, die herausgefunden hat, dass das rekonstruierte Wandbild im Karmeliterkloster den entscheidenden Impuls gab, um die Heilige Barbara zu fälschen", funkte Lisa Naumann dazwischen, die inzwischen ebenfalls die Treppe heruntergekommen war. „Vor allem, weil es ja ursprünglich gar nicht die Barbara war. Ich sah dieses Ratgeb-Wandbild mit der Anmerkung der Rekonstruktion von Takew. Dann recherchierte ich und fand heraus, dass die Barbara als alleinige Ikonendarstellung in Russland sehr selten ist. Ich rief die Kommissarin an, erklärte ihr meine vorsichtige Theorie. Sie blieb aber lange sehr skeptisch, wollte mir nicht recht glauben. Erst später erinnerte sie sich an das seltsame Passwort, das Frau Miersch beim Checken von Klotzhofers Mails in den Computer eingegeben hatte. Auch Frau Miersch war

offenbar in die Geschichte eingeweiht. Also gab sie folgerichtig nicht ‚Barbara' ein, sondern ‚Paraskeva'."

„Ja, ja, immer diese selbstgefälligen Journalisten", entgegnete Christiane von Erbenstein. „Ihre Recherchen und Ihre Storys sind Ihnen wohl wichtiger als die menschlichen Schicksale, die mit diesem ganzen Fall zusammenhängen."

„Sorry, natürlich, ich weiß, das mit den Studentinnen, das ist Ihnen schon nahegegangen."

„Selbstverständlich, aber da ist noch etwas anderes." Pokroff blickte seine Kollegin unsicher an. „Ich weiß nicht, darf ich inzwischen darüber reden?"

„Von mir aus."

„Nun, einer der Herren, der sich damals in Gudensbergers Privatclub mit den Mädchen vergnügte, war Frau Bechsteins neuer Lebensgefährte, der Versicherungsagent Jan Steinecker. Nun, es hieß, em ... wie soll ich sagen ..., er hätte da bei einem ausschweifenden Wochenende in diesem Club einen gewissen Gruppendruck von oben nicht nachgeben können."

„Komm, das sagen die doch alle. Mir hat er einen vorgemacht, wie er auf Ehrlichkeit und aufrichtige Treue schwört. Und dann vergnügt er sich in so einem schäbigen Edelpuff ..." Die Kommissarin kämpfte nun doch mit den Tränen.

„Christiane, nimm's doch nicht so schwer, nach all diesen Jahren", tröstete Pokroff. „Sieh es doch so: Dein damaliger Lover ist halt auf dem geistigen Niveau der alten Römer stehen geblieben, die ja in Gudensbergers kitschigen Clubdekorationen allgegenwärtig waren. Und für die war ein Bordellbesuch nun mal kein Ehebruch. Unsere Vorstellungen von Liebe und Moral gab es damals noch nicht. Aber, Frau Naumann, was müssen Sie meine Kollegin auch mit dieser alten Geschichte quälen. Das ging doch damals mehr als genug durch die Presse."

Lisa Naumanns Augen blitzten. „Ach so, Sie meinen die ... ich meine die spätere Traumhochzeit mit dem Grafen von Erbenstein." Nun biss sie sich doch lieber auf die Zunge. „Aber das ist doch so ein liebenswürdiger, gebildeter und solider Mann, mit dem werden Sie sicher noch viele schöne Jahre verbringen. Das wünsche ich Ihnen von ganzem Herzen."

„Danke, danke, schon gut." Frau von Erbenstein streckte der Journalistin ihre Hand entgegen. „Wie dem auch sei, die ganze Geschichte hat uns damals sehr auf Trab gehalten. Und wenn ich erst an die Haftstrafen denke! Gudensberger sollte mindestens vier bis fünf Jahre kriegen. Doch er spielte den großen Kronzeugen und lieferte vor Gericht einen Handlanger von Karparow ans Messer, der sich in Wirklichkeit längst nach Australien abgesetzt hatte. Das bisschen Haft für Gudensberger, Riestermann, Frau Teschke und ihren Bruder – kaum der Rede wert.“

„Das Museum musste nach diesem Riesenskandal natürlich geschlossen werden. Seitdem ist die Zukunft des alten Polizeipräsidiums so offen wie eh und je. Was aber geschah mit Friedrich?“, wollte Schubert wissen.

„Da er selbst erpresst wurde, konnte man ihn außer der Beihilfe zur Kunstfälschung juristisch nur wenig belangen“, erklärte Pokroff. „Soweit ich weiß, ist er bis zu seiner Pensionierung in einer unbedeutenden Galerie im Taunus untergekommen. Und die gefälschte Ikone wurde mir nach dem Abschluss sämtlicher Ermittlungen für die Lehrmittelsammlung übergeben. Ich kann die Barbara ja mal am Eingang zusammen mit den gefälschten Edeluhren zeigen und die Besucher fragen, wie viel sie dafür geben würden.“Pokroff holte seinen Koffer hervor, ließ das Schloss aufspringen und zeigte dem Polizeihauptmeister eine Palette mit edlen Plagiaten im Stil von Franck Muller und Patek Philippe.

„Ach, diese komische Ikone ist doch kaum noch einen Pfifferling wert. Aber bei so einer schicken Uhr könnte ich für 1.000 oder 2.000 Euro glatt noch mal schwach werden. Man gönnt sich ja sonst nichts“, meinte Schubert.

Pokroff grinste schelmisch. „Na, das will ich jetzt lieber überhört haben. Sie wissen genau, dass man gefälschte und sichergestellte Ware niemals zum Verkauf anbieten darf. Nur die Kollegen vom Betrugsdezernat dürfen das ausnahmsweise mal, wenn sie anschließend aufklären, dass das ein spezieller Gag für die Nacht der Museen ist. Aber sag doch noch mal, Christiane, hast du was von unserer Nadja gehört, seit man ihr Visum verlängert hat?“

„Nein, in letzter Zeit nicht mehr. Sie hat jetzt ein befristetes Visum und lebt bei einer Freundin an der Bergstraße. Dort fühlt sie sich einigermaßen sicher und braucht kein Zeugenschutzprogramm mehr. Sie konnte uns und der Justiz mit einigen Insiderinformationen weiterhelfen. Der große Kronzeugenauftritt gegen Gudensberger blieb ihr zum Glück erspart. Aber das ein oder andere Jahr Haft hat sie auch Frau Wiechert eingebracht.“

„Na hoffentlich“, meinte Schubert und schaute nun wieder in die Vitrine, die die beiden berühmtesten Prostituierten von Frankfurt zeigte. „Es wäre doch tragisch, müsste unsere Nadja dem Schicksal

der Rosi folgen. Aber bei den Heiligen ist das auch nicht anders: Sie werden ja auch erst nach ihrem Martyrium zu wahren Ikonen."
Inzwischen kamen auch die anderen Journalisten. Schubert, von Erbenstein und Pokroff erzählten die ganze Geschichte nun mit den wohlformulierten Worten, mit denen man weder der Polizei noch der Frankfurter Museumslandschaft auf die Füße treten wollte. Schließlich mussten sich die Ermittler und die Kunstjournalistin zum ultimativen Fototermin aufstellen. Vor allem der Moment, in dem Christiane von Erbenstein und Lisa Naumann die Ikone aus der Vitrine nahmen und mit einem holden Lächeln in die Kamera hielten, blieb unvergessen. Denn ein Blitz, der sich versehentlich löste und sich im Goldgrund des Heiligenbildes spiegelte, brachte die Barbara zum Strahlen. Doch zum Glück musste man bei dieser Fälschung Schäden durch das Blitzlicht nicht fürchten.
Nur eine häufig gestellte Frage konnte niemand beantworten: Was war eigentlich aus Tamas Temaschwili geworden?

Epilog

Newjansk (Oblast Swerdlowsk), 4. November 2010

In einem Neubaugebiet der Bezirksstadt Newjansk saßen der Stadtälteste Igor Lukow und der Priester Iwan Gregoriew nachmittags beim Tee, den Lukow, zugleich Vorsteher der örtlichen orthodoxen Gemeinde, aus einem silbernen Samowar kredenzte. Im Hintergrund war die Altstadt mit dem sogenannten „Schiefen Turm" zu erkennen, der den Newjanskern mindestens ebenso viel bedeutete wie sein viel bekannterer Vetter im fernen Pisa. Lukow war in Feiertagsstimmung und bot seinem Ehrengast zum Tag der Einheit des Volkes, an dem man die Befreiung Moskaus von den Polen beging, russische Napoleon-Torte mit üppiger Buttercremefüllung an. Während der konservative Politiker seinen Nationalstolz pflegte, kam es Gregoriew auf die orthodoxe Tradition an: Denn der 4. November war zugleich der Tag der Gottesmutter-von-Kasan-Ikone, die die Nationalhelden Kusma Minin und Dmitri Poscharski beim Einmarsch in die Stadt vor sich hielten.
Nach der Schließung des Museums für Osteuropäische Sakralkunst hatte der eifernde Geistliche die ehrenvolle Aufgabe, einige der Ikonen gemäß den früheren Vereinbarungen dem Mutterland zurückzugeben. Gerade im mittleren Ural gab es erste Anregungen, unter der Regierung des Gouverneurs Alexander Mischarin, viele der zer-

störten Kirchen neu- oder wieder aufzubauen – vielleicht sogar das Prophet-Elias-Kloster? Noch wusste das niemand. Doch für die Stadt, in der ein Teil der Nachfahren aus dem Gebiet rund um das untergegangene Holzkloster wohnte, hatte sich Gregoriew freilich ein besonderes Prachtstück ausgesucht: eine Gottesmutter, die nach Meinung der Experten aus Südrussland stammte, dort jedoch keinem Gotteshaus mehr zuzuordnen war.

„Gospodin mer, razreschite podarit Vam etu ikonu?“ (Werter Herr, darf ich Ihnen diese Ikone als Geschenk überreichen?)

Der Stadtälteste nickte anerkennend. „Vielen Dank. Das ist wirklich eine sehr schöne Arbeit. Wir werden sehen, wo wir ein ehrenvolles Plätzchen für die Gottesmutter finden können.“ Lukow lächelte den Priester mit erstauntem Blick an. Dann berichtete er, wie die Nachricht des Ikonenskandals zu Frankfurt über die modernen Medien bis in die Weiten Sibiriens vorgedrungen war und wahre religiöse Kenner und Verehrer der Ikonenkunst ebenso auf den Plan gerufen hatte wie zwielichtige Händler, Journalisten und Schnäppchenjäger. Offensichtlich hatte Lukow nicht erwartet, dass man gerade seiner Kommune eine so leuchtende etwa dreihundert Jahre alte Gottesmutter schenken würde. Genau betrachtete er die Gesichtszüge des Marienbildes, die bei aller Schönheit wenig mit den Kunstwerken der nördlichen Breiten gemeinsam hatte.

„Irgendwo habe ich diesen Stil aber schon mal gesehen. Er folgt unserem Kanon, trägt aber auch südrussische, leicht kaukasische Züge. Könnte aus der grenznahen Region zu Georgien stammen.“

„Ganz genau, aus der Gegend südlich von Sotschi, die von manchen Georgiern als ihre ehemalige Heimat betrachtet wird. Deshalb bekam ich sogar eine Anfrage von Herrn Tamas Temaschwili, der seit kurzem im Georgischen Kulturministerium für die dortigen staatlichen Kunstsammlungen zuständig ist. Ehe ich diesem Pseudokunsthistoriker, der noch vor wenigen Jahren in zwielichtige Geschäfte in Frankfurt verwickelt war, ein Meisterwerk aus unserer geliebten Heimat gebe, vertraue ich Sie lieber Ihnen und Ihrer Stadt an.“

Lukow blickte sein Gegenüber hochachtungsvoll an. „Ich weiß gar nicht, was ich dazu sagen soll. Dann gestatten Sie mir bitte, dass ich mich mit einem kleinen Gegengeschenk revanchiere.“

Nun fühlte sich Gregoriew etwas peinlich berührt, konnte seinerseits eine gewisse Verwunderung in seinem Blick nicht verbergen. Wieso sollte man gerade ihm, der in der Nachbarschaft zu einem geldgierigen Privatmuseum wohnte und die Eröffnung einer skan-

dalösen Ikonenausstellung nicht verhindern konnte, ein Gegengeschenk geben?
Lukow brauchte nicht viel Menschenkenntnis, um Gregoriews Gedanken zu erahnen. „Sehen Sie, seit ich gehört habe, dass Sie Ikonen aus diesem Museum zurück in den Schoß unserer Mutter Kirche bringen, wusste ich, dass Sie irgendwann nach Newjansk kommen würden. Wenn Sie bitte so freundlich wären, mir aus dem Bücherregal hinter Ihnen den Band von Tolstois ‚Krieg und Frieden' herüberzureichen?"
Gregoriew tat, wie ihm geheißen. Doch dabei spürte er, dass sich das dicke Buch merkwürdig schwer anfühlte. So, als ob es in seinem Inneren noch etwas verbergen würde.
Lukow grinste. „Dieser Kommissar aus Frankfurt hieß doch Pokroff, wenn ich mich richtig erinnere. Hätte er sich mal besser von seinem Namen inspirieren lassen, dann hätte er die richtige Lösung vielleicht sogar gefunden."
In der Tat trieb der Stadtälteste ein Wortspiel mit der eingedeutschten Schreibung „Pokroff", die doch eigentlich auf den Namen der russischen Stadt Pokrowsk zurückging. Allerdings gibt es im Russischen auch ein Wort „pokrow", das so viel wie Schutzmantel bedeutet. Und sich damit auf den symbolischen schützenden Schleier der Gottesmutter bezieht.
„Tatsächlich birgt auch der Bucheinband von Tolstois Lebenswerk so etwas wie einen schützenden Mantel." Er öffnete den dicken Wälzer, und etwa in der Mitte kam eine Aussparung zum Vorschein, in der ein kleiner Umschlag lag. Der Bürgermeister öffnete den Umschlag und zog eine goldschimmernde Ikone heraus. Die Heilige schimmerte allerdings durch eine grünliche Patina hindurch. Lukow reichte Gregoriew die Ikone hinüber. „Hier, sehen Sie. Das ist unser kleiner Schatz, den die Rotarmisten im Jahr 1921 niemals gefunden haben."
Gregoriew betrachtete das Kunstwerk mit prüfendem und leicht irritiertem Blick. Was er da sah, war ein kleines Heiligenbild mit der Gestalt einer jungen Frau, die ihn an die Nothelferin ebenso erinnerte wie an die Schutzpatronin der Bergleute und Tunnelbauer. Sie trug eine Hostie in der rechten Hand, die linke hatte sie zum Segen erhoben. Im Hintergrund konnte man einen stilisierten Turm erkennen, in den ein Blitz einschlug. Ein typisch russischer Zwiebelturm sieht allerdings anders aus, dachte Gregoriew.
„Wo kommt diese Ikone jetzt her?", fragte Gregoriew verdutzt. „Ich verstehe nicht recht."

„Das ist die sogenannte Goldene Barbara, nach der sie damals alle gesucht haben. Eine einfache vergoldete Messingikone, die ein Bauer dieser Gegend beim ersten Regen nach einer langen Dürre dem Kloster des Propheten Elias stiftete. Er hatte sie bei einem fahrenden Künstler an der Wolga gekauft, der vermutlich deutsche Vorfahren aus dem Ruhrgebiet hatte. So gesehen passt diese Ikone tatsächlich zum Bergbau, auch wenn es sich um unsere Nothelferin handelt. Rein kunstgeschichtlich ist diese Arbeit freilich nicht besonders wertvoll. Doch die Rotarmisten glaubten, im Kloster ein echtes goldenes Meisterwerk zu finden."

„Dann gehörte diese Ikone also zum Kloster, bevor sie in Ihren Besitz gelangt ist?", wollte Gregoriew wissen.

„So ist es. Die Ikone hing natürlich weder an der Ikonostase noch in der Seitenkapelle, sondern in einer kleinen Aussparung über dem Nebeneingang. Nach dem Bildersturm der Revolutionäre befand sie sich bis 1921 in diesem schützenden Buch in Simeons Privatbibliothek. Dafür ließ Simeon in die Seitenkapelle eine Paraskeva hängen, die kunstgeschichtlich um einiges wertvoller war und der Barbara nach russischem Kanon einigermaßen ähnlich sah – zumindest für diese Kulturbanausen von Rotarmisten."

Lukow lächelte. Und auch Gregoriew nickte zustimmend.

Erst als der clevere und stets gut informierte Abt vom Herannahen der Rotarmisten hörte, ließ er den präparierten gegen einen gewöhnlichen Band von Tolstoi austauschen. Er wusste, dass er meinem Großvater vertrauen konnte, und gab ihm die Ikone mit, die so in unsere Familie gelangte. Dann ging das geplünderte Kloster in Flammen auf, sämtliche Bücher und Ikonen verbrannten."

„Wie? Also das begreife ich nun wirklich nicht. Viele wertvolle Ikonen fielen dem Feuer oder diesen barbarischen Kunsträubern zum Opfer. Doch ausgerechnet diese wenig wertvolle und fast schon katholische Darstellung der Barbara ließ der Abt rechtzeitig retten. Warum?"

„Weil diese Barbara für die umliegenden Bauern einen besonderen ideellen und religiösen Wert hatte, den außerhalb der Region kaum jemand kannte. Die Menschen kamen wegen der Barbara jeden Sonntag ins Kloster, das sie unterstützten und für das sie auch immer wieder spendeten. Schon oft soll die Heilige Barbara nach demutsvollen Gebeten den ersehnten Regen gebracht haben. Im Glauben der einfachen Menschen war die Barbara-Ikone deshalb neben der verlorenen Ikone des Propheten Elias das Kostbarste, was das Kloster besaß. Noch vor der Heiligen Paraskeva. Deshalb ließ

der Abt eben diese Ikone in Sicherheit bringen."
„Und nun soll dieses kostbare Geschenk wirklich in meiner Gemeinde in Frankfurt eine Heimat finden?" Gregoriew wollte es noch immer nicht glauben.
„Sie haben sich wenigstens für unsere Ikonenkunst und gegen das obszöne Zurschaustellen durch geldgierige Geschäftemacher eingesetzt. Die Menschen, denen dieses Bild einst wichtig war, gibt es nicht mehr. Russische Museen legen auf die einfache Messingarbeit nach westlichen Vorbildern keinen Wert. Wenn überhaupt würden sie mir dafür höchstens einen symbolischen Rubel geben."
Gregoriew stutzte. Er wusste nun, was er von dieser kleinen goldglitzernden Messingikone zu denken hatte. „Es gibt eben Kunstwerke, deren Wert man nicht mit allem Geld dieser Welt aufwiegen kann", erwiderte er mit einem sanften Lächeln. Dankbar nahm er die Ikone an sich und leerte mit Lukow noch ein Gläschen Wodka. Es war schließlich Feiertag.

Apropos

Etwas verbindet den kleinen Autor mit dem großen Dichter: Dichtung und Wahrheit liegen tatsächlich eng beisammen. So frei die Handlung auch erfunden sein mag, die berühmten zufälligen Ähnlichkeiten mit lebenden Personen und realen Gegebenheiten sind nicht immer ganz zu vermeiden – im Gegenteil, sie hauchen der Geschichte sogar lebendigen Geist ein. Um jedoch niemandem zu nahe zu treten, sind nicht nur die Namen der handelnden Personen frei erfunden, sondern auch die einiger Gebäude, Einrichtungen, Stadtviertel und anderer Örtlichkeiten.
So gibt es etwa in Frankfurt-Bockenheim eine griechische Prophet-Elias-Kirche, die zugleich Heimat der georgischen Gemeinde ist und dem fiktiven Kloster nahe Jekaterinburg, wo die Zarenfamilie ermordet wurde, ihren Namen geliehen hat. Die feurige Himmelfahrt des Propheten passt wiederum zu den Brandschatzungen der Kirche, die den Sozialismus in der Sowjetunion vor allem zu Lenins und Stalins Zeiten erschüttert begleiteten. Und als in den 1980er Jahren das Frankfurter Ikonenmuseum neben der Sachsenhäuser Deutschordenskirche eingerichtet wurde, regte sich tatsächlich entsprechende Kritik bei manchem russisch-orthodoxen Geistlichen. Sicher gingen einige Ikonen der Stiftung Schmidt-Voigt abenteuerliche Wege, bevor sie in den Wirren der Revolution von ihren Ursprungsorten in die dunklen Schatzkammern des Kremls und von dort über die Kuriere der Roten Zaren in den Besitz des renommierten Arztes gelangten, der die prominenten Sowjets kurierte. Als unstrittig gilt jedoch, dass viele Heiligenbilder des Frankfurter Ikonenmuseums in den Gotteshäusern des heutigen Russlands nur schwer einen Platz finden würden, während sie hier in Würde erhalten, ausgestellt und zugleich wissenschaftlich erforscht werden können. Wofür auch die Russische Kirche offizielle Worte der Anerkennung und des Lobes findet.
Ich fand es nun spannend, dem wirklichen Ikonenmuseum ein fiktives Osteuropäisches Sakralmuseum entgegenzustellen und so einen Konkurrenzkampf wie einst zwischen dem Struwwelpeter- und dem Heinrich-Hoffmann-Museum heraufzubeschwören -und das in einem Kunsttempel, den der ermittelnde Kommissar noch sehr lebendig als Altes Polizeipräsidium in der Friedrich-Ebert-Anlage erlebte. Wobei das fiktive Museum über einen strategischen Vorteil verfügt: Es liegt zentral zwischen Hauptbahnhof und Messe und in direkter Nachbarschaft zur Matthäuskirche, die im Gegen-

satz zur Deutschordenskirche wirklich eine russisch- und eine rumänisch-orthodoxe Gastgemeinde beheimatet. Wobei es freilich dort keinen russischen Gottesmann gibt, der für seine religiöse Überzeugung blindwütig in die Eröffnung einer Ausstellung stürmen würde. Dafür „stürmte“ eine Abbruchfirma die frühere Sowjetische Militärmission (den „Niederräder Kreml“, ein Relikt aus dem Kalten Krieg in Reichweite zum Hauptquartier der US-Army und der CIA) in der Goldammerstraße, um Platz für neuen Wohnraum zu schaffen.

Phantasienamen tragen auch die meisten Bars, Lokale und Geschäfte. Was jedoch nicht ausschließt, dass es für sie sehr lebendige Vorbilder in der Frankfurter Stadtlandschaft gibt. Der Leser mag seinen Geist einsetzen, um herauszufinden, ob man sich Bars, Restaurants und diverse Nachtlokale im Gallus, Ostend und Sachsenhausen so oder ähnlich in Frankfurt oder auch Amsterdam vorstellen kann. Apropos: „Little Amsterdam“ ist mein eigener Kosename für das Quartier der Giebelhäuschen, das in Wirklichkeit ganz profan „Alte Hellerhofsiedlung“ heißt. Dass das beschauliche Viertel zum Ziel der Irrfahrt eines Erpressers wird, ist auch dem Umstand geschuldet, dass im Karmeliterkloster in den vergangenen Jahren einige Umbauten und Umgestaltungen stattfanden, vor allem im Kreuzgang und im Institut für Stadtgeschichte. Dass ich dort in den Irrungen und Wirrungen des Dezembers 2005 ein vorweihnachtliches Chaos angerichtet habe, mögen mir die zuständigen Chefs ebenso nachsehen wie den zitierten Osterhasen, der auf dem Altan der Alten Nikolaikirche ein Jahr später für Irritationen sorgt. Um auch die Wetterfrösche nicht zu enttäuschen, versuchte ich zudem, die Witterung so genau wie möglich zu recherchieren – mit feuchtkühlem Ergebnis.

Schließlich wäre so ein Buch gar nicht auszudenken ohne die vielen Helfer, die mich mit persönlichen Ideen inspirierten, mir weise Ratschläge zu Stil, Inhalt, Druck, Verlag und Vermarktung gaben oder mir lange und geduldig erklärten, wie es bei der Polizei und beim Staatsanwalt, in den Frankfurter und Moskauer Museen und Behörden, in Ikonenwerkstätten, auf dem Flughafen oder in der Großdruckerei von Mörfelden-Walldorf wirklich zugeht. Nachfolgend bemühe ich mich, alle Namen zu nennen, denen ich meinen Roman in irgendeiner Weise zu verdanken habe. Sollte ich dabei dennoch jemanden vergessen, so bitte ich um gefällige Nachsicht.

Uli Albrecht, Cornelia Anken, Antonio Balbi, Snejanka Bauer, Elena Bogdanova, Evelyn Brockhoff, Felix Busse, Frank Demant, Jan Dorau, Heinz Dörr, Christine Eli, Philipp Erbe, Simone Fischer, Andreas Gottselig, Andreas Grunau, Andreas Heuberger, Dimitri Ignatiew, Elena Iourkova, Britta Jagusch, Jutta Jekel, Lars Kessner, Maren Klingelhöfer, Edgar Liebrucks, Petra Mildner, Helgo Müller, Jeffrey Myers, Alexandra Neubauer, Andreas Schäfer, Christian Scheh, Michael Schmidt, Robert Schmitt, Manana Tandaschwili, Petra Tursky-Hartmann, Egon Wamers, Richard Zacharuk, Athenagoras Ziliaskopoulos, Günter Zorn.